동해

1

동해 1 ⓒ 김경진·진병관 1998

초판 1쇄 발행일 1998년 9월 25일
중판 1쇄 발행일 2006년 5월 4일
중판 2쇄 발행일 2009년 10월 5일

지은이 김경진 진병관
펴낸이 이정원

펴낸 곳 도서출판 들녘
등록일자 1987년 12월 12일
등록번호 10-156
주소 경기도 파주시 교하읍 문발리 파주출판단지 513-9
전화 마케팅 031-955-7374 편집 031-955-7381
팩시밀리 031-955-7393
홈페이지 www.ddd21.co.kr

ISBN 89-7527-537-X (04810)
　　　 89-7527-535-3 (전2권)

값은 뒤표지에 있습니다.
잘못된 책은 구입하신 곳에서 바꿔드립니다.

김경진·진병관 장편소설

동해

1

분노의 바다

들녘

■ 『동해』를 새로 내면서

바다를 지키는 사람들

영토, 국민, 주권은 국가를 구성하는 기본요소입니다. 그런데 영토는 영해와 영공이 포함된 개념입니다. 영토와 영해, 영공은 무슨 일이 있더라도 지켜야 하며, 이는 정부뿐만 아니라 온 국민의 의무입니다.

유사 이래 우리 바다는 국민과 군인이 함께 지켜왔습니다. 정부 수립 이후에는 해군과 공군, 육군, 해양경찰, 꽁치잡이 어부, 택시기사 등이 지키고 있습니다. 그중에서도 핵심은 역시 해군이며, 잠수함은 보이지 않는 깊은 바다에서 묵묵히 영해수호 임무를 수행하고 있습니다.

한국 해군 잠수함 함장 이하 승조원들의 기량과 수준은 상상 이상입니다. 1, 2차 세계대전에서의 실전사례는 물론 외국의 유명한 영화나 만화, 소설에서 묘사된 그 이상의 능력을 한국 해군 잠수함 승조원들이 갖추고 있습니다. 1998년 가을 『동해』를 처음 냈을 때 가상 훈련장면에서 장문휴함이 미국과 일본 전투함 13척을 격침시키는 묘사를 하며 과장된 전과가 아닐까 공저자들이 우려했는데, 한국의 장보고급 잠수함들은 이미 그때 림팩훈련에서 그 이상을 가상 격침시켰으며, 해가 갈수록 격침 수는 늘어났습니다. 저희 공저자들이 한국 해군의 능력을 오히려 과소평가한 셈입니다.

언론에 여러 차례 보도됐듯이 림팩훈련과 기타 해상훈련에 참가한 한국 잠수함들은 외국 해군 관계자들이 놀랄 정도로 많은 전과를 올렸습니다. 국내 일부에서는 미국과 일본이 한국 잠수함의 성능을 정밀하게 평가하기 위해 일부러 마음껏 활동하도록 내버려뒀다는, 즉 많은 전과를 올리도록 방치했다는 의심을 하기도 합니다. 한국 해군의 잠수함 역사가 짧으니 충분히 나올 만한 의구심입니다.

그러나 그 격침 전과가 정상적인 페어플레이 상황에서 올린 것이라고 생각하면 안 됩니다. 훈련시작 몇 시간 전에 한국 잠수함이 항구에서 빠져나오기 전부터, 미처 잠수하기 전부터 수많은 일본 초계기들이 상공에서 추적을 시작합니다. 일본 초계기들이 이런 비겁한 반칙을 하지 않을 수 없는 이유는, 한국 잠수함들이 일단 잠수한 다음에는 탐지가 거의 불가능하기 때문입니다. 한국 잠수함들은 이런 불공정하고 열악한 상황에서도 초계기와 수상함정들의 추적을 뿌리치며 매번 10척, 20척, 혹은 30척의 무지막지한 가상 격침 전과를 올렸습니다. 외국 군사정보기관에서 한국 잠수함을 일반적인 209급이 아닌 장보고급으로 분류하고, 후기 209급 중에서도 특히 유별난 잠수함으로 인정하는 이유는 함 자체의 뛰어난 성능 탓도 있지만, 그것보다는 뛰어난 함장과 승조원들 덕택입니다.

구축함 같은 수상함정끼리의 대결은 함정 자체의 성능, 즉 무기체계와 전자장비, 배수량 등이 승패에 결정적 영향을 끼칩니다. 그러나 잠수함은 함 자체의 성능뿐만 아니라 승조원의 훈련수준과 이에 더해 과감한 공격성향이 더 중요합니다. 입수된 정보를 신중하고 냉철하게 분석, 판단한 다음 저돌적으로 공격을 감행해야 전과를 올릴 수 있기 때문입니다. 2차대전 때 독일의 무제한 잠수함 작전이 여러 가지 불리한 상황에서도 그나마 성공적이었던 이유는 잠수함 함장들의 저돌성에 있습니다. 태평양전쟁에서 미국과 일본 잠수함들의 활약이 극명하게 갈린 것도 잠수함 성능 차이가 아니라 함장들의 공격성향 차이에 있었으며, 또한 잠수함을 공격에 사용하는가, 혹은 방어나 보급 등 기타 임무에 투입하는가 하는 전쟁지휘부의 결정에 따라 달라졌습니다. 현재의 대잠 탐지장비 수준에서 잠수함은 아주 훌륭한 공격무기입니다.

한국 해군 잠수함의 함장과 승조원들은 기술적으로 충분히 숙련됐으며, 훌륭한 공격성향을 갖고 있습니다. 그들은 언론에 발표된 그 이상으로, 비현실적이라는 비판을 받는 영화와 소설 등 창작물에서 지극히 이상적으로 묘사된 함장과 승조원들보다 더 우수하며, 또한 필요할 때는 지독하게 저돌적입니다. 일본 해상자위대와 미국 해군이 펼치는 강력한 대잠방어망은 한국 해군 잠수함들에게 의미가 없다고 알려져 있습니다만, 그 정도 수준이 아닙니다. 한국 잠수함 입장에서 미국 원자력 잠수함은 미국 초계기의 자기탐지장치를 피하기 위해 올라타 숨는 엄폐물, 삼엄하게 경비되는 일본의 군항은 은밀히 잠입한 다음 잠망경으로 기념 촬영하는 곳에 불과합니다. 한국 잠수함의 성능과 함장 및 승조원들의 기량이 영화나 만화, 소설에서 묘사된 이상이라고 한 이유는 바로 여기에 있습니다. 상상은 결코 현실보다 드라마틱하지 못합니다.

 수시로 망언을 일삼는 일본 정부가 최근 독도 인근 해역을 측량하겠다고 나섰습니다. 그리고 독도 기점으로 울릉도 중간까지 일본의 EEZ라고 우깁니다. 독도가 일본땅이라는 주장입니다. 그래서 한국 정부는 강하게 반발하고 있습니다. 그런데 국민들은 한국 해군이 일본에 비해 약하므로 일본을 상대로 무력충돌을 불사한다는 정부 발표는 지나친 대응이 아니냐고 우려합니다. 그러나 한국에는 뛰어난 해군 수상전투함과 공군뿐만 아니라 그 무서운 잠수함과 뛰어난 승조원들이 있습니다. 일본이 도발한 것을 후회하게 만들 정도로 한국 해군은 반격할 능력을 충분히 갖추고 있습니다. 평화적인 외교교섭으로 이번 사태가 잘 해결되길 바라지만, 만에 하나 일본의 야욕으로 인해 불행한 사태가 전개되더라도 한국 잠수함 승조원들은 우수한 기량을 충분히 발휘할 것입니다. 그런 면에서 국민들은 한국 해군의 능력을 믿고 영해수호를 안심하고 맡겨도 됩니다.

 『동해』의 후속작인『남해』에서는 한국 잠수함만으로 어떻게 일본을 궁지에 몰아넣는지 볼 수 있습니다.『동해』에서는 그 잠수함을 운용하는 한국 해군 잠수함 함장과 승조원들의 뛰어난 능력과 애국심, 인간애를 볼 수 있습니다. 그런 면에서『동해』와『남해』는 연작인 셈입니다.

한국 해군은 214급 잠수함 건조사업을 시작했습니다. 한국 해군 잠수함 승조원들은 더 좋은 무기체계를 가질 만한 충분한 자격이 있으며, 앞으로 더욱 뛰어난 기량을 발휘해 영해와 해상교통로를 수호할 것입니다. 그리고 머지않은 미래에 한국 해군은 원자력 잠수함을 보유해야 합니다.

전문기술자인 부사관은 어느 군에서나 핵심적인 역할을 담당하지만 특히 해군에서는 중추적인 역할을 맡고 있으며, 해군 부사관들은 자부심도 남다릅니다. 한국 해군 잠수함이 강한 것은 함장과 장교들뿐만 아니라 부사관들의 능력이 뛰어나기 때문입니다. 열악한 근무조건 하에서도 영해수호를 위해 노력하는 해군 장병 여러분의 노고를 치하합니다.

■ 작가의 말

우리의 바다, 동해를 되찾기 위하여

바닷속은 인간의 눈이 미치지 못하는 미지의 세계입니다. 잠수함은 그런 바닷속을 항해한다는 사실 자체로도 무척 매력적인 배입니다. 그 심연을 마음껏 누빌 수 있는 잠수함은 또한 외국의 침략에 대해 강한 전쟁억지력으로 작용하는 강력한 전투함이기도 합니다.

소설 『동해』는 바로 대한민국의 동쪽 바다, 동해東海에서 각국 잠수함들이 서로 주도권을 쥐기 위해 치열하게 벌이는 각축전을 그렸으며, 국가간 전면전과는 달리 제한전, 국지해전이 그 소재입니다.

한국과 미국, 일본, 러시아, 그리고 중국의 잠수함들이 동해바다에서 처절한 사투를 벌이고 결국 대부분이 깊은 바닷속으로 가라앉습니다. 그리고 침몰된 잠수함들과 함께 사건 자체가 어두운 심연 속에 파묻히게 됩니다.

소설 『동해』에는 또한 발해 이야기가 들어 있습니다. 고구려의 후예로서 만주를 지배했던 발해는 수군도 강했고, 항해술이 발달해 수시로 동해를 건너 일본을 넘나들었습니다. 해상강국 발해의 바닷길을 따라 뗏목탐험을 시도한 발해1300호는 오랜 기간 동안 동해의 해상권을 쥐고 있었던 우리 민족의 잊혀진 힘을 되찾기 위한 노력이었습니다.

독도 영유권 문제, 배타적경제수역(EEZ) 문제, 직선기선을 고집한 일본의 일방적인 영해설정 등 우리의 힘이 약하기 때문에 우리는 동해

자체와 그 이름과 역사의 많은 부분을 잃어버렸습니다. 그래서 소설『동해』는 발해1300호의 탐험처럼 우리의 바다인 동해를 되찾기 위한 또 다른 시도인 셈입니다.

그리고 소설『동해』에는 나날이 증대되는 주변 강국의 해군력 증강에 대한 우려가 담겨 있습니다. 북한만을 상대했던 우리 해군은 아직 연안해군수준에 머물러 있습니다. 그러나 우리를 위협하는 국가는 이제 북한만이 아닙니다.

대양해군으로 발전하는 중국과 일본 사이에서 한국이 국가의 존망이 걸린 해외통상로를 보호하기 위해서는 현재와 같은 전력으로는 부족합니다.

독자 여러분께서 소설『동해』를 읽으시고 해군력의 중요성과 그 실체를 느껴주시면 좋겠습니다. 그리고 한국 해군의 미래에 대해 많은 성원을 부탁드립니다.

소설『동해』내용에는 무기체계 등 일부 전문지식이 들어 있기도 합니다. 2권에 부록을 첨부했으니 잠수함과 기타 무기에 대한 자세한 사항은 부록을 참조해 주시기 바랍니다.

소설『동해』가 완성되기까지 군사분야와 동해의 해양학적 전문지식 등 많은 정보가 필요했습니다. 많은 도움을 주신 하이텔 군사동호회 회원분들께 감사드리며 김병륜님, 최현호님, 조성진님, 김문수님께는 특별히 이 기회를 빌어 감사 말씀드립니다. 아울러『동해』의 출간을 위해 오랜 기간 노고를 아끼지 않으신 들녘출판사 여러분께도 감사드립니다.

1998년 초가을의 길목에서

차 례

1

1. 잠수함 장문휴 · 15
2. 보이지 않는 도살자 · 65
3. 황혼의 바다 · 109
4. 어둠속의 눈과 귀 · 150
5. 최후의 출항 · 207
6. 추적자 · 239
7. 추적자의 추적자 · 273
8. 고요한 해류 · 315
9. 백조의 호수(1) · 337

■ 주요 등장인물

한국 장문휴함 승조원

- 서승원 중령 : 함장. 작고 강단진 체구, 눈빛이 날카로우며
  신기에 가까운 조함능력을 지녔음
- 진종훈 소령 : 부함장. 약간 과격하고 행동파적인 성격 경쟁에서
  지기 싫어하고 상당히 두뇌가 뛰어남
- 김승민 대위 : 작전관. 신중하고 합리적인 성격 약간의 유머러스한
  기질이 있으며 책임감이 투철함
- 강인현 대위 : 음탐관. 차분하고 말수가 적으며 올곧은 성격
  발해와 동해에 각별한 관심과 애착을 지니고 있음
- 최현호 상사 : 음탐장. 기술부사관으로, 차가운 성격이지만
  속내는 따스한 인간미를 지니고 있음
- 안상률 중사 : 음탐 선임하사. 지극히 평범한 젊은이며, 감초 같은 성격
- 강희담 준위 : 무기장. 후덕한 성격이며, 실전에 능란하여
  빠른 판단과 결정을 내리는 과감함도 엿보임
- 이홍기 중위 : 통신관. 까불이란 별명이 붙을 정도로 덜렁거리며,
  아직 미숙하여 상관들 눈치 보기에 급급함
- 전유민 상사 : 통신장. 나이가 지긋하게 보이는 외모이지만
  남다른 열정을 지니고 있음
- 배준석 원사 : 기관장. 책임감과 결단력이 뛰어나
  사고시 위기관리 능력을 유감없이 발휘함
- 박상빈 하사 : 조리장. 과묵한 성격이지만 맡은 일에 최선을 다함
- 김찬욱 하사 : 의무병. 날티나는 외모 때문에 상관들에게서
  핀잔을 자주 듣는 전형적인 신세대 군인

1. 잠수함 장문휴

5월 22일 08:20 북위 36도 23분, 동경 134도 31분
오키제도 북동쪽 91km

연푸른 나뭇잎에 봄 햇살이 녹아나는 오월 하순 아침에도 수심 120미터는 암흑과 침묵의 세계였다. 검은 잠수함이 깊은 물속에서 서서히 드러났다. 잠수함은 물위에서 벌어지는 소란에도 아랑곳 않고 느리게 어둠속으로 사라졌다. 잠수함이 지나간 자리에 작게 물거품이 일었다.

거대한 향유고래가 특유의 짝짝거리는 소리를 내며 동료인지 확인하러 잠수함으로 접근했다. 향유고래의 주름진 작은 눈이 잠수함을 보고 놀라 치켜 떠졌고, 고래는 기겁하여 서둘러 심해로 사라졌다.

물속에는 잠수함이 내는 조용한 스크루 소리말고는 계속 침묵이 이어졌다.

가끔 낮게 지직거리는 소리가 물속으로 넓게 퍼져나갔다. 수면 일부분에서는 강한 바람을 내리받아 잔물결이 세차게 일었다. 이곳에서

기다란 줄에 감긴 뭉툭한 막대가 물속 깊이 내려갔다. 높은 소리가 짧게 바다를 진동시켰다.

5월 22일 08:25 오키제도 북동쪽 92km
한국 해군 잠수함 장문휴, 사령실

"고래는 심해로 내려갔습니다. 이백육십공(2-6-0)도 상공에 있는 헬기는 이쪽을 탐지하지 못한 것 같습니다. 목표 8은 방위 공십오(0-1-5)도, 거리는 4천 미터입니다."
"목표 8, 12노트. 속도 및 침로는 변동 없습니다!"
음탐관 강인현 대위와 음탐장 최현호 상사는 바짝 긴장해 소나 디스플레이에 나타난 목표들을 추적하며 보고했다. 소나는 잠수함의 가장 기본적인 정보수집 장비로, 흔히 '음파탐지기'로 번역된다. 이들은 잠수함을 탐지하려는 수상목표들보다는 뒤에 서 있는 함장 때문에 더 신경이 예민해졌다.
함장 서승원 중령은 팔짱을 끼고 모니터에 나타난 목표들을 묵묵히 노려보며 장승처럼 우뚝 서 있었다. 함장 뒤에는 부함장이 서 있고, 항해장이 작도판을 보면서 계산에 열중하고 있었다. 무기장을 겸한 작전관은 음탐실 옆의 발사관제 컨솔 앞에서 바짝 긴장한 채 대기하고 있었다.
이 배는 한국 해군의 신형 잠수함 '장문휴'함이었다. '장보고'급이라 불리는 기존의 209급에 비해 성능이 상당히 개량된, 어찌 보면 209급과 전혀 다른 잠수함이었다.
승조원들은 미국과 일본의 연합함대 외곽에서 대잠경계중인 미국 프리깃 밴더그리프트에 온 신경을 집중했다.

태평양전쟁 때 과달카날(Guadalcanal) 상륙작전을 지휘한 미 해병대 1사단장의 이름을 딴 '밴더그리프트(Vandegrift)'는 만재滿載 배수량이 4천 톤에 달하는 올리버 해저드 페리(O.H. Perry)급 프리깃(frigate)함이다.

해군에서 방위는 각도기처럼 360도로 세밀히 나눠 지정한다. 물론 기준점은 관측자의 위치이다. 동쪽은 090도, 남쪽은 180도, 서쪽은 270도이며, 북쪽은 공공(000)도, 또는 360도이다.

서승원 중령은 무표정하게 두 번째 목표에 시선을 집중했다. 함장은 미국 프리깃보다 그 뒤를 따라오는 일본 해상자위대 함정에 더 신경이 쓰였다. 일본 해상자위대 소속 구축함 '하루사메'는 대잠수함전 능력이 상당히 뛰어난 편이다.

거리가 멀어 흐릿한 목표들을 빼면, 소나컨솔에 밝게 빛나는 점은 두 개였다. 그 옆 대형 모니터는 장문휴의 전투정보시스템인 MSI-90U의 디스플레이 시스템인데, 밝은 점 두 개가 소나 디스플레이에서보다 훨씬 더 크게 표시되었다. 둘 다 마름모꼴 기호였고, 그것이 의미하는 것은 바로 적 수상 전투함이었다. 마름모 중심에서 직선이 뻗어나와 곧장 중심, 즉 이쪽을 향했다.

"목표 방위 고정! 거리 3천5백 미터. 목표 9는 목표 8의 우측 후방 1천 미터입니다."

음탐장 최현호 상사의 바짝 마른 목소리가 사령실을 뒤덮은 침묵 속에서 홀로 작게 메아리쳤다.

거리가 계속 가까워지고 있었다. 승무원들 시선은 각종 모니터에 집중되어 있었다. 공격명령이 떨어져야 할 순간이 이미 한참 지나자 이들 사이에는 과도한 긴장감이 번지고 있었다.

"함장님! 지금 공격해야 합니다."

참다 못한 부함장 진종훈 소령이 침묵을 깼다.

모니터에 나타난 목표 데이터에 온 신경을 집중하던 함장이 낮은 목소리로 명령을 내렸다.

"좋아, 공격한다. 작전관! 목표 데이터와 이미 산정해놓은 해석치를 파일에 저장해놓도록. 나중에 군소리가 없어야 하니까."

"예! 알겠습니다."

낮지만 우렁차게 대답한 작전관 김승민 대위는 함장의 명령이 공격명령이 아니란 사실을 깨닫고 아연실색했다. 부함장의 호흡이 점점 가빠졌다.

대부분의 군함 승무원들이 그러하듯, 장문휴의 승조원들도 함장을 절대적으로 신뢰했다. 그리고 이 해역에서는 수상함정이나 대잠항공기들이 잠수함을 탐지하기가 무척 어렵다. 하지만 적함과 이토록 가까이 접근하는 것은 아무리 소음이 적고 탐지당할 가능성이 적은 잠수함이라 해도 위험했다. 미국 해군과 일본 해상자위대 함정들은 잠수함을 탐지하기 위한 각종 신형 장비를 무수히 많이 탑재했기 때문이다.

"목표 8, 방위 공십삼(0-1-3)도! 거리 3천 미터!"

"목표 9, 방위 공삼십사(0-3-4)도! 거리 3천9백 미터!"

적함들과 지나치게 가까운 거리였지만 음탐장의 목소리가 이번에는 의외로 차분했다. 과도한 긴장감이 한도를 넘자 이제는 차라리 느긋한 심정이었다.

계속 긴장하고 있던 음탐관 강인현 대위는 함장의 생각을 조금이나마 알 것 같았다. 물속은 모든 것이 불확실성의 세계였다. 구축함 같은 대형 전투함들은 예민한 함수소나를 갖추고는 있지만 소나가 전방의 모든 목표물을 포착하는 것은 아니다.

소나는 소리를 이용하는 탐지장비이다. 물은 소리를 전달하는 데 있어 매우 훌륭한 매질이다. 물속에서 소리의 속도는 대략 초속 1,500미터 정도이다.

물속에서는 잠수함이나 어뢰 같은 무기들이 제트기처럼 빠른 속도를 내지 못하는 대신, 음파의 진행속도가 공기보다 훨씬 빠르다. 그래서 소나는 배와 해군에게 가장 중요한 탐지장비가 되었다.

잠수함이 내는 소리를 듣는 것이 패시브 소나, 소리를 직접 발생시켜 그 반사음을 잡아 목표의 방향과 거리를 파악하는 것이 액티브 소나이다. 그러나 파동인 음파는 진행중에 거리와 깊이에 따라 매질인 물의 성질이 달라지면 심하게 반사되거나 산란된다. 똑같아 보이는 바닷물이 어떻게 성질이 다른지 잠시 살펴보기로 한다.

넓은 바다 표면 바로 아래에는 공기와 접하는 표층수가 끊임없이 위아래로 대류한다. 그 깊이는 해류와 태양의 복사열, 그리고 바람의 강도 등 외부 기상조건, 특히 기온과 수온의 차이에 따라서 급격히 달라진다. 이 표층수는 계속 대류하므로 깊이와 관계없이 수온이 거의 일정하다.

일정한 깊이는 아니지만 표층수 밑에 수온약층이 있다. 이 수온약층은 극히 안정되어 있고 대류가 일어나지 않는다. 그래서 수심이 깊어질수록 수온이 급격하게 낮아진다.

그 아래에 심층수가 있다. 가장 아래에 위치해서 안정된 것 같지만 절대 그렇지 않다. 지열을 받은 심층수가 끊임없이 대류하기 때문이다. 그래서 수온이 거의 일정하다.

대체로 깊이에 따라 구분되는 이 세 가지 물은 수온, 염도, 밀도 등의 물리적 성질이 극단적으로 다르다. 그래서 수온약층의 위아래 경계선을 기준으로 음파가 심하게 산란되고 반사된다. 이 경계면을 온도층이라고도 한다. 표층수와 수온약층 사이에 1차 온도층, 수온약층과 심층수 사이에 2차 온도층이 있다.

그러나 이것은 바다를 수직으로 본 것에 불과하다. 바다에는 끊임없이 각종 해류가 흐르고 계절과 낮과 밤의 온도차 및 대륙과의 거리, 또는 바다에 유입되는 강물의 유무에 따라 수온과 염도가 달라진다. 그래서 같은 해역이라도 음파의 매질인 바닷물은 상황과 시간에 따라 그 성질이 끊임없이 바뀐다.

이것이 잠수함 승조원이나 잠수함을 탐지하려는 해군이 기본적으로 알아야 할 요소들이다. 그러나 지형적·계절적 요소가 가미되므로 바다에서 모든 것을 정확히 알기란 불가능에 가깝다.

그래서 수상전투함이 바로 코앞의 잠수함을 놓치는 경우도 있는 것이다. 강인현이 확실히 알고 있는 것은, 바닷속에서는 모든 것이 확률인 동시에 불확실하다는 사실이었다.

강인현은 함장이 조금 전까지 잠수함의 심도와 침로를 약간씩 바꾸도록 명령했다는 사실을 기억했다. 그것이 미국과 일본 구축함의 함수 소나로부터 탐지당하지 않기 위한 행동임을 강인현은 알고 있었지만, 왜 그렇게 이동해야 하는지는 알 수 없었다.

항상 불확실한 바닷속 음파의 세계이지만 함장은 오랜 경험과 직관으로 어느 위치가 안전하게 숨을 수 있는 곳인지 파악하고 있는 모양이었다. 강인현이 역시 함장님이라며 감탄할 때, 서승원 중령의 입술이 천천히 움직였다. 바짝 긴장한 부함장과 작전관은 초조하게 함장의 입술에 시선을 집중했다.

"어뢰발사관 개방. 1, 3, 5, 6번 순서로 발사한다. 발사관 주수."

"발사관 개방! 발사관 주수!"

함장의 느릿느릿한 말이 끝나기가 무섭게 작전관이 낮지만 절도있는 목소리로 복창하며 어뢰실로 이어지는 마이크에 반복했다. 유압모터가 작동되면서 잠수함 앞쪽 어뢰발사관 해치가 열리는 진동이 사령실에서도 약하게 느껴졌다.

강인현은 적함에서도 이 소리를 들을까 봐 불안했다. 유압모터 진동음은 적함에게 노출되지 않더라도 발사관에 물이 차는 소리는 적함이 들을 가능성이 컸다. 이 소리를 발사관 주수음이라고 하는데, 이 소리가 들린다면 잠수함의 공격의도가 극명하게 드러났다고 보면 된다.

― 발사관 개방. 주수 완료. 유선 유도 링크 완료!
사투리가 심한 사람이 억지로 표준말을 쓰는 듯한 묘한 억양이 스피커에서 낮게 울렸다. 이제 몇 시간 동안의 피 말리는 작업 결과가 판가름날 순간이 왔다. 작전관 김승민 대위와 음탐관 강인현 대위가 바짝 긴장하며 함장의 명령을 기다렸다.
"발사!"
함장의 짧은 명령이 떨어지자 깜짝 놀란 김승민 대위가 서둘러 목표를 지정하여 복창하며 손가락을 발사버튼 위에 올렸다.
"발사순서는 1, 3, 5, 6번. 1, 3번은 목표 8! 5, 6번은 목표 9에 할당합니다. 발사!"

5월 22일 08:30 오키제도 북동쪽 95km
미 해군 미사일프리깃 FFG-48 밴더그리프트, 전투정보센터

― 지잉~.
"왑!"
각각 희고 검은 피부를 한 소나 담당자 두 명이 동시에 비명을 지르며 헤드폰을 벗어던지고 손바닥으로 귀를 막았다. 조금 전에 전방에서 들려온 정체불명의 작은 소리에 집중하느라 볼륨을 잔뜩 높였기 때문에 그들은 소리 공격의 직격타를 맞은 것이다.

음탐수들은 그 고통에 얼굴이 잔뜩 일그러졌지만 본능적으로 소나 디스플레이에 시선을 집중했다. 소나컨솔에는 이 음파가 어느 곳에서 발사되었는지 방위와 거리가 자동으로 계산되어 표시되어 있었다.

낮은 저주파음이 다시 함을 진동시켰다. 낮은 파장의 음은 진동으로 변화한다. 곧이어 똑같은 저주파음이 2회 더 이어졌다. 처음과 두 번째에 들린 소리는 밴더그리프트를 향하여, 다음 2회는 밴더그리프트와 약간 다른 방향으로 향했다.

"이럴 수가!"

강력한 소나음이 함체를 때리는 동안 망연히 서 있던 함장 잭 피터슨(Jack Peterson) 중령이 나지막이 신음소리를 내뱉었다. 음파가 발사된 곳과의 거리는 불과 2천8백 미터였다. 수상전투함이 적의 어뢰를 피하기 위한 수단인 예인식 닉시(nixie)를 이용해서 회피하려 해도 함이 180도 선회하는데 상당한 시간이 걸린다. 도저히 공격을 피할 수 없는 가까운 거리였다.

이건 매복에 의해 뒤통수를 맞은 것도 아니고 멀쩡히 눈뜨고 있다가 눈앞에서 코가 베인 꼴이었다. 도저히 변명의 여지가 없었다. 잠수함을 잡기 위한 대잠초계중에, 그것도 매복해 있던 잠수함에게 정면으로 당한 것이다.

"밴더그리프트. 어뢰 2발 피격으로 간주합니다. 이탈하십시오!"

싸늘한 목소리가 뒤쪽에서 들려왔다. 함장이 뒤를 돌아보았다. 함내에서 유일하게 전투복을 입지 않고 미 해군 정복을 입은 마이클 포터 소령이었다. 훈련판정관인 포터 소령의 무릎 위에는 위성통신기에 무선 연결된 노트북 컴퓨터가 펼쳐져 있었다. 판정관이 키보드를 눌러 몇 가지 데이터를 입력했다.

그가 격침 판정키를 누르면 일본 요코스카에 있는 미 해군 7함대의 훈련통제센터와 인근의 전투함정에게 곧바로 통보된다. 그리고 그들의 전투정보시스템에서 미 해군 프리깃 밴더그리프트를 표시하는 부호도 삭제될 것이다.

공격측과 방어측 무기체계의 능력과 반응양상에 따라 확률을 계산하여 피해 여부를 결정하는 일반적인 판정과는 달랐다. 이번 경우에는 지나치게 가까운 거리에서 공격당한 것이다.

함장이 머리를 숙이고 잠시 한숨을 쉬다가 고개를 번쩍 들었다.
"5초간 급속 후진을 실시한다."
구차한 변명은 필요없었다. 이 거리에서 적 잠수함의 공격소나음을 맞은 것은 격침 이외에 다른 판정이 나올 수가 없었다. 이 경우 피격당한 것으로 판정된 함정은 급속 후진하여 적과 우군에게 전열에서 이탈하게 된 사실을 알려주는 것이 이번 한미일 해군합동 환동해훈련에서의 규정이었다.
"급속 후진."
함교로 이어지는 인터폰을 집어든 부함장의 목소리가 무척 침울했다. 그 분위기는 아직까지 얼떨떨한 상태에서 상황을 제대로 파악하지 못한 승무원들에게 순식간에 전염되었다.

잠시 후 밴더그리프트의 주 추진기가 반응했다. 가변피치 프로펠러인 밴더그리프트의 주 추진기는 메인 샤프트를 역회전시키지 않고 스크루 날개 각도를 변경하는 것만으로 후진이 가능했다. 지금까지 빠른 속도로 항주한 것은 아니었지만 진행방향과 반대쪽으로 움직이려 하자 관성 때문에 밴더그리프트가 잠시 크게 진동했다.

"함장님, 하루사메도 피격됐습니다. 하루사메 비행갑판에서 연료보급중이던 시 호크(Sea Hawk) 17도 역시 삭제됐습니다."
　판정관 마이클 포터 소령이 조금 전보다는 많이 부드러워진 목소리로 말했다.
　'젠장! 빨라서 좋군.'
　졸지에 전사자가 된 피터슨 중령이 담배를 꺼내 물었다. 시 호크 16, 즉 밴더그리프트 소속의 **SH-60B** 대잠헬리콥터가 전방 10km에서 초계 중이었지만 이제는 헬기를 호출하는 것도 불가능했다. 밴더그리프트는 입을 꾹 다물고 죽은 척해야 하기 때문이다. 그것이 바로 게임의 규칙이었다.

5월 22일 08:35   오키제도 북동쪽 93km
한국 해군 잠수함 장문휴, 사령실

　무기조종 컨솔 앞에 서 있던 작전관 김승민 대위는 아직도 두근거리는 가슴을 진정시키고 있었다. 조금 전 김승민의 손가락은 순간적으로 어뢰 발사버튼을 누를 뻔했다. 하마터면 실제로 어뢰를 발사할 뻔한 것이다.
　"어이~ 수원말갈, 잘돼 가나?"
　김승민은 괜히 옆에 앉은 강인현 대위의 어깨를 툭 치며 말을 걸었다. 김 대위는 거북한 몸짓을 남들이 느끼지 않았을까 걱정했지만 그를 향한 시선은 없었다. 음탐관 강인현은 벌개진 얼굴로 땀을 뻘뻘 흘리는 김승민을 힐끗 쳐다보고는 무심하게 계속 작업에 몰두했다.

　실전과 같은 훈련에 몰두하다 보면 간혹 있는 일이었다. 물론 훈련 중에는 발사과정에 여러 가지 안전장치가 추가되긴 하지만 아주 가끔

오발 사고가 나기도 했다. 그리고 또한 극히 드문 경우지만 합동훈련 중인 상대방 함정을 명중시키는 경우도 있다.

1992년 10월, 에게해에서 야간훈련을 실시중이던 미국 항공모함 새러토가(Saratoga)에서 시 스패로(Sea Sparrow) 함대공 미사일 2발이 실제로 발사되었다. 그리고 그 미사일은 합동훈련중이던 터키 구축함을 목표로 삼아 돌진했다.

하픈 같은 대함미사일도 아닌 함대공 미사일에 명중된 터키 해군의 구식 구축함은 대파되고 승무원 20명이 사상당했다. 선체는 아예 수리 불능이 되었고, 미국은 그 보상으로 자국의 비교적 신형 프리깃함을 터키에 무상대여해야 했다.

"목표 8, 가속하고 있습니다. 회전수가 빠릅니다. 아! 급속 후진입니다."

"그렇습니다. 목표 8은 가속했지만 캐비테이션 패턴이 다릅니다. 스크루 피치를 바꿨습니다."

음탐관 강인현 대위가 최현호 상사를 거들었다. 스크루의 날개각을 바꾸어 역추진하는 경우, 날개에 부딪치는 물의 표면저항과 캐비테이션(cavitation)이 훨씬 커지고 효율은 떨어진다.

"밴더그리프트가 격침을 인정하는군요."

작전관 김승민이 작도판을 확인하며 싱글벙글 웃었다. 작전관과 함께 주변의 다른 함정 위치를 확인하던 함장이 초조한 듯 말했다.

"그래, 목표 8은 격침됐다. 그런데 목표 9는 아직 반응이 없나?"

"아직 없습니다. 아! 목표 9가 가속합니다. 급속 후진 확인합니다."

뒤를 돌아보는 강인현의 표정이 환하게 밝아졌다. 한번에 세계 최강의 해군국이라는 미국과 해군왕국 일본 해상자위대의 주요 함선 두 척을 해치운 것이다.

음탐장 최현호 상사도 주먹을 불끈 쥐며 기뻐했다.

조금 전 일본 해상자위대 소속 하루사메의 후진이 늦었다면, 즉 피격을 인정하지 않았다면 장문휴의 승조원들 사이에서 욕이 튀어나올 뻔했다. 한국인들은 지금도 일본에 대한 감정이 좋지 않았다.

뿌듯해진 진종훈 소령이 나서서 음탐수들에 대한 염려로 치하를 대신했다. 과묵한 함장 밑에 있다 보니 부함장의 치하도 역시 무뚝뚝한 편이었다.

"강 대위! 귀를 조심하라구. 이번 훈련에서 죽어나는 건 음탐실 요원들뿐이니까."

"알겠습니다. 부장님!"

미세한 소리도 크게 증폭하는 소나 하이드로폰은 폭발음 같은 커다란 소리를 훨씬 더 크게 증폭시킬 수 있다. 물속에서 나는 모든 소리를 헤드폰으로 들어야 하는 음탐수들이 들으면 귀머거리가 될 정도이다.

그러나 일정한 크기 이상의 소리가 기기 내에서 증폭되는 과정에서 많은 양의 전류가 발생하면 릴레이 스위치에 의해 그 흐름이 차단된다. 그래도 음탐수들은 갑작스러운 폭발음 앞에 노출되어 큰 고통을 겪는 수가 많다.

조금 전에 장문휴함으로부터 갑작스럽게 공격소나음을 받은 밴더그리프트의 음탐수들이 겪은 상황이 바로 그런 경우이다.

"잠항. 심도 200미터."

"잠항한다! 잠항각 10도. 심도 200미터!"

함장의 무미건조한 명령을 부함장이 절도있게 복창했다. 부함장 진종훈 소령은 가끔씩 판정관을 힐끗거리며 웃음을 억지로 참았다. 이번 훈련의 판정관이라는 직함이 붙은 미국 해군 소령 제임스 레스턴(James Reston)은 검게 번들거리는 볼이 불룩해져 있었다.

지금까지 규칙위반이라고 트집을 잡거나 한국 잠수함의 성능을 무시하며 뭐라고 자꾸 씨부렁거리던 태도에 비하면 많이 조용해진 편이었다. 더불어 미 해군에서 복무중인 한국계 통역병도 기가 죽어 입을 다물었다.

잠수함의 부상과 잠항은 밸러스트 탱크에서 부력을 조절하거나 함미艦尾의 횡타를 조작함으로써 이뤄진다. 함미에 장착된 한 쌍의 횡타가 아래로 기울자 잠수함은 마치 짐이 잔뜩 실린 화물차가 내리막길을 미끄러지듯 서서히 기울었다.
"침로 이백팔십공(2-8-0). 출력 50퍼센트."
"키 왼편 15도. 침로 이백팔십공도. 출력 50퍼센트로 증속!"
"출력 50퍼센트로 증속!"
"키 왼편 15도! 침로 이백팔십공도."
입이 반쯤 찢어진 부함장이 함장의 명령을 세부적으로 지정하자, 얼굴이 안동 하회탈처럼 변한 작전관과 조타수들이 다시 우렁차게 복창했다. 잠수함이 서서히 선회하며 속도가 빨라졌다.

검푸른 동해바다에서 수심 200미터의 심연은 완전한 어둠의 세계였다. 오로지 소리로만 모든 것을 파악해야 하는 잠수함에게 어둠이란 장애가 아니라 오히려 편안한 집과 같은 친구였다.
눈먼 강철덩어리가 서쪽으로 방향을 바꾸며 서서히 움직였다.

5월 22일 08:37 오키제도 북동쪽 105km
미 해군 미사일순양함 CG-53 모빌베이, 전투정보센터

"밴더그리프트와 하루사메가 당했습니다."

작전참모 매튜 해리스(Mattew Harris) 중령이 슬금슬금 함대 대잠지휘관의 눈치를 보며 보고했다. 대잠지휘관 제프 오코너(Jeff O'Connor) 준장은 해리스 중령이 올린 간략한 보고서를 뚫어질 듯 노려보았다.

"제기랄!"

오코너 준장이 부하들이 깜짝 놀랄 만큼 큰 소리로 욕지기를 내뱉었다. 미 해군 미사일순양함 모빌베이(Mobil Bay)에 탑승한 오코너 준장은 다혈질로 소문났지만, 부하들 앞에서 이렇듯 큰 소리로 욕지기를 내뱉는 것을 해리스 중령은 처음 보았다.

"C1037 지점입니다. 현재, 주변 수역 대잠항공기로는 시 호크 16이 있습니다만 지금 연료가……."

해리스 중령의 보고를 오코너가 중간에 끊었다.

"알고 있어! 시 호크 16이 밴더그리프트로 귀환하거나 다른 곳으로 날아가거나 하는 그런 것이 중요한 게 아니잖아? 싹싹 긁어모아서 지금 투입시켜! 당장 그놈을 잡아!"

오코너 준장은 정도 이상으로 흥분하는 것 같았다. 해리스는 대잠지휘관을 진정시켜야 한다고 생각했다.

"하지만 시 호크 16은 밴더그리프트로 귀환하면 안 됩니다. 훈련규칙상 탑재헬기는 침몰한 함정에……."

"이런 답답하긴! N-34를 연결해!"

상관으로부터 호통을 들은 작전참모 해리스 중령의 얼굴이 벌겋게 달아올랐다. 그는 왜 이런 꾸지람을 들어야 하는지 이해할 수 없었다. 그에게는 모함을 잃어버린 대잠항공기의 귀환문제를 결정하는 것

이 더 중요했다. 훈련은 승패의 결과보다는 그 과정이 중요했다. 훈련을 하다가 인원이나 장비를 상실한다면 미합중국으로서도 큰 손해였다. 그런데 이 자리에 있는 몇몇 사관들은 이번 훈련을 진짜 전쟁으로 착각하고 있는 것 같았다.

해리스 중령은 오코너 준장과 눈을 마주치지 않으려 했다. 그가 왜 이리 잔뜩 흥분하는지 이해가 가지 않았지만, 지금은 실전이 아니라 단지 우방국들과의 훈련일 뿐이었다.

"예, 알겠습니다. N-34를 연결합니다."

해리스 중령은 뒤로 돌아서서 항모기동부대의 N-34, 즉 항공작전장교를 호출했다. 그러면서도 속으로 상관에게 온갖 욕설을 퍼부었다.

'그래. 마음대로 지껄이라구, 젠장!'

해리스 중령은 오코너 준장이 원하는 것이 명령라인을 연결하라는 것인지, 직접 통화를 하겠다는 것인지 판단하기 어려웠다. 그러나 또다시 그의 성질을 받아내기는 싫었다. 몇 번의 통화시도 끝에 항공모함 에이브럼 링컨(Abraham Lincoln)의 항공작전 담당장교를 확인한 뒤 오코너 준장에게 수화기를 건넸다.

함대 대잠지휘관은 또 다른 상대에게도 계속 신경질을 부렸다. 그 사이에 해리스 중령은 전술정보시스템의 디스플레이를 보며 대잠헬기 시 호크 16이 귀환할 수 있는 가장 가까운 함정을 찾아 대잠헬기의 착함을 유도했다.

5월 22일 08:55 오키제도 북동쪽 110km
미 해군 항공모함 CVN-72 에이브럼 링컨, 비행갑판

─펭귄 파이브(5)! 이륙을 허가한다.

항공관제센터에서 내려진 명령은 대잠초계기 S-3B 바이킹의 조종석에 올라탄 파일럿과 비행갑판에 서 있던 캐터펄트 아피서에게 동시에 전달되었다. 명령이 떨어진 이후 대화는 필요하지 않았다.

비행기가 이착륙하는 소음 때문에 어차피 항공모함 비행갑판에서는 말이 들리지도 않는다. 임무에 따라 갖가지 색깔의 조끼를 입은 함상요원들이 넓은 항모 비행갑판 위를 바삐 움직였다. 이들간에는 오직 수신호와 색깔만이 동원가능한 의사소통 수단의 전부였다.

캐터펄트 아피서(Catapult Officer), 즉 항공기 이륙을 책임지는 발함사관의 수신호에 따라 조종사가 엔진출력을 최대로 높이기 시작했다. TF-34 터보팬 엔진의 작동음이 날카롭게 울려퍼졌다.

"저치 오늘 고생 좀 하는군. 팔이 꽤나 아픈가 본데?"
"그러게 말입니다. 30대나 띄웠으면 교대해줄 때도 됐는데, 윗사람한테 찍혔나 봅니다."

바이킹의 기장 어윈 로스(Irwin Ross) 대위가 보기에도 지친 듯한 발함사관의 수신호를 보며 이죽거리자 부기장이 맞장구쳤다. 그러나 이들도 항모로 귀환한 지 정확히 50분만에 다시 비행에 나섰으니 남의 말을 할 때가 아니었다.

로스는 이번 훈련이 너무 빡빡하다고 투덜거렸다. 항공모함 링컨에 소속된 제9 항모항공단의 대잠비행대에는 대잠초계기 S-3B 바이킹 6대가 있었다. 그런데 지금 대잠비행대 소속 항공기 모두 날개에 불이 날 지경이었다. 함대 소속 대잠헬기들도 마찬가지로, 연료를 공급받을 때 외에는 거의 대부분 시간을 바다 위에서 비행하며 보냈다.

그러나 가상 적인 잠수함 2척은 아직 발견되지 않았다. 해군력이 형편없다고 알려진 한국 해군 소속 소형 디젤 잠수함들의 존재는 함대 대잠방어 임무에 투입된 모두에게 점점 크게 느껴졌다. 자칫하면 미국 해군이 크게 망신을 당할 판이었다.

전에도 한국 잠수함에 의해 대잠방어망이 뚫린 적이 종종 있었다. 그렇지만 잠수함들이 이번처럼 완벽하게 숨어서 방어망을 유린한 것은 처음이었다.

노란색 재킷을 입은 발함사관이 사출준비신호를 보내왔다. 이제 이륙할 순간이었다. 로스 대위는 바짝 긴장한 채 조종간을 잡았다. 항공모함 캐터펄트에서 튕겨보지 못한 공군 애송이들은 이런 느낌을 잘 모를 것이다. 여기서는 2초도 안 되는 짧은 시간 동안 정지상태에서 자그마치 시속 250km로 가속된다.

동료들 가운데는 간혹 발함 순간의 가속도와 그로 인해 생기는 느끼함을 즐기는 녀석들도 있었다. 하지만 대잠기 조종사 로스 대위에게는 아직도 긴장되는 순간이었다. 발함사관이 무릎을 꿇으며 앉았다.

"자, 간다."

로스 대위는 반사적으로 짧게 심호흡했다. 엔진출력이 100퍼센트에 이르자 기체는 움직이고 싶어 안달하듯 진동이 거셌다. 그러나 사출기에 단단히 고정된 S-3B 바이킹 대잠초계기는 미동도 하지 않았다.

발함사관이 왼팔을 크게 한 바퀴 돌리며 전방을 가리켰다. 과연 선상 위의 발레라고 불릴 만큼 큰 동작이었다.

그 순간 덜컹 하는 충격과 함께 펭귄 파이브, S-3B 대잠초계기는 비행갑판 위를 급가속하며 달려 어느새 푸른 바다 위로 내팽개쳐졌다. 로스 대위는 순간적으로 숨을 멈췄다.

'역시 느끼해. 젠장!'

잠깐 기우뚱거리며 푸른 바다 위로 떨어지려던 펭귄 5가 가속하며 서서히 상승하기 시작했다. 오리가 물위를 뜀박질한 다음 짧은 날개를 퍼덕여 하늘로 날아오르는 것과 흡사했다. 뭉툭하게 생긴 함상 제트비행기 S-3B는 오리보다 날개가 짧은 펭귄을 연상시켰다.

바다 위에는 각종 전투함들과 헬기들이 잠수함을 찾기 위해 혈안이 되어 움직이고 있었다. 마치 물고기를 찾아 수면과 공중에서 난무하는 하얀 갈매기떼 같았다. 로스 대위가 부여받은 임무도 이들과 마찬가지였다.

"한국 놈들의 잠수함? 그래, 쇼를 시작해보자고."

5월 22일 09:10 오키제도 동쪽 80km
미 해군 공격원잠 SSN-701 라 호야, 사령실

─통신실입니다. 벨 링어입니다!

"벨 링어뿐인가? 그밖에는?"

음탐실 소나컨솔 뒤에 서 있던 함장 토마스 가르시아(Thomas Garcia) 중령은 통신실의 호출에 예민한 반응을 보였다. 긴박한 상황에서 수면 밑에 있는 잠수함을 긴급호출하는 방법인 벨 링어(bell ringer)를 받고 놀라지 않을 함장은 아무도 없었다.

수심 200미터에서 항주하고 있던 미국 해군 공격형 원자력 잠수함 라 호야(La Jolla)는 일반적인 전파통신을 할 수가 없었다. 물속 수십 미터 깊이에서는 대낮에도 빛이 들어가지 않아 암흑인 것과 마찬가지로 전파도 깊은 물속을 통과하지 못하고 산란하여 소멸한다.

하지만 파장이 수십 킬로미터에서 수천 킬로미터에 이를 정도로 긴 초장파(VLF)와 극초장파(ELF)는 수십 미터 이상까지도 투과가 가능하다. 그러나 파장이 긴 대신 진동수가 낮기 때문에 필요한 정보를 충분히 송출하지 못하는 문제가 생긴다.

파장이 긴 대신 1분 동안 기껏 문자 몇 개만 보낼 수 있으므로 암호코드가 붙은 식별표를 사용하는 방법 외에 구체적인 명령을 지령하는 것이 거의 불가능하다. 그래서 벨 링어는 명령문을 받기 위하여 잠수함에게 수면 가까이 부상하라는 신호인 셈이다.

마이크를 잡고 통신실에 확인한 그는 간단한, 그러나 매우 실망스런 대답을 들어야 했다.

- 없습니다.

급박한 전쟁위기가 아니라면 벨 링어를 쓸 필요가 없을 것이다. 그리고 웬만한 상황에서는 짧으나마 암호화한 명령어를 잠수함에 송신하는 편이 좋다. 잠수함은 은밀성이 생명인데, 물위로 부상했다가는 적의 눈에 띄기 쉽기 때문이다.

주변에 한국 잠수함이 있다는 것이 확실한데, 안전한 깊은 해역을 떠나 부상한다는 것이 함장은 무척 꺼림칙했다.

"대체 뭐야?"

함장은 서둘러 사령실로 돌아오며 외쳤다. 승무원들의 눈이 휘둥그레졌다. 뭔가를 감지한 부함장이 함장의 입술을 주시했다.

"잠항관, 부상한다! 잠망경 심도까지 올라간다."

함장의 명령에 잠항관이 패널을 조작하며 조타수들에게 구체적으로 지시했다.

"부상한다. 부상각 5도. 업트림. 10 퍼센트 배수."

로스앤젤레스급 공격형 원자력 잠수함의 전방과 후방 밸러스트 탱크 안쪽에는 잠수함의 자세를 미세하게 조정할 수 있도록 트림 탱크가 장착되어 있다. 원리는 밸러스트 탱크와 비슷하다.

밸러스트 탱크에 공기를 주입하여 부상하는 경우, 수면 가까운 심도에서 멈추는 것은 상당히 어렵다. 자동차와 같은 제동장치가 없는 잠수함이 부력에 관성까지 붙어 가끔 물위로 튀어나가는 수도 있기 때문이다.

지금 같은 경우 물밖에 아군 함정만이 있으므로 적으로부터 탐지될 위험은 적었다. 하지만 부상할 때 나는 소리가 워낙 커서 목표 잠수함이 라 호야를 탐지할 가능성이 컸다.

"잠망경 심도까지 말입니까? 함장님?"

부함장 새뮤얼 폴머(Samuel Polmar) 소령이 함장에게 되물었다. 별도 지시가 없는 한 벨 링어가 울리면 수면 가까이 접근하여 장파 통신으로 세밀한 정보를 수신할 수 있었다. 그리고 ELF/VLF 수신용 안테나의 길이가 수천 피트에 이르니 구태여 수면 가까이 올라갈 이유도 없는 것이다. 그런데 아예 잠망경 심도까지 부상하라는 함장의 의도가 궁금했다.

"그래. 올라가 보자구, 샘. 대체 뭘 원하는지 궁금하네."

함장 가르시아 중령은 뭔가 불만에 가득 찬 얼굴이었다.

"잠망경 올려! ESM 마스트, 통신 마스트 모두 올린다."

주변 상공에 경계할 만한 적 대잠초계기가 있을 리 만무했다. 그러나 라 호야는 부상에 따른 기본적인 절차를 취하고 있었다. 제해권과 제공권을 쥐고 있는 측에서 잠수함의 위력은 배가된다. 껄끄러운 적인 대잠항공기들로부터 공격당할 가능성이 줄어들므로 좀더 과감한 작전을 펼 수 있기 때문이다.

유압장치로 구동되는 마크 18 탐색용 잠망경이 미끄러지듯 부드럽게 올라왔다. 부함장도 그 옆에서 마크 2 잠망경을 뽑아들고 관측을 시작했다. 수면에는 파도 위로 성조기와 일본 해군기를 단 마스트 몇 개가 멀리 보였다.

'해상자위대로군.'

토마스 가르시아가 정정했다. 아직까지 일본에는 공식적인 군대가 없다. 해상자위대가 해군력으로만 따지면 세계에서 세 번째, 또는 네 번째에 드는데도 해자대는 법적으로 군대가 아닌 것이다.

가르시아 중령이 왼쪽 눈을 잠망경 접안구에 대고 초점을 조절했다. 미국 잠수함의 잠망경은 한쪽 눈만을 대는 방식이다. 가까이에서 고속으로 항주하는 구축함 한 척이 흘수선까지 보였다. 하늘에는 대잠헬기 두 대가 비행하고 있었다.

삼일만에 처음 보는 푸른 하늘이었다. 가르시아 중령은 바깥을 구경하고 나자 속이 시원해졌다. 공기순환 시스템과 바닷물을 전기분해해서 얻어지는 고순도 산소로 승무원들이 호흡하는 원자력 잠수함에서는 가끔 물위로 떠오르더라도 내부공기를 교환하지 않는다. 함내 공기는 부상 전과 다를 게 없다는 뜻이다. 그러니 이는 순전히 기분문제였다.

"2번 잠망경, 방위 0-1-6에 수상함정 다수 포착. 아군 상륙양용그룹으로 판단됩니다. 이상 없습니다."

함장은 폴머 소령의 보고를 듣고 나서야 얼핏 정신이 들었다. 잠망경을 내린 가르시아 중령이 구조물에 매달린 함장용 마이크를 붙잡았다.

"이쪽도 이상없다. 통신실 보고하라!"

─ 통신실입니다. 장거리 단파통신, 위성통신 채널 모두 연결됐습니다. 지정된 명령문 수신 완료했습니다.

"좋아, 잠항한다."

함장은 40분쯤 전에 한국 잠수함에서 발사한 소나발신음을 들었다. 그 잠수함이 숨어 있던 곳을 멍청하게 지나가던 수상함정 두 척이 꼼짝없이 매복에 걸려들었을 것이다. 그리고 위성통신을 통한 명령문은 그 사건과 관련될 것이라 예상했다.

잠시 후 통신실에서 수신한 명령문이 어린 티가 채 가시지 않은 수병을 통해 가르시아 손에 쥐어졌다. 함장은 잠시 명령문을 보더니 그 내용을 믿기 어려워 무심결에 소리쳤다.

"뭐야? 이건!"

펠리컨 6에서 범고래들에게
대잠방어망에 쥐새끼 한 마리가 파고들었다.
범고래 1, 2는 현재 임무를 해제하고 담당구역을 변경한다.
범고래 1은 C1037 인근 해역으로 이동한다.
이 해역에는 현재 다수의 아군 대잠초계기와 대잠헬기들이 작전중이다.
범고래들은 대잠기들을 무시하고 쥐새끼를 잡을 것.

"기가 막히군. 두 척이 당한 건 알고 있지만……. 함대 대잠지휘관이 너무 흥분한 것 아냐?"

가르시아 중령이 종이를 부함장에게 건넸다. 부함장이 전문을 읽고 무척이나 황당하다는 표정을 지었다. 주변에 있는 사관들이 호기심 어린 눈으로 부함장을 주시했다.

"우리가 아군 대잠기에게 당하든 말든, 어떻게 해서든 한국 잠수함을 잡으라는 뜻 아닙니까?"

"그러게 말일세. 함대 대잠지휘관이 상당히 열 받았나 보군."

"명령에 따르실 겁니까? 이렇게 해서는 대잠기 및 수상함들과의 유기적 협조체제는 무너지고 혼선만 빚을 뿐입니다."

"그럼 어떡하겠나? 계급이 깡패지."

함장은 이 말을 몇 년 전 어느 합동해군훈련에서 한국 해군 장교에게서 들은 것 같았다. 디젤 잠수함에 탑승한다던 김승민이라던가? 당시 그 장교는 영어는 약간 서툴렀지만 상당히 똑똑한 친구로 기억에 남았다. 하지만 감히 상급자에게 맞대응하는 건방진 놈이라 좋은 인상을 가지지는 않았다.

"아무리 그래도 우리까지……. 너무 심했습니다."

"제기랄! 훈련이 종료된 다음에나 이 문제를 제기하자고."

현재 라 호야는 잠수함만의 단독작전을 수행하는 것이 아니고 함대 방어임무에 투입됐으므로 어쩔 수 없었다. 함장은 함대 대잠지휘관의 명령을 따를 수밖에 없었다.

5월 22일 09:35 오키제도 북동쪽 90km
미 해군 순양함 모빌베이, 전투정보센터

"휴잇(Hewitt)에서 보고입니다. 한국 해군으로 추정되는 잠수함을 추적중이랍니다."

느긋한 척 팔짱을 끼고 앉아 있던 오코너 준장이 통신사관으로부터 보고받고 고개를 끄덕거렸다. 탐지했다고 해서 꼭 격침시킨다는 보장은 없지만 잠수함의 위치를 탐지하지 못했을 때 가졌던 불안감은 상당히 사그라들었다.

하지만 속이 편할 리 없었다. 소득도 없이 전투함 두 척을 잃었으니 속에서 불이 날 지경이었다. 짐짓 여유를 부리며 일어난 오코너가 스프루언스(Spruance)급 구축함 휴잇의 위치를 확인했다. 이미 격침판정을 받은 밴더그리프트와 하루사메의 자리에 휴잇이 있었다. 잠수함은 그 근처에 있을 것이다.

"좋아, 펭귄 파이브와 세븐을 먼저 보낸다. 작전권을 휴잇에게 할당하라. 펭귄들을 잘 부리라고 전해! 작전참모, 비행대기중인 모든 대잠헬기 그룹을 확인하게."

오코너 준장은 참모들에게 지시를 내리며 호주머니를 뒤적거렸다. 파이프를 꺼내 담뱃가루를 채우려던 함대 대잠지휘관은 해리스 중령이 보고를 위해 다가오자 하던 일을 그만두었다.

대잠정보 컨솔 옆 큰 모니터에는 함대상공에 머무르고 있는 대잠헬리콥터와 대잠초계기들의 비행가능상태가 표시되고 있었다. 연료보유량과 비행지속시간 등을 미리 면밀히 계산해둔 해리스 중령이 모니터에 나타난 점들을 가리키며 보고했다.

"커츠(Curts) 탑재 헬기가 상공에 머무르고 있습니다만 곧 귀환시간입니다. 휴잇의 헬기 역시 연료가 거의 다 됐습니다. 주변해역에 있는 것들은……. 예! 링컨 소속 헬기가 가장 가깝습니다."

해리스 중령이 자세히 보고하는 동안 오코너 준장은 귀찮다는 듯 고개를 휘휘 내저었다. 결론만 간단히 보고하라는 뜻이었다. 해리스 중령이 바짝 얼어붙어 보고를 마치자마자 오코너의 명령이 떨어졌다.

"좋아, 빨리 투입시켜야 해. 링컨에 연락하게."

해리스 중령이 통신실 쪽으로 가자 오코너가 투덜댔다. 오코너는 항상 실전처럼 훈련해야 제대로 된 훈련효과가 난다는 지론을 갖고 있었다. 참모들 선에서 처리될 문제까지 시시콜콜 보고받는 것이 싫었다. 그리고 무엇보다도 한국 잠수함들에게 망신당하는 것이 두려웠다. 그는 점점 초조해졌다.

함대 대잠지휘관 오코너 준장은 빈 파이프를 물고 전면의 전술 디스플레이를 응시했다. 화면에는 구축함 휴잇, 그리고 대잠초계기인 펭귄 파이브와 세븐을 상징하는 각각의 기호들에서 적 잠수함으로 향한 직선이 그려지며 서서히 가까워지고 있었다.

5월 22일 10:05 오키제도 북동쪽 86km
한국 해군 잠수함 장문휴, 사령실

"잠수! 100미터로 잠항한다."

잠망경을 보던 함장이 갑자기 급속 심도조정 명령과 함께 서둘러 잠망경을 내렸다. 얼굴 높이에 있던 잠망경 조정 패널은 손잡이가 접힌 채로 바닥에 뚫린 커다란 홈통 밑으로 모습을 감췄다.

"심도조정, 100미터로. 잠항각 10도!"

부함장은 영문도 모르고 서둘러 명령을 내렸다. 조타수가 자그마한 조종간을 잡아 앞으로 밀자 한국 해군 소속 잠수함 장문휴의 선체가 아래쪽으로 기울었다. 잠수함은 급속히 해저를 향해 곤두박질쳤다.

갑자기 허둥대는 승무원들을 보며 훈련판정관 레스턴 소령이 이를 드러내며 히죽댔다. 번들거리는 검은 뺨과 대비되어 하얀 이가 반짝거릴 정도였다.

"항공기였다. 저공비행중이었어. 음탐실! 수면에 새로운 접촉 없나?"

서승원 중령이 잠시 가쁜 숨을 골랐다. 조금 전까지 잠망경에 연결된 모니터를 통해 외부상황을 관측하던 부함장이 화들짝 놀랐다. 부함장은 잠시 푸른 하늘에 시선을 빼앗겨 비행기 같은 것은 발견하지 못한 것이다.

－없습니다. 수면상황은 조용합니다.

"함장님, 마지막 상황을 리플레이합니다."

부함장이 리코더를 조작하자 사령탑 전면에 붙박인 대형 모니터가 작동하며 잠항 직전의 상황이 재생되기 시작했다.

"방위는 공이십오(0-2-5)도입니다. 항공기는…… 쌍발입니다. 아! 바이킹 같습니다."

"바이킹이 맞아."

진종훈 소령이 보고하자 긴장이 가신 서승원 중령이 들릴 듯 말 듯 내뱉었다. 화면 한쪽 구석에 북쪽에서 접근하는 항공기 실루엣이 작지만 선명하게 나타났다.

이 비행기는 날개 하단 양쪽이 불룩한 모습이었다. 이곳은 제트엔진의 흡입구가 틀림없었다. 형식명 S-3B 바이킹은 미국 항모항공단의 주력 대잠초계기이다.

장문휴로서는 실로 위험한 순간이었다. 잠망경을 노출시킨 시간이 짧았지만 바이킹은 정밀한 대수상레이더를 갖춘 항공기였다. 발견되었을까? 화면은 거기서 끝이었다. 녹화된 양이 너무 적었다.

"바이킹 침로는 북쪽 같습니다."

화면을 주의깊게 본 진종훈 소령이 바이킹의 방위를 추정했다. 서승원 중령이 고개를 한 번 끄덕이더니 뜻밖의 명령을 내렸다.

"좋아, 잠망경 심도로 다시 부상한다."

"심도조정. 잠망경 심도로 부상!"

함장의 명령에 조종컨솔 앞에 서 있던 부함장이 복창하자 조함병이 조종간을 당겼다. 항공기 조종간처럼 생긴 잠수함 조종간은 원리도 같다. 함미 횡타가 위쪽으로 꺾이며 선체가 서서히 상승했다.

훈련판정관 레스턴 소령의 시선이 재미있다는 듯 함장의 움직임을 따라갔다. 함장의 저돌적인 행동을 지켜보며 조만간 함이 격침판정을 받아 부상할 것으로 기대하는 표정이었다.

그의 임무는 이번 훈련에서 한국 잠수함 장문휴의 작전 전반을 체크하고 금지된 전술을 감독하는 판정관이었다. 아직까지 특별한 상황은 없었고, 그가 개입할 만한 일도 별로 없었다.

하지만 그가 받은 다른 임무는, 한국 잠수함의 성능을 체크하고 한국 해군이 미군에 알리지 않은 정보를 파악하는 일이었다. 이것은 일종의 스파이 행위였지만, 다른 나라에 파견되거나 외국 함정에 탑승한 군인은 기본적으로 스파이 임무를 수행했다.

"대잠초계기가 통과한 직후가 그래도 안전하겠지요?"

함장이 레스턴 소령에게 뭐라고 떠들면서 싱긋 웃었다. 레스턴 소령이 인상을 약간 찌푸렸다. 어제와 오늘, 처음 듣는 한국어는 귀에 상당히 거슬렸다. 수년간 근무했던 사세보에서의 부드러운 일본말과는 확연하게 달랐다.

판정관 위치라서 그런지 뭔가 함장이 시비를 거는 것처럼 느껴졌다. 곧 그에게 익숙한 영어가 들렸다. 통역병이 함장 말을 다시 영어로 옮겨준 것이다.

'뭐라고?'

레스턴 소령이 말뜻을 알아채고 놀라 함장을 다시 쳐다보았다. 미국 공격잠수함 함장들이 아무리 저돌적이라 해도 대잠초계기가 상공을 통과한 직후에 잠망경 심도까지 다시 올라갈 정도는 아니었다. 잠수함은 분명히 수면을 향해 치솟고 있었다.

레스턴 소령은 간신히 몸의 균형을 잡으며 한국 해군 함장의 돌발적인 행동에 시선을 집중했다.

함장이 잠망경 작동 버튼을 눌렀다. 바닥으로 내려갔던 잠망경이 미끄러지듯 올라왔다.

"ESM 마스트 작동준비!"

서승원 중령이 명령을 내리며 잠망경 접안구에 눈을 댄 채 한 바퀴 빠르게 돌았다. 물위에 특별한 것은 없었다. 잠망경 상층부에는 간단한 전파감지기가 있었지만 그것으로 정밀한 수색은 불가능하다. 위험경보만 할 뿐 정밀한 수색을 위해서는 ESM 장비가 탑재된 마스트가 필요하다.

"ESM 마스트 올려! 탐지시간 10초 주겠다."

부함장이 ESM 마스트를 직접 조작했다. 그리고 마스트가 수면 위로 올라간 직후부터 스톱위치를 꺼내 시간을 재기 시작했다.

"잠망경 내린다. ESM 어떤가?"

잠망경이 다시 하강하여 하얀 잠망경 몸체를 드러내며 바닥에 고정됐다. 함장이 ESM 분석기 앞으로 다가왔다.

"ESM 마스트 내려!"

통신관 이홍기 중위는 아까부터 허둥대고 있었다. 눈치가 빠르고 말이 많은 젊은 장교인데, 상급자들로부터 아직 다듬을 게 많다는 평가를 받고 있었다. 짧은 시간 동안 ESM 마스트에서 감청한 전파정보는 분석하는데 시간이 꽤 걸렸다.

"전파 노이즈는 세 곳입니다. 두 개는 대수상레이더 시그널입니다. 나머지 하나는 전술항법지시기(TACAN) 전파 같습니다. 그런데 매우 짧은 시간이었습니다."

동료들에게 '까불이'라는 별명이 붙은 이홍기 중위의 목소리가 함장 앞에서는 약간 더듬거렸다. 함장이 익숙지 않은 미소를 지으며 이 중위에게 물었다.

"미국 녀석들은 수상함정 대부분이 대잠헬기를 운용한다. 항공기 유도용 전파라 해서 반드시 항모라고 할 수는 없겠지?"

함장 얼굴이 바로 코앞까지 다가오자 이홍기 중위가 바짝 얼어붙었다. 반쯤 일어나다가 주저앉은 이홍기 대신 부함장이 나섰다.

"그렇습니다. 놈들 항모전단이 자주 쓰는 트릭 하나가 항공모함의 테이캔(TACAN)을 완전히 끄고 미리 약속된 다른 방향의 구축함에서 유도하는 것입니다. 따라서 테이캔 방향에 항모가 있다고 단정하는 것은 무리입니다."

부함장 말이 옳았다. 항공모함과는 전혀 다른 함정에서 항공기를 유도하고 항모는 미리 정해진 다른 방향에서 항공기를 불러들일 수 있었다. 이것은 막강한 미국 항모전단에 대항해 공대함 미사일 공격을 위주로 하는 구 소련과의 해상전투를 염두에 둔 전술이었다.

"좋아, 믿을 건 소나뿐이군. 제군! 통신감청으로 얻을 수 있는 게 많기도 하지만 하나도 없는 경우도 있다. 명심하도록."

"예, 명심하겠습니다!"

함장이 자리를 뜨자 이홍기 중위가 유달리 큰 목소리로 대답했다. 놀란 부함장이 손가락을 입술로 가져갔다. 여기는 절대 침묵이 필요한 잠수함이었다.

"침로 변경한다. 방위 일백칠십오(1-7-5)! 심도조정 200미터. 잠항각 15도."

"침로 변경! 방위 일백칠십오도!"

"심도 조정! 200미터. 잠항각 15도!"

잠수함 장문휴의 선체가 좌현으로 기울자 아래쪽으로 급격히 기울었다. 통역병의 통역이 늦어 다른 곳에 한 눈을 팔던 레스턴 소령은 함이 심하게 기우는 순간 잠시 휘청댔다. 장문휴는 수면 밑 물고기를 노리는 물새처럼 해저를 향해 급강하했다.

5월 22일 10:35 오키제도 북쪽 70km, 상공
미 해군 S-3B 바이킹, 코드명 펭귄 파이브

"투하!"

"투하!"

명령하자마자 부기장이 소노부이 투하 버튼을 눌렀다. 이미 익숙해진 작은 소리가 들리고 진동이 느껴졌다. 대잠초계기 바이킹의 기장 어윈 로스 대위는 고개를 들어 창 밖을 살폈다. 파란 바다 위에 점점이 떠 있는 전투함들이 하얀 항적을 만들며 달리는 모습이 인상적이었다.

로스 대위가 헤드셋의 기내용 버튼을 눌렀다. 시끄러운 비행기 엔진 소리를 뚫고 밀튼 로젠벅(Milton Rosenberg) 소령이 다른 탑승원에게 뭐라고 하는 소리가 들렸다. 기내 스피커에서 울리는 것보다 더 크게 들려 짜증이 났다.

"투하했습니다."

로스 대위는 대잠초계기의 지휘관인 전술통제사(TACCO)에게 보고를 마치고 기체를 왼쪽으로 약간 선회했다. 원통형 소노부이가 수면에 하얀 물보라를 남기며 물속으로 미끄러져 들어가고 있었다. 수면의 부표와 기다란 와이어로 연결된 수동소나가 수심 600피트에서 목표 잠수함을 탐지하여 정보를 초계기로 송신할 것이다. 로스 대위는 조그마한 소노부이에서 그토록 긴 줄이 나오는 것이 항상 신기했다.

　－좋아, 어윈. 이제 1-1-5로 선회한다. 이놈, 꼭 잡아야 할 텐데.

"예, 당연히 잡아야죠. 신호는 좀 걸립니까?"

전술통제사와 대화를 하던 로스는 슬쩍 옆자리의 부기장 표정을 확인했다. 새벽부터 계속된 비행 때문에 상당히 지친 모습이었다. 그래도 소득이 전혀 없으니 엄살을 부릴 수도 없는 상황이었다.

　－글쎄. 근처에 뭔가 있는 것 같은데, 확실치 않아. 이번에 확인할 수 있겠지.

"예. 그럼 투하 위치를 알려주십시오."

로스 대위는 언제나처럼 원기왕성한 목소리였다.

　　　　＊　　　　＊　　　　＊

"이놈, 상당히 머리가 좋은 놈이야. 그래 봤자 고래에 불과하지만."

전술통제사 로젠벅 소령은 모니터를 통해 각 소노부이가 보내오는 데이터를 확인하며 점점 초조해졌다. 좁은 기내에 가득 찬 각종 기기들이 조그마한 한국 잠수함을 잡기 위해 신경을 곤두세우고 있었다.

승무원들도 일단은 기계에 부착된 조그만 부속품에 불과했다. 하지만 이런 부속품 하나하나가 합해져서 적을 발견하고 격멸시키는 것이다. 로젠벅 소령은 유심히 모니터를 살폈다. 몇 시간째 그의 추격을 피하고 있는 이번 상대방은 결코 호락호락하지 않았.

신호가 잠시 이어졌다가 끊어졌다. 잠수함은 절대로 정확한 위치를 노출시키지 않았다. 경험이 많은 초계기 기휘관도 이렇게 힘든 훈련은 처음이었다. 승무원들은 점점 초조해지며 지쳐갔다.

— 대기, 대기, 투하!
— 투하!

기장과 부기장이 또 다른 소노부이를 투하하는지 스피커에서 잔뜩 긴장된 목소리가 들려왔다. 초계기의 뒤창에서 작게 덜컹거리는 소리가 들렸다. 수백 달러를 호가하는 소노부이가 물위로 떨어지는 순간이었다.

"MAD에는 뭐 걸리는 것 없나?"

로젠벅 소령이 얼굴을 모니터에 들이밀고 있는 중위를 옆에서 물끄러미 쳐다보았다. 20대 후반인 에브릿 라저스(Everett Rodgers) 중위는 깜짝 놀라더니 이상 없다고 대답하며 괜히 미안해했다.

MAD는 자기탐지장치이다. 강철 선체의 잠수함이 지구자장에 미치는 작은 변화를 감지하는 예민한 장치인데, 탐지범위는 상대적으로 무척 좁다. 이곳 훈련 해역은 깊은 곳도 수심이 500미터 정도밖에 되지 않아 자기탐지장치로 잠수함을 발견하기는 어려울 것이다.

로젠벅은 중위 잘못이 아니라고 생각했지만, 지금은 조그마한 가능성에라도 매달릴 수밖에 없었다. 조금 전에도 함대 대잠지휘관이 호출하여 한바탕 난리를 친 것이다.

"19번에서 접촉물! 접촉물입니다!"

라저스 중위가 머리 위로 검지 손가락을 돌리며 외쳤다. 로젠벅 소령이 얼른 모니터를 확인했지만 거기에는 아무 것도 나타나지 않았다. 아까도 14번 소노부이에서 뭔가를 탐지했지만 금세 사라졌다. 잠수함이 이 근처에 있긴 분명 있는 모양이었다.

"음향패턴은 재래식 잠수함이 틀림없었습니다. 무척 짧았지만 말입니다."

라저스 중위가 잔뜩 힘이 실린 목소리로 부연설명했다. 로젠벅 소령은 직접 확인하지는 못했지만 부하를 믿을 수밖에 없었다. 뭔가 꺼림칙한 기분이 든 로젠벅이 헤드셋에 달린 기내용 통신기를 켰다.

"알았네, 기장!"

— 예! 소령님.

기내에 잠시 침묵이 흘렀다. 전술통제사의 판단에 따라 대잠초계기가 얼마나 빨리 훈련을 마치고 의기양양하게 항공모함에 착륙할지의 여부가 달려 있었다.

"1-7-5로. 아무래도 저놈은 새둥지를 노리는 것 같다."

— …….

기내에 잠시 침묵이 흘렀다. 해군에서 '새둥지(birds nest)'라는 말은 각종 항공기들이 이착륙하는 항공모함을 뜻한다. 한국 잠수함 승무원들이 아무리 저돌적이고 유능하다고 해도 대잠초계기와 호위잠수함, 대잠무기를 적재한 각종 전투함과 대잠헬리콥터들이 삼중, 사중으로 펼친 경계망을 뚫고 항모에 접근하기란 현실적으로 어려웠다.

하지만 잠수함의 특성상 전혀 불가능한 것은 아니었다. 구 소련 잠수함들과 가끔 있었던 충돌사고가 이를 증명한다.

미국 항모와 구 소련 잠수함의 충돌사건은, 잠수함이 항모전단 한가운데로 몰래 침투할 수 있다는 증거로 삼는 측이 있고, 미국 항모전단이 모르는 척하며 고의적으로 구 소련 잠수함에 충돌했다는 설이 있다. 그러나 사실은 전자에 가깝다.

— 알겠습니다. 본때를 보여주겠습니다.

한참 침묵이 흐른 다음 조종석에서 간신히 대답이 나왔다. 로스 대위는 여전히 원기왕성한 모양이었다.

5월 22일 10:50   오키제도 북동쪽 75km
미 해군 구축함 DD-966 휴잇, 전투정보센터

소나를 담당한 조셉 레이(Joseph Ray) 준위는 얼굴을 잔뜩 찡그리며 디스플레이 한쪽에 시선을 집중했다. 그가 아침부터 추적해온 잠수함은 그동안 잡힐 듯 말 듯하며 확실하게 탐지할 기회를 주지 않았다.

조금 전에는 펭귄 파이브라는 코드명이 붙은 대잠초계기 바이킹이 목표의 대략적인 위치를 휴잇으로 통보해왔다. 하지만 이 구축함의 소나에는 아직 목표가 잡히지 않았다.

목표 잠수함은 그동안 온도층을 오르내리면서 쓰시마 해류와 연안수의 급격한 온도차를 이용해 대잠방어망을 따돌려왔다. 이 해역은 여러 모로 보아 확실히 잠수함에 유리했다. 한국 잠수함들이 이 해역을 승부처로 삼은 까닭이 여기에 있다고 비로소 깨달았다.

레이 준위는 방광이 터질 듯했지만 꾹 참으면서 온 신경을 집중하길 어느새 3시간이 넘었다. 갑자기 레이 준위의 눈이 크게 떠졌다. 소나 디스플레이에 뭔가가 나타난 것이다. 드디어 기다린 보람이 있었다. 레이는 모니터에서 눈을 떼지 않고 지휘관에게 보고했다.

"접촉물! 2-9-5, 거리는 7,000에서 8,500야드 사이입니다."

"확인해봐. 컬럼비아일지도 모르니까."

레이 준위는 바로 뒤에서 들려오는 소리에 깜짝 놀랐다. 함장이 어느새 레이 준위 바로 뒤에 서 있었다. 함장도 소나 디스플레이를 통해 레이 준위와 동시에 잠수함을 확인했을지도 몰랐다.

레이 준위는 한 시간여 전에 녹음된 음문音紋과 이번에 잡힌 데이터를 함께 놓고 비교했다. 틀림없었다. 미 해군 원자력 잠수함 컬럼비아의 추정 위치와도 상당한 거리가 있었다. 무엇보다도 원자력 잠수함과 재래식 잠수함은 음문 패턴이 전혀 달랐다.

"재래식 잠수함입니다. 패턴 확인!"

진땀을 흘린 레이 준위가 의기양양하게 함장에게 보고했다. 함장 마셜 맥루언(Marshal McLuhan) 중령은 멋으로 담뱃가루도 없는 빈 파이프를 물고 있었다.

"오호라~ 1시간 반만에 다시 모습을 드러내시는구먼."

"예! 아까와 동일한 잠수함입니다."

이번 훈련에는 가상 적으로 한국 잠수함 두 척이 동원되었다. 한 척은 함대진형 정면에서 밴더그리프트와 하루사메를 격침시킨 놈이었는데, 이놈은 아무래도 항모를 노리는 모양이었다. 레이는 상대방이 상당히 간이 큰 잠수함이라고 생각했지만, 항공모함은 잠수함에게 꽤 매력적인 목표임에 틀림없었다.

"근처에 아군 항공기는 뭐가 있나?"

"펭귄 파이브와 펭귄 세븐이 있습니다. 부를까요?"

뒤에서 함장과 부함장이 의논하는 소리가 들려왔다. 레이는 디스플레이에 계속 시선을 고정했다. 목표 잠수함은 아주 천천히 움직였고, 잠시 후 음문이 흐릿해지기 시작했다. 레이 준위가 '어어~' 하는 사이에 잠수함은 사라지고 없었다.

5월 22일 11:10　오키제도 북동쪽 80km
한국 해군 잠수함 장문휴, 사령실

"소나 컨택! 방위 이백구십공(2-9-0), 거리 10km. 수중 시그널입니다!"
 모니터상에 진동음이 파악되자 음탐장 최현호 상사가 갑자기 바빠졌다. 편한 자세로 기대앉아 소나 헤드폰을 한쪽 귀에만 대고 있다가 서둘러 제대로 쓰고 나서, 모니터에 나타나지 않은 미약한 음을 잡아내려는 듯 양손으로 헤드폰을 누르며 눈썹을 잔뜩 찌푸렸다.
 "소나 컨택 확인! 추적코드 부여하겠습니다. 목표 17!"
 음탐관 강인현 대위도 바삐 움직일 때 함장이 음탐실로 들어왔다. 그러자 약간 떨어진 거리에 있던 훈련판정관 레스턴 소령도 새로운 변화에 관심을 기울였다. 그의 표정에서는 조그마한 깡통 주제에 갖출 것은 다 갖췄다는 뜻의 비웃음이 흘러나왔다.
 레스턴이 보기에도 모니터에 표시된 미약한 음문이 눈에 띄었다. 소음 수준은 매우 낮았지만 디젤 잠수함이 전동모터로 항주중에 내는 균등한 음문과는 달랐다. 단속적인 파동음은 분명 원자력 잠수함이 내는 가장 특징적인 소음, 즉 원자로 냉각계통의 소음이었다.

 "원자력 잠수함입니다! LA급 후기함 같습니다."
 강인현 대위가 뒤에 선 함장에게 고개를 돌리며 말한 직후 최현호 상사가 모니터에 시선을 못박은 채 새로운 보고를 했다.
 "침로는 북동쪽을 향하는 것 같습니다. 아! 가속중입니다. 스크루 회전수가 점점 빨라집니다."

서승원 중령의 얼굴에 약간 그늘이 졌다. 작전관 김승민 대위의 숨이 가빠지며 얼굴이 잔뜩 상기되었다.

"저놈이 아군 최무선함을 발견한 것 같습니다."

"저놈, 컬럼비아입니다. 최무선이 위험합니다!"

강인현이 미국 잠수함의 함명을 확인하고 보고했다. 모두들 잔뜩 긴장했다. 최무선이 장보고급 자매함들 가운데서 많은 훈련전과를 올려 유명해졌지만 작은 함체를 가진 209급으로서는 분명 한계가 있었다. 그것은 탐지장비가 대형 잠수함에 비해 전반적으로 열세에 있다는 점이다.

동료 잠수함 걱정에 안달하는 장문휴의 승무원들과 달리 훈련판정관 레스턴 소령은 상대적으로 느긋한 표정이었다.

5월 22일 11:15 오키제도 북쪽 64km
한국 해군 잠수함 최무선, 사령실

"방위 일백사십공(1-4-0), 거리 7km. 확실합니다!"

음탐관 권혁준 대위가 보고를 마치고 침을 꿀꺽 삼켰다. 너무 거대한 목표였다. 만재배수량 10만톤이 넘는 초대형 원자력 항공모함 링컨이 약 80대의 항공기를 싣고 바로 코앞에 있었다.

음탐관 뒤에 서 있던 함장 조성진 중령이 약간 흥분된 어조로 승무원들의 사기를 잔뜩 올렸다.

"자, 우린 저 돼지를 잡는 거야. 피래미는 무시한다!"

그러나 승무원들은 별로 사기가 올라가는 것 같지 않았다. 긴장의 도가 지나쳐 이젠 모두들 지친 것이다. 이들이 항모 링컨을 추적한 지 벌써 2시간이 지났다.

"지금 공격해야 되지 않겠습니까?"

대잠전투함들과의 계속된 숨바꼭질로 긴장이 극에 달한 부함장이 공격을 계속 재촉했다. 부함장은 30분 사이에 세 번이나 화장실에 다녀오겠다고 했다. 그러나 조금 전에 조리실 냉장고에 들어갔다 왔는지, 호흡이 아까보다는 한결 가벼워졌다.

함내공기를 정화해서 계속 다시 써야 하는 잠수함에서 냉장고의 또 다른 역할은 바로 흡연실이다. 담배 연기가 냉장고에 낀 성에에 흡착되기 때문에 잠수함에서 담배를 피우려면 이곳밖에 없었다.

물론 이곳도 아무나 들어가는 것이 아니다. 계급과 짬밥이 있어야 하고, 그런 위치가 아닌 수병들은 담뱃가루를 씹으며 눈물을 흘려야 했다. 부사관 대접을 쉽게 받을 수 있는 일반 수상함정과 달리 잠수함에서는 최하 계급이 하사이다. 그러니 부사관들이 담배도 마음대로 피울 수 없는 잠수함 근무를 자원하는 경우는 많지 않았다.

긴장한 부함장과 달리 함장은 자신만만했다.

"아니야. 주변에 호위함정이 많아서 조금 더 접근해야 해. 실전상황이라면 모르겠지만."

함장이 힐끗 뒤돌아보았다. 통역병의 도움으로 최무선의 항모 공격 의도를 파악한 판정관이 약간 의외라는 표정을 짓고 있었다.

"지금은 훈련상황이고, 어뢰 대신 공격소나로 대체해야 하니까. 게다가 저놈들은 우리가 접근하는 줄도 몰라."

조성진 중령이 음탐실을 떠나 작도관까지 뚜벅뚜벅 걸어갔다. 부함장이 따라가고, 작전관이 함장에게 보고했다.

"현재 장문휴는 위치가 제대로 파악되지 않습니다. 아직은 적에게 탐지되지 않은 것 같습니다."

조성진 중령이 고개를 끄덕이며 작도판에서 항적을 살폈다. 주변에 각종 대잠함정과 대잠초계기들의 예상 항로가 잔뜩 기록되어 있었다.

미국 구축함 휴잇이 위험할 정도로 최무선에 접근하고 있었지만 지금까지 다섯 번이나 속여서 함장은 휴잇을 그리 걱정하지 않았다.
온도층이나 해류 방향 등, 이 해역은 모든 것이 잠수함에 유리했다. 최무선이 아직까지 휴잇을 살려둔 것은, 쓸데없는 구축함을 잡았다가 집중공격 받는 것보다는 항공모함을 한번에 확실히 잡기 위해서였다.
최무선의 함장이 판단하기로는 동료함 장문휴가 함대 정면에서 적함 두 척을 침몰시킨 모양이었다. 조성진 중령은 장문휴함이 지금은 아마 함대 대잠방어선 외곽에 있을 것으로 추정했다. 함장은 장문휴의 함장, 서승원 중령에 대해 잘 알고 있었다.
"그렇겠지. 그 친구는 대단한 놈이니까. 우리도 한 건 해야지?"
"물론입니다. 조무래기보다는 왕건이를 잡아야죠."
작전관이 지시봉으로 미 해군 항공모함 링컨이 표시된 부호를 두들겼다. 함장은 링컨에 최대한 접근할 계획이었다. 항모에 3km 정도까지 접근해서 지향성 공격소나를 때린다면 자존심이 강한 미국 해군도 절대 헛소리를 못할 것이다.

─ 음탐실입니다! 주변에 소노부이가 대량으로 낙하하고 있습니다!
"우라질! 키 오른편 전타, 일백육십공(1-6-0)도 잡아! 바이킹이야. 10노트. 심도 200까지."
함장이 낮은 목소리로 명령하자 부함장이 함장의 명령을 구체적으로 복창했다. 최무선함이 급속히 해저로 내려앉았다. 최무선함은 초계기에 발각됐을 경우에 대비해 미리 준비한 노이즈 메이커를 사출하고 표층수 아래로 내려갔다.
방향타를 최대한 꺾는다는 의미의 전타는 표준전타로 타각 25도이며 최대각은 35도이다.

최무선함은 수심 200미터까지 내려가면서 동시에 방향을 반대로 바꿨다. 초계기는 노이즈 메이커를 쫓는지 잠수함과 점점 거리가 멀어지고 있었다.

− 음탐실입니다! 구축함 휴잇이 급속 접근하고 있습니다!

"이런, 이런……. 가변심도 소나인가?"

함장이 상황을 깨닫고 서둘러 음탐실로 뛰어갔다. 음탐실에는 음탐관과 음탐장, 음탐선임하사까지 모두 각자 목표 하나씩 맡아 주변 해역의 움직임에 귀를 집중했다.

음탐장이 소나 디스플레이에 휴잇으로 표시된 점을 손가락으로 짚었다. 밝은 점이 희미한 흔적을 남기고 디스플레이 중간 약간 왼쪽을 향해 다가오고 있었다.

"똑바로 오고 있습니다. 조금 전에 우리가 있던 위치를 통과할 예정입니다. 5,400미터!"

음탐장으로부터 급박한 보고를 받은 조성진 중령이 결단을 내렸다.

"그럼 들켰어! 구축함 먼저!"

"항공모함은 어떡합니까?"

깜짝 놀란 부함장이 항모를 우선 공격하자고 주장했지만 자신의 잠수함을 격침시키고 싶은 함장은 없었다.

"항모는 자체 방어능력이 없어! 먼저 구축함부터 잡는다!"

5월 22일 11:20   오키제도 북동쪽 75km
미 해군 구축함, DD-966 휴잇, 전투정보센터

"확실히 잡았습니다! 함장님. 거리 5,500야드, 방위 2-8-5입니다!"
음탐장 조셉 레이 준위가 함장을 큰 소리로 불렀다.

"펭귄 파이브, 세븐에서 보내오는 데이터와 교차확인중입니다. 핀 포인트 공격까지 가능하도록 정확하게 위치를 뽑을 수 있습니다!"

구축함 휴잇의 함장 마셜 맥루언 중령이 소나실로 뛰어왔다. 레이 준위의 능력은 의심할 게 없지만 어려운 일을 해낸 다음에는 자랑하고 싶어하는 버릇이 있었다. 함장은 칭찬해줘도 무방하다고 생각했다.

"수고했네. 그런데 핀 포인트 자신 있어? 토마호크를 주면 머리 위에 때릴 수 있겠냐구?"

대잠무기가 아닌 토마호크를 잠수함을 향해 발사한다는 말은 물론 농담이다. 재래식 탄두를 장착한 지상공격형 토마호크 TLAM-C 또는 D형의 원형공산오차는 10미터이다. 그러니 그 정도로 정확히 탐지했느냐는 물음이었다.

"물론입니다. 플러스 마이너스 20미터 이내로 뽑을 수 있습니다. 펭귄 파이브, 세븐의 데이터와 삼각계산을 끝냈습니다. 조금만 기다려주십시오……. 아, 완료됐습니다!"

자신만만한 레이 준위가 서둘러 키보드를 조작했다. 휴잇이 장비한 SQS-53 함수소나의 정보는 Mk-116 대잠공격 시스템에 연동되어 공격에 필요한 정보를 곧바로 산출해낼 수 있다. 실전이었다면 바로 애스록을 쏘아버리면 상황은 끝이었다.

애스록(ASROC)은 탄두가 어뢰인 대잠로켓이다. 구축함에서 발사된 대잠로켓은 잠수함이 숨어 있는 바다 위까지 날아가 탄두를 작은 낙하산에 달아 떨어뜨린다. 천천히 물에 착수한 어뢰는 자체 소나를 이용해 잠수함을 탐지하여 공격한다. 전투함이 잠수함을 멀리서 안전하게 잡는 방법이었다.

그러나 탄두인 Mk-46 어뢰는 폭약의 양이 적어 잠수함에 명중한다고 해도 확실히 격침시킬 수 있는 것은 아니다.

"좋아. 추적정보를 확실하게 백업하도록. 토마호크를 머리 위에 터뜨려주지 못하는 게 아쉽지만 잘했다, 조셉! 저주파로 한 방 먹여준다. 준비하게."

"예! 알겠습니다. 놈들 귀가 먹도록 강한 놈으로 준비하겠습니다. 수면 가까운 심도였다면 진짜 토마호크로 때려도 격침시킬 수 있었을 겁니다."

함장의 명령을 받고 조셉 레이 준위는 한 번 더 우쭐댔다. SQS-53 소나를 공격모드로 전환하여 최대 출력을 조절하는 그의 손길이 빨라졌다.

"공격소나, 탐신 대기했습니다!"

레이 준위의 보고와 동시에 함장이 명령을 내렸다. 대잠무기 담당자들은 함장의 명령이 없이도 이미 애스록의 발사준비절차를 거치고 있었다.

"오케이. 탐신한다!"

"탐신!"

방위를 정한 SQS-53 소나에서 지향성이 강한 저주파가 낮게 울렸다. 동시에 헤드폰을 잠시 벗은 레이 준위가 득의만면한 것도 잠시, 3초도 지나지 않아서 소나 디스플레이에 밝은 점이 화면 가득 커다랗게 번져나갔다.

"뭐야? 이건!"

맥루언이 반문하자 레이의 눈동자도 휘둥그레 떠졌다. 재빨리 헤드폰을 다시 썼지만 이미 휴잇의 전투정보센터에 탑승한 모든 사람의 귀에 들릴 만한 짧은 음파가 진동했다. 새로운 음파의 잔향이 물속에서 날카롭게 울려퍼졌다. SQS-53 소나의 공격음보다 더 높은 대역의 새로운 음파는 듣기에도 확연히 구별됐다.

"젠장! 저쪽에서도 한 방 쐈습니다."

맥루언 중령과 레이 준위가 멍청하게 모니터를 주시하고 있는 동안 뒤에 서 있던 부함장이 입을 열었다. 3초라면 휴잇에서 쏜 음파가 반사되어 돌아오는 것보다도 빠른 시간이었다. 즉, 이 소리는 휴잇이 탐신한 액티브 소나의 반사음이라고 볼 수 없었다.

수중에서 음파는 초속 약 1,500미터를 진행하고, 탐신음이 목표에 도달하여 휴잇에 반사음이 들리려면 두 배의 시간이 필요하다.

"함장! 휴잇도 격침이야."
"뭐라고? 무슨 소리야? 우리가 먼저 쐈어!"
고개를 돌리며 함장이 소리쳤다. 휴잇에 탑승한 판정관 라벗 K. 머튼(Robert K. Merton) 중령은 함장과 같은 해군 사관학교 79년도 졸업생이었다. 굳이 따지자면 이미 구축함 함장 근무를 마친 머튼 중령의 서열이 높았지만 그들은 가족끼리도 서로 친했다.

"우리가 먼저 쏜 것을 자네도 봤잖나? 말도 안 돼! 우리까지 격침이라니. 이런! 지금 뭘 하는 건가?"
항의하던 함장이 휴잇의 격침판정을 보고하기 위해 키보드를 조작하는 머튼 중령의 행동을 보고 목소리가 높아졌다.

"거리 5,500야드에서 애스록 발사로 상정된 자네 공격은 상당한 시간이 소요된다. 상대측 공격은 휴잇의 액티브 소나음으로 위치를 파악한 것이라 볼 수 없네. 그쪽의 반응시간이 너무 짧았어. 그쪽 역시 준비된 공격이라고 판정할 수밖에 없네."

화가 난 맥루언 중령이 뭐라 반박할 말을 찾았지만 쉽지는 않았다. 판정관 머튼 중령이 말을 계속했다.

"거리 5,500야드에서 휴잇이 탐신하고 그 직후 3초 이내에 잠수함이 탐신했다면, 오히려 저쪽 잠수함이 먼저 발사했다고 봐야 해. 그 정도 시간 차이라면 어차피 동시에 서로 공격한 셈이 되니 큰 차이는 없지만. 어쨌든 자네 함정은 저들이 쏜 어뢰를 피할 수가 없었을 걸세."

머튼 중령은 대답하면서 계속 키보드를 두들겼다. 맥루언 중령은 마지막 수단을 쓸 수밖에 없었다. 머튼과의 친분관계를 배경으로 한 으름장이었다. 함장이 훈련판정관 머튼 중령에게 바짝 다가왔다.
"뭐야? 자네, 나한테 이럴 수가 있나? 당장 격침판정을 취소하게!"

5월 22일 11:23 오키제도 북동쪽 66km
한국 해군 잠수함 최무선, 사령실

"최무선 격침!"
미국인 판정관이 얄밉게도 한국말로 격침판정을 내렸다. 통역병에게 미리 격침에 해당하는 한국말을 물어본 모양이었다.
휴잇이 탐신한 액티브 소나음에도 놀라지 않던 승조원들이 화들짝 놀랐다. 항공모함에 대한 공격을 준비중이던 부함장은 기가 막혀 말을 잊었고, 작전관과 항해장은 부릅뜬 눈으로 판정관을 쏘아보았다. 분노한 함장이 판정관을 돌아보니, 판정관은 가증스럽게도 기계설비 쪽으로 시선을 돌리며 피식피식 웃고 있었다.
"판정관! 이건 말이 안 되잖소? 탐신 직후 우린 온도층 바로 위로 올라왔는데, 어떻게 우리가 격침이란 말이오?"
마크 46 어뢰를 탄두로 만든 대잠로켓은 잠수함에서 발사된 어뢰에 비하면 속도가 빠르지만, 그래도 입수 이후 자체 탐지까지 상당한 시간이 걸린다. 잠수함이 있던 해역에 애스록이 투하됐다고 해도 잠수함을 반드시 탐지한다는 보장은 없었다. 그리고 잠수함이 어뢰를 회피하는 방법은 다양하다.
최무선의 승조원들은 억울했다. 그들은 휴잇이 애스록을 발사해도 충분히 피할 수 있다고 자신했다. 통역병이 함장의 항변을 영어로 옮긴 즉시 판정관으로부터 싸늘한 대답이 흘러나왔다.

"마크 46은 수면 바로 아래에서부터 탐신할 수 있잖소?"

"하절기에 이 해역 온도층이 몇 미터인 줄이나 아시오? 겨우 15미터도 안 되오, 피프틴 미터즈! 대잠어뢰는 물에 착수하자마자 온도층 아래로 내려 가버린단 말이오! 토피도 초기수색 패턴이 서클 패턴이든, 스네이크 패턴이든 간에 결코……."

함장은 영어를 섞어가며 판정관에게 항의했지만 판정관은 요지부동이었다. 아무리 논리적으로 설명해도 도저히 씨알이 먹히지 않을 것 같았다.

한국 해군 잠수함 최무선은 취역 후에 실시된 각종 해군 합동훈련에서 엄청난 전과를 올려왔다. 겹겹이 두른 함대 대잠방어망을 뚫고 항공모함이든 공격용 핵잠수함이든 가상 적이면 가리지 않고 격침시켰다. 미국과 일본, 호주 등의 구축함과 대잠초계기들이 떼를 지어 바다를 샅샅이 뒤졌지만 그들은 최무선을 탐지조차 하지 못했다.

이것은 비록 훈련에서 거둔 전과였지만 최무선 승조원들의 자존심은 최초의 본격적인 잠수함인 장보고에 못지 않았다. 한국형 209급을 1번함인 장보고의 이름을 따서 '장보고'급이라고 부른다. 그러나 훈련에서 드러낸 성과는 최무선이 압도적이었다.

물론 그만큼 최무선이 미국 해군의 질시와 집중적인 경계 대상이 되기도 했다. 판정관의 판정에 함장이 그렇게 분노한 것은 이런 이유 때문이었다. 그동안 각종 훈련에서 골탕먹은 미국 해군이 최무선함을 좋게 볼 이유가 없을 것이다.

무엇보다 공정해야 할 사람이 판정관이었다. 그러나 판정관은 미국 무기의 우수성을 내세우며 함장의 항변을 일언지하에 묵살했다.

"흠! Mk-46의 소나는 해면 위에서 하버링하는 헬기를 탐지할 정도로 예민하오."

 판정관의 말은 과장이 아니었다. 잠수함이 물속에서 공중의 헬리콥터가 내는 소리를 들을 수 있듯이 어뢰 탄두의 소형 소나도 헬기가 수면 위를 날면서 내는 소음을 탐지할 수 있다.

 그런데 마크 46 대잠 경어뢰는 불발과 오작동이 잦기로 유명하다. 미국 해군이 실시한 대잠어뢰 투하훈련에서 어뢰 하나가 목표를 잃고 고속으로 물속을 헤매다가 낮게 비행중인 대잠 헬리콥터를 목표로 삼아 물위로 뛰어오른 적이 있었다. 놀란 헬기 조종사가 급상승해서 간신히 어뢰를 피했는데, 그 헬기는 하마터면 세계 최초로 어뢰에 의해 격추된 항공기로 기록될 뻔했다.

"부상."

 함장이 침울하게 낮은 목소리로 명령했다. 함장 이하 승조원들은 잔뜩 화가 났지만 참을 수밖에 없었다. 거대한 미국 항공모함이 바로 코앞에 있는데, 마지막 5분을 넘기지 못하고 격침판정을 받은 승무원들은 무척 안타까웠다.

 그것도 공정한 판정이 아니라 한국 잠수함을 우습게 보는 미국인 판정관 때문이라니 더욱 화가 났다. 이제 격침판정을 받아 수면 위로 떠오르려니 다들 힘이 빠져 잠수함도 힘을 잃은 듯했다. 함장은 나라가 약하니 이런 수모를 당한다며 한숨을 쉬었다.

"항공모함도 동시에 공격했어야 했습니다. 사실, 시간은 충분했습니다."

 부함장이 안타깝다는 듯이 말하자 함장이 고개를 저었다.

"항모쯤이야 얼마든지 잡을 수 있잖아? 이제 우리는 이쯤 물러서고 장문휴의 데뷔전을 지켜보자고."

 그동안 항모를 잡아본 경험이 있는 최무선 승무원으로서 자신감의 표현이었다.

그러나 함장도 일말의 섭섭함과 아쉬움을 감출 수는 없었다.

5월 22일 11:31   오키제도 북쪽 60km 상공
미 해군 대잠기 S-3B 바이킹, 비행코드 펭귄 5

"바보 같은 놈들!"

밀튼 로젠벅 소령이 혀를 끌끌 찼다. 기체가 왼쪽으로 크게 선회하자 좌측 관측창으로 푸른 바다가 하늘처럼 다가왔다. 로젠벅 소령은 초계기가 이대로 바다에 처박히지 않을까 걱정했다.

항공기 조종사들은 계기비행을 하도록 훈련받는다. 시각이란 얼마든지 착각의 가능성이 있기 때문이다. 그러나 인간인 이상 이것이 쉽지는 않은 일이다.

전투기가 지상 상공을 비행할 때 기체를 뒤집어 거꾸로 날아가는 경우가 상당히 있다. 조종사들은 종종 구름을 기준점 삼아 시계비행을 하는데, 구름은 지상에 대해 항상 수평으로 흘러가지 않는다. 구름이 기울어져도 그것을 느끼지 못한 조종사는 비행기를 조금씩 기울인다. 그러다가 착륙할 때에야 활주로가 머리 위에 있는 것을 발견하고 화들짝 놀라게 된다.

하늘과 땅이 명확히 구분되는 육지에서의 비행도 이런 경우가 있는데, 날씨에 따라 하늘과 바다가 잘 구별이 가지 않을 때가 많은 바다에서는 이런 경우가 더 자주 일어난다. 해상에서 발생하는 항공기 사고 상당수가 이처럼 조종사의 착시현상 때문에 발생한다는 보고가 있다.

─잠수함입니다! 부상하고 있습니다!

조종사가 비명 비슷한 소리를 질렀다. 로젠벅 소령이 잠수함을 찾았지만 보이지 않았다. 왼쪽이 아니라 오른쪽에서 거대한 포말이 일어났다. 잠수함은 로젠벅 소령이 예상한 방향과 반대방향에 있었다.

이윽고 시커먼 잠수함이 물위로 모습을 드러냈다. 훈련격침 판정을 받은 최무선은 끝까지 대잠초계기의 예상을 벗어나고 있었다.

"다른 나라에 저런 놈이 있다는 건 상당히 기분 나쁜 일이야."

로젠벅 소령은 한편으로는 안도의 한숨을 내쉬면서, 다른 한편으로는 앞으로도 한국 잠수함들 때문에 골머리가 지끈거릴 생각을 하니 걱정이 되었다.

2차 대전 때 유 보트를 대량 운용했던 독일의 잠수함 건조기술은 지금도 뛰어났다. 독일이 개발한 209급은 세계 각국에 수출되었다. 이 잠수함은 세계 각국에 수출된 잠수함 중에서도 베스트 셀러로 꼽힐 정도로 뛰어난 편이었다.

그런데 한국이 보유한 잠수함은 209급 중에서도 가장 뛰어났다. 209급을 운용하는 국가는 많다. 이스라엘, 터키, 그리스, 노르웨이, 그리고 포클랜드 해전에서 영국과 싸운 아르헨티나를 위시한 남미 국가들이 209급 잠수함을 보유하고 있다. 그러나 일반적인 209급 잠수함은 막강한 대잠전력을 보유한 미국 해군에 위협으로 간주될 정도는 아니었다.

그러나 한국의 209급 잠수함들은 이들과 격이 달랐다. 장보고급은 대부분 7,80년대에 건조된 다른 나라 잠수함들과는 달리 1990년대 이후에 건조됐기 때문에 장비도 최신형이었다.

게다가 저렇듯 뛰어난 함장이 지휘하는 잠수함을 잡을 생각을 하니……. 로젠벅은 잠수함이 현대전에서 얼마나 중요한 역할을 하는지 잘 알고 있었다.

― 소령님, 휴잇까지 격침판정을 받았다고 합니다. 바보 같은 놈들!

거리를 충분히 두고 공격했으면 됐는데…….

기장 로스 대위가 기함으로부터 연락을 받고 한 마디했다. 그러나 로젠벅 소령은 의견이 달랐다.

"어원! 거리를 두었으면 항모가 먼저 격침됐을 거야."

5월 22일 11:34   오키제도 북동쪽 50km
미 해군 순양함 모빌베이, 전투정보센터

"사령관님, 휴잇이 놈들 잠수함을 한 척 해치웠습니다. 악명높은 최무선입니다! 그러나 휴잇도 동시에 격침 판정을 받았습니다."

매튜 해리스 중령이 보고서를 옆구리에 끼고 함대 대잠지휘관에게 보고했다. 오코너 준장은 최무선이라는 말에 깜짝 놀랐다가 안도의 한숨을 내쉬었다. 함대 대잠업무에 종사하는 미국 해군으로서 최무선의 이름을 모른다면 일을 제대로 하지 않는 사람이라고 볼 수 있었다.

"한 놈 남았군. 그런데, 매튜. 어떻게 했기에 휴잇까지 날아간 건가?"

"휴잇은 공격과 동시에…… 정정합니다. 3초 후에 공격소나음에 접촉했습니다. 한국 잠수함도 공격을 준비하고 있었다고 판단됩니다. 양함의 동시 격침판정은 휴잇의 판정관이 내렸습니다. 그의 보고서는 애스록의 비과시간을 고려하여 한국 잠수함이 휴잇의 애스록에 피격되기 전에 충분히 어뢰를 유도할 수 있다고 판단했답니다."

오코너 준장이 잠시 생각에 잠겼다. 그는 휴잇과 최무선이 서로 공격한 직후 상대방의 어뢰를 피할 가능성을 먼저 계산했다. 대충 답이 나왔지만 그것을 다른 사람에게 말하기는 곤란했다.

"젠장! 어려운 판정이었군. 어느 놈이야, 판정관이?"

"라벗 머튼 중령입니다."

해리스 중령은 보고를 마치고 오코너 준장의 표정을 살폈다. 비록 휴잇이 격침판정을 받았지만 잠수함 한 척을 격침한 것에 약간 만족한 듯 신경질을 부리진 않았다. 하지만 완벽한 기회에 휴잇까지 당한 것은 그로서도 이해하기 어려웠다.

"북쪽이 완전히 뚫렸군. 또 다른 한 척의 행방은 아직 못 찾았나?"
"예, 아직 발견되지 않고 있습니다."

오코너가 전술 디스플레이를 올려보았다. 벌써 세 척째 당한 것이다. 재래식 잠수함 한 척을 잡을 때까지 프리깃 두 척과 구축함 한 척을 잃었다면 상당히 손해 본 거래이다. 하지만 더 이상의 손실만 없으면 3대 2가 된다. 그다지 나쁜 도박은 아닌 셈이다.

"한 척 남았다. 놈에게 모든 전력을 모으기로 한다. 벨로 우드 전단에서 두 척을 차출하면 어떻겠나? 매튜."

벨로 우드(Belleau Wood)는 거의 4만 톤에 달하는 타라와(Tarawa)급 강습상륙함이다. 각종 상륙함을 동반한 벨로 우드 상륙전단은 지금 항공모함을 중심으로 한 링컨 전투그룹의 후방 40km를 항진중이었다.

이번 훈련의 목적이 7함대의 전방전개부대인 벨로 우드 상륙전단, 즉 제1 상륙전단을 북한으로 기습투입하는 것으로 상정한 만큼 벨로 우드 전단이 사실상 전체 함대의 핵심이라 할 수 있었다.

"거리상으로 판단컨대, 나머지 한 척이 상륙함대에 접근했을 가능성은 거의 없습니다. 그러나 훈련 목적은 지정된 함대 포맷에서 대잠방어능력을 평가하는 데에 있습니다. 벨로 우드 호위전단으로부터 두 척을 동원하면 그쪽 대잠방어망이 위태롭습니다."

"알겠네, 그만하게. 그럼 자네는 링컨까지 놈들에게 내주겠다는 것인가?"

오코너 준장이 부하를 테스트할 때는 목소리가 차분해졌다. 평소 다혈질인 그는 냉정한 태도로 부하를 다그치는 데 정평이 나 있는 지휘관이었다. 오코너 준장의 목소리 톤이 달라진 것을 느낀 해리스 중령이 바짝 긴장했다.

"그런 것은 아닙니다. 링컨의 근접호위를 맡은 챈슬러즈빌과 전위에 선 폴 해밀튼(Paul Hamilton)이 있습니다. 그리고 우리가 가세해도 충분하다고 판단됩니다."

해리스 중령은 대답하면서도 자신은 왜 제독에게 아부하지 못할까 생각했다. 오코너가 원하는 것은 부하의 전면적인 동의라는 것을 그도 모르지는 않았다. 하지만 인정할 수 없는 것은 어쩔 수 없었다. 그는 문득 오코너의 참모로서는 대령 진급이 어려워질지도 모른다는 생각이 들었다.

"그런 느슨한 대응 때문에 세 척이나 당했네. 자네 의견은 충분히 알아들었어. 지금 당장 벨로 우드 호위전단에서 태치(Thach)와 유우기리를 호출하도록 하게. 그리고 우미기리와 야마기리를 벨로 우드의 전위로 배치하도록. 알겠나, 중령?"

나지막한 오코너의 명령은 테스트가 끝났음을 알려주는 셈이었다. 이리저리 다그치는 것을 좋아하는 오코너는 해리스의 조언에서 들을 것이 없다고 생각했는지 질문을 끝냈다. 숨을 크게 몰아쉰 해리스 중령이 명령을 따랐다.

"예! 알겠습니다, 제독님."

2. 보이지 않는 도살자

5월 22일 12:15 오키제도 북쪽 40km
미 해군 대잠기 S-3B 바이킹, 비행코드 펭귄 5

"47번 소노부이에 뭔가 잡힙니다!"

에브릿 라저스 중위가 보고하자 초계기 전술통제사 로젠벅 소령이 디스플레이를 확인했다.

"동쪽이잖아! 47번은 우리가 투하한 소노부이가 아닌데?"

"그렇습니다. 모빌베이의 시 호크가 투하한 소노부이입니다. 그들은 이미 귀환했습니다."

라저스 중위가 소노부이에서 보내지는 음향을 분석하는 OL-82 신호처리기를 조작하며 보고했다. 바이킹 대잠초계기는 이들이 직접 뿌린 소노부이 외에 다른 대잠항공기에서 투하한 소노부이 신호도 분석할 수 있었다.

"제대로 파악이 안 되는군. 다른 소노부이에서는 접촉이 없나?"

로젠벅 소령도 바쁘게 손을 놀리면서 기기들을 조작했다. 그러나 아무런 변화도 없었다.

"제대로 수색하려면 소노부이가 더 필요합니다."

라저스가 고개를 저었다. 이미 휴잇과의 협동작전을 수행하면서 탑재한 소노부이를 모두 소모한 것이다. 바이킹은 총 60개의 소노부이를 탑재할 수 있지만 이제 여분이 없었다.

육상기지에서 발진하는 대형 대잠초계기 P-3C 오라이언(Orion)이라면 평상시에도 기내에 예비용 소노부이가 탑재되어 있겠지만 바이킹은 그렇지 않았다. 4명의 승무원 중 단 두 명이 대잠탐지용 각종 기기를 조작해야 하는 바이킹에서는 애초에 기내 재장전이 고려되지도 않았다.

"정작 필요할 때는 없다니……."

로젠벅 소령이 아쉬워했다. 이미 투하한 소노부이가 깔린 라인은 엉뚱한 방향이었다. 게다가 나머지 소노부이도 아까 다 써버렸다. 로젠벅은 짜증과 함께 구축함 휴잇의 멍청이들을 다시 떠올렸다.

"어쩔 수 없겠습니다. 다른 펭귄들을 호출하는 게……."

"대잠지휘센터를 연결해."

로젠벅은 씁쓸한 표정으로 손목시계를 보았다. 비행시간은 벌써 4시간에 가까워졌다.

5월 22일 12:20 오키제도 북동쪽 43km
미 해군 순양함 모빌베이, 전투정보센터

점심시간이 이미 지났다. 자리를 이탈할 수 없는 전투정보센터 승무원들에게 점심이 배달되었다. 그러나 일에 몰두하고 있는 승무원들은 점심을 쳐다보지도 않았다.

함대 대잠지휘관 오코너 준장은 점심 메뉴로 나온 햄버거와 콜라를 보며 이것을 먹어야 할지 말아야 할지 감이 잡히지 않았다. 빨리 잠수함을 마저 잡고 식당에 가서 먹을 수 있을지 고민하고 있을 때 통신사관이 보고했다.

"펭귄 파이브입니다. 잠수함으로 예상되는 물체를 추적중이랍니다."

"뭐야? 위치는?"

오코너 준장이 보고를 듣고 벌떡 일어섰다. 투명 아크릴판으로 만든 표정판에는 항모전단과 상륙전단을 중심으로 전투함들이 배치되어 있었다.

펭귄 5가 있는 곳은 상대적으로 함선들이 적은 곳이었다.

"링컨의 서북쪽 20km 지점입니다. 펭귄 파이브가 발견했습니다. 그러나 소노부이를 모두 소모했다며 지원을 요청하고 있습니다."

"그래? 당장 귀환시켜. 그리고 전 호위함정을 그쪽으로 투입시키게. 아, 잠깐만. 해리스 중령! 벨로 우드 전단에서 한 척을 더 차출하라. 가용한 모든 전투함과 대잠항공기를 빨리 투입시켜!"

"예……, 알겠습니다."

해리스 중령은 반문하려다 멈칫거리며 마지못해 대답했다.

"잡았다, 이놈!"

오코너는 주먹으로 손바닥을 치고 나서 만족스러운 표정을 지었다. 오코너는 햄버거를 보며 피식 웃었다. 잠시 후에는 식당에서 제대로 된 식사를 할 수 있을 것 같았다.

5월 22일 13:26 오키제도 북쪽 20km
한국 해군 잠수함 장문휴, 사령실

"잠항한다. 심도 20미터 유지!"
"잠항각 5도! 심도 20미터!"
서승원 중령이 잠망경을 빠르게 접으며 명령하자 부함장이 복창했다. 잠망경이 수면 위로 노출된 시간은 5초. 짧은 시간이었으나 대잠초계기의 레이더에 발견될 가능성이 높았다. 함장은 발견되어도 무방하다고 생각했는지 별로 개의치 않는 표정이었다.
"공격방위 일백삼십이(1-3-2)도, 거리 23km! 하픈(harpoon) 2발 연속 발사 준비! 위치로 봐서 그놈은 페리급 프리깃이다."
서승원 중령은 항모와 그 함정의 상대 위치와 움직임만으로 목표의 함종을 예측했다. 장문휴의 음탐수들은 거대한 항공모함의 존재는 이미 확실히 파악했지만 그 근처에서 호위하는 함정들은 거리가 멀어 정확히 구별해낼 수 없었다.
페리급 프리깃은 대잠수함전을 위주로 하는 함정이다. 장문휴가 잠수함에 위협적인 프리깃을 격침시키고 나면 전문 대잠수함전 함정은 거의 남지 않게 된다. 그러나 아직 남은 함정이 많았다. 이지스(Aegis) 순양함은 기본적으로 함대의 대공방어를 책임진 대형 함정이지만, 최근에는 대잠수함전 능력이 비약적으로 향상되었다.
"공격방위 일백삼십이(1-3-2)도, 거리 23km!"
작전관 김승민 대위가 복창하며 어뢰실로 이어지는 마이크를 잡았다. 김승민은 잠시 뭔가 생각하는 표정을 지었다.
"함장님, 하픈의 침로를 설정해주십시오."
"최단거리로 설정한다. 우회침로를 택할 필요는 없다."
작전관의 확인요청에 함장이 당연하다는 듯 대답했다. 작전관이 잠시 의아하다는 표정을 지었지만 함장은 잠수함에서 왕보다 높은 지위였다. 그리고 서승원 중령은 부하들에게 워낙 신망이 두터웠다. 김승민은 당연한 선택을 했다.

하픈은 목표까지 비행하는 침로를 세부적으로 지정할 수 있다. 관성항법장치에 의해 목표 가까이 유도된 후 자체 레이더를 작동시키는 하픈 대함 미사일은 직선 코스 외에도 여러 가지 변형된 침로를 선택할 수 있다.

"알겠습니다. 어뢰실!"

―어뢰실입니다.

마이크를 잡은 김승민 대위가 잠시 머리를 굴렸다. 김승민은 장문휴에서 발사된 하픈의 심정이 되어 어떻게 하면 가장 효과적으로 목표를 잡을지 골몰했다.

"하픈 공격한다. 방위 일백삼십이(1-3-2)도, 거리 23km. 직선 침로! 비행고도 5미터, 유도레이더 작동은 목표 5km 전방에서 한다."

―방위 일백삼십이도. 23km, 직선 침로. 스키밍 고도 5미터. 레이더 작동 5km!

무기장 강희담 준위의 복창이 끝나자 서승원 중령이 스톱워치로 시간을 재기 시작했다. 목표까지 하픈이 스스로 날아가도록 관성좌표와 여러 가지 설정을 하는데는 시간이 꽤 소요됐다.

―하픈 발사 준비 완료!

어뢰실에서 보고가 왔다. 소요된 시간은 50초. 비교적 짧은 시간이었다. 이미 발사관에 장전된 하픈이지만 미사일은 발사과정이 어뢰보다 훨씬 복잡하다. 상황에 따라 여러 가지 변수를 프로그램해야 하기 때문이다.

하픈은 일단 발사된 다음에는 더 이상 유도할 필요가 없다. 그것은 어뢰도 대개 마찬가지이다. 하지만 어뢰는 종류에 따라 유선으로 유도

하는 종류들이 있다.

장문휴함이 사용하는 독일제 SUT 어뢰도 발사 후에 유선 유도케이블을 통해 18km에 이르는 거리까지 계속 유도할 수 있다. SUT 어뢰는 유선 유도가 끊길 경우 목표를 자체적으로 추적한다.

"발사관 개방 후 급속 발사한다. 6번 발사관도 주수한다. 준비되는 대로 발사!"

선체 전방에서 어뢰발사관이 열리고 바닷물이 발사관 안으로 밀려들어오는 소리가 작게 울렸다. 곧이어 압축공기가 캡슐에 내장된 하푼 미사일을 밀어내는 날카로운 파열음이 들렸다.

― 3번, 4번 어뢰발사관. 하푼 발사 완료했습니다! 6번 발사관 개방합니다!

"좋아, 발사하라!"

이번에는 하푼의 발사음과 다르게 낮은 진동음이 들렸다.

"함장! 지금 발사한 것이 뭡니까?"

사령실 뒤쪽의 의자에 앉아 훈련과정을 물끄러미 지켜보던 레스턴 소령이 벌떡 일어났다. 옆에 서 있던 통역병이 허둥지둥 레스턴의 영어를 통역했으나 서승원의 대답이 먼저 나왔다.

"어뢰를 발사했습니다."

레스턴의 얼굴이 하얗게 변했다. 탄두가 없는 하푼 대함미사일을 발사하는 것은 양해했지만 훈련에서 실제로 어뢰를 발사하는 것은 있을 수 없는 일이었다. 잠수함이 어뢰를 유선으로 유도한다고 해도 어떤 무기체계든 완벽하게 통제할 수는 없는 일이다. 자칫하면 대형 사고가 발생할 수도 있었다.

"뭐라고? 어뢰라고 했습니까? 이런! 실어뢰입니까? 이건 중대한 규칙 위반입니다!"

5월 22일 13:30   오키제도 북쪽 26km
미 해군 대잠헬리콥터 SH-60B, 비행코드 시 호크 21

수면 위 5미터 상공에서 정지한 시 호크 대잠헬리콥터가 일으키는 물보라가 거세게 일었다. 시 호크의 동체 아래쪽으로 가느다란 케이블이 내려와 물속에 잠겨 있었다. 낮은 고도에서의 하버링(hovering)이 쉽지 않은 듯 기체는 좌우로 약간씩 미끄러지며 뒤뚱거렸다.

― 펭귄 파이브에서 시 호크 투원(21)으로. 접근중이다. 소노부이를 투하하겠다!

"방금 C3238 지점에서 소리를 포착했다. 그쪽으로 소노부이 라인을 깔기 바란다."

― 알았다.

통신을 마친 윌슨 디자드(Wilson Dizard) 대위가 동쪽 하늘로 눈길을 돌렸다. 뚱뚱하고 못생긴 항공기가 낮게 날면서 뭔가를 살포했다. 꼬리부분에서 쏟아지는 원통형 긴 막대기는 낙하산과 같은 역할을 하는 바람개비형 감속장치에 의해 수면 위로 천천히 떨어졌다.

"한꺼번에 저렇게 많이 뿌리다니. 도대체 누구야?"

디자드 대위가 고개를 돌려 부기장에게 물었다. 육안으로 보기에도 방금 투하된 소노부이는 30개가 넘었다. 투하를 마친 바이킹이 기수를 높여 상승했다. 그 뒤로 또 다른 바이킹이 소노부이 투사코스로 비행하고 있었다.

"대단하군요. 부잣집 막내아들 같습니다."

부기장 해럴드 라스웰(Harold Lasswell) 중위도 놀랍다는 듯이 대꾸했다. 가격이 낮은 디파(DIFAR)형 부이를 기준하더라도 일순간에 만오천달러치를 쏟아부은 것이다. 좀더 비싼 디카스(DICASS)형 부이라면 3만달러를 깔아버린 셈이다. 돈으로 전쟁을 하는 미국 해군만이 가능한 일이었다.

위에서 언급한 소노부이 가격은 미 해군의 납품가격이다. 그러나 그것을 수입해서 쓰는 우방국들은 훨씬 비싼 가격에 산다. 미국 방위산업체들이 가장 만만하게 여기는 한국이 얼마나 바가지를 쓰는지는 알 수 없었다.

그러나 그런 것은 지금 라스웰이 알 바가 아니었다. 바이킹 대잠초계기들이 우글거리는 상공을 구경하던 라스웰은 디자드 대위의 말에 정신을 차렸다.

"디핑소나를 감게. 우린 귀환한다. 펭귄들이 잔치를 벌이는군."
"알겠습니다."
라스웰은 버튼을 눌러 디핑소나를 감아올렸다.

대잠초계기들이 도착하는 동안 자리를 지켰던 시 호크 21은 이제 귀환할 시간이 되었다. 전투예비로 20분간 비행할 수 있는 연료가 남아 있었지만 어서 착함하지 않고 꾸물거리다가 비상연료를 사용하면 징계감이었다. 비상연료는 작전상황에 따라 그 양이 달라진다.

디핑소나가 감겨 올라오자 시 호크 대잠헬기가 출력을 높여 상승하는 것과 동시에 기수가 앞으로 고꾸라지듯이 기울었다. 일단 가속을 얻은 시 호크는 곧 시속 200km 가까운 순항속도로 치닫기 시작했다.

멀리 전투함들이 점점이 흩어져 서서히 서쪽으로 항주하고 있었다. 이들은 가능하면 위험한 잠수함에 접근하지 않고, 초계기와 대잠헬기에 대잠공격을 맡긴 채 안전한 항공모함 호위임무에 투입되어 있었다.

"이크! 저게 뭐야?"
디자드 대위가 물위로 솟구치는 무엇인가를 발견하고 반사적으로 조종간을 당겼다.

"아니! 수중발사 하픈입니다!"

물위로 솟아오르는 것은 길이 6미터 정도의 굵은 원통이었다. 디자드 대위와 라스엘 중위는 순간 놀라서 서로를 마주보았다.

시 호크 전방 200미터에서 솟아오른 원통은 수면 위를 솟구쳐 10미터 정도 상승했다. 그들은 캡슐 속에서 미사일이 화염과 함께 터져나오기를 기다렸지만 아무 일도 일어나지 않았다.

캡슐은 물위로 떨어져 하얀 포말을 일으킨 채 가라앉았다. 잠시 후 그곳에서 노란색 연기가 바람에 휘날렸다. 이것은 잠수함에서 훈련용 하푼을 발사할 때 다른 훈련참가자들에게 알리기 위한 수단이었다.

또 다른 잠수함 발사 하푼이 수면을 뚫고 치솟아 올랐다. 그러나 그것도 미사일을 분리시키지 않고 물속에 가라앉았다. 수면에 다시 노란색 연기가 피어나왔다.

"휴, 놀래라. 발사되지 않았어. 어쨌든 저 밑에 잠수함이 있다."

디자드 대위가 잠시 숨을 헐떡였다. 얼이 빠진 기장은 서둘러 기기를 조작하여 잠수함을 탐지하려 했다. 그러나 부기장은 아직도 냉정을 유지하고 있었다.

"안 됩니다, 기장님. 귀환해야 합니다."

라스웰이 제지하자 디자드가 작업을 멈추고 잠시 멍청한 표정을 지었다. 이제야 연료 생각이 났다. 디자드가 조급한 마음으로 통신기를 더듬다가 자꾸 놓쳤다. 디자드는 라스웰을 보며 외쳤다.

"이런! 빨리 펭귄들을 호출해! 바보 같은 자식들!"

5월 22일 13:35 오키제도 북쪽 32km
미 해군 대잠기 S-3B 바이킹, 비행코드 펭귄 5

-시 호크 투원이다. 놈들이 하푼 2발을 쏘았다!

"뭐라고? 진짜 하픈인가?"

날벼락 같은 소리에 바이킹 대잠초계기 내부뿐만 아니라 통신망 전체가 갑자기 소란스러워졌다. 여기저기서 확인을 요청하는 무선이 쇄도했다. 소란이 가라앉을 때까지 잠시 침묵이 이어지더니 다시 시 호크의 부기장 라스웰 중위의 음성이 흘러나왔다.

─ C3235 지점이다. 지금 이 아래에 잠수함이 있다.

─ 빨리 서두르기 바란다.

시 호크에서 상당히 분한 듯한 목소리가 흘러나왔다. 이 목소리는 시 호크 21의 기장 디자드 대위의 것이었다. 목소리로 판단컨대 급박한 상황은 아닌 모양이었다. 그러나 바이킹의 기장 로젠벅 소령은 확인하지 않을 수 없었다.

"확인을 요청한다. 진짜 하픈을 쏘았는가?"

실탄이 장전된 하픈이 아니라도 이것은 놀랄 일이었다. 그곳은 예상치 못한 위치였다. 바이킹 대잠초계기 지휘관인 로젠벅 소령이 시 호크 21에게 재차 확인을 요구했다.

─ 아니다. 수면 위로 떠오른 것은 하픈의 캡슐뿐이다. 반복한다. 진짜 미사일은 아니다. 캡슐 2개만 떠올랐다. 이 밑에 놈들 잠수함이 있다. 우리는 귀환해야 한다. 놈을 부탁한다. 라저 아웃.

"이런 망할!"

한국 잠수함에서 하픈 공격을 알리려고 실탄두를 뺀 하픈의 저장캡슐을 물위로 쏘아올린 것이다. 거리도 멀지 않은 2km 동쪽이었다. 마치 농락당한 것 같은 수치심에 로젠벅의 목소리가 격해졌다.

"기장! C3235로 이동한다. 서둘러라. 펭귄 세븐! 교신내용을 들었는가? 빨리 움직여라!"

바이킹이 기수를 급격히 돌리며 동쪽으로 향했다. 방금 전 투하한 소노부이들은 케이블이 풀리며 지금은 수중 50미터에서 200미터까지의 다양한 심도에 고정되는 중이었다.

그러나 30개의 소노부이는 엉뚱한 곳에 뿌려졌으니 이미 무용지물인 셈이었다. 각 소노부이로부터 신호를 점검중이던 에브릿 라저스 중위가 아직 탐지 준비작업을 완료하기도 전이었다.

바이킹들이 시 호크 21이 알려준 해역에 도착했다. 물위로 노란 연기 두 줄기가 바람에 휘날렸다. 시 호크에서 보았다는 하푼 캐니스터는 보이지 않았다. 로젠벅이 서둘렀다. 하푼을 발사한 한국 잠수함이 다른 곳으로 도망가기 전에 빨리 탐지해야 했다.

"투하 준비 완료!"

기장 로스 대위가 보고하자마자 로젠벅 소령이 명령을 내렸다.

"투하! 투하하라!"

다시 10여개의 소노부이가 시 호크가 알려준 지점에 뿌려졌다. 소노부이가 작동되기까지는 약간의 시간이 필요했다. 로젠벅 소령의 손이 기기들 사이로 빠르게 움직였다.

"아무 것도 안 잡힙니다. 아! 28번 소노부이에서 약하게 신호가 잡힙니다. 26번 소노부이에서도 잡힙니다."

라저스 중위의 보고에 로젠벅 소령이 고개를 갸웃거렸다. 26번과 28번 소노부이는 이곳으로 오기 전, 아까 그 위치에 투하한 소노부이들이었다.

"뭐라고? 그쪽은 아냐! 시 호크가 목격한 지점은 바로 이 아래란 말이다!"

라저스가 기기를 조작하자 OL-82 신호처리 시스템에서 각 소노부이가 수집한 정보를 합산했고, 모니터 상으로 하나의 궤적이 그려지고 있었다.

"아닙니다. 그쪽이 확실합니다. 젠장! 15노트 속도가 점점 빨라집니다!"

라저스 중위가 조금 전에 있던 곳에 잠수함이 있다고 악을 써댔다. 당황한 로젠벅 소령이 통신기를 잡았다.

"빌어먹을! 시 호크 21 나오라!"

— 시 호크 21이다. 무슨 일인가?

통신에 나온 대잠헬기 조종사의 목소리는 잠수함을 확실히 탐지했으니, 할 만큼 했다는 자부심이 담겨 있었다.

"잠수함 소음을 탐지했다. 그런데 방향이 다르다. 어떻게 된 건가? 육안으로 본 것이 확실한가?"

— 확실하다. 하픈 캐니스터가 솟는 것을 직접 봤다. 거기에 스모커까지 있는데 못 믿겠는가?

마이크로폰 너머로 시 호크에서 들려오는 목소리에는 짜증이 잔뜩 섞여 있었다. 착함 직전에 모함과 통신을 취해야 하는데 난데없이 똑같은 질문이 계속되니 신경질이 난 모양이었다. 로젠벅 소령이 영문을 모르는 참에 라저스 중위가 다시 급하게 보고했다.

"잠수함이 가속중입니다. 음향 노이즈 분석! 디젤 잠수함 주전동기의 최고 가속음입니다. 20노트를 넘어섰습니다!"

로젠벅은 무척 혼란스러웠다. 헬기 조종사 놈들은 이곳에서 봤다고 우기지만 이쪽으로 뿌려진 소노부이에서는 아무 것도 잡히지 않았다. 대신 반대쪽에서 잠수함의 고속항주음이 잡히고 있는 것이다.

— 펭귄 세븐이다. 파이브 들어라. 이쪽에서도 접수했다. 서쪽으로 고속항행중이다. 그쪽, C3238로 향한다. 놈의 침로 전방에 소노부이를 투하하겠다.

동료 바이킹 대잠기로부터 교신이 들려오고 기체는 어느새 선회하여 서쪽으로 향하고 있었다. 다른 대잠초계기들도 다시 아까 소노부이를 뿌린 곳으로 몰려갔다.

— 펭귄 세븐! 시 호크 21이다. 우리가 발견한 것은 분명하다. 그 시

간에 절대로 C3238까지 이동할 수 없다. 우리를 못 믿는가?

디자드 대위의 목소리가 통신기에서 흘러나왔다. 화가 난 로젠벅이 얼굴을 잔뜩 일그르뜨렸다.

"닥쳐! 멍청한 잠자리들. 귀환이나 빨리 하기 바란다. 바다에 처박히지 말고!"

로젠벅은 시 호크의 경고를 신뢰할 수 없었다. 시 호크의 기장에게 욕설을 퍼부은 다음, 그들의 귀에 확실히 들리는 목표를 추적할 수밖에 없었다.

5월 22일 13:40   오키제도 북동쪽 42km
미 해군 순양함 모빌베이, 전투정보센터

매튜 해리스 중령이 보고서철을 가지고 함대 대잠지휘관 앞에 우뚝 섰다. 오코너 준장이 턱을 약간 들어올려 바짝 얼어붙은 해리스에게 보고를 재촉했다. 애써 침착해지려는 오코너였지만 불안한 표정을 감추지 못했다.

"한국 잠수함이 발사한 것으로 가정한 하푼 2발에 대한 평가입니다. 결론적으로 말씀드려서, 2발 모두 함대 대공망에 의해 분쇄됐습니다."

오코너가 가볍게 고개를 끄덕거렸다. 오코너의 표정이 많이 풀어졌다. 눈치를 보던 작전참모 해리스가 구체적으로 보고하기 시작했다.

"훈련통제센터에서 판정한 결과, 한 발은 모빌베이가 발사한 SM2에, 나머지 한 발은 커츠의 채프에 목표를 잃었습니다. 그러나 커츠가 발사한 SM1 2발은 빗나갔습니다."

커츠는 페리급 프리깃이다. 훈련통제센터는 장문휴에서 발사한, 아니, 발사한 것으로 가정한 하푼이 그 발사 위치로 보아 커츠가 목표인 것으로 판단했다. 항모전단은 하픈 발사 경보에 따라 즉각 대공방어에 임했다.

먼저 이지스 순양함 모빌베이가 하픈 2발을 향해 4발의 SM2 스탠더드 함대공 미사일 발사절차를 마쳤다. 그러나 훈련통제센터에 있는 미사일 판정 시뮬레이터는 모빌베이가 발사한 것으로 가정한 스탠더드 미사일이 목표를 하나만 잡은 것으로 판정했다. 오코너 준장이 주먹 쥔 손을 부들부들 떨었지만 대꾸하지는 않았다.

"모빌베이와 커츠의 상대 위치, 그리고 하픈의 침로가 방어하기에 최악이었습니다."

잠시 침묵이 이어졌다. 그 침묵은 상당히 길어졌다. 이 결과는 하픈을 발사한 장문휴가 운이 좋았다기보다는 그 코스로 발사한 장문휴 함장의 능력 때문이라는 것을 알 수 있었다. 이윽고 오코너 준장이 입을 무겁게 떼었다.

"아무래도 훈련통제센터는······."

그러나 오코너는 말끝을 얼버무렸다. 해리스는 감히 대잠지휘관의 말에 토를 달지 않았다. 하지만 해리스는 훈련통제센터가 항모전단의 체면을 세워주었다고 생각했다. 팔은 안으로 굽는 법이다. 경우에 따라서는 심하게 굽기도 한다.

5월 22일 13:50 오키제도 북쪽 20km
한국 해군 잠수함 장문휴, 사령실

"멍청이들이 능동 소노부이를 본격적으로 투하하기 시작했습니다. 북서쪽입니다. 성공했습니다!"

최현호 상사가 고개를 돌려 함장 서승원에게 말했다. 훈련이 시작된 이후 최현호 상사가 고개를 뒤로 돌린 것은 이번이 처음이었다. 최현호의 얼굴에서 긴장이 풀어지며 미소가 번졌다. 하푼과 어뢰를 미끼로 대잠초계기들을 대혼란에 빠뜨리는 작전이 성공한 것이다.

"좋아. 미속 전진, 4노트."

"전진, 4노트로!"

함장의 명령을 받은 김승민 대위가 밸러스트 탱크를 직접 조작했다. 대잠초계기들을 감쪽같이 속인 장문휴의 승조원들은 느긋해졌지만 훈련판정관 레스턴 소령은 잔뜩 인상을 찌푸렸다.

오키제도 주변의 수중지형은 남서쪽으로는 남해와 연결되며 제주도 서남방까지 이어지는 거대한 대륙붕지형이다. 북쪽으로는 수심이 점차 깊어져 대륙붕이 끝나고 수심 2,500에서 3,000미터에 이르는 해저분지海低盆地가 나타난다. 오키제도의 대륙붕과 대륙사면의 경계선에서 위태롭게 침좌했던 장문휴함이 서서히 떠오르기 시작했다.

"밸러스트에 주수합니다. 좌우 트림 탱크 대기! 중립부력상태로 들어갑니다."

김승민 대위의 동작은 익숙해 보였지만 저속에서 잠수함의 균형을 잡는 것은 무척 어려운 일이었다. 이것은 모두 자동으로 미세하게 함미타를 조정하는 컴퓨터의 도움 덕택이었다.

잠수함 장문휴는 30미터를 천천히 떠오른 다음 수중에 정지하듯 멈춰섰다. 그리고 스크루가 회전하자 쇠로 만든 1,800톤짜리 깡통이 천천히 움직이기 시작했다.

"당신들은…… 음향기만 디코이가 있군요. 그것도 어뢰처럼 자주 발진식이었다니! 도대체 이게 어떻게 된 겁니까?"

레스턴 소령이 그제야 입을 열고 함장에게 물었다. 장문휴함이 바닥까지 침좌하여 대잠초계기들의 소노부이 세례를 받는 동안 전체 승조원들은 절대침묵을 유지해야 한다. 그럴 때는 판정관도 말을 할 수 없었다.

레스턴 소령은 잠수함이 어뢰를 발사한 것에 대해서 규정위반이라고 펄쩍 뛰었지만, 그것은 어뢰가 아니라 어뢰와 비슷한 음향기만 디코이라는 사실이 드러났다. 그리고 레스턴 소령은 이 잠수함이 일반적인 209급이 아니라는 사실도 깨달았다.

그러나 그도 장문휴함이 회피하는 긴장감에 저절로 몰두하게 되었다. 땀을 뻘뻘 흘리며 긴장하는 승무원들, 그리고 묵묵히 서 있는 함장이 겁나서 잠자코 있었다는 것이 옳을 것이다.

"비밀이오, 소령."

항상 그렇듯이 서승원의 대답은 간단명료했다. 레스턴의 표정이 고울 리 없었다.

"비밀? 작전이 끝난 후 정식으로 공개할 것을 건의하겠습니다."

함장과 판정관 사이에 팽팽한 긴장감이 감돌았다. 이때 작전관이 이들 사이에 끼어들었다.

"함장님, 여쭤보고 싶은 게 있습니다."

"뭔가?"

서승원 중령이 판정관으로부터 고개를 돌렸다. 우방국인 미국 해군 사관과 악감정을 쌓을 필요는 없었다.

"페리급에 발사한 하픈은 어떻게 됐겠습니까?"

김승민의 질문에 함장이 빙긋 웃었다. 서승원 중령은 하픈을 발사할 때 미국 군함을 명중시킬 자신이 있었지만, 미 해군이 중심이 된 훈련통제센터가 공정한 판정을 했을지는 의문이었다.

"자네가 예상한 대로 함대의 대공방어망을 뚫지 못했을 걸세."

"예, 역시 훌륭한 판정관들입니다."

김승민은 1987년 이란-이라크 전쟁 때 엑조세 공대함 미사일에 명중된 미 해군 프리깃 스타크를 떠올렸다. 장문휴에서 발사된 하픈의 목표가 된 커츠도 스타크와 같은 페리급이었다.

그때 스타크는 이라크의 미라지 F-1이 발사한 미사일 2발에 모두 명중해 함이 크게 손상되고 전투능력을 상실했다. 이때 37명이 전사하고 2명이 중상을 입었다.

5월 22일 14:05   오키제도 북쪽 45km
미 해군 대잠기 S-3B 바이킹, 비행코드 펭귄 5

"뭐야? 소노부이들 사이로 그냥 내빼겠다는 속셈인가?"

로젠벅 소령이 버럭 짜증을 냈다. 바이킹 대잠초계기 승무원들은 한국 잠수함의 도주로 앞쪽으로 계속 소노부이를 살포하여 잠수함의 위치를 정확히 파악했다고 자신했다. 그런데 잠수함은 수십 개의 소노부이를 무시하고 항주를 계속했다.

그 사이에 섞인 액티브 소노부이가 탐신음파를 계속 발하며 잠수함을 완벽하게 포위했는데도 불구하고 잠수함은 피격을 인정하지 않는 것 같았다. 로젠벅 소령의 표정이 약간 험악하게 바뀌었다.

"기장! 저공비행하자. 매드(MAD)로 완벽하게 측정한 후에 통제센터로 보고해 버리겠어. 비겁한 놈들!"

로젠벅은 페어플레이를 하지 않는 상대는 경멸받아야 마땅하다고 생각했다. 로젠벅은 자기감지기磁氣感知器인 매드로 정확히 파악한 후에 탐지결과를 직접 훈련통제센터로 전송하려고 마음먹었다. 잠수함 위치를 알고 있는 이상, 자기감지기에도 확실히 잡힐 것이 분명했다.

─ 알겠습니다. 놈들 도주로를 따라 하강하겠습니다. 어뢰를 직접 투하하지 못해 아쉽습니다. 하하!

어윈 로스 기장도 심술이 솟는 모양이었다. 바이킹 대잠초계기는 좌측으로 길게 선회하며 하강하기 시작했다. 그리고 빠른 속도로 도주하고 있다고 판단되는 잠수함의 예상침로 위 30미터 고도에서 해면 위를 빠르게 질주했다. 수면에는 검은 그림자가 대잠초계기와 같은 속도로 수면을 달렸다.

"매드, 작동합니다."

"거리 800야드…… 500…… 300……."

잠수함과의 추정거리를 세던 로젠벅의 표정에 점점 의혹이 가득 찼다. 참다 못한 로젠벅이 드디어 일성을 터뜨렸다.

"아니! 아무 것도 안 걸리잖는가? 도대체 어떻게 된 거야?"

"모르겠습니다. 잡히지 않습니다. 목표 잠수함의 항주 심도는 300피트. 소리는 확실하게 들립니다. 그런데 매드에는 안 잡힙니다."

라저스 중위가 땀을 뻘뻘 흘리며 자기탐지기에 고장이 났는지 기계를 살폈다.

"고장났어? 빨리 확인해!"

로젠벅은 다급해졌다. 그도 매드 계기판 앞에서 여러 가지 조작을 했지만 감지기엔 이상이 없었다. 그 사이, 바이킹은 다시 선회하여 오던 방향으로 비행했다. 그러나 두 번째에도 아무 것도 잡히지 않았다.

"도대체 어떻게 된 거야? 젠장!"

로젠벅은 누구에게 묻는지 모를 말을 했다. 그러나 그가 모르면 미일 연합함대의 어느 누구도 모를 일이 지금 벌어지고 있었다.

— 우앗!

로젠벅이 다시 기기를 조작하는 사이에 기장 로스 대위의 비명이 들리고 기체가 급격히 상승하며 기울었다. 좌석에서 일어나 기기를 조작하던 로젠벅 소령이 중심을 잃고 반대편 컨솔 위로 나자빠졌다.

"어윈! 뭐 하는 짓이야!"

비틀거리며 일어난 로젠벅이 부딪친 오른쪽 머리를 만지작거리며 외쳤다. 손바닥에 시뻘건 피가 묻어나왔다. 기장에게 퍼부을 온갖 욕설을 준비하던 순간, 로젠벅은 스피커에서 이해하기 어려운 말을 들어야 했다.

― 물위로 뭔가가 솟구쳤습니다. 피해야 했습니다! 저게 도대체 뭐지?

― 맙소사! 어뢰입니다!

"뭐? 어뢰라구?"

놀란 로젠벅이 조종석으로 달려가 조종사와 부조종사 사이로 고개를 내밀며 되물었다. 기장이 어뢰를 발견했다는 바다 위에는 아무 것도 보이지 않았다. 그 사이 소노부이를 조작하던 라저스 중위의 목소리가 기내에 크게 울렸다.

"소령님! 소노부이에서 아무런 소리가 들리지 않습니다. 완전히 사라졌습니다. 접촉 상실입니다!"

로젠벅은 표정을 묘하게 일그러뜨리며 의자에 털썩 주저앉았다.

"그럼 우린 지금까지 저 어뢰를 추적한 건가?"

5월 22일 14:15 오키제도 북쪽 40km
미 해군 순양함 모빌베이, 전투정보센터

"유우기리는 도대체 뭔가? 왜 아직도 저기에 있지?"

함대 대잠지휘관 오코너 준장이 인상을 잔뜩 찌푸리며 전술 디스플레이를 노려보았다. 아까부터 일본 해상자위대 호위함 유우기리의 움직임이 느려진 것 때문에 잔뜩 못마땅해진 함대 대잠지휘관은 더 이상 참지 못하고 소리를 질러댔다.

"그 거리에서 전술행동을 취하겠다는 건가? 잠수함은 훨씬 앞쪽이야! 어서 최고속도로 진입하라고 지시하게. 겁쟁이 노란 원숭이들!"

오코너 준장의 언성이 다시 높아졌다. 벨로 우드 호위전단에서 차출된 유우기리는 목표 잠수함의 추정 위치에서 20km나 떨어져 있었다. 그런데 유우기리는 벌써 감속을 하고 있었다.

오코너는 잠수함 탐지를 위해 저속으로 순항중인 유우기리를 결코 곱게 볼 수 없었다. 그가 일어나 소리치자 아까 점심으로 나온 식어빠진 햄버거를 손에 쥐고 간단히 요기를 하려던 음탐수들의 행동이 순간 딱 멈췄다. 함내에 다시 긴장감이 가득 번졌다.

"제독님! 펭귄 파이브로부터 연락입니다."

통신장교로부터 보고를 받은 작전참모 해리스 중령의 말소리가 기어들어갔다. 오코너 준장은 잠수함 격침 판정을 기대하며 해리스 중령의 보고를 기다렸다. 희색이 만면한 제독을 보며 해리스 중령은 언뜻 보고를 하지 못했다. 뭔가 이상이 생긴 것을 직감한 오코너 준장이 해리스 중령을 재촉했다.

"뭔가?"

"추적하던 물체는 잠수함이 아니었답니다."

전투정보센터에 잠시 약간의 침묵이 이어졌다. 승무원들이 일제히 해리스 중령에게 주목했다.

"그럼 대체 뭐야?"

오코너의 목소리가 더욱 높아졌다. 머뭇거리던 해리스 중령은 빨리 말해버리는 게 낫겠다 생각했는지 곧바로 대답했다.

"어뢰였답니다. 전동추진 어뢰로 마크 37로 예상됩니다. 그 어뢰는 209급 디젤 잠수함이 전속추진할 때의 음향을 내고 있었습니다."

해리스 중령은 잠깐 동안 펭귄 파이브와 세븐에 탑승한 대잠팀들이 훈련 뒤에 오코너로부터 호된 질책을 받는 장면을 상상했다. 그러나 곧이어 터져나올 오코너의 호통에 대비해 어깨를 움츠렸다.

"말이 되나? 디지털 스펙트럼 분석도 안 했단 말야? 어디 설명 좀 제대로 해보게!"

오코너 준장이 한 입 베어 물었던 햄버거를 난폭하게 땅바닥에 내팽개쳤다. 콜라가 쏟아져 바닥에 식어빠진 거품이 일어났다.

"펭귄 파이브가 음향만 믿고 과신한 것 같습니다. 바이킹이 탑재한 신호처리 시스템은 수상함정과 같이 고밀도의 음파분석을 수행해낼 수 없습니다만……."

해리스가 허둥대며 대답했지만 그가 대잠초계기 승무원들을 변명해준 것은 쓸데없는 짓이었다.

"머저리들! 바보들!"

최고지휘관은 감정표현이 차분해야 한다. 특히 부하들 앞에서의 과민반응은 사기에도 직결되는 문제다. 그러나 오코너는 그렇지 못했다. 격앙된 오코너의 눈가가 가늘게 떨렸다. 의도하지 않았는데도 신체가 멋대로 움직이는 것은 매우 나쁜 징조였다.

"그럼 도대체 잠수함은 어디 간 거야? 다들 뭐 하는 거야?"

펄쩍 뛰는 오코너를 쳐다보며 전투정보센터의 요원들 표정이 어둡게 변했다.

5월 22일 14:45   오키제도 북서쪽 30km
한국 해군 잠수함 장문휴, 사령실

"놓쳤습니다."

음탐장 최현호 상사가 헤드폰을 벗으며 강인현 대위에게 말했다. 안상률 중사와 잠깐씩 교대했지만 이번에는 4시간이나 계속 귀를 모아야 했다. 최현호는 혹사당한 것은 귀였는데 눈까지 침침한 것이 신기한지 자꾸 눈을 끔벅거렸다.

"예. 노이즈 레벨은 비교적 높았는데 일순간에 소리가 없어졌군요."

음탐관 강인현 대위가 한쪽 헤드폰을 벗으며 대답했다.

"예, 그렇습니다. 다른 수상함정들의 신호도 미약해지고 있습니다."

나이가 어린 강인현은 계급이 낮은 최현호 상사에게 항상 정중하게 대했다. 최현호 상사 역시 나이 어린 상관인 강인현에게 깍듯했다. 장교와 고참 부사관 사이에는 항상 이렇듯 약간의 긴장이 개입되게 마련이다.

강인현 대위도 이번 일에는 약간 의구심이 들었다. 장문휴가 추적하던 LA급 공격형 원자력 잠수함의 소음은 비교적 컸다. 전반적으로 수면 위의 적 함정들도 모두 그렇게 서두르고 있었다. 장문휴함에게는 더없이 좋은 일이었다. 속도를 올리는 만큼 이쪽을 탐지하기 어려워지기 때문이다. 하지만 상대가 공격형 원잠이라면 이야기가 전혀 달라진다.

디젤 잠수함이 원자력 잠수함에 비해 가장 취약한 것은 지속적인 잠항능력이다. 디젤 잠수함이 20노트 이상의 최고속도를 내면 축전지는 기껏 한두 시간 내에 완전히 방전되게 마련이다. 축전지를 소모하고 난 후에는 잠수함은 방법이 없다. 수면 가까이 부상하여 디젤엔진과 발전기를 가동시켜야 하는데, 그것은 더 큰 위험에 노출되는 일이었다.

장문휴의 연료전지형 무급기 추진 시스템은 외부의 공기 없이도 발전이 가능했다. 그것은 탑재된 액화산소와 수소를 반응시켜 직접 전기를 생성하는 것이다. 이로써 장문휴는 일반적인 디젤 잠수함보다 열 배가 넘는 시간 동안 잠항이 가능하다. 하지만 그럼에도 불구하고 원자력 잠수함의 무제한적인 잠항능력에는 비교할 수 없었다.

강인현은 아마 영국인이 한 말이라고 기억했다. 핵잠수함은 한 번 공격에 실패하더라도 또다시 30노트가 넘는 고속으로 쫓아가거나 도망가 재차 공격이나 반격할 기회를 잡을 수 있지만, 디젤 잠수함은 한 번 실패하면 끝장이라는 말이었다. 디젤 잠수함이 고속으로 항주해 목표를 뒤쫓거나 공격을 회피할 능력은 절대 없었다. 그것은 성능이 향상된 장문휴함도 마찬가지였다. 장문휴가 핵잠수함에 결코 미칠 수 없는 한계가 바로 그것이었다.

강인현이 한참 생각을 하다가 문득 최현호 상사에게 말했다.
"음탐장님, 온도와 해류를 체크해 보지요."
"예, 알겠습니다."
강인현에게 떠오르는 생각이 있었다. 그도 최현호 상사를 따라서 잠수함의 환경감지 센서들을 체크하기 시작했다. 잠수함 외부에는 온도와 염도, 해류의 유속 등을 측정할 수 있는 센서들이 부착되어 있다.

앞에 언급한 것은 소나에 많은 변수를 가져다 주는 요소들이다. 음파는 온도나 해류에 따라 진행에 방해를 받기도 하며 굴절되는 등, 극심한 왜곡현상을 일으키기 때문이다.

"온도층 깊이가 바뀌는 것 같습니다. 수온약층과의 온도 차이도 굉장히 크군요. 아! 그쪽은 냉수대가 급격히 확장되고 있습니다."
온도층은 물의 대류가 활발히 일어나는 표층수와 그 아래쪽 수온약층의 경계면을 이루는 면이다. 음파는 온도층을 통과하면서 굴절되거나 다른 각도로 튕겨나가기도 한다. 소나 성능에는 악영향을 미치지만 잠수함은 이를 역이용할 수 있었다.

잠수함 함장이라면 당연히 이를 활용해야 하고, 잠수함을 추적하는 수상함도 당연히 온도층을 감안해야 한다.

표층수 아래의 온도약층 밑에는 심층수가 있다. 방금 미국 잠수함이 사라진 곳은 차가운 심층 해류가 세력을 확장하고 있는 곳이었다. 여름철에는 대기의 온도와 해류의 북상에 따라 표층수의 수온이 급상승하지만, 저층수의 온도는 반대로 내려간다. 이것은 동해에서 발생하는 해류의 순환 때문이다.

한참을 고민하던 강인현이 최현호의 눈과 마주쳤다. 강인현은 확인을 하듯 중얼거리다가 고개를 뒤로 돌렸다.

"그럼 마지막으로 접촉했던 잠수함의 진행방향이……. 함장님!"

"왜 그러나?"

뒤돌아 함장을 부르던 강인현은 바로 뒤에 다가와 있는 함장을 보고 놀라 의자에서 팔짝 뛰어올랐다. 잠시 몰두하느라 인기척을 느끼지 못한 것이다. 강인현이 잠시 숨을 가다듬고 손으로 디스플레이를 짚어가며 보고했다.

"현재 위치가 온도층이 혼합되는 권계면으로 판단됩니다. 놈들의 마지막 침로로 봐서 이곳이 매복에 적합한 장소로 생각됩니다."

"제 생각도 같습니다, 함장님."

최현호 상사가 다시 헤드폰을 집으며 강인현의 의견에 동의했다.

"좋아, 나도 거기에 걸도록 하지."

서승원 중령이 씨익 웃으며 강인현의 어깨를 두드렸다. 강인현은 함장의 갑작스런 칭찬에 놀라 몸이 얼어붙는 듯했다. 강인현이 알기로 함장은 칭찬에 대단히 인색한 사람이었다.

"작전관, 엔진 정지. 잠항한다! 심도 200까지 내려간다."

"예! 동력 순간정지. 심도 200으로 잠항!"

동력을 일순간에 상실한 장문휴함은 마치 수영을 못하는 사람이 허우적대다 가라앉듯이 둔중한 맥주병이 되어 시커먼 암흑 속으로 미끄러져 들어갔다.

5월 22일 14:55 오키제도 북서쪽 27km
미 해군 공격원잠 SSN-771 컬럼비아, 사령실

"순양함 챈슬러즈빌(Chancellorsville)이 앞서 나갑니다!"

소나장 워런 브리드(Warren Breed) 준위가 사뭇 차분한 목소리로 보고했다.

"너무 서두르는 것 같군."

미 해군 로스앤젤레스급 공격원잠 컬럼비아의 함장 로이 스위프트(Roy Swift) 중령이 생각에 잠겼다. 컬럼비아는 LA급 공격형 원자력 잠수함 가운데 최후기함에 속한다.

개량형 LA급으로 불리는 이 잠수함은 더욱 향상된 소나와 전투정보 시스템을 탑재하고 있다. 컬럼비아는 또 다른 LA급 핵잠인 라 호야와 달리 토마호크 순항미사일 12발을 별도의 수직발사관에 추가로 장비한다. 그리고 잠항타가 사령탑 대신 함수에 설치되는 등 초기형에 비해 외관상 차이도 크다.

"온도층이 변화하고 있습니다. 수온센서와 해류센서에서 감지되는 외부 환경이 급격히 변화하고 있습니다."

말을 마치며 브리드 준위가 소나의 탐지모드를 조정하기 위해 여러 가지 환경감지 센서들을 조작하기 시작했다. 과거에도 컬럼비아가 동해에서 작전한 적이 있었지만 그때마다 동해의 해류상황은 매번 일정하지 않았다.

"감속, 12노트로. 소나장, 해류분포가 제대로 파악되면 알려주게."

스위프트 중령은 신중하게 행동했다. 특히 쿠로시오 난류의 지파인 쓰시마 난류가 북상하여 북쪽의 한류와 만나는 오키제도 근방은 해류가 급격히 환류環流하는 해역이다. 독도 주변 해역도 상황은 비슷하다. 이럴 경우 상이한 온도와 염도 차이로 인해 음파가 직진하지 못하고 상당 부분 산란된다. 컬럼비아의 소나는 주변의 모든 소리에 집중하고 있지만 아무 것도 들리지 않았다. 그렇다고 해서 적이 없다고 단정할 수는 없었다. 이곳은 수중에서 무엇인가 있더라도 그 존재를 절대 확신할 수 없는 불확정 영역인 셈이다.

"온도층을 파악할 수 없겠나? 온도층 아래쪽이 좋겠는데……."

스위프트 중령이 초조하게 입맛을 다셨다. 하지만 작업하는 소나팀원들이 한 대답은 함장이 예상했던 것들 가운데 최악이었다.

"어렵겠습니다, 함장님. 범위를 파악하기 어렵습니다. 온도층이 붕괴된 것 같습니다. 난류와 한류가 교차하면서 한류가 아래쪽으로 파고드는 잠류潛流현상이 확대되고 있습니다. 그리고 해류가 횡방향으로 회전하는 링 밥까지 발생하고 있습니다."

브리드 준위는 고개를 절레절레 흔들며 대답했다. '링 밥(Ring Bob)'이란 해류가 서로 만나서 선회하는 현상이다. 해류가 반원형으로 반복적으로 선회하는 경우는 마치 뱀처럼 꾸불꾸불하게 진행한다고 하여 '사행류蛇行流'라고 한다. 이것이 심한 경우에는 해류가 원형으로 계속 횡전한다. 이럴 때는 한류의 일부분이 난류에 갇히고, 한류를 따라 내려온 물고기들도 더 이상 이동하지 못하고 그 안에서 헤매게 된다.

링 밥 현상이 가장 대규모로 일어나는 해역은 미국 동부해안이다. 그린랜드로부터 차가운 북극 냉수를 몰고 내려오는 래브라도 한류가 따뜻한 멕시코 만류와 만나면서 링 밥 현상이 대규모로 벌어진다. 브리드 준위가 초임시절 대서양 함대에 복무했을 때 링 밥 현상은 그를 어지간히도 괴롭혔던 단골손님이었다.

"젠장! 완전히 블랙홀이군. 챈슬러즈빌은 왜 서두르지? 이곳 해류변화를 모르고 있는 건가?"

스위프트가 무심코 이마를 닦아내렸다. 해도상에 나타난 주변 해저지형은 비교적 낮았다. 오키제도 북쪽으로는 대륙사면이 있어 수심이 점차 깊어지며 수심 2,000미터 이상의 심해로 이어진다. 이런 곳은 잠수함이 작전하기에 매우 적합한 지형이다.

하지만 그것은 공격자의 입장이지, 이번과 같이 컬럼비아가 함대를 호위해야 하는 방어적 입장에서는 불리했다. 함장은 컬럼비아가 이 해역을 크게 우회하여 미리 통과한 다음 대기했다면 좋았을 것이라고 후회했다. 그러나 스위프트 중령은 함대 대잠지휘관 오코너 준장이 호위 잠수함들을 항모의 직접 호위로 돌리도록 지시한 명령문을 떠올릴 수밖에 없었다.

"챈슬러즈빌이 속도를 줄이고 있습니다."

소나장 브리드 준위뿐만 아니라 컬럼비아에 탑승한 승무원들은 아군함의 행동에 신경이 더 쓰였다. 여차하면 어디선가 챈슬러즈빌을 향해 액티브 소나음을 쏠 것 같았다. 스위프트 중령이 혀를 찼다.

"바보 같은 놈들……."

순양함 챈슬러즈빌이 처음부터 서두를 필요는 없었다. 챈슬러즈빌이 이곳의 해류상황을 자세히 파악할 리도 없는데 앞서나간 것은 잘못이라고 스위프트는 생각했다. 수상함정이 깊은 곳의 해류와 온도를 파악하려면 케이블에 연결된 감지센서들을 물밑으로 내려보내야 한다. 물속을 항행하는 잠수함처럼 지속적으로 물밑 상황을 파악할 수 없는 것이다.

챈슬러즈빌도 다른 함정들과 마찬가지로 훈련 전에 이곳 해역 해저지형과 해류 등에 관한 자료를 수령했을 것이다. 그러나 그것들을 얼마나 활용하는가는 각 함정마다 차이가 난다. 스위프트는 그 활용 정도가 경우에 따라서는 결정적일 수도 있다고 생각했다.

"챈슬러즈빌이 뭔가 발견했나 봅니다! 프레리 마스커를 작동하고 있습니다."

브리드 준위가 챈슬러즈빌로부터 들려오는 물거품 소리를 포착했다. 프레리 마스커(Prairie Masker)는 선체의 흘수선 아래쪽 양현에 길게 배열된 기포발생 장치이다. 기포는 곧 선체 주위를 감싸며, 마치 커튼을 드리우듯 선체에서 발생하는 소음을 차단해 준다. 물과 그 안에 가득한 공기라는, 극단적으로 이질적인 매질인 기포가 음파의 진행을 방해하기 때문이다.

"새로운 노이즈를 접촉했습니다. 방위는…… 알 수 없습니다!"

브리드가 급박하게, 그리고 당혹스럽게 보고했다. 잠수함의 눈인 소나로 음파를 발생시키는 물체의 방위를 알 수 없다는 것은 그렇게 흔치 않은 경우였다. 브리드는 음원의 거리도 파악하지 못하고 있었다.

"감속, 5노트로! 빨리 수색해 봐!"

함장의 명령에 따라 원자로 출력이 급격히 줄어들며 스크루 회전수도 줄어들었다. 그 사이 브리드 준위가 다른 소나병과 함께 새로운 노이즈를 파악하려고 애썼지만 쉽지 않았다. 땀을 뻘뻘 흘리면서 여러 가지 조작을 시도해 보았다. 하지만 그에게 들려오는 음파는 방향을 종잡을 수 없었다.

그리고 도대체 목표와의 거리도 알 수 없었다. 극단적으로는 적 잠수함이 컬럼비아의 사령탑 위에 있을 수도 있었다. 막강한 공격용 핵잠수함인 컬럼비아는 지금은 장님과 다름없었다.

함장 스위프트 중령은 점점 초조해졌다. 한국 잠수함이 아무리 재래식 디젤 잠수함이라고는 하지만, 가만히 있으면 소음 레벨이 너무 낮아 탐지하기가 곤란했다. 아무래도 핵잠수함으로서는 빠른 속도를 이용하는 편이 유리했다. 핵잠수함의 최고속도는 한국 잠수함이 장비한 어뢰의 속도에 비해 별로 느리지 않았다.

저속에서의 잠수함전은 탐지능력과 잠수함에서 발생하는 소음 정도에 따라 결판난다. 그런데 이것들은 LA급 핵잠수함과 209급 디젤 잠수함 사이에 큰 차이가 나지 않는다. 이럴 경우 머리와 인내력이 승부를 가름짓는 중요한 요소이다.

　함장이 절망적으로 소나팀의 바쁜 손길을 주시했다. 컬럼비아가 훈련중 한국 잠수함에게 격침판정을 받은 미국 핵잠수함들 가운데 하나가 된다면, 아마 그는 승진은 기대하지 않는 게 속 편할 것이다.

　목표를 탐지하지 못해 극도로 초조해진 함장은 차라리 속도를 높여 이 해역을 벗어날까 생각해 보았지만 이미 늦었다. 아무리 핵잠수함이라도 최고속도로 가속할 때까지는 상당한 시간이 필요했다.

　아무래도 한국 잠수함은 상당히 가까이 있는 것 같았다. 함장은 지금 한국 잠수함이 컬럼비아의 존재를 눈치챘겠지만 위치를 확실히 모를 수도 있다는 한 가지 희망에 모든 것을 걸 수밖에 없었다.

　― 디잉~.

　"으악!"

　브리드 준위와 나머지 소나병들이 마치 지시를 받은 것처럼 동시에 헤드폰을 벗어던지고 손으로 귀를 막으며 비명을 질러댔다. 그 직후 낮은 소리가 다시 한 번 컬럼비아의 선체를 때렸다.

　스위프트 중령이 인상을 잔뜩 찌푸렸다. 한국 잠수함은 컬럼비아에서 아주 가까운 곳에 숨어 있었다. 만약 한국 잠수함이 실제로 어뢰를 발사했다면 아무리 빠른 LA급 잠수함이라도 도저히 피할 수 없는 거리였다.

5월 22일 14:55 오키제도 북서쪽 28km
미 해군 순양함 챈슬러즈빌, 전투정보센터

핵잠수함 컬럼비아와 거의 동시에 순양함 챈슬러즈빌의 소나실에서도 같은 일이 일어났다. 만약에 두 공간의 모습을 한군데서 바라볼 수 있다면, 핵잠수함 컬럼비아와 이지스 순양함 챈슬러즈빌 모두 4명씩 도합 8명의 소나팀원들이 고통스러운 듯 귀를 감싸며 얼굴을 찡그리는 모습을 볼 수 있었을 것이다.

"거리는…… 3km 이내로 추정됩니다. 지향성 액티브 소나에 두 번 맞았습니다."

챈슬러즈빌의 소나팀장 앨런 센터(Allen H. Center) 대위는 아직도 귀가 멍멍한 듯 한 손으로 귀를 감싸고 육안으로 소나에 감지된 음파를 분석했다. 함장 레이먼드 사이먼(Raymond Simon) 대령은 어안이 벙벙할 따름이었다.

미세하게 들려오는 잠수함 음파를 탐지하고 함정의 정지와 프레이리 마스커의 작동을 지시했지만 이렇게 가까운 곳일지는 짐작하지도 못했다. 그가 잠시 멍청히 서 있는 동안 인터폰이 날카롭게 울려댔다.

─함교입니다. 전방 2km 지점에 연기가 피어오르고 있습니다.

그것이 무엇을 뜻하는지는 분명했다. 사이먼 대령이 혹시나 하고 송신기를 들어 함교 당직사관에게 물었다.

"함장이다. 그 외에 다른 사항은 없나?"

─예, 없습니다. 하나가 더 피어오릅니다. 색깔은…… 둘 다 오렌지 색입니다.

"제기랄!"

사이먼 대령이 갑자기 송신기를 난폭하게 집어던졌다. 오렌지색 연기라면 한국 잠수함으로부터 발사된 스모크 부이였을 것이다. 그것은 공격소나로 격침을 알리는, 이번 훈련방식보다 먼저 사용된 옛날 방식이었다.

잠수함이 일정거리까지 접근하여 연막탄을 물위로 띄워 보내면 그 연기는 수상전투함에 곧바로 관측된다. 쉽게 말해서 연기를 확인한 주변함정은 격침당했으니 꼼짝 말고 죽어 있으라는 뜻이다.

공격소나음도 부족해서 친절하게 연막탄까지 쏘아올린 한국 잠수함 함장에게 사이먼 대령이 고마움을 느낄 리 만무했다. 수치심과 분노가 불같이 피어올랐지만 지금은 꾹 참는 수밖에 없었다.

"대령님! 함정을 급속 후진시키는 것이 규칙입니다만……."

사이먼 뒤에 서 있던 판정관이 그의 눈치를 살피면서 도저히 용기가 안 나는지 기어들어가는 목소리로 간신히 말했다. 그러나 사이먼 대령이 휙 돌아보면서 한 말은 판정관이 예상한 그대로였다.

"알고 있으니 입 닥치고 가만있어 주게, 소령!"

5월 22일 14:58 오키제도 북쪽 30km
미 해군 순양함 모빌베이, 전투정보센터

작전참모 해리스 중령으로부터 보고받은 오코너 준장은 침착하려고 노력했다. 끓어오르는 노기를 간신히 억제하며 이를 악물었다. 그의 얼굴은 벌겋게 달아올라 폭발하기 직전이었다. 양옆 관자놀이에 동맥이 불거지며 꿈틀거렸다.

오코너가 간신히 입을 열어 힘들게 말했다.

"위치 파악됐으면 모두 집중시키게."

"알겠습니다, 사령관님."

오코너의 벌겋게 달아오른 얼굴을 본 해리스 중령이 짧게 대답하고 돌아섰다. 오코너 옆에 붙어 있다간 불벼락이 떨어질 것 같았다. 해리스는 곧 주변 호위함정들을 다시 불러모으기 시작했다.

앞서 나아가던 다른 호위함정들, 그리고 대잠항공기들은 헛물을 들이켜고 있었다. 그러나 이번에는 절대 실수하면 안 된다.

항모 링컨의 직위함정 챈슬러즈빌이 당한 이상, 링컨에게 붙어 있는 호위함정은 약간 우측으로 치우쳐진 구축함 폴 해밀튼밖에 없었다. 그러나 폴 해밀튼은 알레이 버크(Arleigh Burke)급 이지스 구축함으로, 막강한 방공전투능력을 가지고 있지만 대잠헬리콥터는 탑재하고 있지 않았다.

당장 대잠헬리콥터를 발진시킬 수 있는 함정은 항모 좌우에서 호위 중인 페리급 미사일 프리깃 커츠(Curts)와 일본 해상자위대의 무라사메밖에 없었다. 폴 해밀튼이 옆에 붙어 있어 봤자 잠수함을 공격하지 못하고, 대신 한국 잠수함으로부터 동시에 공격받을 가능성이 더 컸다.

"링컨을 호출해. 전속력으로 해역을 이탈하라고 전하라!"

안절부절못하는 오코너가 해리스에게 조급하게 지시했다. 해리스는 재빨리 링컨의 함장과 연결되는 직통회선을 연결했다.

"모빌베이입니다. 항모, 전속항진하십시오."

전화 상대방 쪽에서 잠시 시끄러운 소리가 들렸다. 해리스는 전화를 받은 상대방이 항모 함장에게 보고하는 모양이라고 생각했다. 잠시 후 전화가 딸깍거리는 소리가 난 다음, 카랑카랑한 목소리가 울렸다.

− 자넨 누군가?

갑작스런 늙은이의 목소리에 해리스 중령이 바짝 긴장했다. 함대에서 이렇게 안하무인격으로 상대방의 신원을 확인하는 자는 딱 한 사람밖에 없었다.

"중령 마크 해리스입니다."

─ 당장 오코너를 바꿔!

잔뜩 화가 나서 내지른 큰 목소리였다. 해리스 중령이 놀라 잠시 말문이 막혔다. 항모의 작전라인을 호출했더니 항모기동부대 사령관 대니얼 부스틴(Daniel Boorstin) 소장이 받은 것이다. 해리스 중령은 황급히 오코너 준장을 불렀다.

송신기 옆에 서 있던 오코너 준장은 말없이 듣기만 했다. 그러나 시간이 갈수록 그의 안색은 붉은색에서 점점 하얗게 변하고 있었다.

5월 22일 15:02　오키제도 북서쪽 25km
한국 해군 잠수함 장문휴, 사령실

"링컨이 가속하고 있습니다. 대단합니다."

"항공모함이 급속 변침하고 있습니다. 북쪽으로 선회하고 있습니다. 도망갑니다!"

최현호 상사의 가벼운 탄성에 이어 강인현 대위가 놀랍다는 듯이 외쳤다. 헤드폰을 눌러서 들을 필요가 없었다. 항모가 급속 항진하는 소음이 잠수함의 함체를 때려댔다.

맨귀로 들려오는 링컨의 추진음은 엄청났다. 만재배수량 10만 톤의 거함 링컨이 무려 20만 마력의 최고출력으로 속도를 내기 시작한 것이다. 승조원들은 함체를 울리는 큰 소리에 놀라서 불안하게 주위를 살폈다.

"대단합니다. 저런 뚱보가 30노트 넘는 속도를 내다니! 그렇지 않습니까?"

함장 서승원 중령이 웃으며 옆에 있는 판정관 레스턴 소령에게 말을 붙였다. 시무룩해진 레스턴은 별 말이 없었다. 서승원에게 한 마디

쏘아주려던 레스턴은 뭔가 할 말이 있는지 실룩거리다가 말고 목구멍으로 꿀꺽 삼키고 말았다.

서승원 중령은 레스턴의 표정을 읽고 나서 묘한 미소를 지었다. 그는 곧 뒤돌아 부함장을 불렀다.

"부장, 항모는 참아주게. 대신 다른 것을 잡자구."

"욕심을 내볼 만했습니다. 컬럼비아와 챈슬러즈빌을 잡았을 때 바로 시도했더라면 충분했습니다. 아쉽습니다, 함장님."

아쉬움은 남았지만 이번 훈련으로 자신만만해진 승조원들은 입이 반쯤 찢어져 일에 몰두했다. 부함장은 지금 함장에게 아쉬움을 토로하는 것이 아니라 승조원들을 격려하고 있었다. 함장이 설명을 덧붙였고, 부함장이 그 설명에 추가했다.

"그래, 지금은 늦었지. 저놈이 최고속도를 내면 우리는 따라갈 수 없으니까. 120퍼센트 출력을 사용하고 싶지는 않았네. 무슨 말인지 알겠나?"

"예, 알고 있습니다. 25노트를 내면 우리도 항모를 잡고 나서 대잠항공기들로부터 집중공격을 받았을 겁니다. 그래도 아쉽군요. 모험해 볼 만한 가치가 있었습니다, 함장님."

대답하는 진종훈 소령의 입가에도 미소가 번졌다. 링컨을 놓아주었지만 장문휴가 대잠방어망을 분쇄한 것은 분명한 사실이었다. 그것도 대잠방어망을 피한 침투가 아니라 호위 전투함들을 격침시킨 결과 얻어진 돌파였다.

그리고 마음만 먹었다면 링컨이 최대속도로 가속하기 직전까지 거리를 좁혀 하푼과 공격소나음을 먹여줄 수 있었다. 잡지는 못했지만 충분히 잡을 수 있는 것을 놓아주었다는 자신감이었다.

"자네, 96년도에 최무선에 탔었지?"

"예! 그렇습니다. 음탐관으로 근무했습니다."

진종훈이 대답하면서 서승원의 눈빛과 마주쳤다. 두 사람이 뻔히 아는 사실을 왜 묻는지 알 수 없었다. 그때 서승원은 최무선함의 부함장이었다. 진종훈은 그때 림팩 훈련에서 목표 항공모함인 인디펜던스를 둘러싼 대잠방어망을 돌파한 뒤, 미 해군으로부터 받았던 지독한 압력을 떠올렸다.

5월 22일 15:30 오키제도 북서쪽 32km
미 해군 항공모함 에이브럼 링컨, 비행갑판

항공모함 링컨의 비행갑판에 두 대의 시 호크 대잠헬리콥터가 거의 동시에 착륙했다. 아일랜드(Island)라 불리는 함교 뒤쪽 3번 엘리베이터 뒤로 두 대가 나란히 안착했다. 갖가지 색깔의 조끼를 입은 함상근무자들이 헬기를 향해 우르르 몰려들었다.

착지를 완료한 시 호크 대잠헬리콥터는 엔진을 끄지 않았다. 아이들링, 즉 공회전 출력 상태에서 연료재보급을 받아야 했다. 녹색 재킷과 헬멧을 쓴 항공기 정비요원들 한 무리가 달려들어 기체 각 부분을 긴급 점검했다.

이들이 이상이 없다는 사인을 보내자 이번에는 자주색 재킷과 헬멧을 쓴 한 무리의 수병들이 굵은 호스를 들고 뛰어왔다. 연료보급반 요원들이었다. 폭발성이 강한 항공유를 제트엔진 시동중에 주유하는 것은 매우 위험한 작업이다. 한 수병이 능숙한 솜씨로 주유구에 연료호스를 고정시킨 다음 연료주입을 시작했다. 그 수병이 풍선껌을 부풀리며 옆에서 지켜보는 헤럴드 라스웰 중위에게 말을 걸었다.

"와우! 저것 좀 보세요. 멋지군요."
"입 닥쳐! 빨리 볼일이나 보고 꺼져주게."

건들거리는 케이트 스미스(Kate Smith) 하사에게 시 호크 21의 부기장인 라스웰 중위가 냉랭하게 내뱉었다. 무안하다고 느꼈는지 스미스는 가리키던 손을 내리고 그 방향으로 고개를 돌리며 풍선껌을 크게 부풀렸다.

항공모함 링컨 주위로 수십 대의 대잠헬리콥터들이 몰려와 있었다. 마치 벌떼들이 강을 건너는 것처럼 2~3대씩 떼지어 이곳저곳에서 우르르 몰려다니고 있었다. 그 뿐만이 아니었다. S-3 바이킹 대잠초계기도 헬리콥터들을 간섭하지 않는 방향에서 2대씩 짝을 지어 저공비행과 상승을 반복했다.

"젠장! 근데 왜 이렇게 다닥다닥 붙어 있는 겁니까? 몽땅 다 몰려 있군요. 설마 잠수함이 여기까지?"

스미스는 이번에는 라스웰에게 고개를 돌리지 않고 혼잣말로 중얼거렸다. 하지만 강한 소음 속이어서 프로텍터를 착용한 주변 동료들에게도, 라스웰에게도 들리지 않았다. 풍선껌이 커다랗게 부풀어 올랐다. 헬리콥터 로터가 일으키는 강한 바람 때문에 케이트가 만든 풍선이 반대쪽으로 잔뜩 일그러졌다.

5월 22일 16:05 오키제도 북서쪽 15km
한국 해군 잠수함 장문휴, 사령실

"탱크가 굴러오는군요. 대잠전에서 저런 속도라니. 미쳤습니다. 저 또라이 새끼……."

최현호 상사가 입담 좋게 상소리를 곁들이며 중얼거렸다. 잠수함 위로 전투함 한 척이 30노트가 넘는 최고속도로 항주하고 있었다.

"함장님! 저놈, 벨로 우드 상륙함대를 호위하는 놈이 아닐까요?"

작도판에서 상황을 살피던 부함장이 다가와 의견을 제시했다. 항모 호위함정들은 지금 모두 한곳에 몰려 있었다. 그러나 장문휴는 이미 그 해역을 이탈한 지 오래였다. 함장이 잠시 생각에 잠겼다.

"그런 것 같군. 최 상사, 저놈뿐인가?"

"예, 그렇습니다. 스프루언스급 구축함입니다."

최현호 상사에 이어 강인현 대위가 보고했다.

"요코스카에 있는 놈이 휴잇과 커싱인데, 아마 저놈은 커싱 같습니다. 최고속도를 내고 있습니다."

함장이 고개를 끄덕였다. 부함장 진종훈 소령은 방향으로 판단하건대 그것은 벨로 우드 호위전단 소속이라고 확신하고 있었다. 진종훈은 함장이 항모를 잡지 않은 것이 이런 효과까지 기대했던 것은 아닐까 하는 표정이었다.

"좋아! 저놈마저 빠지면 벨로 우드는 우리 것이다. 음탐장, 놈이 5km 이상 이동하면 알려 주게. 우리도 움직인다."

서승원 중령은 만족스러운 듯 모자를 눌러 쓰며 진종훈 소령을 힐끗 돌아보았다. 그리고 약간 찡그린 미소는 부함장에게 이젠 자신의 생각을 읽을 수 있겠느냐는 물음이었다. 함장의 눈빛을 받은 부함장이 조용히 미소지었다. 게임은 이제 후반부로 접어들고 있었다.

사령실 한쪽 구석에서는 레스턴 소령이 뭔가를 수첩에 적으며 골똘히 생각하고 있었다. 계산기를 꺼내들고 스톱워치를 간간이 들여다보며 혼자서 열중하고 있었다. 그를 바라보던 강인현 대위와 작전관 김승민 대위가 소곤대며 키득거렸다.

"저 자식 말야. 우리가 잠항한 직후부터 시간과 속도를 체크하고 있었단 말야. 우리 잠수함의 잠항능력이 꽤나 궁금하겠지? 낄낄!"

김승민 대위가 강인현에게 말한 다음 판정관에게 윙크를 보냈다.

김승민과 눈길이 부딪친 레스턴은 잠시 당황하더니 어깨를 들썩였다. 레스턴은 다시 계산기를 두들겼다. 하지만 답이 나오지 않았다.

한 번도 부상하지 않고 연료전지만으로 사흘 가까이 계속 잠항한 장문휴함이 레스턴에겐 놀라울 것이다. 그것도 전력소모가 극심한 고속기동을 수차례 했기 때문에 더욱 의아했을 것이다. 계산이 잘 안 되는 듯 레스턴 소령은 머리를 벅벅 긁었다.

5월 22일 16:50   오키제도 북서쪽 30km
미 해군 순양함 모빌베이, 전투정보센터

― 디잉~.

함체가 저주파 탐신음으로 짧게 진동했다. 모빌 베이의 함수소나 SQS-53 소나에서 발생한 탐신음이 물을 진동시키며 멀리 퍼져나갔다.

"다른 구역은 어떤가?"

미일 연합함대 대잠지휘관 오코너 준장이 보고준비를 마친 해리스 중령에게 물었다. 해리스는 보고서철을 보면서 또박또박 보고했다. 해리스가 항상 오코너의 눈길을 피해 내심 불쾌했지만 지금 이 상황에서 부하를 나무랄 여유는 없었다.

"구축함 커싱(Cushing)이 2분 전부터 새로 합류했습니다."

"특별한 사항은?"

오코너가 잔뜩 인상을 찌푸리며 해리스를 노려보았다. 해리스는 잠시 오코너의 눈길과 마주쳤지만 즉시 보고서로 시선을 돌렸다.

"도합 6개 구역으로 나뉘어서 각 함정이 액티브 탐신을 계속중입니다. 이들이 링컨의 전방을 선회하며 계속 범위를 넓혀가고 있습니다. 그러나 아직 아무 것도 발견되지 않고 있습니다."

오코너의 표정에 짙은 그림자가 드리워졌다. 항공모함 링컨은 한 시간 동안의 전속항진을 마친 후 다시 원래의 항로로 되돌아오고 있었다. 한국 잠수함이 쫓아오지 못할 속력으로 일단 위험해역을 벗어난 것이다.

해리스 중령도 아직 발견되지 않는 잠수함에 대한 걱정이 들기 시작했다. 함대가 모조리 투입되어 액티브 탐신을 하며 해역을 배회하고 있었다. 그것은 이쪽의 존재를 폭로시키는 것과 다름없었다. 이런 방법은 아군 전투함 가운데 한 척을 잠수함의 제물로 바치겠다는 것과 마찬가지였다.

그는 오코너를 돌아보며 측은하다는 생각을 했다. 한편으로는 이렇듯 극단적인 전술을 선택해야 하는 상황이 어이가 없기도 했다. 그러나 선택의 여지가 없었다.

─지익~.

순양함 모빌베이의 함수소나에서 저주파음이 다시 한 번 물속을 진동시켰다.

5월 22일 17:40 오키제도 북서쪽 10km
일본 해상자위대 구축함 DD-158 우미기리

아리무라 유지(有村雄治) 이등해좌는 함교 난간에 서서 자외선 코팅 렌즈의 파란 색깔이 나는 쌍안경을 집어들었다.

오른쪽 난간에 서서 보는 동해는 언제나 푸르렀다. 난류가 강한 요코스카 서안이나 일본열도의 동쪽 바다와는 달리 동해의 색깔은 더욱 짙어 보라색에 가까웠다.

15노트의 초계속도로 순항을 계속중인 유우기리급 구축함 우미기리 왼쪽에는 상륙함대의 기함 블루 리지(Blue Ridge)가 있었다. 그보다 약간 앞쪽에는 만재배수량 4만톤에 육박하는 상륙함 벨로 우드가 항진중이었다. 이들 뒤에는 각종 양륙함과 보급선들이 뒤따랐다.

벨로 우드의 갑판 위에는 많은 수의 CH-46 시 나이트(Sea Knight), CH-53 수퍼 스탤리언(Super Stallion) 헬기가 도열해 있었다. 그 위로 완전군장을 한 병사들이 후방 승강구로 타고 내리는 동작을 반복했다. 아리무라는 미 해병대원들이 탑승훈련을 하는 중이라고 생각했다.

하루 종일 전투정보센터에서 시달린 아리무라는 바깥에 나오자 눈이 부셔 제대로 뜰 수가 없었다. 바깥이 너무 밝았다. 아리무라는 대잠지휘관이 너무 웃기는 명령을 내렸다고 생각했다. 모든 대잠함정을 한 곳에 집중시키다니! 이번 훈련에서는 가상 적 잠수함이 단 두 척만 동원됐지만, 실전상황이라면 결코 있을 수 없는 일이었다.

아리무라 이등해좌는 다시 망원경을 집어올려 주변을 돌아보았다. 함대 좌익을 맡은 호위함 야마기리가 멀리 보이고, 상륙함대 맨 앞에서 선도하는 이지스 구축함 커티스 윌버(Curtis Wilbur)가 가물거렸다. 호위 담당 해역이 현재의 상륙함대 호위함 숫자에 비해 지나치게 넓었다. 게다가 호위함 3척을 항모기동전대로 뺐으니 더욱 썰렁해 보일 수밖에 없었다.

― 함장! 수측실입니다. 접촉보고입니다.

"뭔가?"

아리무라가 헤드셋의 스위치를 넣었다. 훈련중에는 잠시도 일에서 벗어날 수 없었다.

― 추정방위 3-1-0으로부터 미약한 노이즈입니다. 무엇인지는 파악되지 않습니다만······.

"알았다. 곧 내려간다."

아리무라는 설마하는 느낌이 들었다. 예민한 소나에는 침몰선, 고기 때뿐만 아니라 심지어 해류의 소용돌이도 물체로 판단될 때가 있다. 소나가 처음 발명되어 테스트할 때는 온도층을 물체로 판단했었다. 조금 전에 잠수함으로 생각된 물체는 결국 새우떼로 판명되었다.

그러나 만약 그것이 한국 잠수함이라면 이쪽의 방어력은 너무 약한 꼴이었다. 한국 잠수함은 이쪽 위치를 파악하고 있을 가능성이 컸다. 그러나 이쪽은 잠수함을 탐지하지 못하고 있었다. 이것이 문제였다.

아무래도 걱정이 된 아리무라는 상갑판 바로 아래층에 위치한 전투정보실을 향하여 난간을 붙잡고 미끄러지듯이 뛰어내려갔다.

5월 22일 17:43 오키제도 북서쪽 13km
한국 해군 잠수함 장문휴, 사령실

"최대한 접근한다. 놈의 속도가 변할 때까지 기다려. 놈이 눈치를 챘을 때 공격한다. 알겠나? 부장."

"예! 알겠습니다."

서승원 중령이 명령을 마치고 잠망경 앞으로 다가섰다. 그는 공격소나를 때리자마자 부상할 계획이었다. 일단 우익에 위치한 해상자위대 구축함만 제거하고 나면 반대편의 또 다른 구축함이나 선도의 이지스 구축함 커티스 윌버가 반응하기까지는 상당한 여유가 있었다.

서승원은 그동안 잠망경으로 상륙함대를 촬영할 예정이었다. 공격소나를 일일이 때리지 않더라도 훈련이 끝난 후에는 이 필름이 매우 유용한 훈련보고서 역할을 할 것이다.

"감속하고 있습니다!"

"좋아. 탐신!"

최현호 상사의 외침에 이어 함장의 명령이 떨어졌다. 공격소나가 작동하자 음파가 일본 해상자위대의 구축함 우미기리를 향했다.
"잠망경 심도로 부상한다!"
"부상! 잠망경 심도로. 부상각 15도!"
대기하고 있던 작전관 김승민 대위가 복창하며 조함을 지휘했다. 선체가 뒤쪽으로 급격히 기울며 장문휴함이 수면 위를 향해 돌고래처럼 상승하기 시작했다.

"심도 유지하라. 함장님! 잠망경 심도입니다."
김승민이 보고했다. 서승원은 대답하지 않고 잠망경을 조작하기 시작했다. 서승원은 먼저 주변에 항공기가 없는지 확인하기 위해 잠망경을 잡고 빠르게 한 바퀴 돌았다. 그 사이에 진종훈 소령도 또 다른 잠망경을 조작했다.
고급 안경과 정밀렌즈로 유명한 독일의 '카를 짜이스(Karl Zeiss)'사에서 제조된 SERO 15형 공격잠망경은 서승원이 조작하는 SERO 40형 탐색용 잠망경과 나란히 붙어 있었다. 진종훈 소령이 천천히 돌며 상륙함대의 각 함정 한 척마다 십자눈금에 고정시킨 다음 손잡이에 달린 버튼을 눌러 체크했다.
물위에 솟은 공격잠망경의 대물렌즈 옆에는 레이저 거리측정기가 부착되어 진종훈이 버튼을 누를 때마다 레이저 빔이 목표 함정까지 쏘아졌다. 바깥 모습은 보다 정밀한 SERO 40형 잠망경과 연결된 비디오카메라에 기록이 되지만 SERO 15형 잠망경에서 진종훈 소령이 스위치를 눌러 지정한 방위는 장문휴함의 MSI-90U 전투시스템으로 바로 링크되어 공격방위를 산정할 수 있었다.
"됐나? 부장. 잠항한다. 아…… 대기하라. 잠깐!"
서승원이 옆을 돌아본 후 진종훈이 작업을 마쳤는지 살폈다. 그리고 다시 방향을 돌려 방금 공격한 우미기리를 향했다. 그리고 배율을 조였다. 아직 우미기리는 오던 침로를 유지하고 있었다.
 "음탐실! 우미기리는 어떻게 됐나? 이쪽으로 계속 접근하고 있다."
 ㅡ아직 변화가 없습니다. 설마 공격소나음을 못들은 척하지는……. 아! 가속 역추진하고 있습니다. 보이십니까?
 음탐실은 사령실과 사실상 같은 공간에 있다. 다만 소리를 차단해주기 위하여 약간의 방음벽이 감싸고 있지만 그래도 같은 공간이다. 잠수함에서는 사령실과 음탐실 등, '실'이라는 개념은 일반적으로 폐쇄된 공간이 아니다.
 잠망경 너머 우미기리 쪽에서 뭔가 불빛이 명멸하고 있었다. 서승원 중령이 눈을 밀착하며 뜻을 읽어보려고 애썼다.
 "귀함의…… 건투에…… 경의를 표한다. 하지만…… 귀함이 격침한 함정은…… 일본국…… 해상자위대의…… 호위함이 아니다. 그것은…… 멍텅구리 양키들의…… 지휘를…… 받았기 때문이다. 다음에…… 만날 때는…… 좋은 승부가…… 되길…… 기대한다."
 짧게 끊어지는 탐조등의 모르스 부호로 전문이 모두 당도하기까지는 시간이 좀 걸렸다. 그 사이에 함장이 웅얼거리는 소리에 귀를 기울인 승조원들도 그 내용을 이해할 수 있었다.
 "짜식들이 말이 많군요. 당했으면 가만이나 있을 것이지, 주둥이만 살아 가지고……."
 피식 웃으며 진종훈 소령이 한 마디 던졌다.

5월 22일 17:42   오키제도 서쪽 30km
미 해군 순양함 모빌베이, 전투정보센터

 "사령관님! 완전히 당했습니다. 벨로 우드 전단 우익에서 우미기리가 격침됐습니다. 벨로 우드 전단 우측이 완전히 노출됐습니다!"

해리스 중령은 함대 대잠지휘관에게 보고하며 고개를 숙이고 부들부들 떨었다. 벌컥 화를 낼 줄 알았던 오코너 준장은 의외로 가만히 있었다. 뜻밖의 반응에 해리스가 겁을 집어먹고 떨고 있을 때 오코너 준장이 천천히 입을 열었다.

"그래, 그놈이 죽기로 작정했단 말이지. 그깟 큐트 네이비(Cute Navy) 주제에……. 중령! 상륙함정들을 모두 회피기동시킨다. 개별 회피행동에 들어가라고 전하게. 그리고 당장 링컨 주위에 몰려 있는 멍청이들을 빨리 되돌려!"

오코너 준장의 말에는 단어마다 깊은 분노가 담겨 있었다. 미 해군은 한국 해군을 '귀여운 해군'이라고 부른다. 항모와 순양함 등 커다란 덩치의 미국 해군은 낡고 조그마한 군함을 몰고 다니는 한국 해군을 정식 해군으로 여기지도 않는다는 비아냥이 담긴 말이다.

해리스 중령이 서둘러 벨로 우드 전단을 호출했다. 다행히 벨로 우드 지휘관들의 계급서열은 오코너보다 낮았다. 게다가 7함대 기함인 블루 리지에도 사령부 요원만 탑승하고 있었지 최고지휘관은 없었다.

대니얼 부스틴 소장이 링컨에 탑승하고 있는 것이 천만 다행이라고 생각한 해리스 중령이 오코너의 지시를 전달했다. 한편에서는 다른 참모들이 오코너 준장의 직접적인 지휘선상에 있는 구축함과 프리깃, 대잠초계기들을 호출하고 있었다.

3. 황혼의 바다

5월 22일 18:20 오키제도 서쪽 5km
한국 해군 잠수함 장문휴, 사령실

"목표들이 산개하고 있습니다! 급속 회피중입니다, 함장님."

음탐관 강인현 대위가 소나 디스플레이를 확인하며 급히 보고했다. 강인현은 미일 연합함대의 행동을 이해할 수 없다는 표정이었다. 함장 서승원 중령은 보고를 받고도 여전히 느긋했다.

"우리를 너무 만만하게 생각하는 것 같군. 부장! 기관실을 호출하게."

"옛! 알겠습니다. 기관실!"

진종훈 소령이 마이크를 잡아내리고 기관실을 호출했다. 부함장은 함장의 지시를 기다렸다.

"연료전지 모드를 최대로 가동하도록. 출력 백 퍼센트 축전지 전력을 추가하라!"

"옙! 알겠습니다."

부함장이 인터폰으로 기관장 배준석 원사에게 꼼꼼하게 지시하기 시작했다. 소나컨솔에는 잠시 전 부상하여 측정한 목표까지의 방위와 거리가 계속 급격하게 바뀌고 있었다. 함장이 소나 디스플레이까지 와서 블루 리지의 현재 위치를 파악했다.

"대장부터 쫓는다. 블루 리지를 먼저 친다!"

"예. 기관 전속합니다!"

명령을 받은 부함장이 김승민 대위에게 눈짓하자 작전관이 조종컨솔 옆에 붙어 있는 동력제어판을 'FULL'이란 눈금이 있는 곳까지 밀어올렸다. 기관실에서는 연료전지에서 발생되는 지속적인 전력에 더하여 축전지에 저장된 전력까지 이미 모두 연결했을 것이다.

4개 구획으로 이루어진 축전지들은 각각을 직렬, 혹은 병렬로 연결하여 출력을 조절하게 되어 있다. 그런데 지금은 모든 것이 직렬로 연결되었다.

한국 해군의 신예 잠수함 장문휴가 최고 출력을 향해 치달렸다.

"증속중입니다. 속도 15노트…… 17노트…… 19노트……."

작전관 김승민 대위가 속도계와 가속도계를 지켜보며 시간을 쟀다. 최대 출력인 지금 상황이 계속되면 배터리는 한 시간 못 미쳐 소모될 것이다. 게다가 장문휴함은 전력과 함께 연료전지를 작동하는 산소와 수소를 이미 많이 소모한 상태였다.

"현재, 25노트입니다."

속도를 보고하는 김승민의 목소리가 약간 떨렸다. 원자력 잠수함이 아닌 재래식 잠수함으로서 25노트는 상당히 빠른 속도이다. 사령실 승무원들은 흔치 않은 기회인 25노트의 속도를 만끽하고 있었다.

속도는 상대적인 개념일 뿐이다. 헬기는 공중에서 시속 수백km의 속도를 낼 수 있지만 제트전투기에 비하면 굼벵이나 마찬가지다. 물속에서 현재의 최신 잠수함이 낼 수 있는 속도는 기껏 40노트 정도가 한계이다. 현용 어뢰 가운데 30노트를 넘는 속도를 낼 수 있는 것은 예상외로 많지 않다. 잠수함 장문휴는 25노트가 최고속도이다.

유체역학적인 설계가 뛰어난 장문휴함이지만 규정속도를 넘어서는 고속으로 항주하자 물에 의한 저항이 급격히 증가했다. 지상에서 바람을 가르는 것과 마찬가지로 함체의 표면을 부딪치며 지나가는 물의 흐름이 점점 거세졌다. 그리고 거기에서 오는 진동과 소음이 승무원들에게 무시무시한 속도감을 느끼게 해주었다.

"놈들은 아직 선회를 마치지 못했습니다. 거리 1,800미터!"

최현호 상사가 잠수함이 고속으로 항주할 때 급격히 효율이 떨어지는 함수소나를 정확히 다루기 위해 안간힘을 쓰며 보고했다. 함수 부분이 물의 저항을 많이 받을수록 그곳에 장착된 소나의 효율은 감쇄되게 마련이다. 그러나 고속순항시 파도를 직접 맞받는 수상 전투함보다는 소나 효율이 상대적으로 덜 떨어지는 편이다. 함장은 이미 음탐실에 있었다.

"액티브 탐신. 거리를 정확히 파악한다!"

"탐신!"

강인현 대위가 복창하며 공격소나를 탐신했다. 1,500미터를 왕복하는 음파가 되돌아오기까지 2초 가까운 시간이 흘렀다.

"거리 1,485미터입니다!"

초시계를 재던 함장이 고개를 든 것과 동시에 음탐관의 보고가 이어지고, 그 직후에 함장이 명령을 내렸다.

"스모크 발사!"

"스모크 발사!"

사령탑 뒷부분에 장착된 통신용 부이(buoy) 발사관에서 통신용 부이보다 작은 원통형 물체가 튀어나왔다. 이것이 수면을 향해 빠른 속도로 올라가더니 물위로 힘차게 솟구쳤다.

블루 리지와 벨로 우드는 소나가 없는 상륙함정이므로 장문휴함에서 발사한 음파를 알아들을 수 없다. 그러나 1,500미터도 떨어지지 않은 이곳 수면 위로 스모크가 떠올라 오렌지색 연기를 피워올리면 그들은 변명의 여지가 없게 된다.

고속으로 항주하는 블루 리지의 갑판에서 대기중이던 해병대원들이 먼저 연기를 발견했다. 이들이 손으로 연기있는 쪽을 가리키며 뭐라고 외칠 때 블루 리지의 항해함교에서도 수면 위로 떠오르는 연기를 발견했다. 상공에서는 대잠초계기와 헬리콥터들이 우왕좌왕하며 상륙함대 사이를 비행하고 있었다.

"키 왼편 전타. 벨로 우드를 마저 잡는다!"
"예! 알겠습니다."

함장 서승원의 목소리가 조금 커졌다. 부함장 진종훈 소령이 훈련소를 나와 막 자대배치받은 신병처럼 우렁차게 복창했다. 이제 침묵할 필요는 없었다.

놀이동산에서 롤러 코스터가 급격히 기울며 달려가듯 장문휴함의 선체가 왼쪽으로 크게 기울었다. 승무원들 모두 롤러 코스터를 타는 듯한 짜릿함에 더해 뿌듯한 성취감을 느끼고 있었다.

다만 한 명, 뒤에서 계기판에 손을 얹고 넘어지지 않으려고 애쓰는 판정관 제임스 레스턴 소령만이 황당한 표정이었다. 뒤를 돌아본 강인현 대위가 터져나오려는 웃음을 억지로 참으며 연신 헛기침을 해댔다.
"임마! 왜 그래?"

김승민 대위가 강인현의 머리를 딱 소리나게 쳤다.
"작전관님, 저 자식 말입니다. 꼭 심술이 스머프 같지 않습니까? 거 있잖습니까. 다른 스머프들은 재미있게 노는데 혼자만 부루퉁해서 '난

노는 거 싫어' 하는 스머프 말입니다."
 김승민과 강인현은 같은 계급이지만 세 살 차이가 난다. 군 경력은 4년 차이이다.
 "스머프? 그게 뭔데? TV 만화 프로야? 그때 아마 난 어려서 못 봤을 거야."
 김승민이 잡아떼자 강인현이 몸을 부르르 떨며 옷깃을 세웠다.

5월 22일 18:55 오키제도 서쪽 7km
미 해군 순양함 모빌베이, 전투정보센터

 "기함 블루 리지와 양륙함 벨로 우드가 격침판정을 받았습니다. 보급선단도 차례차례 공격받았습니다. 호위함들이 탐색하고 있지만 목표를 다시 놓쳤다고 합니다."
 보고하는 해리스 중령의 목소리는 잔뜩 얼어붙어 있었다. 음탐수들이 감히 뒤를 돌아보지 못하고 일에 열중하는 척했다. 함대 대잠지휘관 오코너 준장이 착 가라앉은 목소리로 물었다.
 "날파리들은?"
 해리스 중령은 한 번도 제대로 목표를 탐지하지 못하고 우왕좌왕하기만 한 대잠기 그룹에 대한 오코너 준장의 분노를 느낄 수 있었다. 해리스는 대잠헬기 한 대의 연료가 예비연료도 남지 않아 빨리 귀환해야 한다는 보고도 차마 할 수 없었다. 비 전투시에 예비연료를 한 방울이라도 썼다가는 한바탕 난리가 난다. 그러나 지금은 도저히 그런 것을 보고할 상황이 아니었다.
 "현재 대잠초계기들과 대잠헬기들이 목표를 찾고 있습니다만, 탐지하지 못했다고 합니다."

오코너가 주먹 쥔 손을 번쩍 들어올렸다가 천천히 내렸다. 준장의 관자놀이에서 불거진 파란 핏줄이 경련을 일으켰다.

"사령관님! 항모전단에서 통신입니다!"

통신사관이 자리에서 일어나 쭈뼛거렸다. 오코너가 귀찮은 표정을 짓다가 벌떡 일어섰다.

"뭐야……?"

상대가 항모나 상륙함의 함장이라면 통신사관이 이렇게 조심할 리가 없었다. 그렇다면……. 오코너 준장이 예측한 통화 상대방은 통신사관 입을 통해 확인됐다.

"부스틴 제독입니다!"

"끙…….'"

오코너 준장이 약간 머뭇거리며 통신기 마이크를 잡았다.

─준장! 나, 항모전단장이야.

"제독님."

─기가 막혀. 자네, 함대를 아주 전멸시켰더군?

"죄송합니다."

─자넨 미 해군의 전통과 명예에 먹칠을 한 거야! 고물 잠수함 한 척한테 그따위로 당할 수 있어? 당할 수 있냐고?

오코너 준장이 잠시 허공을 응시하다가 고개를 떨궜다.

"죄송합니다."

─그리고 뭐 하러 대잠그룹을 그쪽으로 보냈나? 또 우왕좌왕하다가 잠수함이 반대 방향에서 나타나는 꼴을 보고 싶나? 다 끝났어! 이제 모두 귀환시켜!

"죄송하지만 아직 훈련 시간이……."

이번 한미일 합동해군훈련의 훈련시간은 일출에서 일몰 플러스 1시간이었다. 한국 잠수함 두 척이 사흘 전부터 해역에 숨기 시작했지만 서로를 공격하는 본격적인 훈련은 15시간 정도인 셈이다.

─우린 다 죽은 셈인데 아직까지 훈련할 게 남았나? 한 척도 안 남기고 완전히 전멸시킬 작정이라도 했어? 한국 잠수함 한 척에게 미국 항모전단, 상륙전단 모조리 전멸당했다고 전 세계에 자랑할 셈인가?

"죄송합니다."

오코너는 미 해군의 자존심을 앞세웠고 함대사령관은 국제적 체면을 생각했다. 함대 대잠지휘관이 훈련에 참가한 부하들을 먼저 생각한 반면 부스틴 소장은 정치적인 고려를 우선한 셈이다.

─이제 보니까 그 잠수함은 우리 항모를 잡을 수도 있었어. 자넨 한국 잠수함이 우리 대잠그룹을 봐줬다는 생각은 안 드나?

"설마 그럴 리가 있겠습니까?"

─뭐야? 설마라고? 그래서 자넨 멍청이라구!

부스틴 소장이 부부싸움하는 여자처럼 쏘아붙이자 오코너의 목소리가 기어들어갔다.

"제독님……."

─그리고, 시 호크 17 연료가 몇 분치나 남았는지 알기나 해? 당장 귀환시키라구!

오코너 준장이 화들짝 놀랐다가 눈살을 찌푸리며 천천히 통신기를 놓았다. 부스틴 제독이 수화기를 무지막지하게 내려놓는 것으로 통신은 끝이 났다. 항모전단장 부스틴 소장이 화가 이만저만 난 것이 아닌 모양이었다.

오코너는 매서운 눈을 하고 잠시 몸을 부르르 떨었다. 그러다가 눈을 감았다. 전투정보센터에 한바탕 차가운 침묵이 휘몰아쳤다. 승무원들이 곧 닥쳐올 끔찍한 사태에 아연 긴장하고 있을 때 오코너의 입이 천천히 열렸다.

"해리스, 함대를 호위진형으로 복귀시키게. 훈련은 이것으로 종료야."

"알겠습니다!"

바짝 얼어붙은 작전참모 해리스 중령이 간신히 대답했다. 해리스가 요코스카에 있는 미 해군 7함대의 훈련통제센터에 보고하는 사이, 다른 참모들이 서둘러 함대에 훈련종료 통보를 전했다. 해리스 중령은 오코너 준장의 모습을 보며 이것이 끝이 아님을 알았다. 미 해군이 실시한 최악의 훈련이었다.

5월 22일 19:10 오키제도 서쪽 4km
한국 해군 잠수함 장문휴, 사령실

"포위하던 함정들이 물러나고 있습니다."

몰려드는 함정들과 대잠기들의 강력한 액티브 소나 탐신 때문에 귀가 얼얼해진 최현호 상사가 손가락으로 귀를 후비며 보고했다. 갑자기 무슨 일인지 부함장과 작전관이 의아해하는 순간 통신장 전유민 상사가 사령실로 뛰어들어왔다.

"함장님! 긴급통신입니다."

"뭔가?"

서승원 중령은 이미 알고 있다는 듯 느긋한 표정이었지만, 부함장과 작전관은 눈이 휘둥그레졌다. 다만 전유민 상사의 얼굴이 밝다는 것에서 뭔가 감이 잡혔다.

"지금 해독중입니다. 곧 끝납니다."

함장 서승원이 통신실 쪽으로 걸음을 재촉했다. 이홍기 통신관은 통신실에서 전문을 해독하고 있었다.

훈련 종료. 19:00시부로 훈련 종료.
귀함은 부상하여 전열에 합류하라.

— 태평양함대 사령부

이홍기 중위로부터 통신지를 건네받은 서승원의 표정은 여전히 무덤덤했다. 뒤따라들어온 진종훈 소령에게 메모를 건네준 함장이 통신실을 나서며 말했다.
"작전 종료야. 마지막을 긴급부상으로 장식해볼까? 부장, 어때?"
"좋습니다. 긴급부상을 실시하겠습니다!"
진종훈 소령이 걸어나가는 서승원에게 절도있게 경례를 붙이고 나서 뒤돌아 사령실로 뛰어가기 시작했다. 함장은 사령실로 향하지 않고 반대편, 함장실로 들어갔다.

"작전관! 긴급부상한다. 기관 전속! 먼저 가속을 붙이자. 참! 훈련종료야!"
얼굴이 잔뜩 상기되어 뛰어들어온 부함장이 뒤죽박죽으로 외치자 사령실에서 작은 환성이 터져나왔다.
"알겠습니다. 기관 전속!"
김승민 대위도 훈련 종료 소식이 무엇을 의미하는지 알아차렸다. 미국 해군이 마지막까지 장문휴를 괴롭히다 포위망을 푼 것은 결국 완전 패배를 인정한 것이다. 승조원들은 모두 신이 났다. 한국 해군 최초의 214급 잠수함 장문휴는 이번 훈련에서 성공적으로, 대단히 성공적으로 데뷔한 것이다.
"부장이다. 전원 착석! 긴급부상을 실시한다. 급격한 기동이 예상되니 만반의 대비를 하라!"

진종훈 소령이 마이크를 잡고 소리치자 사령실 승무원들이 모두들 자리에 앉아 잡을 수 있는 것들을 꼭 잡고 부함장을 주시했다. 기관실과 전방 어뢰실에서도 자리를 잡고 충격에 대비한 자세로 각자 몸을 굽혔다.

잠수함 내부에서 모든 기계장비들은 당연히 벽면에 단단히 부착되어 있었다. 함내를 굴러다니는 물건들을 치우거나 새로이 조사할 필요도 없었다. 하지만 단 하나의 예외가 있긴 했다. 만약 그곳이 작업중일 때 잠수함이 긴급부상할 경우 자칫 잠수함의 수명을 끝장낼 수도 있는 아주 위험한 곳이었다. 진종훈 소령도 그곳이 가장 걱정되어 다시 인터폰을 들었다.

"조리장! 이상 없나?"

부함장이 확인하자 잠시 뜸을 들인 후 조리실에서 간단명료한 대답이 돌아왔다.

— 예.

잠시 숨을 멈추고 있던 승조원들이 일제히 한숨을 토했다. 승조원들은 조리장 박상빈 하사로부터 '예'와 '아닙니다'를 빼고 다른 말을 들은 기억이 없었다. 이번에도 마찬가지였다.

"작전관! 전방 밸러스트에 공기를 주입하라. 후방 밸러스트는 주수한다."

진종훈 소령이 신이 나서 명령하자 승조원들이 일제히 주먹에 힘을 주었다.

"예! 알겠습니다. 전방 밸러스트 공기 최대. 후방 밸러스트 주수!"

잠수함 장문휴의 전방 밸러스트 탱크에서 물이 빠져나가고 공기가 주입되자 함수가 서서히 들리기 시작했다. 그리고 후부 탱크에 물이 주입되자 함체 앞부분이 위쪽으로 번쩍 들렸다.

잠수함이 점점 가속했다. 잠수함 내부는 활주로를 이륙하는 여객기 같은 모양이 되었다. 부함장은 아무 것도 잡지 않은 채 팔짱을 끼고 왼발을 약간 구부리며 균형을 잡았다.

"20노트…… 22노트……."

김승민 대위가 속도계를 들여다보며 계속 보고했다. 수심 300미터, 신형 디젤 잠수함의 안전잠항심도 한계까지 잠항했던 장문휴함은 물위로 빠르게 솟아오르고 있었다. 엔진을 전속력으로 가동하고 물위로 뜨려는 부력까지 더해지자 속도는 더욱 빨라졌다. 장문휴는 최고 속도를 갱신하고 있었다.

"27노트!"

김승민이 말을 마치는 것과 동시에 잠수함이 물위로 40도 각도로 치솟아 해면 위로 튀어나갔다. 시커먼 함체를 따라 물보라가 치솟았다. 장문휴함은 스크루 프로펠러까지 물위로 내보이더니 아주 잠깐 공중에 떠 있는 것 같았다.

잠수함이 슬로우 비디오처럼 다시 천천히 물속으로 첨벙 내려앉았다. 거대한 고래가 튀어올랐다가 물보라를 일으키는 것처럼 잠수함이 떨어진 곳에 거대한 물기둥이 만들어졌다. 근처 상공을 비행하던 대잠초계기 한 대가 잠수함의 급속 부상에 놀라 급히 방향을 틀었다.

"후방 밸러스트 완전 배수!"

진종훈 소령이 명령을 내리자마자 김승민 대위가 복창하며 계기를 조작했다. 후방 배수탱크까지 완전히 공기가 들어차야 비로소 장문휴함은 균형을 잡고 물위에 뜨는 수상함이 되는 것이다. 어느새 부함장 뒤로 다가온 서승원 중령이 부하들의 능숙한 조작을 흡족하게 바라보고 있었다.

5월 22일 19:12 오키제도 서쪽 3km
미 해군 순양함 모빌베이, 전투정보센터

"우미기리는 뭐하나? 아직도 죽은 체하는 거야? 빨리 함대진형에 복귀하라고 전해! 멍청한 놈들 같으니……."

오코너 준장은 허탈했다. 그는 함교로 올라와서 주변 함정들의 진형을 재편성하고 있었지만 이미 게임은 끝났다. 그것도 완벽한 패배였다. 한국의 디젤 잠수함 한 척에게 무려 여섯 척의 구축함과 프리깃, 그리고 한 척의 LA급 공격원잠을 잃었다.

그뿐만이 아니었다. 상륙함대의 4만톤급 상륙모함 벨로 우드와 상륙지휘함이자 7함대 기함인 블루 리지를 포함하여 도크형 상륙함 두 척까지 날아가 버렸다. 동반한 보급선 두 척도 격침판정을 받았다.

오코너는 그래도 한국 잠수함 한 척을 잡았다는 사실로 위안을 삼았지만 무려 13대 1의 스코어였다. 오코너는 만약 진짜 전쟁이 일어나서 이런 식으로 전투가 전개됐다고 가정하자 등골에 식은땀이 흐르며 더욱 참담한 기분이 들었다.

승무원 희생자 숫자로만 따져도 35명 대 무려 3천 이상이었다. 블루 리지와 벨로 우드에 탑승한 해병대원들을 뺀 숫자였다. 이 훈련이 만약 실전이었다면, 정말 생각하기도 끔찍했다.

"사령관님, 저기를 보십시오!"

함교 난간에서 쌍안경을 집어든 해리스 중령이 오코너를 불렀다. 그가 달려나가 잠수함 함미 부분에 치솟은 거대한 물기둥을 바라보았다. 긴급부상한 장문휴함이 솟아올랐다가 천천히 떨어지는 물벼락을 맞고 있었다. 긴급부상(emergency blow)은 잠수함이 선택할 수 있는 어뢰 회피 방법이기도 하다.

한국 해군 잠수함 장문휴는 오코너 준장을 포함한 함대 대잠팀을 황당하게 만든 잠수함이었다. 그가 자세히 보려고 쌍안경을 집어들었다. 일몰로 인해 석양이 모빌베이 쪽을 정면으로 비추고 있었다. 오코너는 눈이 부셔 바라볼 수 없게 되자 짧은 욕설을 내뱉었다.

"개새끼들!"

5월 22일 19:25 오키제도 서쪽 5km
한국 해군 잠수함 장문휴, 함수 갑판

황혼이 지고 있었다. 태양이 서쪽 바다에 끝자락만 남기고 바다에 잠기며 새털구름을 붉게 물들이고 있었다. 해치를 열고 나와 보트를 기다리는 판정관을 함장과 몇몇 장교들이 전송하고 있었다. 서승원 중령이 잔잔하게 미소 지으며 말했다.

"소령! 이 잠수함이 209급이 아니라는 사실은 우리 해군 작전사령부에서 이미 귀측에 통보했소. 아마 당신측 높은 양반이 알려주지 않은 것 같소."

"예. 그런 건 중요한 사실이 아닙니다."

판정관 레스턴 소령이 말을 멈추고 시선을 발 아래로 향했다.

"아주 훌륭한 잠수함입니다. 당신의 조함도 기가 막혔습니다."

대화가 잠시 멈췄다. 판정관은 장문휴가 기존 한국 잠수함 주력인 209급이 아니라는 사실을 알고 있는 것 같았다. 멀리 판정관을 데리러 온 보트가 물살을 가르며 잠수함으로 접근하고 있었다.

"이 잠수함은……"

레스턴 소령이 잠수함 상갑판을 발로 살짝 구르자 진종훈 소령과 김승민 대위가 약간 험악한 표정을 지었다. 레스턴이 말을 이었다.

"아주 훌륭합니다. 너무 훌륭하다고 해야 할까요?"

"나라를 지키기에 적당한 잠수함입니다."

레스턴의 말에 함장이 놀라 즉시 맞받았다. 판정관의 말에 다른 의미가 없다면 칭찬에 이렇게 긴장할 수는 없을 것이다.

레스턴 소령은 대답을 하지 않고 웃기만 했다. 보트에서 미군 수병들이 로프를 던지자 잠수함 수병들이 이를 받아 보트를 잠수함으로 잡아끌었다.

"이번 훈련은 아주 재미있었습니다. 앞으로도 재미있을 것 같지 않습니까?"

통역병이 레스턴의 말을 더듬거리며 통역했다. 뭔가 다른 의미가 담긴 듯한 말은 통역하기 어렵다. 보트를 몰고 온 수병들이 레스턴에게 외치자 레스턴이 갑자기 차렷자세를 취했다. 함장이 흠칫했다. 레스턴이 절도 있는 동작으로 깊은 존경을 담은 거수경례를 붙였다. 얼떨떨해진 함장이 조건반사적으로 답례했다.

천천히 보트 쪽으로 몸을 옮기던 판정관이 부함장과 작전관을 힐끗 보며 뜻 모를 미소를 지었다. 레스턴 소령을 태운 보트가 점점 옅어지는 노을을 배경으로 흰 물살을 헤치며 나아갔다.

떠나가는 판정관을 바라보던 김승민 대위가 강인현을 찾았다. 강인현 대위는 다른 장교들과는 달리 반대쪽인 동쪽 바다를 바라보고 있었다. 김승민이 귓속말로 강인현 대위에게 속삭였다.

"이봐! 수원말갈."

"예? 작전관님."

강인현 대위는 계속 동쪽 바다를 바라보다가 깜짝 놀라 김승민에게 귀를 빌려주었다.

"저 자식이 아는 체하는 건 좋은데 말야. 왜 실실거리는지 알겠어?"

김승민의 물음에 강인현이 판정관을 태운 보트를 힐끗 본 후 씨익 웃었다.

"예. 앞으로 무척 피곤해질 것 같은데요."

잠수함 갑판에서 바라보는 황혼이 지기 시작했다. 부분부분 어둠이 깔리는 바다 위를 지나는 구축함에서 불빛이 번쩍거렸다. 헬리콥터가 서서히 그 구축함에 접근하고 있었다.

"멋지군."

김승민은 석양이 진 서쪽 하늘을 바라보다가 강인현이 자꾸 반대쪽을 보고 있다는 것을 깨달았다. 동쪽에는 섬들이 점점이 떠 있었다.

"저 섬에 인어 애인이라도 두고 왔나?"

"아닙니다. 하지만 저 섬과 이 잠수함은 묘한 인연이 있는 것 같습니다."

강인현이 말을 마친 다음 뿌듯함과 숙연함, 그리고 자책감이 동시에 어리는 표정을 짓자 김승민은 궁금해졌다. 강인현에게서 이렇게 복잡한 표정을 본 적이 없었다.

"그게 뭔데? 일본 섬하고 우리 잠수함이 관계가 있을 리 없잖아?"

"발해1300호라고 들어보셨습니까? 동해에서 활발했던 발해인들의 해상활동을 증명한 그 뗏목 탐사선 말입니다. 그런데 이 잠수함 이름인 장문휴는 발해 장군 이름이었습니다."

장문휴는 무왕 대무예大武藝의 명령을 받고 당나라의 전략 거점인 등주登州를 공격한 발해 장수이다. 등주는 중국 산동반도 북쪽 해안에 있는 산동성山東省 봉래蓬萊였고, 이 지역은 기원전부터 발해만을 포함한 서해의 제해권을 넘보는 전략요충지였다.

만주땅을 호령한 발해의 막강한 국력을 단적으로 보여주는 대표적인 전쟁이 바로 732년에 행한 등주 공격이었다. 발해는 당군唐軍의 전선사령부와 주력부대가 포진한 요동·요서의 육상통로를 우회하여

해로를 통해 당군의 배후 전략거점인 등주에 상륙작전을 전개했다.

장문휴의 등주 상륙과 산동반도 점령, 그리고 거의 동시에 실시된 발해·돌궐·거란 연합군의 요서 및 요동 공략은 6·25 때 맥아더 사령부의 인천 상륙작전을 능가하는 거대한 스케일이었다. 이때 발해의 영토확장에 위기를 느낀 신라는 당나라 진영에 가담했다. 그런데도 발해는 동족의 국가인 신라에 군사적인 압력을 가하지 않았다.

"발해1300호? 아~ 오키제도 바로 앞에서 암초에 부딪쳐 다 죽고 실패했다며?"

김승민은 언론보도를 통해 그렇게 알고 있었다. 1998년 초에 여러 가지 보도와 그 탐사의 의의에 대한 기사가 많이 나왔지만, 이미 몇 년이 지난 지금 김승민의 뇌리에 남은 기억은 그것이 전부였다.

"실패가 아니었습니다. 대성공이었습니다. 그들은 동해가 한민족의 바다라는 사실을 증명했습니다."

강인현은 김승민을 나무라지 않았다. 어차피 언론에서 보도한 내용을 믿을 수밖에 없는, 일반인이 가지는 한계라는 사실을 잘 알고 있었기 때문이다.

잠수명령이 내려졌다. 판정관을 전송한 장교들과 수병들이 함수 해치로 내려갔다. 계단을 내려오면서 김승민이 위에서 내려오는 강인현에게 말했다.

"그 사람들이 대단한 건 알지만, 급할 때 방향을 쉽게 바꿀 수 없는 뗏목을 탄 게 실수야. 지금이 어떤 시댄데? 그리고 당시에 발해인들이 뗏목을 탔을 리도 없잖아?"

뗏목은 해류와 바람에만 의존하여 흘러간다. 그러나 조선기술과 항해술이 발달한 요즘은 뗏목으로 탐험하는 사람은 거의 없다. 다만

1997년 윤명철 박사의 탐사팀이 장보고와 재당 신라인들의 해상활동을 고증하기 위해 뗏목으로 중국 영파까지 탐험한 적이 있다.

함수 해치가 닫히는 소리가 함체를 울렸다. 강인현이 음탐실로 향하며 김승민에게 반박했다.

"하지만 그것이 당시의 항해방법을 가장 확실히 알 수 있는 방법이었습니다. 바람과 해류에만 의존해서 발해 사람들이 일본에 갔던 항로를 되짚었으니까요."

강인현은 헤드폰을 한쪽 귀에 걸치고 디스플레이를 점검했다. 잠수함 함수가 파도에 부딪치는지 뿌연 안개 같은 것이 디스플레이를 가득 메웠다. 부함장이 잠수를 지휘하고 있었다. 함체가 서서히 아래로 향했다.

"그래도 너무 무모했어. 탐사대장도, 선장도 다 죽었잖아? 한 사람은 시체도 못 찾고 말야."

김승민이 음탐실까지 강인현을 따라와서 물었다. 강인현이 먼 곳을 보듯 허공을 응시하며 말했다.

"장철수 대장님은…… 동해의 수호신이 되셨을 겁니다. 만약 유해를 찾더라도 화장해서 동해에 뿌리겠다는 유족들의 말을 들으셨습니까? 그것이 장철수 대장님의 뜻이었습니다."

강인현은 거친 파도를 헤치며 동해를 가로질러 항해하는 발해인들의 웅혼한 기상을 떠올렸다. 그러나 김승민은, 폭풍우 치는 차가운 바다에 빠져 허우적대는 뗏목 탐사대원들의 죽음을 상상했다.

5월 23일 15:05   경남 진해
진해항 한국 해군 제3 부두, 장문휴

"후아~ 공기 정말 좋군."

작전관 김승민 대위가 함수 해치를 빠져나오며 부두 쪽을 살폈다. 김승민은 뭔가를 잔뜩 기대했다가 기대에 어긋났는지 실망하는 표정이 역력했다.

"예, 참 맛있습니다."

음탐관 강인현 대위가 해치를 나오며 터져나오는 봄햇살을 만끽했다. 부두에서 쓰는 대형 크레인 너머로 보이는 장복산 공원은 봄빛을 잔뜩 머금은 신록이 푸르름을 더하고 있었다. 강인현은 김승민의 실망하는 표정을 놓치지 않았다. 강인현이 조심스런 말투로 물었다.

"작전관님, 왜 그러십니까?"

"괘씸하게도 군악대가 없단 말야!"

"하하! 간첩선을 잡은 것도 아니고 훈련인데요, 뭘."

그렇게 말한 강인현도 약간 섭섭했다. 이 정도 훈련성과를 올려 한국 해군의 위상을 세계에 드높였다면 군악대가 나오는 환영행사 정도는 치러야 마땅할 것이다. 머쓱했는지 김승민이 화제를 바꿨다.

"이번 휴가에 어딜 갈 텐가?"

김승민의 질문에 강인현은 한참 망설였다. 아무래도 김승민이 웃을 것 같았다.

"낚시라도 갈까 합니다."

"뭐야? 해군이 휴가 때 낚시를 한다고? 육군 땅개가 휴가 나가서 서바이벌 게임하고 창녀가 노는 날에 응응할 일이네?"

예상대로 역시 김승민이 한참 비웃었다. 하지만 강인현도 할 말은 있었다.

"잠수함은 구축함이 아니잖습니까? 저는 바다를 보고 싶습니다."

장문휴 승조원들은 만면에 미소를 머금고 건널판을 지나 실로 오랜만에 땅을 밟았다. 흙이 아니고 콘크리트 바닥이라 섭섭하긴 했지만, 바깥 공기는 바닷바람에 실린 짠 내음까지 감미롭게 느껴졌다. 먼저 하선한 승조원들이 대오를 맞추고 있었다.

"항모까지 날렸어야 하는 건데. 좀 섭하긴 섭하더라구."

"다음에 또 잡으면 되잖습니까?"

김승민이 주먹 쥔 손을 흔들어대자 강인현이 자신감 넘치는 목소리로 대꾸했다. 김승민은 실로 아쉬운 표정이었다. 강인현이 대오 맨 옆 뒷줄에 서고, 김승민은 대오 옆에 섰다. 곧 함장이 올 시간이었다. 김승민이 강인현에게 다가와 속삭였다.

"강 대위, 내가 자칫 어뢰 발사버튼을 누를 뻔한 거 알고 있나?"

"예?"

강인현이 놀라는 표정을 지으며 옆 사람과 줄을 맞췄다. 당시에는 실제 어뢰가 장전되어 있었다. 만약 김승민이 버튼을 눌렀다면 어뢰가 발사됐을 것이다. 장문휴의 승조원들은 거의 모두 퇴함한 다음 함장과 부함장을 기다리며 잠수함이 정박한 부두 광장에 4열 횡대로 완전 정렬했다.

"어뢰가 발사되었어도 사고는 나지 않았겠지만, 난 하마터면 옷 벗을 뻔했지."

만약 김승민이 실제로 어뢰를 발사했으면 큰 위험을 초래한 죄로 강제 퇴역해야 했을지도 몰랐다. 그리고 어뢰 한 발의 가격도 만만치 않았다. 군인이 비싼 무기를 상부의 허가도 없이 함부로 낭비할 수는 없는 일이다.

"옷까지 벗어요? 그럼 발가벗고 다니시게요?"

실수와 실수할 뻔한 것은 하늘과 땅 차이였다. 긴장이 풀린 강인현이 농담을 하자 김승민이 농담으로 맞받았다.
　"원 참! 자네, 누가 수원말갈 아니랠까 봐. 썰렁하긴."
　"작전관님! 수원말갈이 무슨 뜻입니까?"
　수병 하나가 두 사람 대화에 끼어들었다. 김승민 대위가 흠칫 놀라는 사이에 강인현이 그 수병을 찬찬히 바라보았다. 의무하사 김찬욱이었다. 계급이 그래도 명색이 하사인데 잠수함에 전출되는 바람에 졸지에 쫄따구가 됐다고 신세한탄하는 약간 한심해 보이는 젊은이였다.
　"쉽게 말해 촌놈이란 뜻이야."
　강인현이 간단히 답하자 김찬욱이 눈이 휘둥그레지면서 모자를 벗어 머리칼을 쓸어올렸다. 휴가 나간다고 머리에 무스를 처발랐는지 물기 묻은 머리칼에 잔뜩 힘이 들어가 있었다. 강인현은 김찬욱이 조금 전 잠수함에서 나오자마자 머리에 뭔가 바르는 것을 본 것 같았다.
　"수원 사람이 촌놈이면 저같이 강원도 정선 산골 출신은 깡촌놈이게요?"
　"으그…… 서울놈 아니면 다 촌놈이지, 자넨 정말 강원스럽게 뭘 그러나? 가만 있자. 강원도 출신이라면, 신라 때 삼척이 북진北鎭이었으니까……."
　김승민이 답답하다는 듯 끼어들어 한참 말을 하다가 뭔가를 보고 갑자기 앞으로 급히 뛰어나갔다. 강인현과 다른 승조원들이 자세를 바로했다. 작전관 김승민 대위가 대열 맨 앞에 서자, 이렇게 세 사람의 대화는 끊어졌다.
　잠시 후 저쪽에서 함장과 부함장이 걸어오고 있었다.
　"전체, 차렷!"
　김승민이 호령하자 착 소리와 함께 단숨에 대열이 정렬됐다. 김승민 대위가 장난감 병정처럼 뒤로 돌아 함장에게 깍듯이 경례했다. 함장이 답례하고 뭐라고 말하자 손을 내린 작전관이 다시 절도있는 동작으로 뒤로 돌았다. 함장의 표정은 알기 어려웠지만 부함장은 뜻밖에 약간 걱정스런 표정이었다.

"쉬엇! 함장님 훈시!"

김승민이 옆으로 서자 함장이 천천히 입을 열었다. 이번 훈련을 잘 치렀다는 치사를 잔뜩 기대하는 승무원들 눈이 함장에게 집중되었다. 함장은 아마 이번 훈련을 마치고 나서 하고 싶은 말이 많을 것이다. 그러나 함장 서승원 중령의 지극히 간략한 치사는 승조원들의 기대에 많이 어긋났다.

"이번 훈련에서 다들 수고했다. 장교들은 남도록. 이상!"

김승민이 잠시 기우뚱거리다가 함장 앞으로 튀어나갔다. 지나치게 과묵한 함장에게서 치사를 기대하는 건 무리였다. 작전관의 보고와 해산명령에 따라 수병들은 일주일로 예정된 휴가를 즐기기 위해 여름방학을 맞은 초등학생들처럼 웃으며 내무반으로 향했다.

강인현은 함장을 따라 버스에 오르며 뭔가 무거운 기운을 느꼈다. 함장의 얼굴은 그다지 밝지 않았다.

5월 23일 15:35   경남 진해
한국 해군 작전사령부 소회의실

"그러니까…… 자네들이 미일 연합함대를 전멸시켰다는 얘기인데……."

"엄밀히 말씀드려 전멸은 아닙니다."

말쑥한 정장 소매에 굵은 적색줄 1개와 가는 줄 2개를 두른 제독이 창 밖을 보며 생각에 잠겼다. 해군 중장 계급이었다. 해군 작전사령관에게 호출된 잠수함 장문휴의 장교들은 회의탁자에 앉아서 차렷자세로 제독의 다음 말을 기다렸다. 함장 서승원 중령과 장교들은 제독의 뒷모습에서 젊은 날의 꿈과 힘을 느낄 수 있었다.

"곤란해, 곤란하게 됐어."

"죄송합니다."

작전사령관 김병륜 중장이 혼잣말처럼 중얼거리자 함장이 짤막하게 복잡한 심경을 토로했다. 김병륜 중장은 근심이 컸다.

"아냐, 자네들이 죄송할 건 없지. 하지만 이번 훈련에서 자네들은 잘해도 너무 잘했어."

"……."

훈련성과에 만족해 잔뜩 상기된 표정의 젊은 장교들은 제독의 말에 다소 침울해졌다. 역시 약소국 입장에서는 너무 잘해도 문제였다. 특히 미국 해군의 신경을 건드린 것이 마음에 무척 걸렸다.

장교들도 주변국들이 이번 훈련에서 드러난 장문휴함의 성능에 놀라 앞으로 장문휴를 주시할 것이란 사실은 어느 정도 알고 있었다. 이것은 앞으로 장문휴가 작전할 때 주변의 많은 것을 고려해야 한다는 의미도 된다.

"이번 훈련 성과가 미국측 요청에 의해 보도관제가 된 사실을 알고 있나?"

작전사령관이 고개를 돌리며 함장에게 물었다. 서승원 중령에게서 당연한 답변이 나왔다.

"몰랐습니다!"

전혀 뜻밖이었다. 어떤 훈련이든 미군은 공식 훈련이 끝나면 기자들을 위해 보도자료를 배포하고 작전상황을 브리핑했다. 그러나 이번에는 없었다. 공식적인 참관단이 없었던 이번 훈련에서 기자들의 문의가 빗발쳤지만 미 해군에서는 어떠한 언급도 없었다. 마치 훈련 자체가 없었던 것처럼 미국 해군은 그렇게 침묵을 지켰다.

덩달아 한국 해군에서도 이번 훈련 성과에 대해서는 비밀에 부쳤다. 한국 해군 최초의 214급 잠수함 장문휴가 성공적인 데뷔를 했지만, 이를 대내외에 발표하지 못하는 한국 해군은 무척 안타까웠다. 특히 많은 예산을 들여 건조한 신형 잠수함의 성능을 과시하지 못하는 것이 아쉬웠다. 옛날부터 해군은 외로웠다.

작전사령관이 잠시 주저하다가 결국 입을 열었다. 아이까지 딸린 가장이 출근할 때 차조심하라는 노인 같은 이야기였다.

"자네들이 진해를 나갈 때는 온갖 나라의 잠수함들이 따라붙을 거야. 그들이 어떤 도발을 하더라도 참아야 하네."

"주의하겠습니다!"

잠수함 안에서는 왕보다 더 많은 권력을 가진 함장이 작전사령관 앞에서는 선생님 앞의 학생 꼴이었다. 제독은 뒤돌아서서 다시 창 밖을 바라보았다.

진해 군항제 때 만발했던 벚꽃이 있던 자리에 지금은 푸른 잎이 돋아나 제정러시아 식으로 건축된 고풍스런 작전사령부 건물 앞에 조그만 그늘을 만들었다.

김병륜 제독이 깊고 깊은 한숨을 내쉬었다.

"내년에도 벚꽃은 피겠지."

5월 23일 18:40 경남 진해
경화동, 호프 베엠베(BMW)

뱃놈들은 왜 다들 술을 잘 마실까 하는 게 강인현이 가진 의문이었다. 생각해보니 어선이나 외항선, 해군뿐만 아니라 항구 노무자, 심지어 바다낚시꾼들도 술을 잘 마셨다. 강인현은 깨끗한 바닷공기 때문에 술이 사람을 마시게 되나보다 하고 호프에서 떠들고 있는 사람들을 살폈다.

장문휴함과 최무선함에 탑승했던 사관들이 모여 이번 훈련을 두고 이야기꽃을 피우고 있었다. 귀항 직후 사관과 각 부서장들이 남아 간단한 토의는 이미 마쳤다.

며칠 후 장문휴와 최무선의 작전관들이 해군작전사령부에 정식 훈련보고서를 올리면 각 잠수함 사관들이 모여 훈련내용을 두고 토론을 벌일 예정이었다. 그러나 지금은 서로 잘 아는 두 잠수함 장교들이 격의없이 이번 훈련에 대해 이야기꽃을 피우고 있었다.

현재 이곳에 있는 9명이 벌써 3,000cc짜리 피처 15개와 김승민 대위가 몰래 가져온 댓병 소주 5병을 비웠다. 사람들 얼굴을 보면 다들 거나하게 취한 것 같기도 하고, 자꾸 술잔을 비우는 것을 보면 아직 먼 것 같기도 했다.

"최무선 덕택에 침입이 쉬웠어. 한 소령, 고마워. 우하하!"

"으으…… 두고 보자."

장문휴의 부함장 진종훈 소령이 최무선함 승무원들에게 감사의 뜻을 전달한다는 것이, 오히려 최무선의 불운을 비웃은 셈이 되었다. 최무선의 부함장 한형석 소령이 진종훈 말에 발끈했지만 정말로 화를 내는 것 같지는 않았다. 최무선에 탑승했던 다른 장교들이 약간 질시를 섞인 웃음을 보냈다.

이들은 최무선함이 림팩(RIMPAC) 훈련에 참가했을 때보다 훨씬 많은 전과를 올린 사실보다는 장문휴의 성능 자체를 더 부러워했다. 좋은 차를 가진 사람이 더 좋은 차를, 고성능 컴퓨터를 소유한 사람이 더 성능 좋은 컴퓨터를 원하는 것과 같은 이치였다.

"부장님, 휴잇을 공격하지 말고 그냥 링컨을 잡지 그랬습니까? 충분한 거리에 있었다면서요?"

김승민 대위의 물음에 최무선함의 부함장 한형석 소령이 고개를 저었다.

"자네도 알겠지만, 일단 휴잇을 공격한 다음에 항모를 잡아도 됐어. 휴잇이 우릴 탐지했다지만 애스록 정도는 항모를 공격한 다음에도 충분히 피할 여유가 있었지. 어젠 온도층 위로 숨었지만, 정 급하면 항모 밑으로 파고들어 숨어도 되고 말야. 물론 실전이었다면……."

턱을 팔에 괴고 있던 김승민 대위가 수긍하겠다는 듯 눈을 끔벅였다. 장문휴가 미국 항모를 잡기에는 약간 무리가 따랐겠지만 최무선은 충분히 가능한 거리였다. 물론 나중에 장문휴도 항모를 잡을 수 있었지만, 만약 그럴 경우 그 다음에 벌떼처럼 몰려올 대잠그룹이 더 문제가 되었을 것이다. 무리하게 적 항모를 격침시키기보다는 아군 잠수함의 안전이 우선이었다.

강인현도 그 상황에서 최무선함이 취한 행동이 옳다고 생각했다. 미군 판정관은 아무래도 공정성을 잃었다. 그것보다는 한국 잠수함의 과감한 행동을 미처 예상하지 못한 모양이었다.

"부장님! 처음에 어떻게 바로 앞에서 두 척을 잡았습니까? 그놈들은 바로 앞에 있는 장문휴를 발견하지 못한 모양인데요."

최무선의 작전관 오필재 소령이 진종훈 소령에게 물었다. 장문휴가 처음에 밴더그리프트와 하루사메를 격침시킨 이야기였다.

"오키제도 근처 대륙붕을 따라 해류가 도는 건 잘 알지?"

"물론입니다. 진폭이 250km나 되는 엄청난 사행류인데요."

오필재가 진종훈의 표정을 살폈다. 그는 씨익 웃고 있었다. 쿠로시오 해류의 지류인 쓰시마 난류는 동해에서 진행경로가 대단히 구불거리는 사행류이다. 오키제도 근처는 확장된 대륙붕으로 인한 해류의 굴곡 때문에 한류와 난류가 교차하기도 하고, 한류가 난류 사이에 갇히는 현상도 발생한다.

　사행설에 따르지 않고 쓰시마 난류가 동해에서 세 갈래로 갈라진다는 3분지三分枝 설에 따르면 그곳은 어떤 이유로 해서 심해수의 상승과 표층수의 침강이 일어나는 곳이다. 어떤 이론으로 설명하더라도 오키제도 근처는 대단히 복잡한 해저지형과 해류 때문에 전투함의 소나가 잠수함을 제대로 탐지하기는 어렵다. 최무선함도 그 해역의 특성을 이용해 함대 중간으로 침투할 수 있었다.

　"설마 사행류 경계면을 따라 이동한 건 아니겠죠?"

　진종훈이 다시 씨익 웃었다. 오필재의 표정이 서서히 변했다. 난류와 한류의 온도차, 그리고 표층수와 심층수의 온도차를 이용해 적함의 소나를 속일 수 있다고는 해도 적극적으로 이용하기는 어렵다. 상대방이 있는 곳의 수온을 알기 어렵기 때문이다. 만약 적함이 잠수함과 같은 성질의 해류에서 순항중이라면 잠수함이 역으로 탐지될 확률이 엄청나게 올라간다.

　그리고 그런 경우에는 잠수함도 수상전투함을 탐지하기 어렵다. 게다가 아무리 수온을 정확히 측정했다 하더라도 잠수함이 다수의 대잠초계기와 대잠헬리콥터, 그리고 수상전투함들 모두를 완벽하게 속이는 것은 운이 좋다고 할 수밖에 없는 것이다.

　"잠수함은 쓰시마 난류를 따라 3노트, 심도 250으로 천천히 이동하고 예인소나를 온도층 위로 올렸다면 이해가 가나?"

　오필재가 잠시 얼떨떨한 표정을 지을 때 진종훈이 잠시 주위를 살폈다. 옆 자리에 술도 안 마시고 조용히 앉아 있는 두 사람은 아무래도 군 정보기관에 근무하는 자들 같았다. 항상 있던 일이라 놀라진 않았지만 신경이 거슬릴 수밖에 없었다. 진종훈은 목소리를 낮춰 다시 설명을 시작했다.

　"한류와 난류가 교차할 뿐만 아니라 표층수 밑에 제1 온도층, 밑에 제2 온도층이 있다. 우린 그 아래 심층수를 항주했지. 어차피 우리도 적함을 발견할 수 없어. 하지만 위로 올린 예인소나는 다르다. 표층수는 온도와 염도가 거의 비슷하니까. 됐나?"

일단 장문휴가 상대방을 탐지할 수 있었던 이유는 밝혀졌다. 이것은 쉽게 예상할 수 있는 방법이었다. 그러나 상대방이 장님이 된 까닭은 이해하기 힘들었다.

진종훈이 자신만만하게 대답하고 빙긋 웃자 최무선함의 음탐관 권혁준 대위가 고개를 갸웃거리며 물었다.

"적함의 함수소나는 속이더라도 가변심도 소나와 소노부이, 대잠헬기의 예인소나 중에는 그 심도 이하로 내려가는 놈이 있을 텐데요?"

권혁준의 질문에 대한 답이 진종훈의 입에서 즉각 쏟아져 나왔다.

"그놈들은 다른 수괴水塊에 있었으니 이쪽을 탐지할 수 없다. 그리고 우린 주로 대륙사면을 따라 움직였지."

음파는 수온과 염분 농도 등 성질이 다른 물을 지날 때 진행방향이 심하게 바뀌거나 난반사한다. 수상전투함이 바로 앞에 숨어 있는 잠수함을 탐지 못하는 경우가 있는데, 바로 이런 경우이다. 대륙사면은 대륙붕과 심해저 사이에 있는 경사가 심한 부분이다.

"그럴 수가……. 항법소나도 쓰지 않고 어떻게 대륙사면을 따라 움직여? 수온 센서만으로 조함이 가능하나?"

토론을 지켜보던 한형석 소령이 참지 못하고 묻자 진종훈이 어깨를 으쓱거리며 한 마디 내뱉었다.

"그러니까 우리 함장님 아닌가?"

합리적인 이유는 아니지만 가장 확실한 이유였다. 그 한 마디로 토론은 끝이 났다. 함장 서승원 중령은 잠수함 승조원들에게 신화적인 인물이었다. 여기 모인 사관들은, 지금은 아니지만 언젠가 서승원 중령보다 나은 함장이 될 수 있으리라는 기대에 부풀었다.

이홍기 중위는 탁자 위에 왼손을 올려 턱을 괴고 있었다. 강인현이 이홍기를 보고 씨익 웃었다. 왼손에는 아마 이어폰이 숨겨져 있을 것이다. 음악은 현실과 다른, 또 다른 세계이다. 강인현은 이홍기를 현실로 끌어내고 싶지 않았다.

5월 23일 22:05   서울 종로구
세종로, 주한 미국 대사관

"그따위 작은 재래식 잠수함 때문에 대사관 전 직원이 이틀째 퇴근도 못하다니!"

리처드 레서(Richard Lesher) 주한 미국 대사는 대사관 8층의 집무실 간이소파에 앉아 주변 사람들에게 불평을 터뜨렸다. 대사 주위에 서 있거나 앉아 있는 사람들은 모두 정보관계자들이었다. 즉, 대사관의 최고 책임자인 대사도 함부로 할 수 없는 인물들이다. 그러나 대사는 지금 이들 앞에서 분노를 폭발시키고 있었다.

"그러니까 독일에서 전해준 214급 잠수함 관련 자료가 잘못됐거나, 아니면 한국이 비밀리에 대규모로 개량했다는 거요?"

CIA 한국지부장이 본업인 폴 라자스펠드(Paul Lazarsfeld) 지역문제연구소(OIS) 소장이 나서서 잔뜩 화가 난 대사를 달랬다.

"그렇습니다. 그렇지 않고서야 이번 해군훈련에서 어떻게 그런 결과가 나왔겠습니까?"

"분명히 한국 조선소에서는 하드웨어적인 개량이 없었다고 했지 않소? 해군이 훈련에서 바보짓을 하고 나서 정보 부재 탓으로 돌리는 것 아니오?"

대사는 필요 이상으로 흥분하고 있었다. 전세계에 퍼져 있는 미국의 해외공관을 경비하는 병력은 해병대이다. 대사관 무관으로 근무중인 영관급 해병대 장교는 대사가 해병대의 친정이라 할 수 있는 해군을 욕하자 묵묵히 듣고만 있었다. 미국의 해군과 해병대는 원래 앙숙지간이다.

"잠수함 때문에 한국과 외교적인 마찰을 빚고 싶지 않소!"

대사는 전부터 첩보전을 중시하지 않았다. 그에게는 진지한 토론과 양보를 통한 협상만이 진정한 외교였다. 오랜 정부 관료 생활에 찌든 테크너크랫이 아닌 고지식한 학자 출신이라 더 그랬다.

첩보전은 무리한 수단을 동반해 오히려 역효과를 일으킨다는 것이 대사의 신념이었다. 어차피 미국의 힘을 바탕으로 한 외교는 어느 나라하고도 평등한 협상이 될 수 없었다.

한국에서 도청이 불가능한 것은 아니었다. 경비가 삼엄한 한국의 해군기지라면 일단 인공위성을 이용하는 방법이 있다. 한국 내에 심어둔 협조자를 이용하거나 한국 정부의 중요한 정책결정 부서에 도청장치를 숨길 수 있었다.

이런 방법을 이용하지 않더라도 여러 가지 방법이 있다. 미국 대사관에서도 청와대 2층에 있는 대통령 집무실을 도청할 수 있었다. 창문에 레이저를 발사해 유리창의 진동으로 그 안에서 대화하는 내용을 듣는 방법이었다. 그러나 지나친 도청을 해서 한국을 자극할 필요는 없을 것이다.

육해공 각군 무관처럼 사실상 정보업무에 종사하는 자들, 그리고 직책은 전혀 다른 분야이지만 첩보임무를 수행하는 자들이 학자 출신의 대사를 측은한 눈길로 바라보았다. 이번 일에서 주도적인 역할을 할 수밖에 없는 해군 무관이 입을 열었다.

"CIA뿐만 아니라 DIA에서도 적극적으로 나선 것 같습니다. 여기 모인 8층 사람들의 표정을 보십시오, 대사님."

대사가 잠시 주변 사람들의 표정을 살폈다. 무척 심각한 얼굴들이었다. 외모는 전혀 스파이처럼 생기지 않았지만, 이들은 한국 정보기관에서 파악하고 있는 화이트, 즉 공식적으로는 외교관으로 등록된 정보요원들이었다.

미 대사관의 7층과 8층은 대사관 직원들이라도 출입이 엄격히 제한된다. 미국 중앙정보국(CIA), 국방정보국(DIA), 그리고 국가안보국(NSA) 등 각종 정보기관들의 한국지부 사무실이 집결된 곳이다.

미국 대사의 집무실도 8층에 있지만, 8층에서 중요한 것은 대사가 아니라 정보기관들이었다. 이곳에는 지역문제연구소(OIS)라는 간판을 단 사무실이 있고, 이곳이 한국에서 활동하는 중앙정보국 요원들의 아지트이다.

5월 23일 22:45   경남 진해
경화동, 호프 베엠베(BMW)

다들 거나하게 취했다. 강인현은 이미 몽롱한 상태였다. 천장이 뱅뱅 돌고 몸이 공중에 붕 뜬 것 같았다. 그래도 기분은 좋았다. 강인현은 술이 물처럼 느껴졌다.

강인현이 연거푸 잔을 기울일 때 김승민 대위가 왜 붕어처럼 물만 마시냐며 핀잔을 주고 강인현의 술잔을 치웠다.

진종훈 소령과 한형석 소령은 이미 자리를 떴고, 기혼자인 권혁준 대위도 초저녁에 집으로 달려갔다. 김승민 대위는 마누라가 바람 피우나 확인하러 가냐며 권혁준을 놀려댔다. 김승민의 농담에 다른 장교들이 씁쓰레하게 웃었다.

이 술자리에 고참 부사관들을 부르지 않은 것은 장교와 부사관을 구별하기 위해서가 아니었다. 물론 나이 많은 부사관과 젊은 장교의 껄끄러운 관계도 고려됐지만, 우선 대부분 기혼자들인 고참 부사관들을 빨리 집으로 돌려보내기 위한 배려이기도 했다.

마지막까지 남은 사관들은 아직도 계속 이야기하고 있었다. 이홍기 중위는 탁자 위에 엎드려 자고 있었다. 다른 장교들은 그를 깨우지 않았다. 별로 마시지도 않은 이홍기가 먼저 쓰러진 것도 웃겼지만 술을 못 마시는 해군이 있다는 사실도 우스웠다.

"난 처음에 다른 나라 영해 근처에서 작전한다는 게 내키지 않았어. 하필이면 일본 놈 땅 근처야? 오킨지 오낀지 오긴지. 하여튼 그 섬이 맘에 안 들었다구. 해군은 우리 바다를 지켜야 하는데, 미국이 오라가라 하다니."

최무선의 작전관 오필재 소령이 투덜거렸다. 다른 장교들도 약한 나라에서 태어난 게 죄라며 한탄했다.

그러나 강인현의 의견은 달랐다.

"거긴 우리 바다라구요. 일본 바다가 아닙니다. 발해1300호가 그걸 밝혔잖습니까? 딸꾹!"

다들 무슨 소리인가 의아해할 때 잔뜩 취한 강인현 대신 김승민 대위가 답했다.

"강 대위 말로는 발해 사람들이 동해를 제집처럼 드나들었답니다. 그리고 발해1300호라는 뗏목 탐사선이 그 사실을 밝혔다는 이야깁니다. 다들 살아 돌아오지 못했지만……."

"장철수 대장님은 동해바다의 수호신이 됐다니깐요! 껙~."

강인현이 술에 취해 고개를 반쯤 숙이고 탐사대원들을 옹호했다. 다른 사관들이 강인현이 너무 취하지 않았나 걱정했다. 그러나 아직 위험수위는 아닌 것 같았고, 강인현이 술에 취해 술주정을 부릴 사람도 아니었다.

1300여 년 전 발해인들의 발자취를 좇아 해상교역로를 확인하기 위해 뗏목 탐사팀이 출발했을 때 강인현은 가슴이 뛰었다. 만약 군대에 있지 않았다면 어떻게든 탐사단에 참가하려고 발버둥쳤을 것이다. 발해1300호라는 이름은, 1998년이 바로 대조영이 발해를 건국한 지 1300년이 되는 것을 기념하여 붙인 것이다.

육지 한가운데 수원에서 태어났지만 바다가 좋아 해군을 지원한 강인현이었다. 그런 강인현에게 해양왕국으로서 강국의 면모를 보였던 고구려나 발해 선조들은 동경과 흠모의 대상이었다.

신라인 장보고가 청해진을 열어 해상교역을 독점하기 전, 서해는 발해인들이 누빈 바다였다. 그 전에는 이정기 장군을 비롯한 고구려 유민들이, 또 그전에는 보통 대륙국가로만 알려진 고구려가 지배한 바다였다. 또한 백제의 대륙경영을 논할 때도 빠뜨릴 수 없는 바다였다.

그것은 동해도 마찬가지였다. 우리는 왜구들이 신라를 침범하고 그 이후에도 한반도를 끊임없이 침입했다고 알고 있다.

그러나 각각 8세기와 12세기에 일본 열도를 온통 죽음의 공포로 몰아넣은 도이刀夷라는 해적집단은 신라의 지방군벌과 발해의 유민들로 추정하는 설도 있다.

최무선이 왜구를 격멸하고 이순신이 임진왜란 때 나라를 구했듯이, 한민족은 바다의 싸움에서 결코 밀리지 않았다. 그리고 울릉도와 독도에 관한 역사기록에서 보듯이 동해는 유사 이래 한민족의 바다였다.

그것을 증명하기 위해 발해1300호가 탐사를 나섰다. 옛날과 마찬가지로 바람과 조류에만 의지해 일본까지 가겠다는 그들의 계획은 일반인에게는 무모하게 보였을 것이다. 하지만 강인현은 그렇지 않다고 생각했다. 충분히 가능성이 있다고 생각한 것이다.

물론 뗏목보다는 차라리 발해 당시에 사용한 배를 만들어 항해하는 편이 나았을 것이라는 아쉬움은 있었다. 해안에는 아무래도 암초가 많기 때문이다. 그러나 탐사가 성공했다는 강인현의 평가는 절대 바뀌지 않았다.

"난 뭐 하러 그 사람들이 폭풍이 심한 겨울에 출항했는지 이해가 안 가. 봄가을에 탐사를 했으면 안전하고 좋았을 텐데 말야."

오필재 소령도 발해1300호의 탐사를 알고 있는 모양이었다. 해군으로서 당연히 관심 깊게 지켜보았을 것이다. 그러나 그가 한 말은 바다를 지키는 해군이 아니라 일반인들이나 할 말이었다.

"천만의 말씀입니다. 그때 북서풍이 불기 시작하니까 발해에서 일본으로 가려면 초겨울에 출발하는 게 당연합니다."

강인현은 해군으로서 당연히 동해의 풍향을 숙지하고 있어야 한다고 말하려다가 꾹 참았다.

"바람만으로 일본까지 갔다는 건가?"

오필재 소령이 또다시 해군으로서 할 수 없는 실수를 했다. 뛰어난 인재로 알려진 오필재는 지금 술에 만취된 상태였다. 강인현은 현재 상황을 이해하고 이번에도 꾹 참고 설명했다. 술이 멀쩡한 사람을 바보로 만든다고 투덜거렸다.

"아닙니다. 우선 북한 한류를 타고 연안을 따라 한류와 난류가 교차하는 삼척 인근까지 내려옵니다. 그 다음에 한·난류가 부딪치며 만들어진 경계면을 따라 동쪽으로 울릉도까지 갑니다. 꺼억~ 에구! 실례했습니다. 잠깐 물 좀 마시고요."

강인현이 옆에 있는 잔을 쭉 들이켰다. 김승민이 강인현을 말리려다 말았다. 강인현은 처음에는 시원했지만 잠시 후 몸속에 뜨거운 기운이 느껴졌다. 김승민이 낄낄거리며 실컷 웃었다.
"응? 술인가? 어쨌든 맛있군. 그 다음에 본격적으로 북서풍과 쓰시마 난류를 타고 남동쪽으로 이동해 일본에 도착하는 겁니다. 쓰시마 난류가 사행류인 것은 이번 훈련을 통해 확실히 아셨을 테고요."
"맙소사! 그럼 돌아갈 때는 여름이겠네?"
오필재 소령이 일반인이었다가 드디어 다시 해군이 되었다. 강인현이 씨익 웃었다.
"물론입니다."

발해의 선박은 대개 겨울철에 부는 북풍과 북서풍을 타고 동경용원부에서 출발했다. 일본에서 다시 발해로 돌아갈 때는 여름철의 남풍과 남동풍을 등에 업고 난류를 타고 북쪽으로 쭉 항진한다. 한류가 흐르는 곳에 가까이 가면 일단 방향을 바꿔 다시 남진하여 동경용원부에 이르러 상륙했다.
강인현은 이 뗏목 탐사를 통해 자연스런 물길을 찾아 고대 한민족의 해상 교통로를 실증할 수 있을 거라고 기대했다. 탐사대원 4명이 블라디보스톡항을 출발할 때부터 강인현은 간절히 탐사 성공을 기원했다. 돛을 잡기도 힘든 매서운 바람과 강추위를 헤치며 남으로, 남으로 내려오는 그들의 소식을 접할 때마다 안타까움을 금할 수 없었다.
결국 높은 파도와 눈보라 때문에 뗏목이 좌초되고 대원 모두가 사망했다는 소식을 들었을 때 강인현은 눈물을 뿌리고 말았다. 얼굴도 모르고 한 번도 만난 적이 없는 사람들이었지만 그들의 열정과 기상만은 강인현도 느낄 수 있었다.
어쨌든 탐사는 성공했다. 역사적으로 고대 한민족의 해상 교통로를 실증했고 현재로는 울릉도와 독도 해역이 명백히 우리의 영해임을 밝히는 계기가 됐다는 점에서 큰 의의를 가지고 있다고 할 수 있다. 결국 동해는 발해의 내해였던 것이다.

당시 섬나라 일본은 당나라에 사신이나 유학승을 보낼 때 장보고의 해상세력이나 발해의 배를 얻어타곤 했다. 일본이 원양항해 능력이 생긴 건 한참 후의 일이라는 뜻이다.

강인현은 동해로 출항할 때마다 이곳을 누볐을 선조들을 생각했다. 바람과 조류를 타고 이 바다를 넘나들었을 먼 조상들. 이 바다에서 잠들어간 수많은 사람들. 언제가 될지 모르지만 강인현도 동해바다에 자신을 눕히고 싶다는 생각을 하곤 했다.

5월 23일 23:05 경상남도 진해시
충무동, 군인아파트

"걱정은 하덜 말어! 울 마누라는 내가 꽉 잡고 있으니까."

김승민이 큰소리치며 계단을 뚜벅뚜벅 걸어 올라갔다. 충무동에 있는 작은 군인아파트 단지는 낡았지만 비교적 깨끗하게 관리된 편이었다. 김승민의 집은 한쪽 구석에 있어 입구 쪽에서 너무 멀었다.

많이 마신 김승민은 걸음걸이가 흐트러지지 않았지만 이홍기는 완전히 인사불성이었다. 제 몸 가누기도 힘든 강인현이 이홍기를 부축하고 낑낑대면서 힘겹게 아파트 계단을 올랐다. 간신히 4층까지 올라와 복도로 들어섰다. 헉헉대는 강인현을 돌아보며 크게 심호흡을 하던 김승민이 냅다 소리를 질렀다.

"여보! 나 왔어!"

김승민이 문을 두드리면서 발로 마구 차댔다. 안에서 아기 우는 소리가 아파트에 울려퍼졌다.

"아유, 참. 초인종을 누르시라니까요."

현관에 불이 켜지며 안에서 목소리와 함께 문 여는 소리가 났다. 상당히 젊은 여인이 나왔다.

"오늘도 한잔 하셨죠? 어머! 손님들이시네요?"

김승민의 아내가 강인현과 그의 어깨에 늘어진 이홍기를 보고 약간 놀랐다. 김승민이 현관으로 들어가며 구두를 벗어 던졌다. 그 소리에 다시 잠이 깬 아기가 울어댔다.

"여기가 우리 집이야. 꺽! 형수님께 인사들 드려."

"안녕하십니까? 밤늦게 죄송합니다."

강인현이 자세를 바로 하고 거수경례를 붙였다. 강인현은 내심 걱정했지만 김승민의 아내는 그리 싫은 내색을 보이지 않았다.

"빨리 들어오세요. 그분, 눕히셔야죠."

두 번째 방문이었지만 실내는 전혀 낯설지 않았다. 기혼자 군인아파트가 항상 그렇지만 작은 거실 겸 주방과 상대적으로 큰 방 하나, 그리고 애들이 사용하는 코딱지만한 방이 전부였다. 살림살이에 필요한 온갖 세간들은 공간을 잘 활용하여 다닥다닥 붙어 있었다.

김승민은 아직 신혼이고 아이가 하나밖에 없어 괜찮은 편이었다. 하지만 나이 많은 부사관 부부에게 군인아파트는 너무 좁았다. 젊을 때는 그런 대로 지낸다지만 아이들이 자라면 교육이 더 큰 문제가 되었다. 그래도 대부분 관사도 없이 셋방을 전전해야 하는 육군보다는 해군이 그나마 나은 편이었다.

해군 장교와 부사관들은 특히 함정에서 장기근무하기 때문에 더 큰 문제였다. 박봉에 시달려가며, 사병들에게는 꿀통이라는 놀림을 받아가며 근무해야 하는 사람들이 이들 부사관과 장교, 직업군인들이다.

곯아떨어진 이홍기를 작은 방에 눕히고 강인현이 식탁에 앉았다.

김승민이 큰방에서 아기 얼르는 소리가 들리고, 그의 아내가 술냄새 나니 나가라고 성화를 부렸다. 잠시 방안에서 긴장된 침묵이 이어지고 아기가 칭얼거리는 소리가 들렸다. 강인현은 주방 쪽 창문 밖을 멀거니 바라보았다.

"술상 좀 차려 봐!"

김승민이 방을 나오면서 소리를 질렀다. 그의 아내는 얼굴이 약간 빨개져서 따라나왔다. 김승민이 어색해진 분위기를 풀려고 잔뜩 호기를 부렸다.

"미국 해군이 죽사발 날 정도야. 장문휴만 있으면 일본이고 중국이고 상대가 안 돼!"

"물론입니다."

강인현의 맞장구에 기분이 좋아진 김승민이 진달래술을 잔에 가득 따랐다. 맑은 술빛에 바닥까지 비치었다. 오늘은 소주에 맥주, 막걸리에 국산 양주까지 안 마신 게 없었다. 오늘 이들은 오랜만에 지나칠 정도로 마셨다.

진종훈 소령은 초저녁부터 술에 떡이 되어 한형석 소령과 함께 어깨동무하고 택시를 타고 떠났다. 이들이 떠난 뒤 다른 사관들은 엄살이라고 수군거렸다. 그래도 며칠만에 돌아와서 부인에게 점수를 따려면 집에 일찍 들어가는 편이 좋을 터였다.

마지막까지 남은 이들은 각자 집에 가려고 했다. 그런데 이홍기 중위가 술에 너무 취해서 곤란했다. 장교는 품위를 유지해야 한다. 여관방에다 밀어넣고 오는 건 아무래도 마음에 걸렸다. 그래서 이홍기는 김승민이 책임지기로 하고 술집을 나섰다.

이들이 택시를 잡으려 할 때 길바닥에 쓰러져 있는 인간들 비슷한 무더기를 발견했다. 장문휴와 최무선 소속 부사관들이었다. 이들은 그

미혼 하사들을 허름한 여관에 집단으로 밀어넣고 오는 길이었다. 힘들었지만 훈련도 성공적으로 끝나고 상관으로서 부하들을 챙겨준 것 같아 기분이 나쁘지는 않았다.

"미국도 앞으로 조심해야 할 거야. 이제 우리나라도 그리 만만한 나라가 아니니까."

김승민이 짧게 트림을 하고 빈 잔을 강인현에게 넘겼다. 다시 투명한 빨간 술이 잔에 가득 찼다.

"그렇습니다. 잠수함은 기본적으로 공격무기니까요."

흐뭇해하는 김승민에 비해 강인현의 얼굴빛은 약간 어두웠다. 그의 말처럼 잠수함은 방어용 무기가 아니다. 물론 잠수함이 방어전에 동원될 수도 있지만 기본적으로 잠수함에는 적국 보급통상로의 파괴 등 공격적인 역할이 부여된다.

잘 탐지되지 않는 잠수함이 어느 해역에 존재하는 것으로 확인되거나, 최소한 있을지도 모른다는 의심이 들면 아무리 대규모 함대라도 행동에 제한이 따를 수밖에 없다. 대형 함정이라도 탄두가 큰 잠수함 발사 어뢰에 한 발이라도 명중되면 침몰되지 않더라도 작전에 크게 지장을 받기 때문이다.

만약 한국과 일본이 전쟁을 한다면, 장거리 공격무기가 없는 한국은 최신무기로 무장한 일본의 영토를 공격할 방법이 없다. F-16 같은 신예 전투기를 띄워도 일본은 E-767을 중심으로 한 조기경보체계에 의해 손바닥 들여다보듯 파악하고 요격시킬 수 있다.

해군의 전력차도 너무 크다. 배수톤수와 함정의 숫자에서 일본은 한국을 압도한다. 한국 해군이 2차 대전 때 건조한 구축함을 아직도 쓰는 반면, 일본은 경제대국답게 신형 함정 위주이다. 일본의 이지스

함은 대공미사일 체계이지만, 전투기와 수상함정이 밀접하게 결합될 수밖에 없는 현대 해전에서 그 역할이 매우 크다.

이렇기 때문에 만약 한일간에 전쟁이 발발할 경우 대부분의 전장은 한반도나 한반도 인근 해역이 된다. 전쟁의 참화를 한국 국민들이 고스란히 뒤집어쓰는 결과가 되는 것이다. 이것이 한일간에 군사적 갈등이 발생할 우려가 있을 정도로 관계가 악화되어도 일본이 끝까지 뻔뻔스럽게 나오는 이유이다.

그러나 탐지하기 어려운 잠수함은 달랐다. 특히 장보고급으로 명명된 209급 잠수함은 작전능력과 성능면에서 기존의 재래식 디젤 잠수함보다 월등하게 좋았다. 만약 한일간에 전쟁이 난다면 일본도 피해를 입을 수밖에 없었다. 잠수함 한 척만 일본 근해에 보내면, 일본의 무역은 그날로 붕괴될 가능성이 있는 것이다.

물론 일본은 세계 최강의 대잠전 능력을 갖고 있다. 하지만 아무리 대잠전 능력이 뛰어나더라도 바닷속을 조용히 움직이는 잠수함 한 척을 즉시, 확실히 발견하란 보장은 없는 법이다.

214급은 209급보다 대형이고 최신 장비를 갖춰 훨씬 강력한 잠수함이다. 209급 후기형처럼 하픈 대함미사일을 탑재할 수 있고 소음도 훨씬 작았다. 이번 훈련에서 드러난 것처럼 이제 한국 해군은 주변 강대국 그 누구도 우습게 볼 수 없게 된 것이다.

"무슨 걱정 있나?"

잠시 미소를 지으며 눈을 감고 장문휴의 활약상을 음미하던 김승민 대위가 강인현에게 물었다. 귀항한 이후로, 내내 강인현의 표정이 어두웠다.

"예. 아무래도 판정관 그놈이 걸립니다."

두 사람은 미 해군 소속 판정관 레스턴 소령이 잠수함을 떠날 때 보여줬던 미소가 생각났다. 미소의 의미를 심각하게 여기는 강인현과 달리 김승민은 그다지 심각하게 생각하지 않았다.

"당분간 피곤하겠지만, 그저 미국 잠수함들이 졸졸 따라다닐 정도겠지. 너무 걱정 말라고."

잠수함을 발견하는 가장 유력한 방법이 소음 탐지이다. 지구자기장의 미세한 변화로 잠수함의 존재를 탐지하는 매드(MAD)는 대양에서는 확실한 방법이지만 유효거리가 짧고 대륙붕 근처에서는 비교적 부정확하다. 그에 비해 소리는 대기보다 물속에서 훨씬 빠르고 멀리 퍼지기 때문에 잠수함이 작전할 때는 물론 수상전투함이나 대잠헬리콥터들이 잠수함을 탐지할 때도 거의 대부분 소리에 의존한다.

작은 소리라도 그 잠수함 특유의 소음을 알고 있으면 발견하기가 훨씬 쉬워진다. 이 특정한 소음 패턴이 소위 '음문'이다. 전시가 아닌 평상시에 강대국들이 많은 인원과 장비를 투입하여 상대국 잠수함을 추적하는 것은 이 음문을 탐지하고 기록하기 위해서이다. 이것은 유사시를 위한 대비이기도 하다. 이 음문수집 활동은 우방국 잠수함에 대해서도 예외가 적용되지 않는다.

"아닙니다, 작전관님. 미국이 가장 두려워하는 것이 다른 나라에 대한 미국의 영향력의 감소입니다."

강인현이 짧게 한숨지었다. 김승민도 강인현의 걱정을 잘 알고 있었다.

한국이 209급 잠수함을 독일로부터 도입할 때도 미국은 갖가지 방법을 동원해 도입을 방해했다. 209급보다 신형인 214급을 도입할 때도 외교적 마찰이 무척 심했다. 그러나 한국은 북한의 군사적 도발 위협을 핑계삼아 간신히 이 잠수함을 도입할 수 있었다.

"팍스 아메리카나. 미국 외교는 국익이 최우선이니까. 젠장!"

CIA에 의한 중남미에서의 쿠데타 사주나 세계 각국에 대한 미국의 군사적 개입을 굳이 들지 않더라도 미국은 자국의 국익에 대해 무척 민감하다. 미국은 국익을 지키기 위해서라면 어떤 비열하고 대담한 행동도 마다하지 않는다.

두 사람 사이에 잠시 침묵이 이어졌다. 강인현은 김승민을 위해서라도 이젠 자야겠다고 생각했다. 마침 김승민이 화제를 돌렸다.
"이번 휴가 때 뭐 하려나? 지금은 애인도 없을 텐데."
김승민은 아차 싶었지만 이미 뱉은 말을 주워담을 수는 없었다. 낮에 잠수함에서 내릴 때에도 강인현에게 조심스럽게 물어봤었는데, 지금은 깜빡한 것이다. 김승민은 강인현에게 상처가 됐을까 눈치를 살폈다. 역시 강인현은 그 상처에서 벗어나지 못한 것 같았다.
"글쎄요. 오랜만에 동해안 여행이나 갈까 합니다."
일반 해군과 달리 잠수함 승조원들은 작전중에 바다를 볼 기회가 거의 없다. 이것을 잘 아는 김승민이기에 강인현의 마음을 알 수 있었다. 김승민도 바다가 좋아 해군에 지원했지만, 그리고 막강한 잠수함에 탈 수 있어 좋았지만 지금도 바다가 그리웠다.
그러나 강인현이 하필 동해로 가는 것은 이유가 있었다. 동해바다는 강인현에게 지울 수 없는 깊은 상처였다.
"그것도 좋겠지만…… 낚시는 하지 말게. 중독성이 너무 심하니까."
김승민은 약간 걱정하는 눈길로 강인현을 바라보았다. 낚시와 바둑, 기타 도박은 섹스보다 중독성이 강하다. 하지만 김승민이 걱정하는 것은 중독성이 아니었다. 낚시할 때는 지나치게 생각이 많아지는 법이고, 김승민은 그것이 걱정이었다. 강인현은 꿈꾸는 눈길로 동해바다 파도를 그리는 것 같았다.

4. 어둠속의 눈과 귀

5월 23일 09:35   미국 워싱턴
알링턴 국립묘지

워싱턴DC 시가지가 내려다보이는 언덕을 두 사람이 천천히 걸었다. 잔디밭에 하얀 묘비들이 가지런히 늘어서 있는 곳 아래로 포토맥 강이 유유히 흘렀다. 그 너머로 멀리 국회의사당과 스미소니언 박물관이 보이고, 남쪽으로는 5각형 펜타곤 건물이 웅장하게 서 있었다.

"어제 훈련보고서를 받아 보고 깜짝 놀랐네. 그전에도 예상했지만 이번 결과는 예상을 뛰어넘더군. 결론적으로 말해서, 한국이 우방이라고는 하지만 미국의 안보를 위협할 어떠한 요소도 우리는 좌시할 수 없다는 입장일세."

먼저 말을 꺼낸 사람은 건장한 중년 사내였다. 연한 회색 양복도 그 아래에서 꿈틀대는 우람한 근육을 감출 수 없었다. 흰색 해군 소장 정복을 입은 사내는 묵묵히 듣고만 있었다.

"영원한 적도, 우방도 없다는 말이 있지만, 현재 우방이라도 미국을 위협할 만한 무기체계를 갖추면 역시 곤란한 것이 분명하네."

이들은 천천히 알링턴 하우스를 지나 케네디 대통령 묘지로 향했다. 알링턴 하우스(Arlington House)는 남북전쟁 때의 남군 사령관인 리 장군의 저택이었다. 전쟁기간 동안 북군 전몰자를 이곳에 이장하기 시작하여 이 일대는 묘지가 되었다.

"문제는 한국의 214급 잠수함이 너무 강력하다는 게야. 한국이 보유한 209급도 독일이 다른 나라에 수출한 모델에 비해 훨씬 개량된 버전이었어. 북한의 침공 위협이 있다지만 그런 강력한 잠수함의 존재는 극동의 군사균형을 무너뜨리고, 결국에는 미국의 국가이익에도 합치하지 않아!"

중년 신사는 잠시 말을 멈추더니 웃고 떠들며 지나가는 꼬마들에게 손을 흔들어 인사했다. 무명용사묘지에서 30분마다 거행되는 위병교대식을 구경하러 가는 어린 학생들이었다. 신사는 저렇듯 귀여운 아이들이 학교에서 총질을 해댄다는 사실이 믿기지 않았다.

"우리 국방정보국에서는 그 잠수함 성능이 지나치게 훌륭한 것으로 평가했어. 그런데 상부에서는 외교문제 때문에 아마 어떤 결론도 내릴 수 없을 걸세. 하지만 그것은 반드시 제거되어야 해!"

미국 국방정보국(DIA)은 합동참모본부 소속 외청外廳이다. 이 조직의 장은 합동참모부의 J-2인 정보참모부장이 겸임한다. 합동참모부 예하 8개 참모부 책임자인 각 참모부장은 현역 3성장군이다.

"그렇다고 해도 그 잠수함을 제거할 방법이 마땅치 않습니다. 일단 외교적인 마찰이 우려될 수도 있습니다. 그리고 잠수함을 설계한 독일 입장도 생각해줘야 합니다."

중년 신사는 같이 걷고 있는 해군 제독이 정치적인 사안에 지나치게 신경 쓴다고 생각했다. 하지만 제독이 이 정도로 정치적이지 않았다면 이런 논의 자체가 불가능했을 것이다. 신사는 출세욕에 불타는 이 해군 소장을 지금처럼 당분간 철저히 이용하기로 했다.

"이것저것 신경 쓰다 보면 아무 것도 하지 못하네. 저 무명용사묘지를 보게. 그리고 해병대 참전기념비를 봐! 저들이 무엇 때문에 목숨을 바쳤나? 우리의 조국, 자유국가 미국과 신을 위해서야!"

중년 신사는 자기 자신과 전우, 해병대, 조국, 그리고 신을 믿는다는 해병대 대훈隊訓을 복창하지는 않았지만 상대방은 충분히 그것을 연상했을 것이라고 생각했다.

해병대가 해군에서 비롯되었고 지금도 해군소속이긴 하지만, 현재 해병대는 과거에 비해 해군으로부터 상당히 독립적인 위치에 있었다. 신사는 지금 미국 해군이 강해 보이는 것도 모두 해병대 덕택이라고 자신했다. 미국이 보유한 F/A-18 전투기와 해리어의 상당수가 해병대 소속이다.

"제거하는 것이 꼭 불가능한 것은 아닙니다만……."

신사가 원했던 반응이었고, 충분히 예상된 결과이기도 했다. 이제 실무적인 차원의 공작은 실무진이 맡으면 된다. 민간인 복장을 한 이 해병대 중장이 해군 제독에게 악수를 청했다.

"고맙네. 우리 조직이 자넬 지원할걸세. 그리고 특수전사령부에서도 뭔가 이상한 움직임이 있다네. 확실한 정보는 아니니까 참고만 하게."

제독은 DIA 국장의 말에 놀라워했다. 언론에 공표하기 어렵고 외교 분쟁이 발생할 수 있어 공개적으로 나서기 어려운 일을 맡아 비밀리에 해치우는 부서가 특수전사령부(Special Operations Command)이다. 이것은 합참 예하로서, 대서양사령부나 우주사령부처럼 독립된 통합사령부이다.

특수전사령부가 이번 일에 나섰다면 미 고위 장성급 사이에서 한국의 신형 잠수함을 없애기로 어느 정도 공감대가 형성됐다는 뜻이었다. 미국인은 외교관이건 군인이건 간에 공식적인 협의가 없더라도 무엇이 미국의 국익에 도움이 되는지를 잘 알고, 암암리에 협동해서 이를 실행에 옮긴다. 국익 앞에서는 조직간의 갈등이나 부처部處 이기주의를 잠시 접어두는 것이다.

"조국을 위해 약간의 무리는 어쩔 수 없어."

신사가 손가락 두 개를 접더니 길에 늘어진 나뭇가지를 내리쳤다. 탄력이 있어 전혀 부러질 것 같지 않던 나뭇가지가 뚝 부러졌다. 마치 마술 같았다.

"그런데, 아무래도 사고로 위장해야 되겠지?"

나뭇가지와 신사의 손가락을 보며 놀라는 제독에게 신사가 눈을 찡긋했다.

5월 24일 08:10 북위 29도 5분 동경 141도 30분
미 해군 잠수함 라 호야

통신문을 전달한 통신장교는 이미 그 내용을 읽었는지 상당히 당혹스런 표정이었다. 함장 토마스 가르시아 중령은 얼굴이 벌겋게 달아올랐다. 함장이 통신지를 부함장에게 건넸다. 내용을 읽은 부함장의 안색이 새파랗게 변했다.

발신 : CINCPACFLT
수신 : TU74.2.1
보급을 마친 즉시 한국으로 출항하라. 기항지에서는

모든 승무원의 상륙을 불허한다. 반복한다. 전 승무원의
이함 및 상륙을 불허한다. 전원 잠수함 정비작업에 투입하라.
보급작업 후 진해 인근 해역으로 출항, 한국 해군을
감시하고 잠수함 장문휴가 출항시 이를 추적하라.
한국 영해 근처에서 작전을 실시하는 동안 철저한
전파관제를 실시한다.
이 조치에 대한 어떠한 질문이나 항변도 용납되지 않는다.

CINCPACFLT는 태평양함대 사령관을 뜻한다. 태평양함대 사령관이 잠수함전단 사령부를 거치지 않고 직접 명령을 내리는 것은 드문 일이었다.
TU74.2.1은 미 해군 태평양함대 제7 함대, 제74 기동부대 제2 기동전단 제1 기동전대를 뜻한다.
7함대 소속의 모든 잠수함은 TF(Task Force)74에 소속된다. 수신자가 일개 함정이 아닌 전대 단위로 내려왔으므로 USS 라 호야뿐만 아니라 USS 컬럼비아도 지금쯤 같은 전문을 받았을 것이다.
어느 나라 군대나 마찬가지지만 행정 조직과 작전 조직은 구분된다. 미국 해군은 다른 나라에 비해 유별날 정도로 엄격히 이를 구별하는데, 이 때문에 미 해군 함정들은 일반적으로 행정·작전 양면에서 이원적으로 소속된다.
예를 들어 지중해에 미 해군 항공모함 씨어도어 루즈벨트(Theodore Roosevelt)호가 6함대에 배속되어 작전 중이라고 가정하면, 이 항모는 유럽통합사령부 해군구성군 - 제6 함대 - 제60 항모기동부대(TF) - 제60.1 항모기동전단(TG)이라는 작전지휘계통을 가진다.
그러나 이와 동시에 이 항모는 대서양함대 - 대서양함대 예하 행정사령부 - 제8 항모전단이라는 행정적인 소속을 갖게 된다.

하지만 비행단이나 잠수함부대의 경우에는 과거부터 작전조직이 행정조직을 겸했다.

특히 대서양 및 태평양 함대의 잠수함부대 사령관은 행정부대인 수상함부대 사령관 등과는 달리 작전권한도 가지고 있다.

언론에서 흔히 언급되는 태평양함대 사령부는 원래 본질적으로는 행정부대이다. 그런데 태평양함대 사령부는 동시에 지역별 통합사령부인 태평양통합사령부(USPACOM) 해군구성군 사령부를 겸하므로 작전부대적인 요소도 갖고 있다.

"이것은······."

잠수함 사령실 내부에 무거운 침묵이 감돌았다. 부함장 새뮤얼 폴머 소령은 승무원들 사이에 번진 당혹감과 실망을 읽었지만 말을 멈추지는 않았다.

"일종의 체벌입니다. 그것도 상당히 가혹한······."

핵잠수함의 작전기간은 통상 3개월을 넘기지 않는다. 핵잠수함은 원자로에서 동력을 얻는다. 그래서 거의 무한정 심해에서 활동할 수 있고, 풍부한 동력을 이용하여 공기와 물을 얻기 때문에 연료를 걱정할 필요는 없다.

그런데 문제는 인간인 승무원들이었다. 인간이 폐쇄된 공간에서 3개월 넘게 근무하다가는 자칫 미쳐버리고 만다. 이제 보급을 위해 정박하는 중에 승무원들이 항구의 선술집에서 한잔할 꿈은 날아가 버렸다.

특히 기항지가 하와이 호놀룰루라면 바닷바람을 맞으며 휴가기분을 약간이나마 즐길 수 있겠는데, 상륙이 금지되자 승무원들의 한숨이 사령실 내부를 가득 메웠다.

5월 24일 12:10 경남 진해
한국 해군 진해항 경비단

"이 사람, 또 어디에 숨어 있었어?"
"예! 이번엔 부도에서 체포했습니다."
진해항 경비단장 김웅서 준장은 포승줄에 묶여 해병대원들에게 끌려온 민간인을 찬찬히 살펴보았다. 전형적인 파파라치였다. 망원렌즈가 달린 카메라 둘을 목에 걸고 스냅용 사진기를 들고 있었다. 사진사는 들고 있는 가방 외에 레저용 조끼에도 필름을 잔뜩 지니고 있었다. 부도는 진해만 한가운데에 있는 섬 이름이다.
"이거 왜 이래요? 민주국가에서 군인이 무고한 시민을 이래도 되는 겁니까?"
사진사가 김웅서 준장에게 항의하자 김웅서가 코웃음쳤다. 민간인이 이곳에 끌려온 이유는 경비단 소속 해병대원들에게 이미 들었을 것이다. 사진사가 이곳에 와서 잡힌 이유가 분명하므로 여기서 귀찮게 심문할 필요는 없었다.
"신원 파악하고 기무사로 이첩시켜."
"예! 알겠습니다!"
해병대원들이 악을 쓰는 사진사를 사무실 밖으로 끌고 나갔다. 진해항 수비와 경비를 총괄하는 김 준장은 뭔가 큰 문제가 발생했다고 느꼈다. 전에도 일본이나 미국 카메라맨들이 한국 해군 함정들 사진을 찍기 위해 군항에 지나치게 접근한 적은 있었다. 그래도 이번처럼 한꺼번에 많은 사진사들이 진해항에 초점을 맞춘 적은 없었다.
"제인에서 뭘 노리지? 가만! 제인이 아닌가?"
영국의 제인 정보그룹(Jane's Information Group)은 국방 관련 연감을 발간하는 준정부적인 민간단체이다. <제인연감>은 각 분야별 무기체계가 일목요연하게 정리되어 있어 군사분야를 연구하는 이들에게 기초적인 자료로 적당한 책이다.

<제인연감>을 편찬하는 이 연구소는 소속 기자들을 동원하기도 하지만, 보통은 다른 잡지사나 프리랜서 사진가들로부터 군함이나 항공기 사진을 구입하여 연감에 싣는다. 한국 군함도 이들의 표적이 되어 종종 기밀로 분류되는 무기체계까지 자세히 실려 한국 해군을 뒤집어 놓기도 했다. 사진을 찍기 쉬운 진해항 근처에서 이들이 자주 발견되는 것도 우연이 아니었다.

"장문휴가 표적일 겁니다, 장군님."

부관의 말에 준장이 대충 이해가 간다는 표정을 지었다. 카메라맨들은 주로 진해항이 내려다보이는 고절산이나 천자봉 쪽에서 많이 발견되었다. 낚시꾼으로 가장하고 인근 섬에서 며칠씩 죽치는 카메라맨들도 많았다.

이들은 나름대로 숨어서 망원렌즈로 촬영에 임했지만 신고정신이 투철한 진해시민들이 내버려두지 않았다. 그리고 그들이 얻을 수 있는 것은 잠수함의 껍데기뿐이었다.

"겉모습 때문에 이 정도로 많은 사진사들이 투입됐다면, 내부 데이터를 얻기 위해서는 더 많이들 뛸 거야. 외국 간첩들이 말이야."

김웅서가 지금까지 신고된 숫자와 검거한 숫자를 비교했다. 더 많은 사진사들이 지금도 진해항 근처에 얼씬거릴 것이다. 아마 더 많은 숫자의 첩보원들이 장문휴 내부를 탐지하기 위해 활동할 것이 틀림없었다.

김웅서 준장은 부두에 계류된 장문휴의 경비를 위해 뭔가 특별조치를 취해야겠다고 생각했다. 장문휴에 관심을 가진 측에는 틀림없이 북한도 포함될 것이다.

*   *   *

5월 24일 17:35   경기도 수원시
팔달구 매탄 1동

어머니는 주방에서 밥을 짓고 계셨다. 여전히 별 말씀이 없었다. 강인현도 별로 할 말이 없었다.
너무 강한 어머니였다. 아버지보다 강한 어머니는 아들로서는 주눅이 들 수밖에 없는 존재였다. 강인현은 TV를 보는 척했다.
마당에서 개가 놀자고 짖었다. 메리. 강인현이 어렸을 때 키웠던 메리의 새끼인 메리였다. 그 개의 어미개 이름도 메리였다. 집안에 개를 키우면 암컷 이름은 메리이고 수컷은 항상 쫑이었다. **Mary**와 **John**. 어른들이 키우는 개들은 외국 이름을 가진다.

강인현이 어렸을 적에 강아지를 얻으러 큰댁에 갔다. 시골집에서 작고 다부진 체구의 흰 개가 강인현을 향해 짖어댔다. 배 아래에 분홍색 젖들이 덜렁거렸고, 강아지 한 마리가 악착같이 젖꼭지를 물고 늘어졌다. 어린 강인현은 무서워서 큰집에 들어가지도 못했다.
큰아버지가 강인현에게 개의 머리를 쓰다듬어 주라고 하셨다. 몹시 무서웠지만 시키는 대로 했다. 개가 잠시 이빨을 드러냈지만 강인현이 머리를 쓰다듬자 곧 꼬리를 쳤다. 다음부터는 오랜만에 큰댁에 가더라도 절대 강인현에게 짖지 않고 아는 척을 했다. 그 개는 진돗개 잡종이라고 했다.
그 개도 이름이 메리였다. 메리는 머리가 좋았다고 한다. 가끔 이웃집에서 몰래 닭을 잡아먹었는데, 먹다 남으면 밭 한구석에 파묻어 나중에야 큰아버지께서 그 사실을 아셨다.
어느날 그 개는 죽을 날을 알았는지 슬피 울더니 땅을 팠다. 큰아버님께서 개집으로 옮겼는데도 그 개는 자꾸 흙구덩이로 기어들어가 거기서 자려고 했다. 다음날 아침, 그 개는 싸늘하게 식어 있었다고 한다.
 강인현이 데리고 온 강아지는 그 메리의 새끼였다. 강인현은 메리가 좋았다. 그놈은 새끼 때부터 귀여운 짓만 골라서 하는 것 같았다. 똥오줌도 잘 가려 집안에서는 절대 대소변을 보지 않았다. 용변을 밤새 꾹 참고, 집안 사람이 문을 열어주길 기다렸다가 뛰쳐나가곤 했다.
 그러나 어머니는 개를 무척 싫어했다. 범띠는 개를 싫어한다고 한다. 어머니는 집안에 개털이 날리고 냄새가 나서 싫다고 했다. 강인현은 털이 날리는 것을 못 봤고, 개에게서 냄새를 맡아봤지만 그리 싫지는 않았다.

 강인현의 어머니가 처음부터 강한 것은 아니었다. 어머니는 아버지의 병 때문에 강해졌다. 막내인 강인현이 젖먹이 때 아버지가 폐병에 걸렸다.
 어머니는 시골길 20리를 걸어 큰댁에 가서, 낳은 지 사흘도 안 된 강아지 다섯 마리를 얻어오셨다. 강인현이 강아지를 얻어왔을 때 본 그 어미개, 메리가 새끼들을 안고 큰집을 나서는 어머니 등뒤로 구슬피 울었다고 한다.
 어머니는 눈도 제대로 못 뜬 채 낑낑거리는 강아지들을 삼베 천에 담아 묶었다. 그리고 그대로 물이 펄펄 끓는 가마솥에 집어넣었다. 어머니는 강아지들의 비명소리를 뒤로 하고 뒷산에 뛰어올라가 펑펑 우셨다고 한다. 나중에 솥을 열고 보니 천 안에는 뼈도 없이 걸쭉한 액체만 남았다고 한다. 그후, 경제적으로 무능력한 아버지 대신에 어머니가 가족을 부양하셨다.

 "메리!"
 강인현이 마루에 엎드려 손을 내밀자 진돗개 후손과는 거리가 멀어

보이는 점박이개가 쫄래쫄래 다가와 손을 혀로 핥았다. 강인현이 메리의 목을 간지르자 개가 뒤로 발라당 누웠다. 개과 짐승이 나타내는 복종의 표시였다.

강인현이 메리의 갈비뼈 부분을 긁어주었다. 가슴에서 배까지 까만 젖꼭지들이 털 사이를 비집고 나와 있었다. 이제는 너무 늙어서 새끼를 낳지 못한다고 한다.

"인현이 너 언제 제대할 거니?"

"글쎄요."

어느새 밥상이 차려져 있었다. 강인현이 손을 씻고 밥상 앞에 앉았다. 개를 만진 다음 손을 씻지 않았다가는 당장 불벼락이 떨어진다.

"휴가 때 집에 계속 있을 거니?"

한참 뜸을 들이던 어머니가 겨우 말씀하셨다. 강인현은 어머니가 강인현에게 선을 보여주려고 한 말이라는 것을 알았다. 강인현도 약간 뜸을 들이고 대답했다.

"아니에요. 어디 좀 다녀올 데가 있어요."

"휴……."

별다른 말씀은 하지 않으셨다. 강인현은 어머니의 한숨만으로도 어머니가 아들의 거부 의사를 어쩔 수 없이 수용하겠다는 뜻이 담겨 있다는 것을 알았다. 오랜 세월 같이 생활해온 식구끼리만 이해할 수 있는 대화법이었다. 곧 아버님께서 돌아올 시간이었다.

5월 25일 14:40 일본 히로시마현 구레
일본 해상자위대 제1 잠수대군 간부휴게소

"재미있는 놈이군."

"그렇지. 재래식 잠수함 한 척에게 양키놈들이 그 정도로 깨졌으니 꽤나 분통 터질 거야."

아리무라 유지 이등해좌는 잠시 통쾌한 표정을 짓다가 말았다. 아리무라는 해상자위대 구축함 우미기리의 함장으로서 이번 한미일 해군 합동 환동해훈련에 참가했던 자위대 간부이다. 그는 장문휴함에게 패한 다음에도 잠수함에 메시지를 보냄으로써 일본인의 기개를 보여줬다고 자신만만했다.

그러나 바로 앞에 앉아 있는 사람은 뭔가 생각이 많아 보였다. 이등해좌二等海佐는 한국군으로 따지면 대략 중령에 해당하는 계급이다.

항상 고개가 뻣뻣한 아리무라도 자그마한 체구에 항상 뭔가를 골똘히 생각하는 듯한 이 방위대학 동기생의 눈과 마주치면 정색을 할 수밖에 없었다. 같은 나이에 같은 계급이었지만 이 사람을 만나면 왠지 주눅이 들었다.

그리고 자존심 강한 호위대 함장이 다른 병종인 잠수대군 승조원들의 간부휴게실까지 찾아올 이유가 없었다. 하지만 이 작달막한 사람의 한 마디 말은 상관의 명령과 다름없었다. 아리무라는 조용히 고마키 류(小牧隆) 이등해좌가 입을 열 때까지 기다렸다. 고마키 류는 하루시오급 잠수함 하야시오(SS585)의 함장이며, 제6 잠수대 소속이다.

"214급이 의외로 빨리 진수됐군. 하지만 아마 정식 취역은 하지 못했을 거야."

고마키의 두 눈이 산들바람에 떨어져 흩날리는 벚꽃을 보듯 몽롱해졌다. 뭔가 깊이 생각하는 눈치였다. 이곳 히로시마(廣島)현 구레(吳)에 자리잡은 해상자위대 간부휴게소에는 초급장교들이 고마키 쪽을 힐끗거리며 조용히 그들만의 대화를 진행했다. 다들 고마키의 눈치를 보는 듯했다.

"무슨 소린가? 설마 조정이 끝나지 않은 함을 환일본해훈련에 투입했다는 건가?"

　수상함이건 잠수함이건 건조가 끝나고 진수되더라도 바로 실전에 투입되지 않는다. 잠수함 센서와 조함관련 장치들이 실제 물속에서 얼마나 제대로 작동할지는 알 수 없다. 그래서 몇 달, 또는 몇 년간에 걸쳐 시험운항을 한 다음 정식으로 해군에 인도되는 것이다.

　일본은 동해를 '일본해'로 부른다. 물론 명칭이 모든 권리관계를 확정짓는 것은 아니다. 하지만 국제관계에서 명칭은 힘과 상관관계가 있으며, 일종의 국제관습이다. 더 많은 외국 서적과 언론에서 언급되는 명칭이 힘을 얻고, 이는 고착화된다. 17세기에는 일본인들도 동해를 '조선해'라고 불렀지만, 어느 사이엔가 그 이름이 일본해로 바뀌었다.

　"대충 조정은 했겠지. 하지만 미세조정은 아직 끝나지 않았을 거야. 진수하고 나서 얼마간은 몰라도 취역할 때까지 미국의 눈을 속일 수는 없겠지."

　아리무라는 깜빡했다는 표정으로 실수를 인정했다. 고마키가 말을 이어 계속했다.

　"그러니까…… 자네 말을 들어보니 놈은 오키제도의 해저지형과 사행류를 철저히 이용한 것 같군."

　고마키가 극히 일반적일 수 있는 평가를 내렸다. 하지만 이 요소들을 얼마나 이용하는가에 따라 결과가 극명하게 달라지는 일반론이었다. 야구할 때 타자가 공을 배트 중심에 맞혀야 안타가 나올 확률이 높다는 말과 마찬가지다. 하지만 대부분의 타자들은 공을 배트 중심에 제대로 맞히지 못한다.

　"그렇지. 그런데 말야, 놈이 온도층과 해류 사이로 움직이면서 탐지를 피했다는 건 잘 알겠어. 하지만 눈먼 잠수함이 어떻게 그런 정교한 조함을 했는지 도대체 모르겠어. 수온 경계층이 몇 미터 단위로 계속 바뀔 텐데 말야."

아리무라의 말을 듣던 고마키가 살짝 웃었다.

"아니, 자네 아직 그런 것도 몰랐어?"

"뭘?"

아리무라는 고마키에게 또다시 무시당할 순간이라고 직감했다. 하지만 수많은 수상함정과 초계기들 사이를 뚫고 종횡무진한 한국 잠수함에 대한 궁금증이 더 컸다.

"놈은 대부분 시간 동안 해저에 가라앉아 있고 예인소나만 표층수로 올린 거야."

"맙소사!"

"어쨌든, 상당히 위험한 놈이야. 잠수함 성능도 문제지만 함장이 더 문제거든. 서승원 중좌 이 사람, 전에 최무선호에 탔던 사람이야."

최무선이라는 말에 아리무라가 고개를 설레설레 저었다. 해상자위대 호위함 함장으로서 서승원이란 이름은 상당히 버거운 상대로 알려져 있었다. 아리무라가 자존심을 죽였다.

"다시 안 만났으면 좋겠군."

"난 한 번 만나봤으면 좋겠어."

고마키의 말에 아리무라의 눈이 반짝 빛났다. 뭔가 상당히 재미있는 일이 벌어질 것 같았다.

"진검승부를 하고 싶나?"

"물론. 난 사무라이의 후예다! 죽음으로써……."

아리무라는 고마키의 선조가 막부 말기의 떠돌이 하급무사인 주제에 제법 사무라이 흉내를 낸다고 생각했다. 하지만 고마키의 집요한 승부의식을 아는지라 아무래도 뭔가 큰일이 벌어질 것 같아 걱정이었다. 그러나 아리무라는 고마키를 말리고 싶지 않았다.

"그런데 함명이 장문휴라지?"

"그래. 발해국 장수 이름이라는군."

두 사람은 발해라는 말에 웃음을 터뜨렸다. 일본의 역사왜곡은 결코 최근의 일이 아니라 매우 긴 전통을 가지고 있었다. 발해와 고구려 등, 역사상 한민족이 건설한 나라들에 대한 일본인들의 인식은 고마키의 다음 말로 간단히 요약되었다.

"대대로 일본에 조공을 바쳤던 고구려를 계승한 발해의 장수라……. 역시 조선은 작아. 반도는 땅도 작지만 이순신말고는 인재가 거의 없어."

7세기까지 동아시아의 강자였던 고구려가 섬나라 일본에 조공을 바쳤을 리는 없었다. 발해가 건국되고 발해 외교사절이 일본을 방문했을 때, 발해는 강대국이었던 고구려의 계승자임을 자랑스럽게 내세웠다.

그런데 발해사신들이 왜국이라며 무시했던 일본인들의 고구려에 대한 인식은 전혀 뜻밖이었다. 일본은 신라가 백제를 정복한 후에 백제에 구원군을 보내 도와주려다가 대패한 역사가 있다. 그때 일본은 신라가 그 보복으로 침공해오지 않을까 전전긍긍했었다. 그러던 일본이 겨우 100년도 지나지 않아 한반도에 있던 나라들을 일본에 조공하던 소국으로 인식하는 것이었다.

이것은 일본이 신라의 침공을 우려해 7세기 후반 이후 수도를 동쪽으로 옮기며 한반도 국가들과 완전히 결별하는 동시에 역사를 철저히 왜곡했기 때문이었다. 그러니 발해 사신들이 고구려가 얼마나 강한 나라였는지 설명해도 이미 소용이 없었다.

그때 편찬된 역사서로는 나라(奈良)시대 초기인 712년에 발간된 <고사기古事記>와 720년에 발간된 <일본서기日本書紀>가 있다. 이것들은 일본 역사학자들이 인정하다시피, 제대로 된 역사서가 아니라 고대 신화나 현대의 SF소설 정도로 신빙성이 떨어진다.

*   *   *

일본인들은 모든 분야에서 한국인을 철저히 무시하려고 했다. 하지만 일본인들도 결코 무시할 수 없는 인물이 있다. 바로 임진왜란 때 나라를 구한 명장, 이순신 장군이다. 일본에서 '문록경장文錄慶長의 역役'이라 불리는 임진왜란에서 활약한 가장 대표적인 장수로 일본인들도 이순신을 꼽기를 주저하지 않는다.

이순신의 조선 수군이 연전연승한 것은 우선 판옥선과 거북선 등 주력함선의 우수성과 함께, 화포 등 무기체계의 비교우위를 들 수 있다. 하지만 이순신의 뛰어난 전술과 과감한 돌격이 없었더라면 왜군들이 그렇게 치를 떨며 조선 수군을 결코 넘을 수 없는 벽으로 여기지 않았을 것이다.

러일전쟁 때 일본함대를 지휘해 러시아함대를 격멸한 사람은 도고 헤이하치로(東鄕平八郞)이다. 일본의 영웅으로 떠오른 도고 제독이 해전승리 축하연에서 많은 사람들로부터 온갖 칭송을 받았을 때, "영국의 넬슨보다 낫다는 칭찬은 받아들일 수 있지만 나를 조선의 이순신과 비교하는 것은 감당할 수 없다."고 말할 정도였다.

5월 26일 20:05 강원도 속초시
대포항 방파제

강인현은 이곳이 싫었다. 싫었지만 이곳에 온 것은, 드디어 그 추억을 버릴 때가 왔다고 생각했기 때문이었다. 강인현은 방파제 위에 홀로 섰다.

바람이 일어 파도가 별처럼 생긴 테트라포드 위로 쳐올랐다. 소리와 함께 파도가 산산이 부서져 하얀 물거품이 바람에 흩날렸다. 파도가 끝없이 밀려오고 있었다. 달빛이 퍼런 물결 위에 비쳤다.

그녀는 버리지 말라고 했다. 하얀 침대 시트로 얼굴을 반쯤 가리고, 애원하는 듯한 눈빛에 쑥스럽게 웃고 있었다.

그러곤 그를 버렸다.

강인현은 그녀를 떠나보내고 나서야 깊이 후회했다. 하지만 이미 너무 늦어버렸다. 그리고, 어쩔 수 없었다. 평생을 같이 하고 싶었지만 서로 사랑한다고 항상 원하는 대로 맺어지는 것은 아니었다. 그녀는 대충 아무하고나 사랑 없이 결혼한 것 같았다.

헤어진 지 3년이 지났다.

이렇게 젊은 나이에 과거가 생겨버렸다.

등대 끝에는 낚시꾼이 서 있었다. 낚싯대를 길게 드리우고 파도에 따라 일렁이는 찌의 움직임을 좇고 있었다. 짧은 낚싯대 하나는 방파제 바닥에 놓고 발로 밟고 있었다.

바람이 부는 날에는 낚시가 되지 않는다. 그 사실을 알고 있는 강인현이었지만 그 낚시꾼의 심정이 이해가 갔다. 낚시는 고기를 잡기 위해 하는 것이 아니다.

그 젊은 낚시꾼은 찌에 온 신경을 집중했다. 전혀 딴 생각을 하는 것 같지 않았다. 강인현은 그 사람이 어떤 과거를 가졌고, 어떤 인생을 살고, 어떤 꿈을 꾸고 있는지는 알 수 없었다.

강인현이 보기에 그 낚시꾼은 이곳 사람이 아니었다. 유명한 낚시터도 아닌 이곳에서 낚시를 할 이유가 없었다. 낚시장비를 제대로 갖춘 것 같아 보이는 그 젊은 낚시꾼은 낚시를 하기 위해서가 아니라 뭔가 집착하던 것을 버리려고 온 것 같았다.

대포항 방파제는 사연이 많은 곳이었다. 많은 젊은 남녀들이 사연을 만들고, 나중에 이곳에 다시 돌아와 그 사연을 버리기 위해 몸부림치는 곳이었다. 강인현은 그 젊은 낚시꾼이 어떤 사연을 버리기 위해 왔는지 알 수 없었지만 진한 동료의식을 느꼈다.

밤바람이 차가웠다. 물도 차가워 보였다. 낚시꾼은 홀로 그렇게 서 있었다.
'찬물에는 물고기가 입질하지 않는단 말야!'
강인현은 문득 그런 말을 외치고 싶었다. 동질감이 적대감이 되어 강인현의 목을 답답하게 만들었다. 그 낚시꾼 때문에 그가 이곳에 온 이유를 들킨 것 같았다. 강인현은 괜히 짜증이 나서 시선을 돌렸다.
강인현이 바다에 뜬 차가운 반달을 바라보았다. 몸이 하늘에 붕 뜬 것 같았다. 아니, 지금 땅에서 밤하늘로 거꾸로 떨어질 것 같은 느낌이 었다. 존재감이 없어지는 것 같았다. 젊은 여행객들이 강인현을 못 본 척 지나갔다.

술에 취한 사람들이 나타났다. 20대 초반쯤 되어 보이는, 아직 앳된 젊은이들 4명이었다. 동네 불량배인 척, 고래고래 소리를 지르고 다른 사람들에게 욕설을 퍼부었다. 그들이 점점 낚시꾼에게 접근했다. 그들의 번들거리는 눈빛은 낚시꾼에게 시비를 걸려고 작정한 것 같았다.
"어이! 많이 낚았수?"
몸집이 큰 놈이 다가와 살림망을 기웃거렸다. 괜히 낚시가방 지퍼를 열고 안을 들여다보기도 했다.
아무리 깡패 숫자가 많더라도 낚시꾼은 함부로 건드리지 않는 법이다. 그 불량배들은 뭘 잘 모르는 것 같았다. 그런데 순해 보이는 그 낚시꾼은 겁이 났는지 그들을 제지하지 않았다.
강인현은 여차하면 그 낚시꾼을 도우려 했다. 하지만 갈등이 일었다. 현역 군인이 민간인들의 싸움에 말려들 경우 문제가 심각해진다. 불량배들이 반말로 낚시꾼에게 시비를 걸기 시작했다. 낚시꾼은 대답이 없었다. 여차하면 주먹과 발길질이 날아올 타이밍이었다.
 낚시꾼이 가방을 열고 군에서 쓰는 탄띠 같은 것을 찬찬히 꺼냈다. 탄띠를 차고 우뚝 서니 젊은이들이 주춤거리며 뒤로 물러났다. 탄띠에는 손도끼와 수통이 매달려 있었고, 가슴에는 등산용 나이프가 거꾸로 꽂혀 있었다.
 낚시꾼이 다시 가방에서 뾰족한 쇠꼬챙이 같은 것들을 꺼냈다. 보통 뻰찌라고 불리는 뾰족한 니퍼(nipper)를 꺼냈다. 쇠징과 망치도 꺼냈다. 가방 속을 주섬주섬 뒤지더니 가느다란 회칼도 꺼냈다. 불량배들의 얼굴이 점점 누렇게 떴다.
 "에이, 씨팔! 튀자!"
 젊은이들이 우르르 뛰어 도망갔다. 새벽 파시에 어시장 상인들이 쓰는 물호스에 걸려 한 놈이 머리부터 자빠졌다. 재빨리 일어나 손으로 머리를 짚으며 뛰어갔다.
 낚시꾼이 들고 있던 긴 낚싯대를 휘둘렀다. 휘잉 하는 바람 가르는 소리가 나고, 곧이어 비명이 터져나왔다. 가장 몸집이 큰 동네 불량배 한 명이 10여 미터 앞에서 엉덩방아를 찧었다.
 낚시꾼이 다시 발로 밟고 있던 짧은 낚싯대를 들어 위로 올렸다가 내리쳐 쭉 뻗었다. 불량배가 귀를 잡고 악을 써댔다. 서둘러 일어선 불량배는 머리는 왼쪽, 엉덩이는 오른쪽으로 향한 이상한 자세로 춤을 추는 것 같았다.
 불량배는 물에 빠지지 않으려고 안간힘을 쓰는 것 같았다. 아슬아슬한 자세로 방파제 가장자리를 걸어 질질 끌려왔다. 밤이라 낚싯줄은 보이지 않았다.
 강인현은 낚시꾼이 휘두르고 있는 낚싯대가 작아 결코 사람 무게를 견디지 못한다는 사실을 알고 있었다. 낚싯대의 힘만으로 그 불량배를 잡아끌지 못한다는 뜻이다. 그 청년이 끌려오는 것은 귀에 꽂힌 낚싯바늘 탓도 있지만, 다분히 심리적인 데에 원인이 있었다.

"잘못했어요! 아저씨! 형님! 제발!"

낚시꾼이 불량배에게 다가갔다. 먼저 귀에 걸린 바늘을 빼고 바지에 걸린 바늘도 빼내주었다. 겁에 질린 불량배가 무릎을 꿇고 울먹였다. 비겁한 놈들은 우르르 몰려다니기를 좋아하고, 흉기를 휘두르는 것을 주저하지 않는다. 다행히 불량배는 잔뜩 기가 죽어 기습하려는 낌새는 보이지 않았다.

"실수로 바늘이 걸렸군요. 대단히 죄송합니다."

낚시꾼이 풀어주자 불량배가 뒤도 안 돌아보고 잽싸게 줄행랑을 놓았다. 주변에서 지켜보던 사람들이 통쾌하게 웃었다.

강인현이 낚시꾼과 눈이 마주쳤다. 낚시꾼은 고개를 약간 숙여 감사를 표했다. 강인현이 도와주려던 것을 알고 있던 눈치였다. 강인현이 미소로 답했다.

이제 달라진 건 아무 것도 없었다. 파도가 치고 별빛이 쏟아졌다. 마치 3년 전처럼……

5월 26일 21:40   러시아 캄차카반도 페트로파블로프스크
러시아 태평양함대 잠수함전단 장교숙소

"결과가 상당히 재미있어."

"양키놈들, 혼쭐났구만!"

페트로파블로프스크(Petropavlovsk) 기지 독신자 장교숙소 휴게실은 새로운 소식으로 오랜만에 들뜬 분위기였다. 그것은 구 소련 붕괴 이후 미국에 기가 죽어 지내는 러시아 해군 장교들에게는 상당히 통쾌한

소식이기도 했다. 해군 장교 네 명이 컴퓨터 단말기를 보면서 계속 키득거렸다.

이들은 한국과 미국, 일본 해군이 합동으로 실시한 환동해훈련 결과를 읽고 있었다. 장교들은 러시아 해군 공식정보를 찾은 것이 아니었다. 이들은 인터넷 사설 해군관련 사이트에 올라와 한창 화제가 되고 있는 한국 잠수함에 대한 호기심이 잔뜩 일었다.

"역시 대단한 독일 놈들이야."

이들은 한국의 209급 잠수함과 그 후계함인 214급이 독일에서 설계한 사실을 잘 알고 있었다. 그러나 그 잠수함들 대부분이 한국에서 건조된 것은 무시했다. 어느 조선소에서 건조됐느냐는 것보다 설계를 누가 했느냐가 중요하긴 하다. 그러나 이들이 독일을 지칭한 것은 다른 이유였다.

이들이 한국 잠수함을 구태여 독일제라고 한 것은 러시아 사람으로서의 자부심 때문이었다. 2차대전 때 유럽을 장악한 나치 독일의 침공을 이겨내고, 결국 2차 세계대전을 종식시킨 것은 러시아라는 자랑스런 역사 인식의 자연스러운 발로라고 할 수 있었다.

"이봐, 사아샤. 연해주 출신 소수민족 장수 이름을 가진 잠수함과 우리가 맞붙으면 결과가 어떻게 될까?"

이들은 장문휴가 발해의 장수 이름이라는 것을 이미 파악하고 있었다. 근세에 연해주를 확보한 러시아인들은 발해를 한때 러시아 영토 일부에서 득세한 소수민족이 세운 국가로 본다.

극동에서 중국과 대립하는 입장에서, 러시아는 중국의 만주 영유를 인정하기를 꺼리는 것이다.

물론 중국은 만주의 여러 소수민족을 '중국'이라는 국가를 구성하는 요소로 파악하고, 만주에서 한때 강성했던 국가들을 중국 역사에 포함시키려 노력한다. 중화사상에 물든 중국인들이 당시 주변 야만국으로 취급했던 주변 민족들을 이제는 중국인으로 받아들인다는 것이 쉽게 납득하기 어렵다. 그리고 주변 기마민족들로부터 침략당해온 중국 입장에서는 사실 꺼림칙할 것이다.

하지만 그러한 연유로 중국은 현재의 국경분쟁과 소수민족 독립운동을 사전에 억압할 수 있다. 이런 차원에서 몽고족이 세운 원나라나 만주족이 세운 청나라와 마찬가지로 발해도 중국 역사의 일부로 간주한다.

"당연히 주변 해저지형과 상황에 따라 달라지겠지."

다른 장교들이 큰 소리로 웃었다. 사아샤라는 애칭으로 불린 아쿨라급 핵잠수함 승무원은 214급 잠수함을 무시하지 않았다. 핵잠수함은 속도가 빠르고 지속적인 잠항능력이 우수하지만 재래식 잠수함의 은밀성을 무시할 수 있는 잠수함 승무원은 없었다.

러시아는 공격용 핵잠수함 외에도 디젤 잠수함을 다량 보유해 연안방어에 투입한다. 비용 문제도 있지만 디젤 잠수함의 정숙성을 이용해 영해로 접근해오는 적의 핵잠수함을 기습하기 위한 것이다.

"자넨 항상 진지해. 그것이 장점일 테지."

"잠수함 승무원으로서 살아남으려면 당연하다고 봐."

5월 27일 21:05 강원도 속초시
대포항 방파제

"몇 마리 잡았느냐고 묻지 마십시오. 낚시꾼은 고기를 낚지 않는답니다."

강인현은 대포항 방파제 끝에 서 있었다. 불 꺼진 등대 옆을 반딧불처럼 희미한 케미라이트가 달린 낚싯줄이 하늘을 날았다. 곧이어 '퐁'

하는 소리가 나고, 빨간색 찌가 파도를 따라 출렁거렸다. 어제 이곳에서 낚시꾼을 본 강인현은 결국 싸구려 낚싯대와 간단한 장비들을 사고 말았다.

"정말 한 마리도 못 잡았어요?"

강인현의 말을 입 발린 변명이라고 여긴 아가씨가 다시 물었다. 두 사람은 잠시 서로를 쳐다보다가 동시에 웃음을 터뜨렸다. 그 아가씨의 동행인 듯한 뚱뚱한 여자가 등대 반대쪽, 밤바다를 배경으로 질시인지 당혹인지 모를 감정이 담긴 경계의 눈초리로 이쪽을 노려보고 있었다. 강인현은 냉랭한 분위기를 느끼고 다시금 차분해졌다. 물속에 반쯤 잠긴 찌는 파도에 휩쓸려 이리저리 떠다니고 있었다.

"잡혀도 좋고, 안 잡히면 귀찮지 않아 더 좋습니다."

"그럼 혹시 인어를 낚고 계신가요?"

강인현의 냉정한 반응을 느낀 아가씨가 조금 더 적극적으로 나서는 것 같았다. 약간 당혹스런 기분을 느낀 강인현은 아가씨가 귀찮게 느껴졌다. 이 여자도 꿈이 있고 아름다움이 있겠지만, 강인현은 혼자만의 시간을 방해받고 싶지는 않았다. 강인현은 찌에 시선을 집중한 채 천천히 말했다.

"지금 이야기 진행이 상당히 상투적입니다."

잠시 침묵이 이어졌다. 강인현은 지금 상황이 전혀 상투적이 아니라고 생각했지만 말은 그렇게 했다. 그 여자는 그럴 여자가 아니었다. 아무래도 뭔가 어색했다. 무엇보다도, 그가 보기에 눈앞에 있는 이 여자는 뭔가 아련한 기대감과 함께 불안에 떠는 것 같았다. 그의 말을 어떻게 생각했는지 여자 쪽에서 나지막한 한숨이 흘러나왔다.

"그렇죠. 바다여행, 밤 낚시꾼. 젊은 여자와 남자……. 뭔가 예쁘기는 하지만 누가 보든 너무 상투적이에요."

강인현은 아가씨가 한 말을 바다와 여행, 밤과 낚시꾼으로 풀어야 한다고 생각했다. 젊음과 여자, 그리고 남자……. 수많은 종류의 인생 이야기는 다들 너무나 비슷하고, 동시에 너무나 다르게 느껴졌다.

강인현은 혼자 왔다가 혼자 돌아가야겠다고 마음먹었다. 이곳에는 뭔가를 두고 가려고 왔지, 뭔가를 갖고 가겠다는 욕심은 없었다. 그 뭔가가 추억인지 아닌지는 모를 일이었다.

강인현은 약간 따분해졌다. 남들이 그를 건수 올리려고 껄떡대는 놈으로 보든지 말든지 그런 건 상관없었다. 남의 일에 말려들고 싶지 않았다.

"어쨌든 결과는 상투적으로 보일 수밖에 없겠죠?"

강인현은 무슨 소리인지 모르고 대충 말했다. 여자에게서 언뜻언뜻 비치는 뭔지 모를 불안하고 어두운 면이 자꾸 거슬렸다. 그런데 전혀 뜻밖의 말이, 어쩌면 강인현이 어느 정도 예상할 수 있었던 말이 여자 입에서 튀어나왔다.

"예, 제가 물에 뛰어들지만 않으면요."

강인현이 예상을 확인하고 약간 놀라는 척했다. 그런 경우는 약간 파격적이긴 하다고 생각했다. 그는 파도가 일렁이는 밤바다를 주시하다가 문득 아가씨의 표정이 궁금했다. 여자는 당돌하게 강인현의 눈과 마주했다.

자살하러 온 아가씨가 이런 귀여운 표정을 지을 수 있다고는 믿기지 않았다. 어쨌거나 그렇다면 막아야 할 텐데, 강인현은 그 이후 이야기 전개도 역시나 따분하게 흘러갈 것이라고 생각했다. 아니면 짜증나든지…….

"그것도 상투적인데요? 제가 아가씨를 물에서 건져드리든 말든 말입니다."

"인생은 너무나 상투적이에요. 참을 수 없어요. 하지만 제가 하려고 마음먹은 행동도 너무 상투적이에요. 제가 죽고 나서 다른 사람들이 느끼기에도 상투적이겠죠? 그게 너무 싫어요."

강인현은 자신이 내뱉을 말 한 마디에 아가씨의 행동이 결정될 수도 있고, 아닐 수도 있다고 느꼈다. 남의 일에 끼어들기 싫었다. 하지만 무책임하고 싶지도 않았다.

"다른 사람들이 상투적일 것이라 생각지 마세요. 아가씨 마음이 특별하듯이 말입니다."

"댁은……."

아가씨가 하려는 말이 궁금해 강인현은 찌에서 눈을 떼었다. 본질에서 어긋난 행동 때문에 약간 신경이 쓰였지만 낚시는 고기를 잡는 것이 아니라고 생각했다. 고기보다 큰 사람을 구할 수 있다면 더 의미 있을 것이다. 여자의 눈에 얼핏 눈물이 고이는 것처럼 보였다.

"여자에게 잘해주시겠어요. 낚시 좋아하시는 것도요. 꼭……."

위험하다고 느낀 강인현이 서둘러 여자의 말을 가로막았다. 이곳은 역시 사연이 많은 곳이었다. 추억을 버리기 위해 왔다가 새로운 사연을 만들 필요는 없었다.

"남과 비교하지 마십시오. 저는 다른 사람입니다."

강인현은 또 다른 사람이라고 하지는 않았다. 전혀 다른 사람이라고 말하고 싶었다. 그리고, 자유롭고 싶었다. 강인현은 낚시를 계속했다. 고기가 물릴 것 같지는 않았지만 계속하고 싶었다.

강인현은 어제 이 자리에 있던 낚시꾼과 이 아가씨에게서 뭔가 공통점을 느낀 것 같았다. 하지만 어떤 상처인지는 알 수 없었다. 두 사람이 어떤 관계인지도 당연히 알 수 없었다. 슬프게도, 인간은 누구든 크고 작은 상처를 하나쯤은 안고 살아가게 마련이다.

아가씨가 친구와 함께 어시장 쪽으로 걸었다. 강인현은 그 여자가 바다로 뛰어들지 않을까 내심 조마조마했지만 그런 상투적이고도 특별한 일은 벌어지지 않았다. 동해 바닷물은 꽤나 찰 것이다.

'어떤 상황인지 모르겠지만 그럴 때…… 누군들 죽고 싶지 않을까. 누군들 흐트러지고 싶지 않을까.'

그 여자는 걸음을 멈추고 잠시 주저하다가 뒤를 돌아보았다. 어두워서 보이지는 않았지만 눈물을 흘리는 것 같았다. 갑자기 이쪽으로 뚜벅뚜벅 걸어왔다. 강인현은 조금 놀랐지만 방향이 그가 있는 곳이 아님을 알았다.

젊은 여자는 잠시 호흡을 가다듬더니 철판으로 만들고 빨간 칠을 한 등대 아래 돌 틈 사이에서 뭔가를 꺼내들었다. 마치 마술 같았다. 거기에는 자그마한 빨간 능금이 있었다. 지금 이 계절에 어떻게 능금이 나는지 알 수 없었지만, 틀림없이 어린 사과 열매가 아닌 토종 능금이었다. 여자는 입술을 꾹 깨물었다가 결국 어깨를 들썩였다. 그 아가씨의 동행인 여자가 뛰어왔다. 여자는 동행에 이끌려 다시 시장을 향해 방파제 위를 걸었다.

강인현은 그들이 왜 그러는지 이해할 수 없었다. 무슨 뜻인지 알 수 없었다. 능금이라면? 불현듯 예전에 읽은 시구가 떠올랐다. 등대 아래 작은 돌 틈새에 있던 빨간 능금이 무슨 뜻인지 어렴풋이 알 것 같았다.

> 함께 핀 꽃에 처음 익은 능금은
> 먼저 떨어졌습니다.
> 오늘도 가을 바람은 그냥 붑니다.
> 길가에 떨어진 붉은 능금은
> 지나는 손님이 집어갔습니다.

윤동주의 시였다. 시 내용처럼, 그가 생각하는 시의 내용이 그렇다고 해도, 그 여자가 바람을 피웠는지는 알 수 없었다. 아마도 사랑하는 남자를 잠시 시험했다가, 사랑을 확인하거나 더 많이 얻기 위해 욕심을 부리다가 종국에는 헤어진 모양이었다. 이 시의 제목은 '그 여자'이다. 강인현은 문득 가을 냄새가 나는 것 같았다.

틀림없이 그 여자의 남자는 어젯밤에 본 그 낚시꾼이었다. 강인현은 너무 상투적이라고 혀를 찼다. 헤어진 다음에 이곳에서 만나기로 했는지, 두 사람은 하루 차이를 두고 이곳을 찾아왔다가 홀로 떠났다. 남자는 아마 일부러 만나기로 한 날, 전날에 왔을지도 몰랐다.

어쨌든 상당히 상투적이기도 하고 치졸한 행동이 분명했다. 강인현은 괜히 화가 치밀어 올랐다. 그는 눈가에 가득 고인 눈물을 훔치며 중얼거렸다.

"슬퍼하는 자는 복이 있나니, 저희가 영원히 슬플 것이오……."

5월 28일 09:35   중국 요녕성 후루다오
인민해방군 북해함대 잠정지대 사령부

"동지들을 모이라고 한 것은 대단히 특이한 안보상황의 변화 때문이다."

키가 크고 비쩍 마른 인민해방군 해군 소장이 회의실을 가득 메운 군관들 앞에 서서 약간은 비장한 어조로 말문을 열었다. 하얀 인민해방군 해군 제복이 연두색 바지 위에서 눈부시게 빛났다. 해군 대교大校 계급장을 붙인, 나이 든 잠정지대장은 배석한 자리에서 바짝 긴장한 채 앉아 있었다.

북해함대 사령이 요녕성 후루다오(胡蘆島)에 있는 잠정지대潛艇支隊 사령부에 와서 군관들에게 직접 설명한다는 것은 이것이 대단히 중요한 사건이라는 뜻이었다. 잠정은 잠수함을 뜻한다. 중국 인민해방군 해군에서의 잠정지대는 다른 나라의 잠수함 전단에 해당하는 부대편

제이다. 잠정지대 예하에 전대급의 잠정대대가 있고, 그 아래에 잠정편대가 있다.

구 공산권 국가들이 대개 그렇지만 중국 인민해방군도 계급체계가 한국군과 쉽게 대치되지 않는다. 자유주의국가들은 일반적으로 3단위 계급체계, 공산권계는 4단위 체계이다.

한국군에서 위관급 장교로 소위, 중위, 대위가 있다면, 공산권에서는 중위와 대위 사이에 상위가 있다. 그런데 중국 인민해방군에서는 특이하게 대위 계급이 존재하지 않는다.

한국군의 영관급에 해당하는 중국의 교관校官급은 소교, 중교, 상교, 대교이다. 그렇다면 대교를 대령이라 보고 상교를 중령과 대령 사이에 적당히 끼워넣을 수 있을까? 결론적으로 그건 무리이다.

중국 인민해방군에서 대교는 사단장급에 해당한다. 한국의 군단장 격인 집단군 사령, 또는 정직正職은 소장이며, 중국군이나 북한군에는 준장이 없다. 그리고 인민해방군은 작전단위가 사단 체제가 아니라 집단군 체제이다. 그렇다면 인민해방군의 대교는 한국군으로 치면 준장에서 소장급에 해당한다고 볼 수도 있다.

"지난 22일에 한국해에서 제국주의 국가 미국과 그 추종자들인 일본, 한국이 합동 해군훈련을 실시한 사실을 귀관들은 잘 알고 있을 것이다."

북해함대 사령 뒤쪽 스크린에 환동해훈련에 참가한 미국과 일본 함대의 위용이 나타났다. 대잠헬기가 초점이 되었을 때 소음이 너무 크자 사령이 손짓을 해서 젊은 위관급 군관이 소리를 약간 줄였다.

"여기서 대단히 납득하기 어려운 결과가 나왔다. 한국 잠정 한 척이 미 해군 함대를 거의 괴멸시킨 것이다!"

한국군 영관급 장교들에 비해 나이가 훨씬 더 들어 보이는 교관급 군관들이 잠시 웅성거렸다. 화면 각도가 점점 올라가 상공에서 바라본 수상함대 전체가 다 잡혔다.

화면은 여기서 잠시 멈췄다가 전면을 검게 칠한 작은 잠수함이 가운데에 나타났다. 누가 봐도 재래식 디젤 잠수함이었다. 수상항주보다는 수중항주에 적합하도록 물방울형으로 제작됐을 뿐, 기존 다른 나라 잠수함에 비해 별다른 특징은 없어 보였다. 군관들 가운데 누군가 한국형 209급이라고 말했다. 그러나 정답이 아니었다.

"이것은 214급이라 불리는 신형 잠정이다. 장보고급이라 불리는 209급 잠정과 전혀 다르다. 우리는 이 잠정에 주목해야 한다!"

사령이 레이저 지시봉으로 잠수함을 가리켰다. 소장은 현재까지 드러난 214급의 제원에 대해 간단하게 설명했다. 그러나 214급은 외부 형태보다는 내부가 더 많이 개량되었을 것이라는 사실도 빼먹지 않았다.

"비록 재래식 잠정이지만 이 잠정이 혼자서 미 해군 함대를 격멸시켰다. 이것이 은밀성을 최대 강점으로 삼는 잠정의 위력이다!"

잠수함 함장 출신인 북해함대 사령은 잠수함의 역할과 중요성을 잘 알고 있었다. 대부분 구식 함정과 항공기를 숫자만 대규모로 갖춘 중국 해군은 대만과 미국의 군사적 위협에 맞서기 위해 잠수함 숫자를 늘려왔다.

그러나 중국 잠수함은 소음이 커서 탐지되기 쉽기로 유명하다. 중국 잠수함들은 주변국 주변 해역에서 작전하다가 쉽게 존재를 노출시켜 추격을 받은 적이 많았다.

잠수함 건조기술도 다른 나라에 비해 낙후하여 사고가 많이 나, 중국 해군은 잠수함 몇 척을 사고로 잃기도 했다.

"214급 1번함인 장문휴이다. 209급 장보고처럼 이것도 산동성에서 노략질한 해적 이름에 불과하다!"

소장의 설명에 군관들이 왁자하게 웃었다. 장문휴에 대한 평가는 기록마다 극적인 차이가 있다. 비교적 공정한 역사서에서는 발해의 대장大將으로, 중화주의적 필법을 따르는 사서에는 중국 변방을 침략한 해적으로 기록되어 있다.

16세기에 스페인 무적함대를 쳐부순 영국의 선장 드레이크(Drake)가 해적 출신이듯이, 옛날에 수군과 해적은 확실히 구분되지 않았다. 그러나 고구려와 발해의 수군은 당시 유럽에 비해 정규군적인 성격이 강했다. 발해의 수군을 해적으로 여기는 것은 당시 해군력이 빈약했던 중국인들의 콤플렉스 때문이다.

장문휴가 공격한 산동반도의 등주는 당시 동북아의 전략거점이었다. 고구려의 을지문덕이 살수대첩에서 전멸시킨 수나라, 안시성에서 패주한 당나라 등 중국인들은 등주에서 묘도열도를 통해 수군을 요동반도에 상륙시켰다. 또한 산동반도는 대륙백제의 본거지이기도 하다. 그리고 이정기 장군이 세운 제나라가 있던 곳이다. 북경 앞 바다인 발해만을 중국인들이 지배한 것은 비교적 최근의 일이다.

"이 조그마한 잠정이 동북아시아의 군사력 균형에 중대한 변화를 초래할 수 있다. 우리는 조국을 수호하기 위해 당과 인민의 명령으로 그 한국 잠정에 대한 정보를 반드시 수집해야 한다. 이 잠정은 잠재적으로 당과 인민의 안위에 대한 큰 위협이 될 수도 있다. 그리고 수집된 정보를 종합하여 상부에 보고하면 인민과 당이 우리 인민해방군 해군을 증강시키기 위해 독일로부터 성능이 비슷한 잠정을 도입할지도 모른다."

사령은 위협에 대한 사전 정보조사의 필요성을 강조하는 동시에 중국 정부가 214급을 도입할 수도 있다는 당근을 제시했다. 잠수함 함장들에게는 상당히 구미가 당기는 제안이었다.

잠수함으로서 정보수집 방법은 당연히 추적밖에 없다. 멀리 동해까지 나가서 장문휴함을 추적해 능력을 테스트해야 하는 어려운 임무였다. 그러나 어려운 임무를 마다할 인민해방군 해군이 아니었다. 군관들이 잠시 술렁거렸다. 만약 함대 사령이 장문휴함을 추적하여 평가할 잠수함 지원자를 뽑는다고 하면 서로 나설 태세였다.

"하지만 동지들! 미국 해군을 너무 무시하지 마라. 동지들의 능력을 무시하는 건 아니지만 괜히 미국을 우습게 보고 행동했다간 몇 년 전처럼 혼쭐나기도 한다."

소장파 군관들은 북해함대 사령의 말에 약간 기분이 상했지만 노인들이 젊은이들에 갖는 우려 비슷한 걸로 치부했다. 군관들은 무능한 환갑 노인들과 다르다는 확고한 자신감이 있었다.

일반적으로 중국 해군은 숫자만 많지, 무기체계의 성능이 뒤떨어져 있다고 알려져 있다. 그리고 미국 군사력과의 비교에 있어서도 중국은 미국의 상대가 되지 않는다는 것이 일반적인 평가이다.

그러나 중국군 스스로는 그렇게 생각하지 않는다. 중국군은 언제든지 미국과 싸워 이길 수 있다는 자신감에 넘쳐 있다. 이런 자신만만한 소장파 장교들이 종종 사고나 위험한 상황을 야기한다. 중국 공산당 간부들은 지금까지 이들 호전적인 젊은이들을 달래고 미국과의 어려운 협상에 나서야 했다.

북해함대 사령이 해산을 명령하자 와자지껄한 소리가 나며 군관들이 함대사령에게 자원하겠다고 요청했다. 그러나 함대 사령은 이들의 요청을 받아들이지 않았다. 군관들은 아쉬운 표정으로 회의실을 빠져나갔다. 회의실 한쪽 구석에서 잔뜩 인상을 찌푸리며 앉아 있는 자가 있었다.

5월 28일 10:45 중국 요녕성 후루다오
인민해방군 북해함대 잠정지대 사령부

"지대장 동지!"

북해함대 잠정지대장 웨이샤오팡(魏少方) 대교는 자리에 앉아 묵묵히 천쥔타오(陳軍濤) 중교를 노려보았다. 천쥔타오는 절박한 눈빛으로 웨이 대교의 눈길을 맞받았다.

"동지! 제발 저를 보내주십시오!"

"천 중교, 동무는 지난 1994년에……."

웨이 대교가 더듬거렸다. 지대장 역시 꺼내기 싫은 말이었다.

"제가 조함하는 한(漢)급 404함은 한국 214급을 충분히 잡을 수 있습니다."

천쥔타오는 서둘러 지대장의 말을 막았다. 그의 입장에서는 두 번 다시 생각하기도 싫은 치욕적인 일이었다.

1994년, 중국 잠수함 한 척이 서해상에서 작전중인 미국 항모전단을 추적했다. 그러나 중국 잠수함은 소음이 너무 커서 항모 대잠팀에게 쉽게 드러나고 말았다. 그 다음부터 벌떼처럼 달려드는 각종 대잠함정과 헬기들에게 일방적으로 몰렸다.

서해로 도주하는 중국 잠수함을 키티호크 항모전단 소속 대잠항공기들이 이틀째 추적하며 잠수함 바로 위에서 공격소나를 때려댔다. 잠수함의 상황보고와 구조요청에 참다 못한 중국 해군은 할 수 없이 전투기들을 발진시켰다.

중국 전투기들이 공중에서 무력시위를 벌이고 경고통신을 한 다음에야 미 해군 항공기들을 서해에서 몰아낼 수 있었다. 은밀성을 생명으로 하는 잠수함으로서는 씻을 수 없는 치욕이었다. 이 사건이 언론에 알려진 것은 한참 지난 이후였다.

웨이샤오팡 대교는 한참 고민하다가 결단을 내렸다. 천쥔타오 중교가 눈을 부릅뜨고 웨이 대교의 처분을 기다렸다.
"좋다, 함대사령 동지께 상신하겠다. 동지는 명예를 회복하라!"
"감사합니다! 정말 감사합니다!"
자존심 강하기로 소문난 천 중교가 이때만큼은 연신 허리를 굽혔다.

6월 14일 02:10 경남 진해
한국 해군 진해항, 잠수함기지

달이 없는 깜깜한 밤이었다. 그믐이 아니었지만 달은 이미 지고 난 시간이었다. 잠수함 3척이 정박한 부두에는 주변 경비초소에서 비추는 서치라이트가 천천히 밤바다를 훑었다. 부두 위에는 경비병력이 긴장감 없이 순찰에 임하고 있었다.
잠수함 가까운 바다에서 검은 물체가 물위로 천천히 드러났다. 그 물체는 주변을 살피며 서서히 잠수함 한 척으로 접근했다. 그 물체는 다시 물속으로 들어갔다. 소리도, 거품도 없었다.

시커먼 잠수복을 입은 4명이 물속을 헤엄쳐 잠수함 장문휴에 접근했다. 근처에는 대잠수함용 철조망도 없었다. 만약에 북한 소형 잠수함이 자살공격이라도 가해온다면 이를 막을 방법이 없다는 뜻이었다.
'가난한 나라 주제에 그나마 비싼 잠수함을 저토록 허술하게 경비하다니!'
미 해군 실(SEAL) 대원 벤자민 소넨버그(Benjamin Sonnenberg) 상사

는 혀를 차며 잠수함으로 다가갔다. 하긴, 덕택에 임무를 쉽게 마칠 수 있어 좋았다.

임무는 비교적 간단했다. 훈련용 시한폭탄을 장문휴라는 잠수함에 부착하고 돌아오는 것이다. 확실히 안전하기도 했다. 그런데 목표가 정밀한 소나를 갖춘 잠수함이라는 점을 고려해 소형 휴대용 음파탐지기(diver-held pinger receiver)를 휴대하지 않아 행동하기 불편했다. 어둠에 익숙해진 눈이었지만 제대로 앞을 볼 수 없었다.

임무 브리핑에서 팀장 핸더슨 대위는 한미연합사령부가 한국 해군 항만의 경비상태를 체크하기 위한 의례적인 훈련이라고 설명했다.

대원들은 어깨를 으쓱하고는 잠자코 팀장의 설명을 듣기만 했다.

긴장감이 떨어지는 훈련이었지만 미군이 항상 그렇듯 훈련만큼은 처음부터 제대로 했다. 특전잠수함 카머해머허(Kamehameha)로 거제도 근해까지 왔다가 언더워터 비클로 옮겨 탔다. 이들은 다시 진해항 입구에서 헤엄쳐서 여기까지 온 것이다.

미 해군 잠수함 카머해머허는 원래 전략핵잠수함으로 취역했으나 1992년에 특수전용 잠수함으로 개조되었다. 이 잠수함은 실(SEAL)이나 해병대 특수수색대 등 특수부대원들을 탑승시켜 적의 중요 기지나 전략목표를 타격하는데 동원된다. '카머해머허'는 하와이군도를 통일한 원주민 왕의 이름이다.

벤자민은 목표를 20여 미터 앞두고 등에 짊어진 폭약배낭을 벗었다. 바로 앞에 동료 두 명이 헤엄쳐 잠수함에 접근하고 있었다. 어두운 물 속에 경비초소에서 비추는 탐조등의 희미한 불빛을 배경으로 검은 그림자와 물거품이 보였다.

잠수복에서는 물거품이 일어나지 않는다. 잠수부가 호흡한 산소를 물 밖으로 내보내지 않고 내부에 저장하는 방식이라서 물거품만으로 찾을 수 없다. 하지만 이들이 수영하면서 자연스럽게 발생하는 물거품은 어쩔 수 없었다.

바로 앞에 시커먼 그림자들이 나타났다. 잠시 동료인지 확인하는 짧은 순간에 선두에 선 동료가 칼에 맞았다. 다시 다른 적이 발사한 수중총에 핸더슨 대위가 당했다. 경비초소의 탐조등이 해면을 훑을 때 시뻘건 피가 주변으로 번지며 천천히 물위로 솟아오르는 게 보였다. 즉사한 대위는 상처에서 피를 뿜으며 서서히 가라앉고 있었다.

벤자민은 뭔가 잘못됐다는 것을 깨달았다. 이것은 단지 훈련이었다. 대항군의 접근을 발견하는 것으로 훈련이 종료될 수도 있는데, 이렇게 죽고 죽이며 싸운다는 것이 이해가 가지 않았다. 훈련을 실전처럼 한다는 말이 있는데, 그렇다고 죽이면서까지 하는 건 말이 되지 않았다.

벤자민은 서둘러 헤엄쳐 이곳을 빠져나가려고 했다. 적은 많았다. 적어도 6~7명이 이쪽으로 몰려오고 있었다. 뒤에 처진 리쳐드 중사가 칼을 빼들고 맞섰다. 중사는 정체를 알 수 없는 적과 맞붙어 물속으로 뒹굴었다.

벤자민 상사는 장비를 내팽개치고 죽어라고 헤엄을 쳐 빠져나가려 했다. 두 명이 쫓아오고 있었다. 언더워터 비클까지만 가면 살아날 방법이 있을 것이다. 적은 가까이 접근해오고 있었다.

이것은 단지 훈련이었다. 해군항만을 지키는 한국 군인들에게 뭔가 오해가 있는 듯했다. 혹은 훈련상황이라는 사실을 한국 해군에 통보해주지 않은 것인지도 몰랐다. 어쩌면…….

벤자민은 훈련용 시한폭탄 장비라고 받은 것이 훈련용이 아니었음을 깨달았다. 벤자민 상사가 확인을 요청했을 때 핸더슨 대위는 분명 그것은 실전용과 비슷하게 생긴 신형 훈련용 시한폭탄이라고 했다. 지정한 시간에 불꽃놀이용 폭죽이 하늘로 솟아올라, 확실하고 실감나는 판정을 할 수 있다고 들었다. 벤자민도 폭탄을 수령할 때 장비 겉면에 훈련용이라는 딱지가 붙어 있는 것을 분명히 확인했다. 하지만 그럴 리가 없었다. 그것은 진짜였다.

그렇다면 이것은 훈련이 아니었다. 실제로 한국 잠수함을 침몰시키기 위해 상부에서 결정을 내린 것이라고 생각했다. 혹시 어쩌면 그의 팀이 함정에 빠진 것인지도 몰랐다. 지금까지 외부에 알릴 수 없는 비밀작전에 몇 번 동원됐기 때문에 팀 자체를 제거하기 위해 핸더슨 대위팀의 접근을 적에게 미리 알렸을지도 몰랐다. 아니면 한국과 짜고 제거하려 했거나…….

벤자민은 온갖 상상을 하며 허겁지겁 수영을 했다. 자꾸만 뒤를 돌아보았다. 한국 잠수대원들은 지치지도 않고 따라오고 있었다. 그중 한 명의 가슴께에서 뭔가 섬뜩한 빛이 보였다.

6월 14일 02:45 　경남 진해
한국 해군 진해항, 잠수함기지

"잡긴 잡았는데, 북에서 남파한 무장공비가 아니라 이거지? 이거 참, 곤란하구만."

진해항 경비단장 김웅서 준장은 곤혹스러운 표정으로 시체들을 다시 확인했다. 기지를 경비하는 해병대원들이 총을 들이대고 있는 그 아래로 잠수복을 입은 시체들은 분명히 동양인 얼굴이 아니었다. 그렇다고 러시아 사람이라고 할 수도 없었다. 어시장에 나온 상어처럼 쭉 뻗어 있는 시체 4구에는 흑인이 한 명 끼어 있고, 장비는 대부분이 틀림없는 미국제였다.

김웅서는 지금 꿈을 꾸고 있는 것이 아닌지 다시 한 번 볼을 꼬집었다. 얼얼한 게 분명 꿈은 아니었다. 잠수함에 접근하는 무장공비 4명을 사살했다는 급보를 받고 잠수함기지로 왔다가 그가 확인한 것은 '아마도' 미군이 폭파장비를 휴대하고 잠수함에 접근했다는 사실이었다.
　김웅서는 이해할 수 없었다. 미군이 우방인 한국의 잠수함을 폭파할 이유는 없을 것이다. 뭔가 크게 잘못됐다는 사실을 깨달았지만 상부에 보고해야 할지 아닌지조차 감을 잡지 못했다.

　해군 작전사령부에는 경비단 당직사관이 보고한지 이미 오래였다. 합동참모본부와 국군정보사령부에서도 당장 조사관을 파견하겠다는 연락을 받았다. 그의 동기와 후배 장교들로부터 미리 승진을 축하한다는 전화도 받았다. 조금 전까지만 해도 신이 났지만, 지금은 무척이나 당혹스러웠다.
　현재 잠수함용 부두에는 경비대원들이 쫙 깔려 물샐 틈 없는 경계태세를 유지하고 있었다. 서치라이트가 구석구석을 헤집고, 바다 위에는 연이어 조명탄이 하얀 연기를 끌며 솟아오르고 있었다.
　항만 내에는 기지경비대 소속 함정들이 바다를 샅샅이 뒤지고, 주변 공군기지에서 출동한 전투기들이 간첩선을 찾기 위해 거제도 해상으로 출동했다. 잠시 후 P-3C 대잠초계기도 급거 이쪽 해역을 향해 올 것이라는 통보도 받았다. 일은 점점 커지고 있었다.
　"어떡하냐, 이거?"
　김웅서 준장이 울상이 되어 이들을 발견하여 사살한 해군특전전대 장교에게 물었다. 아직도 잠수복을 입고 있는 해군 대위는 사체에서 휴대품을 뒤지고 있다가 벌떡 일어섰다.
　"아무리 찾아도 국적을 확인할 만한 신분증명서 같은 것들이 없습니다. 혹시 북한이 용병을 고용했는지도 모르겠습니다."
　김웅서도 전통적인 미국과의 우호관계를 해치기 위한 북한의 공작일지도 모른다는 생각이 들었다. 하지만 아무래도 이상했다. 김웅서 준장이 설레설레 고개를 저었다.

"가슴에 김정일 뺏지를 단 양키라니. 누가 믿어 주겠냐?"

6·25 이후에 창설된 해군 유디티(UDT)는 해군특전전대로 발전해 유디티(Under Demolition Team:수중폭파대), 실(SEAL:Sea Air Land), 이오디(EOD:폭발물 처리반), 해상대테러 등 4개 소수 정예팀을 운용하고 있다.

새로 건조한 잠수함 장문휴의 경비를 위해 임시로 경비단에 배속된 유디티 대원들은 맡은바 임무를 다했다. 이들이 야간에 무단으로 잠수함에 접근하는 정체불명의 잠수부들을 경고 없이 공격하는 것은 당연했다.

이들 눈에는 그들이 당연히 북한에서 남파한 공작원들로 보였을 것이다.

김웅서 준장은 뒤처리가 골치 아팠다. 만약 이들이 정말로 미군이라면, 상당히 복잡한 정치적 문제를 야기시킬 수 있었다. 김웅서는 앞으로 닥쳐올 일들을 상상하자 머리가 마구 지끈거렸다.

6월 14일 03:15 부산광역시 가덕도 서남방 5km
한국 해군 P-3C 흰꼬리수리 3

대잠초계기 P-3C 오라이언의 기장 한기영 대위는 긴장된 와중에도 밤바다 경치 감상에 여념이 없었다. 이미 소노부이 라인을 만든 뒤에 높은 고도에서 비행중이라 조종사들이 바쁠 일은 없었다. 지금은 대잠팀이 각 소노부이에서 보내오는 정보를 토대로 적 잠수함의 위치를 계산하고 있었다.

오랜만의 야간 긴급출동에 놀라 허겁지겁 미리 예정된 침투예상 해역에 도착해서 소노부이부터 깔았다. 진해항에서 사살됐다는 적이 간첩선으로 왔는지, 아니면 잠수함으로부터 왔는지 알 수 없었지만, 잠수복을 입었다는 걸로 봐서 바다 쪽으로 들어온 것만은 분명한 사실이었다.

─ 13번에 접촉물! 미약한 신호음입니다.

스피커에서 황성준 중위의 목소리가 들리고, 잠시 대잠팀에서 웅성거렸다. 이어서 전술통제사(TACCO) 홍희범 소령이 해군 대잠작전센터를 호출하고 보고하는 소리가 들렸다. 다른 초계기들을 이쪽으로 부르는 소리도 들렸다.

한기영 대위가 고개를 내밀어 13번 소노부이가 있는 곳을 살폈다. 그곳 해상에서는 해군 함정들이 점멸등을 켜고 어선들을 가덕도 천수말 선착장과 거제도 간곡만으로 몰아넣고 있었다. 해양경비정들도 대거 동원돼 어선과 낚싯배, 상선들을 임검하고 있었다.

상공을 비행하는 F-16 전투기 한 대가 바다 위에 조명탄을 투하했다. 시뻘건 불빛이 소형선에 원유를 옮겨 담고 있는 대형 일본 유조선 옆으로 떨어졌다. 아마 작업하는 유조선 선원들이 기겁했을 것이다.

"짜식들이! 지네들 영해에서나 저런 작업을 할 것이지 말입니다."

부기장 정경인 대위가 중얼거렸다. 일본에서는 영해 내에서 유조선으로부터 원유를 옮겨 싣는 것을 법적으로 금하고 있었다. 자칫 어마어마한 환경재난을 불러일으킬 수 있다는 이유였다.

덕택에 일본 유조선들이 한국 근해, 특히 파도가 낮은 다도해에서 원유를 하역하고 있었다.

─ 기장! 13번과 14번 사이 남쪽에 새로 하나 투하해라. 23번이라고

하겠다.

"알겠습니다. 13번과 14번 사이, 남쪽에 23번을 투하하겠습니다."

한기영 대위가 초계기의 고도를 낮추고 새로운 소노부이를 투하했다. 기체에서 자그마한 진동음이 울리고, 작은 원통이 바다를 향해 꼬리날개 부분을 팔랑거리며 회전하여 천천히 낙하했다.

─ 14번에서 소음이 약간 커지고 있습니다. 곧 스크루 회전수를 알 것 같습니다!

─ 속도가 조금씩 빨라지고 있습니다!

─ 23번 착수. 신호를 보내고 있습니다!

8명이나 북적대는 대잠팀의 상황이 급박하게 돌아가는 사이에 동료 P-3C 흰꼬리수리 2가 항공등을 반짝이며 이쪽 해역으로 접근하고 있었다. 선임인 흰꼬리수리 3의 전술통제사는 새로 온 초계기에게 상황을 간단히 통보하고 남쪽에 새로운 소노부이를 깔 것을 명령했다.

흰꼬리수리는 몸길이 90cm가 넘는, 크고 육중한 수리 종류이다. 몸 전체적으로 갈색인데 흰색 꽁지가 인상적이다. 해안이나 호수, 하천 등지에서 서식하며, 산에서는 살지 않는다. 한국에서는 임진강, 한강, 낙동강 등 큰 강이나 강 하구에서 살고 동·서해안과 남해 각 섬에서 살거나 겨울 철새로 날아와 월동만 한다.

먹이는 연어와 송어 같은 어류, 산토끼와 쥐 같은 들짐승, 오리·물떼새·까마귀 등 조류를 주식으로 한다. 집단생활을 하는 조류를 과감히 공격하는 대단한 파이터이다. 흰꼬리수리는 특히 연어를 좋아한다. 1973년에 천연기념물 243호로 지정되었다.

─ 어이~ 흰, 꼬, 리, 수, 리, 3! 여기는 물수리 7.

한국 해군의 대잠초계기 S-2 트래커 한 대가 한기영 대위를 호출했다. 한기영의 사관학교 동기 최강로 대위가 기장인 기체였다. 최 대위는 P-3C의 코드 네임이 너무 길다는 사실을 강조하기 위해 일부러 또박또박 부른 것 같았다. 레이더를 살피니 구형 대잠초계기인 S-2 트래커 두 대가 이쪽 해역 상공으로 몰려오고 있었다.

"고물 비행기로 뭐 하러 왔냐? 여긴 먹을 게 없으니 방해나 말아줘!"

한기영 대위가 면박을 주자 부기장 정경인 대위가 키득거렸다. S-2 승무원들이 P-3C에 경쟁의식을 갖는 건 당연하겠지만 성능 차이가 지나치게 났다. 코드 네임에도 경쟁의식이 배어 있었다.

— 쳇! 알겠다. 잘 먹고 잘 살아라!

"후후, 착하다. 그래야지. 근데 어디 가는데?"

한기영은 대잠팀이 작업하는 소리에 신경을 곤두세우면서 물었다. 아무래도 전술통제사 홍희범 소령에게 눈치가 보였다. 홍희범 소령은 해상에서 잠수함을 탐지중인 울산급 프리깃과 다급한 목소리로 통신을 하고 있었다.

— 흘린 국물이라도 주워 먹어야지. 좀더 남쪽으로 가겠다. 제발 놓치기 바란다.

"악담을 해라, 악담을. 이 뱃놈아!"

한기영 대위가 정색을 하고 대꾸하자 부기장이 낄낄거렸다. 뱃놈이란 말은 공군에서 비행기 조종교육을 받을 때 공군 소속 교관들로부터 지겹게 들었던 소리였다. 자기들이야 해군 소속이니, 항공기 조종사라도 뱃놈은 뱃놈이었다.

— 상어급이야, 유고급이야?

약간 뜸을 들이는 걸 보니 S-2 트래커에서도 작업중인 모양이었다. 노후화되었지만 S-2도 대잠초계 임무에 투입되는 만큼 갖출 것은 다 갖추고 있었다.

"상어급보다는 훨씬 더 크다는데?"

강릉 잠수함 사건 때 유명해진 북한 상어급 잠수함은 유고급을 개량하고 대형화한 잠수함이다. 물론 대남간첩침투가 주임무인 만큼 배수량은 300톤 가량에 지나지 않는다.

상어급 잠수함의 수중속도는 그다지 빠르지 않은 것으로 알려져 있다. 그러나 속도는 문제되지 않는다. 북한의 침투용 잠수함들이 그렇듯이, 영해 밖에서는 잠수함 모선으로 이동하기 때문이다.

―설마…… 로미오는 아니겠지?"
"글쎄."

대잠임무는 비행기 뒤에 있는 대잠지휘팀이 하므로 기장인 그는 자세히 알 수 없었다. 얼핏 수석 아퍼레이터 강인호 대위가 하는 말을 들은 바로는 상당한 대형 잠수함이라고 했다.

북한의 로미오급 잠수함은 구식이지만 수중배수량이 209급보다 크다. 중국으로부터 공여받거나 자체 건조한 이 구식 잠수함은 수상함정 공격 전용이라 잠수함과 상대하지 못한다. 원거리를 항주해 소수병력을 침투시키는 임무라면 로미오급이 동원될 가능성도 있었다.

―직접 확인하지 뭐. 수고해라. 라저 아웃!

최강로 대위가 원기왕성한 목소리로 통신을 끝냈다. 한기영은 뭔가 불안했지만 잠수함은 이쪽에 있고, 확실히 잡을 자신이 있었다.

그러나 신중한 홍희범 소령의 대잠팀은 일단 잠수함의 강제부상 절차를 밟을 것으로 예상했다.

해군은 영해를 침범한 외국 잠수함을 발견하면 공격하기 전에, 또는 공격하는 대신 그 잠수함을 강제로 부상시킬 권리를 갖는다.

한국 해군은 한반도를 둘러싼 주변 강국들 때문에 얼마 전까지만 해도 강제부상 방법이 공손하기로 이름이 높았다. 그러나 다른 나라는 전혀 그렇지 않다. 모든 외국 잠수함은 자국 영토 내에 핵발사 가능성이 있는 것으로 간주되기 때문이다.

특히 미국 해군은 국적 불명의 잠수함을 영해 내에서 발견하면 'Uncle Joe Procedure'라는 절차를 진행한다. 이것은 잠수함이 있는 곳 반 마일 이내에 수류탄이나 폭뢰를 투하하거나, 2초 간격으로 다섯 번 액티브 소나를 발신하는 공격적인 방법이었다. 이 방법은 북대서양조약기구에서도 채택한 절차이다. 불가리아나 루마니아 등 일부 국가들에 국한되지만, 영해 내에서 외국 잠수함을 발견하면 무조건 공격하는 수도 있었다.

하지만 한국 해군은 수중에 공격소나를 발신해도 안 되고 폭뢰를 투하할 수도 없었다. 한국 해군 함정이 감히 일반적인 강제부상 방법을 썼다가는 미국이나 러시아, 또는 중국과 일본 등 강대국들의 신경을 거슬릴 수 있다는 우려 때문이었다.

한국 해군 함정들은 얼마 전까지 국적 불명의 잠수함을 발견하면 그 근처 해상을 빙빙 도는 것으로 강제부상 시도를 했다. 그러나 이런 유순한 강제부상 시도 방법에 부상할 주변 강대국 잠수함은 없었다. 하지만 북한의 잠수함 세력이 급신장하고 대남침투가 잦아진 다음부터는 한국 해군의 강제부상 방법도 바뀌었다.

— 23번도 목표 탐지! 목표가 고속으로 남하하고 있습니다!

황성준 중위가 전술통제사에게 보고하는 소리가 들렸다. 방금 투입한 소노부이에서도 잠수함을 탐지한 것이다. 이제 모든 것이 확실해졌다. 공격임무는 아마 울산급 프리깃보다는 확실한 잠수함 탐지가 가능한 대잠초계기가 맡을 게 분명했다. 일정한 시간 간격을 유지하여 액티브 소나를 발신하거나, 또는 폭뢰를 투하하는 방법이었다.

— 기장! 북쪽으로 갔다가 침로 일백칠십공(1-7-0)으로 유지하라! 저

공으로!

홍희범 소령의 명령이 떨어졌다. 드디어 MAD 탐지 후 곧바로 공격할 모양이었다. 물론 공격은 잠수함의 강제부상을 시도하는 것이다. 한기영 대위는 왠지 모르게 신이 났다.

"알겠습니다!"

초계기가 일단 고공으로 북쪽을 향해 비행했다. 진해 시가지와 함께 마산과 창원이 한꺼번에 눈에 들어왔다. 야간작업하는 공단의 불빛이 아련하게 물위에 일렁이고 있었다. P-3C는 다시 남쪽으로 선회했다. 급격히 기수를 낮춰 저공으로 목표상공을 향해 날았다.

－MAD 탐지. 우와~ 엄청나게 큽니다! 공격원잠 LA급보다 대형입니다!

－뭐야?

경악스러운 보고와 함께 놀란 목소리가 통신기에서 흘러나왔다. 그 직후에 소노부이를 담당한 팀에서 목표 잠수함의 스크루 회전수 확인 작업이 끝났다.

－맙소사! 원자력 잠수함입니다!

대잠팀에서 놀라 잠시 통신기에는 침묵이 이어졌다. 한기영 대위와 정경인 대위도 함께 놀라 서로 얼굴을 쳐다보았다.

－러시아 핵잠인가?

간신히 이성을 찾은 홍희범 소령의 목소리가 떨렸다. LA급 잠수함은 수중배수량이 7천 톤에 육박하는데, 이것보다 크다니, 러시아의 핵잠수함으로 판단하는 것이 당연했다. 러시아의 전략원잠과 공격원잠 가운데는 1만 톤을 넘나드는 종류가 여럿 있다.

원잠, 즉 원자력 잠수함이란 반핵여론을 감안해 좋게 한 이야기에 불과하다. 핵무기를 탑재하지 않고, 다만 원자력을 동력으로 사용하는 잠수함을 원자력 잠수함(SSN)이라고 한다. 그런데 단어 차이가 본질을 감추지는 못한다. 원자력 잠수함은 기본적으로 핵미사일 탑재를 염두에 두고 설계되었다. 그러니 원자력 잠수함이라는 이름보다는 핵잠수함이라는 명칭이 사리에 맞다.

핵무기를 발사하지 않더라도 좌초나 침몰사고가 나서 잠수함 원자로가 파손되면 그 피해는 핵폭발과 다름없다. 그리고 한국 초계기가 발견한 잠수함은 원래 핵미사일 탑재 원자력 잠수함(SSBN)이었다. 홍희범 소령의 다급한 목소리가 흘러나왔다.

─중지! 중지! 일단 상부에 보고해야겠다!

6월 14일 03:25 부산광역시 가덕도 서남방 10km
한국 해군 초계기 S-2 물수리 7

─기장님! 남쪽에 잠망경입니다!

뒤에 탑승한 레이더 담당자의 보고를 들은 최강로 대위는 어안이 벙벙했다. 분명 북쪽에서 P-3C가 잠수함을 탐지했고, 지금도 추적하고 있다는 말을 들었다. 흰꼬리수리 3이 그 핵잠수함의 기관적 특성도 파악해 냈다.

그런데 지금 이곳에서도 잠수함을 발견했다. 그 잠수함은 뻔뻔스럽게도 잠망경을 내밀고 있었다. 그 잠수함은 뜻밖에도 S-2에서 투하한 소노부이에는 잡히지 않았다. 그들이 투하한 소노부이들은 지나치게 구형이었다.

"또 있는 거야! 좋았어. 이놈은 우리가 잡자!"

최강로 대위는 신이 났다. 레이더로 잠수함 잠망경을 발견했으니 위치는 확실히 알 수 있었다. 능력이 떨어지는 구식 S-2 초계기에서 소노부이를 투하하여 잠수함을 탐지하는 것은 보통 어려운 일이 아니었다. 그래서 한국 해군에서는 S-2를 해안순찰과 제한적인 대잠전에만 투입했다.

"부기장, 대잠폭뢰 준비."

"기장님! 대잠작전센터에 보고해야 합니다."

부기장 장윤석 중위가 당황한 표정으로 기장을 제지했다. 그러나 씨알이 먹히지 않았다.

"필요없어! 우린 대간첩작전중이야."

"한국이나 미국 잠수함이면 어떡합니까?"

"주변에 한국이나 미국 잠수함은 없어! 있다면 보고하지 않고 이 해역에 들어온 그놈들 잘못이야."

- 잠망경이 사라졌습니다. 잠수중입니다!

초계기 뒷부분에 탑승한 레이더 담당자의 목소리가 헤드폰에 울려퍼지자 최강로 대위는 퍼뜩 정신이 들었다. 최강로는 소노부이 담당자가 보내오는 신호에 따라 기체를 왼쪽으로 급히 꺾었다.

"이런! 이야기하다가 놈이 도망가겠다."

최강로 대위는 상당히 흥분하고 있었다. 그러나 공격절차만큼은 잊지 않았다.

"대잠폭뢰, 수심 20미터에 맞춘다."

"심도 조정, 20미터. 투하 준비 완료!"

장윤석 중위가 복창하며 투하준비 절차를 마쳤다. 장윤석 중위가 기장에게 뭔가 말하려는 순간, 최강로 대위가 커다란 소리로 명령을 내렸다.

"투하!"

"투하 완료! 투하했습니다! 그런데, 기장님! 먼저 강제부상시켜야 하는 것 아닙니까?"

장윤석 중위가 버튼에서 손을 떼고 덜덜 떨었다.

"멍청이! 그러니까 폭뢰를 먼저 투하했지. 그것도 잠수함 진행방향 한참 앞이니까 걱정 마. 어뢰를 쐈으면 저놈들은 벌써 죽었어! 짜~식들! 혼 좀 나 보라지."

최강로는 잠수함을 직접 가격할 의도는 없었다. 도주로 앞에 폭뢰를 투하해 강제부상시키려는 의도였다. 폭뢰가 물에 떨어지며 작은 물기둥이 치솟았다. 폭뢰는 잠시 물속으로 가라앉았다가 폭발할 것이다.

─물수리 7! 가오리집 1. 물수리 7! 들리나?

"가오리집 1. 물수리 7. 무슨 일입니까?"

통신기를 집어든 최강로 대위가 대답했다. 대잠작전센터였다. 잔뜩 당황한 목소리가 들렸다.

─진해 근해에서 흰꼬리수리 3이 발견한 잠수함은 미국 원자력 잠수함으로 추정된다. 공격하지 마라! 반복한다. 절대 공격하지 마라!

"무슨 말입니까? 방금 잠수함을 탐지하고 폭뢰를 투하했습니다!"

─뭐야? 누가 맘대로 공격하라고 했나?

잔뜩 놀란 대잠센터 지휘관의 목소리가 커졌다.

"지금 대간첩작전 중이 아닙니까? 그리고 이건 흰꼬리수리가 추적 중인 잠수함이 아닙니다!"

─뭐야? 잠수함이 거기에 또 있어? 왜 진작 보고하지 않았나?

"잠수함이 급속 잠항하길래 일단 폭뢰를 투하해서 강제부상시킨 다음 보고하려던 참이었습니다. 선 조치, 후 보고."

최강로 대위도 할 말은 있었다. 그러나 대잠작전센터에서는 너무 기가 막혀 말도 못하는 모양이었다.

─어…… 어…….

"너무 걱정 마십시오. 직격은 아닙니다. 도주로 한참 전방에 투하했습니다. 200미터쯤? 예, 그 정돕니다."

최 대위가 대잠지휘관에게 위로하듯 보고했다. 그리고 폭뢰는 목표로부터 200미터 넘게 떨어져 투하됐다고 판단했다. 최 대위는 폭뢰를 잠수함에 조금 더 가까이 투하하지 못한 게 아쉬웠다. 통신기에서 불호령이 떨어졌다.

─맙소사! 당장 확인해!

6월 14일 03:30   부산광역시 가덕도 서남방 10km
미 해군 잠수함 SSN-766 샬럿

─좌현에 폭뢰가 하나 투하됐습니다!
─가깝습니다!

소나실로부터 긴급연락이 왔다. 보고는 거의 비명에 가까웠다. 수심이 낮아 더 이상 잠항하지도 못하는데 하늘로부터의 공격이 시작된 것이다.

"우현 전타. 빌어먹을 트래커!"

함장은 싸구려 초계기로부터 공격을 받자 화가 불같이 치솟았다. 특전임무가 부여된 카머해머허의 호위임무를 맡은 LA급 원잠 샬럿(Charlotte)이 한국 영해에 지나치게 많이 들어온 것이 화근이었다.

아니, 한국의 초계기들과 함정의 탐지로부터 피할 수 있다고 자신한 함장 빌 D. 모이어스(Bill D. Moyers) 중령의 잘못이었다. 그는 대잠 초계중인 트래커를 확인하고도 잠망경을 물위로 내미는 실수를 범했다. 설마 한국의 트래커 따위가 LA급 원잠을 공격하리라고는 생각지 못한 것이다.

그리고 함장의 실수는 또 있었다. S-2 트래커의 탐지를 따돌리기 위해 지나치게 빨리 항주한 것이다. 트래커의 기장 최강로 대위는 잠수함의 진행 경로와 속도를 감안하여 추정 이동 위치에서 충분히 떨어진 곳에 폭뢰를 투하했다.
―쿠웅!
"으크!"
거대한 충격이 잠수함을 덮쳤다. 폭뢰는 잠수함 좌현 바로 50미터에서 폭발했다. 함이 60도 이상 기울어지고 순간적으로 전복될 뻔했다. 전기가 나갔는지 실내조명이 모두 꺼졌다. 암흑 속에서 비명이 이어졌다. 다시 충격파가 이어져 잠수함을 연속 덮쳤다. 7,000톤에 달하는 거대한 잠수함이 마구 뒤흔들렸다.

"으…… 아파라."
비상조명이 들어오고 나서야 모이어스 중령은 잠수함의 상태를 확인할 수 있었다. 모든 게 엉망이 되었다. 사령탑 아래로 물이 쏟아져 들어오고 있었다. 침수되는 양이 지나치게 많았다.
함장은 순간적인 판단으로 복구가 불가능하다고 생각했다. 승무원들이 여기저기 시체처럼 나뒹굴었다. 함장은 지끈거리는 팔을 붙들고 간신히 일어났다. 함이 손상을 입은데다가 상공의 초계기 때문에 탈출도 불가능하다고 판단했다. 창피했지만 살고 싶으면 어쩔 수 없었다.
"젠장! 부상해! 긴급부상!"
모이어스 중령이 다급히 외치며 조타실로 향했다. 조타수 두 명이 머리를 부딪쳤는지 키 위에 엎어져 있었다. 머리에서 피를 줄줄 흘리는 부함장이 키를 잡고, 비틀거리며 일어난 항해장이 밸러스트를 조작해 함을 서둘러 부상시켰다.
긴급구호가 실시되었다. 수병들이 부상당한 승무원들을 물이 없는 쪽으로 옮겼다. 물이 더 이상 쏟아져 들어오지 않는 것으로 보아 함은 이미 부상한 상태였다. 하지만 심도계는 수심 천 피트를 가리키고 있었다. 역시 고장이었다. 모이어스 중령이 급히 천장에 붙어 있는 통신기를 잡았다.

"1(one) MC다. 각 부서 피해 보고하라!"

1MC란 전투와 일반명령을 내리는 회선을 말한다. 그러므로 1MC 회선을 사용할 수 있는 사람은 함정의 지휘관, 함장뿐이다.

그러나 침묵이 이어졌다. 제대로 보고하는 부서가 하나도 없었다. 소나실에서 간신히 기어나온 음탐관이 소나병 하나가 부상당했다고 보고했다. 곧이어 조리실, 통신실 등에서 보고가 이어졌다. 모두 전투와 직접적인 연관이 없는 부서였다. 부함장이 수병 몇 명에게 명령해 원자로실과 어뢰실로 보냈다.

사령실 주변에는 아직도 쓰러져 있는 사람이 서 있는 사람보다 많았다. 서 있는 인원도 멀쩡한 놈은 없는 것 같았다. 하지만 다행히 사망자는 없는 것 같았다.

"카머해머허는?"

함장이 아직도 바닥에서 기고 있는 음탐관에게 묻다가 혀를 끌끌 찼다. 젊은 사람이 허리를 다친 모양이었다.

"모르겠습니다. 북쪽에서 빠져나오지 못했습니다."

하지만 카머해머허는 아직 P-3C로부터 공격당하지는 않은 모양이었다. 한국 초계기들에 둘러싸인 카머해머허가 걱정되어 잠망경으로 살핀다는 게 결국 이 모양이 되었다. 부함장이 손수건으로 머리를 가리고 다가왔다. 손수건 사이로 시뻘건 피가 흐르고 있었다.

"우린 어떡합니까?"

모이어스 중령이 잠시 주위를 다시 살폈다. 도저히 가망이 없었다. 현재 상태로는 자력 탈출이 불가능했다. 상공을 비행하는 초계기가 어뢰나 폭뢰를 한 방 떨어뜨리면 모두 죽은 목숨이었다.

그나마 한국이 아직은 우방국이라는 사실이 다행이었다. 한국 해군에 나포되더라도 큰 문제는 없을 것이다. 하지만 상당히 곤란했다. 한국군은 이들이 도대체 왜 여기에 왔는지 캐물을 것이다. 함장은 일단 우산이 필요했다. 똘마니들에게 문제가 생기면 항상 그랬듯이 큰형님이 알아서 해줄 것이다.

"빌어먹을! 일단 특수전사령부에 긴급전문을 띄워!"

통신팀이 보고문안을 작성하는 동안 모이어스 중령은 SEAL팀의 성공여부가 궁금했다. 함장은 SEAL팀이 임무를 완수했을 것으로 믿었다. 신형 214급 잠수함을 잃어 잔뜩 화가 난 한국 해군이 그들을 함부로 다루지 않을지 걱정되었다.

그렇다면 비슷한 가격의 중고 함선을 한국에 넘겨주면 일은 해결될 것이다. 동북아의 세력균형도 계속 유지될 것이고, 그것이 미국의 국익에 합치했다.

함장은 서둘러 중요서류와 데이터의 폐기절차를 밟을 것을 명령했다. 그 절차는 각 부서 사관들에 의해 시행되었다.

6월 14일 04:15 경남 진해
한국 해군 진해항, 작전사령부

"미국 잠수함들은 모두 부상한 채 움직임이 없습니다. 초계기들이 주위를 경계하고 있습니다."

참모가 묻지도 않았는데 보고했다. 해군 작전사령관 김병륜 중장은 그 참모가 졸음을 참기 어려웠던 모양이라고 생각했다. 이미 긴장감이 상당히 가신 상태였다. 그러나 중요한 상황인 만큼, 작전사령관은 참모들의 잠을 깨워줘야 했다.

"그들과 통신은 연결했나?"

깜짝 놀란 당직 장교 하나가 고개를 들었다.

"수신은 되는 모양인데 그쪽에서 침묵을 지키고 있습니다."

"개새끼들! 그나저나 그놈들 원자로가 무사한지가 제일 걱정이군."

작전사령관은 상황판을 살펴보았다. 청정해역에서 방사능 누출사고라도 나면 당분간 연근해 어업의 황폐화는 물론, 진해항까지 폐쇄될 우려가 있었다.

김병륜 중장은 거제도의 그 유명한 멸치 어장이 누구 소유였던가 기억했다.

이때 전화벨이 울렸다. 즉시 수화기를 들어 통화하는 부관 감우식 소령의 목소리가 다급해지면서 작전사령관에게 외쳤다.

"미 공군기들이 부산에 접근하고 있습니다. 20여 기입니다."

"해군기가 아니고?"

김병륜 제독이 뜻밖이라는 표정을 지었다. 한국 가까이 있는 일본 서남부에는 미 해군이 발진기지로 사용하는 비행장이 꽤 있었다.

"예. 오키나와 가데나에서 발진한 미 공군의 F-15 전투기랍니다. 아! 단순한 무력시위 같다고 합니다."

"문제가 점점 확대되고 있습니다."

통화를 마친 감우식 소령에 이어 정보참모 박주원 대령이 심각한 표정으로 보고했다.

작전사령관이 피식 웃으며 박주원 대령에게 물었다.

"박 대령. 주한 미 공군에게 이들을 요격시키면 어떨까?"

"아주 재미있겠습니다만!"

작전사령관은 오산에 있는 미 공군기지가 생각난 것이다. 남쪽에서 접근하는 미 공군기를 오산의 미 공군기로 요격을 시키면 재미있는 상황이 벌어질 것이다.

김병륜 중장은 미국이 오산 공군기지가 아닌 가데나의 전투기를 출격시킨 의미를 알 것 같았다. 아무리 배짱이 두둑한 놈도 한국 해군을 협박하기 위해 한국에 있는 미 공군을 출격시킬 수는 없을 것이다. 부산 근처까지 북상한 F-15 전투기 조종사들은 자신들이 출격한 의미도 모를 게 분명했다.

박주원 대령이 작전사령관을 빤히 쳐다보았다. 박주원 대령은 김 중장이 시키면 시키는 대로 할 인물이었다.

"그래, 농담이야. 그놈들은 이번 일의 진상을 모를 것이다. 조종사들은 그냥 부산 상공을 단순히 초계하란 명령을 받았겠지."

작전사령관이 한숨을 내쉬었다. 이번 사건의 진실을 알고 있는 사람은 실제로 많지 않았다. 김 중장은 이번 일을 미국보다는 한국인들이 더 많이 알 것이라고 생각했다.

미국은 국가 위신을 감안해 비밀에 부치길 원하겠지만, 그 많은 입을 막기는 거의 불가능할 것이다. 김병륜 중장은 잠수함을 잡기 위해 출동한 해군 함정들과 초계기 승무원들, 그리고 진해항 경비대원 등 수많은 눈과 입과 귀를 미국이 어떻게 막으려는지 궁금했다.

한국군 정보관련 각 부서에서는 잔뜩 당황하며 이번 일이 미칠 파장을 면밀히 분석하고 있을 것이다. 작전사령관은 전통적인 우호관계인 한미관계가 한국의 처신 여하에 따라 급속히 냉각되거나 미국이 상당폭 양보할 것으로 예상했다.

이때 전화벨이 울렸다. 의자에 앉아 다리를 꼰 채로 수화기를 집어든 감우식 소령이 깜짝 놀라 튀듯이 일어섰다. 소령은 갓 입소한 신병처럼 부동자세를 취하며 씩씩하게 대답하고 있었다.

"예! 알겠습니다. 잠시만 기다리십시오!"

감우식 소령의 얼어붙은 표정을 보고 김병륜 제독은 기다리던 전화가 훨씬 더 높은 곳에서 왔음을 알았다.

6월 15일 16:05   서울 종로구
세종로, 주한 미국 대사관

"창피하다, 창피해!"
리처드 레서 주한 미국 대사는 집무실에 들어서는 무관들을 보며 혼잣말처럼 중얼거렸다. 무관들이 얼굴이 벌개지며 고개를 숙였다.
"실(SEAL) 대원 4명이 죽고 잠수함 한 척이 반파라니! 게다가 잠수함들이 모두 나포되어 꼼짝 못하다가 한국 해군이 풀어주자 허겁지겁 공해상으로 달아나고……. 다른 나라가 아니고 한국에서 이런 일이 생긴 게 차라리 다행인 줄 아시오!"
해군 무관은 쥐구멍을 찾고 싶은 표정이었다. 미국은 특수공작을 합참 예하 특수전사령부가 담당한다. 특수전사령부는 태평양사령부 같은 지역사령부와 동격이다. 그래서 태평양사령부나 해군에서는 공식적으로 이 사건을 아직 알지 못했다.
그러나 그 해군무관은 특수전사령부의 한국지역 업무를 담당하고 있었다. 해군무관이 폴 라자스펠드 CIA 한국지부장과 함께 진해항의 경비상태와 주변 지리 등을 특수전사령부에 알려주었다.
다른 무관들이 차례를 기다렸지만 아직 그들 순서가 되지 않았다. 레서 대사가 해군 무관에게 물었다.
"잠수함이 반파될 정도로 공격당했다면, 탑승한 승무원들 피해는 어느 정도 났는지 알고 있소?"
"대사님, 죄송하지만 그건 비밀입니다."
레서 대사는 이 해군무관은 그 비밀을 죽을 때까지 가져갈 것이라 생각했다. 물론 지옥으로 가겠지만!
"비밀! 비밀! 그 빌어먹을 놈의 비밀!"
대사는 무척 화가 나 있었다. 어제 새벽에 국방성에서 급히 걸려온 전화가 대사의 잠을 깨웠다. 국무성도 아니고 국방성이란 사실에 놀랐지만, 국방장관이 한 이야기에 대사는 기가 막혔다.

'훈련중인' 특수전사령부 예하 미국 잠수함들이 항로를 이탈해 한국 해군의 본거지인 진해항 근처까지 들어갔다가 이들을 북한 잠수정으로 오인한 한국군에게 한 척이 나포되고 한 척이 반파됐다는 소식이었다.

현재 이 잠수함들은 한국 해군과 공군의 엄중한 경계하에 있으니 빨리 정치권에 얘기해서 잠수함들을 풀어달라는 이야기였다. 대사가 곤란해하자 다급해진 국방장관은 한미연합사령관인 미 육군 대장 말이 한국 국방부에 씨알도 먹히지 않는다는 하소연도 했다.

대사는 이번 일로 노발대발해서 항의하는 한국 외무부장관과 청와대를 달래느라 혼쭐이 났다. 양국 관계를 감안해서 이번 일은 비밀에 묻혔지만 당황한 미국이 상당한 외교상의 양보를 했음은 물론이다. 대사는 잠시 다른 생각에 한숨을 지었다. 무관들이 대사의 눈치를 슬슬 보며 머리를 조아렸다.

"그 많은 입을 어떻게 막을 건지, 원……."

이번 사건을 알고 있는 미군은 그다지 많지 않았다. 이번 사건을 일으킨 군 고위층 몇몇 간부들, 사태진압에 개입한 고위 공무원들, 그리고 나포된 두 잠수함의 승무원들뿐이었다. 국가위신이 실추될 정도로 실패한 작전인 만큼 모두들 창피해서 입을 다물 것이 분명했다. 특히 특수전사령부와 예하 해군 특수전사령부는 그런 일이 절대 없다고 발뺌할 것이다.

그러나 대사는 그것보다는 이번 사건에 관여한 수많은 한국 군인들이 떠벌릴 일이 걱정되었다. 한국 군 정보기관이 이번 사건을 알게 된 군인들에게 아무리 엄중한 비밀유지를 당부해도 소용이 없을 것 같았다. 쉬쉬하면서도 소문은 퍼질 것이고, 언젠가는 외국 언론에도 알려질 게 분명했다. 하지만 일단 시간을 벌어야 했다. 몇 년 지나면 이번 사건이 언론에 노출되더라도 유야무야 묻힐 게 뻔했다.

"그런 과격한 방법을 쓰니까 그렇습니다. 장사 한두 번 해본 것도 아니고……."

공식직함이 지역문제연구소장인 폴 라자스펠드 CIA 한국지부장이 나섰다. 사람들은 잘난 체하는 지부장이 무슨 생각이 있는 모양이라고 생각하는 듯 그에게 주목했다.

대사는 대사관 직원들 상당수가 사실상 대사의 지휘를 받지 않는다는 사실은 전부터 알고 있었지만, 이렇게까지 대사가 명목상의 자리에 불과할 줄은 대사로 취임하고 나서야 비로소 알 수 있었다. 물론 실권을 휘두른 대사도 있었지만, 그것은 대사의 극히 개인적인 역량에 의존한 바가 컸다.

"영해 내에서 일을 벌이면 반드시 문제가 됩니다. 그런데……."

라자스펠드가 해군 무관을 바라보며 약간 뜸을 들였다.

"군에서는 다른 계획도 갖고 있는 것 같단 말입니다. 잘 알지 못하지만, 제가 언뜻 듣기론 말입니다만……."

라자스펠드는 알고 있는지 추측인지 모를 듯하게 아리송한 말을 했다. 해군 무관이 손을 내저었다.

"전혀 그런 것 없습니다. 군에서는 이번 일로 끝입니다."

"그렇게 믿겠습니다만, 어느 게 미국의 국익을 위한 것인지 생각해봐야 되겠습니다."

라자스펠드는 특수전사령부의 계획에 반대하는 건지, 아니면 특수전사령부가 주도한 공작이 실패할 경우 CIA가 나설 수도 있다는 사실을 내비치는 건지 알 수 없는 말을 했다. 레서 대사는 특수전사령부말고 CIA에서도 다른 계획이 있지 않나 의심이 갔다. 그래서 대사는 무관들에게 다짐을 받아 놓아야 되겠다고 생각했다. 물론 이들에게는 씨알도 안 먹힐 이야기이기는 했다.
 "내가 적당히 손을 써놨지만, 또다시 이런 일이 생기면 미국과 한국의 신뢰관계는 걷잡을 수 없이 무너져 돌이킬 수 없는 상태로 악화될 것이오. 어차피 우방인데 그런 좋은 잠수함을 보유했다고 나쁠 게 뭐가 있겠소?"
 역시 무관들의 표정은 변함이 없었다. 해군 무관은 이를 앙 다물고 있었다.

5. 최후의 출항

9월 10일 15:10 부산광역시 가덕도 동쪽 3km
미 해군 공격원잠 SSN-701 라 호야, 소나실

"시에라 92! 방위 3-3-0, 속도는 12노트입니다."

"화물선 같은데…… 엔진이 무척 낡았어. 제기랄! 끝이 없군."

미 해군 공격원잠 라 호야의 소나병 둘이 피곤에 지쳐 맥이 풀린 대화를 나누었다. 두 사람은 긴장감이 전혀 없었다.

"또 옵니다. 추적번호 부여합니다. 시에라 93, 방위 3-3-5, 속도는……."

"불 싯(Bull shit)! 또 한 바퀴 돌겠군! 미치기 직전이야!"

선임 소나병인 제이 로키(Jay Rockey) 중사가 머리를 쥐어뜯으며 소리쳤다. 소나로 탐지한 목표를 식별하기 위해 S로 시작되는 일련번호를 붙이는데, 이를 '시에라'로 발음한다. 그리고 일련번호를 가능한 한 짧게 하기 위해 100을 넘을 때마다 새롭게 시작한다. 어차피 이곳을 지나간 상선들이 곧바로 되돌아올 리는 없으니까.

　미군에서는 무선통신을 하거나 암호화된 문서에서 알파벳을 다르게 발음한다. A는 '알파', B는 '브라보', 그리고 C는 '찰리'라고 발음해서 상대방에게 확실한 문자를 알려주기 위함이다.

　이것은 소나가 탐지한 목표처럼 일련번호가 붙은 대상을 지칭할 때도 쓴다. 러시아 잠수함에 빅터급이니 위스키급이니 하는 명칭을 붙이는데, 이는 러시아에서 정한 것이 아니라 미군이 V, W로 지정한 것에 불과하다.

　제이 로키 중사가 이미 부팅되어 있는 휴렛 팩커드 사의 웍스테이션 HP 770을 마우스로 조작하여 워드패드를 불러들였다. 그런 다음, 시에라 92와 93의 접촉시간과 특성, 속도 등을 기입했다. 이렇게 많은 양을 메인 컴퓨터에서 계속 추적할 필요는 없었다.

　로키 중사는 간단하게 메모를 한 다음 메인 컴퓨터에 저장된 이전의 추적정보를 추려내어 삭제 키를 눌렀다. 이 해역에는 하도 많은 민간 선박이 지나가 함장으로부터 추적정보 삭제권한을 위임받은 지 일주일이 넘었다. 로키 중사는 자리에서 일어나 기지개를 길게 켠 다음 사령실 쪽을 돌아보았다.

　간단한 방음벽이 둘러진 소나실에서 뒤쪽으로 고개를 돌리면 사령실 한쪽이 보였다. 당직을 서고 있는 대위 한 명과 조함 요원들 몇몇, 공격컨솔 앞에 앉아 있는 사관 한 명뿐이었다. 함장과 부함장은 아마도 헬스실에서 러닝 머신을 타고 있을 것이다. 벌써 보름간의 단순한 추적이 모두의 진을 빼놓았던 것이다.

　"방위 2-3-0! 새로운 목표입니다. 코드 부여, 시에라 94!"

　랠프 루이스 하사가 큰 소리로 외쳤다. 초임 하사는 저래서 좋다고 로키는 생각했다. 지금 라 호야 승무원들이 벌 대신에 당하고 있는 이 사태가 얼마나 끔찍한 일인지, 얼마나 지루한 일인지도 모르고 집중할 수 있기 때문이다. 루이스 하사를 쳐다보던 로키 중사는 씁쓸한 웃음을 지으며 담배를 빼 물었다. 재떨이가 꽁초로 가득 찬지 오래였다.

9월 13일 08:30 경상남도 진해
한국 해군 진해항, 제3 부두 위병소

"강 대위!"
누군가 부르는 소리에 강인현이 뒤를 돌아보았다. 무성한 벚나무 그늘 아래 고참 부사관들이 자전거를 타고 가는 차도 옆에, 김승민 대위가 바삐 걸어왔다.
"작전관님! 필승!"
"여전히 좋아 보이는데?"
강인현에게 답례하는 김승민이 싱글싱글 웃었다.
"나쁠 게 뭐 있겠습니까?"
"어, 나쁘지 않다는 정돈가? 난 가슴이 벅찰 지경인데."
강인현은 말없이 미소 지었다. 그 기분은 강인현도 마찬가지였다. 장문휴함에 승선하게 됐다는 소식을 들은 이후, 그리고 실제로 탑승한 이후부터 하루하루가 구름 위에 뜬 기분이었다. 아니, 물위에 떠 있는 느낌이었다는 것이 정확할 것이다. 특히 한미일 합동 환동해훈련 이후 그런 느낌이 더해졌다.
장문휴의 승조원들은 하루가 다르게 실력이 늘었다. 이들은 근무하는 게 재미가 있었다. 다른 잠수함 승조원들에 비해 대단한 자부심을 갖고 있었는데, 훈련성과와 잠수함의 성능이 월등하니 당연할 수밖에 없었다. 그리고 이들은 함장을 더 깊이 존경하게 되었다.

"저기 앞에 가는 놈, 김찬욱이지?"

"예! 맞습니다."

장문휴의 의무하사 김찬욱 하사는 귀에 이어폰을 끼고 경쾌하게 댄스 스텝을 밟듯 걸어가고 있었다. 자전거로 출근하는 부사관들이 김찬욱을 힐끗거리며 지나갔다.

"도대체 해군 근무복을 입고도 저렇게 날티 나는 놈은 저놈밖에 없을 거야."

"하하하!"

하긴 강인현도 김찬욱을 볼 때마다 그다지 나이 차가 나는 것도 아닌데 자기 자신이 무척 구세대 같은 느낌이 들었다. 신세대란 저런 걸까? 김찬욱은 처음 자대 배치 받았을 때 신고식에서 댄스음악에 맞춰 춤을 춘 이후로 선배들에게 찍혀 기압을 많이 받았다고 말한 적이 있었다. 지금도 여전히 음악을 즐겨 듣고 춤추기를 좋아했다.

"야! 김찬욱!"

김찬욱은 음악 소리 때문인지, 듣지 못하고 그냥 걸어가고 있었다.

"아니, 저 자식이!"

강인현은 걸음을 빨리 해서 김찬욱과 나란히 선 다음 까딱거리는 머리에서 이어폰을 뺐다.

"누구야?"

험악한 표정으로 돌아보던 김찬욱이 강인현의 얼굴을 보고 말을 얼버무렸다.

"어! 강 대위님."

그때 뒤에서 오던 김승민이 김찬욱의 머리를 한 대 쳤다.

"아코!"

"대체 뭔 음악을 듣고 있기에 부르는 소리도 못 듣냐?"

김승민은 이어폰을 귀에 꽂아보더니 금세 빼버리며 한 마디 했다.

"어휴! 시끄러워서. 이것도 음악이라고 듣냐?"
"이게 요즘 최신 유행곡입니다."
"그저 음악 하면 현철이 최고지."
"끄아아악! 김 대위님은 다른 건 다 멋지신데, 어떻게 음악 좋아하시는 것은 그렇게 구세대일 수가 있는지 이해가 안 됩니다. 그렇지 않습니까, 강 대위님?"

동의를 구하듯 김찬욱이 강인현을 바라보았지만 강인현은 그저 빙그레 웃을 뿐이었다. 김승민이 인상을 찡그리며 김찬욱에게 말했다.

"임마! 그 신세대니 구세대니 하는 것도 다 위화감을 조성하는 소리야. 나이에 따라 다른 문화를 즐기는 게 당연하지, 그 뜻을 묘하게 해석해서 사람 늙은이 취급이나 하고 말야. 근데 넌 어째 볼 때마다 날티가 더해지는 것 같냐?"

"날티라뇨? 멋입니다, 멋!"

김승민은 김찬욱의 마지막 말을 무시하고 그를 스쳐가면서 한 마디 던졌다.

"그래 봤자, 북진말갈 주제에 말야."

"예? 북진말갈이라뇨?"

장교휴게실을 향해 총총히 사라지는 김승민을 바라보던 김찬욱은 강인현에게 시선을 돌렸다.

"그게 무슨 말씀이십니까? 수원말갈만 촌놈이란 뜻이잖습니까?"

"그냥 하시는 말씀이지, 뭐."

김승민을 따라 걸어가는 강인현을 바라보며 김찬욱은 머리를 긁적였다. 말갈이라니?

김찬욱의 고향이 강원도 정선이니 북진말갈의 북진은 김찬욱의 출신지를 가리키는 것 같았다. 그런데 말갈이 뭘 의미하는지는 알 수가 없었다. 말갈이라면 발해시대 피지배계층인 여진족이 아닌가? 학교

다닐 때 제대로 수업을 들은 적은 없지만 그 정도는 알고 있었다. 어찌됐건 그다지 좋은 의미는 아닌 것 같았다.

"대체 제가 왜 말갈입니까? 전 어엿한 대한민국 해군 김찬욱입니다. 이민족이 아니란 말입니다."

김찬욱이 뛰어가 강인현을 따라잡고 물었다. 강인현이 피식 웃었다.

"김 하사, 화장실 가고 싶어? 왜 배에 힘을 주고 야단이야?"

"저는 지금 진지합니다, 강 대위님. 저만큼 늠름한 군인도 없을 텐데 절더러 말갈이라고 놀리시니까 그렇죠."

김찬욱은 말꼬리를 흐리며 머리를 긁었다. 김찬욱은 발해의 피지배층인 말갈이 무슨 상관인지 궁금했다. 하필 피지배층에 이민족인 말갈이란 말이냐, 기분 나쁘게. 혹시 수원과 강원도 사람들은 단군의 후손, 한민족이 아니고 말갈족의 후손이라는 뜻인지 궁금했다.

"흔히들 발해 주민은 지배층이 고구려 유민이고, 피지배층이 고구려계와는 다른 종족인 말갈인이라고 하지. 이 같은 이원적 주민 구성론은 우리 학계의 일반적인 견해이기도 하고 중고등학교 교과서에도 그대로 실려 있어."

다행히 강인현이 자세히 설명해주었다. 김찬욱에게는 어려운 말이 좀 있었지만 그런 대로 들을 만했다. 강인현이 자동판매기에서 유자차를 뽑아 김찬욱에게 건넸다.

"이 견해가 반영하고 있는 종족 계통은 숙신肅愼, 읍루挹婁, 물길勿吉, 말갈靺鞨, 여진女眞이라는 말갈의 단일 계통설에 입각하고 있단 말이야. 그런데 이게 문제야. 중국의 시대변천에 따라 만주일대에 퍼져 사는 같은 종족의 이름이 달라진다는 건 말이 안 되잖아? 진秦나라 때는 숙신, 한漢나라 때는 읍루, 북위北魏 때는 물길이라더니 당나라에 와서는 말갈이라고 부르다니."

유자차를 한 잔 더 뽑은 강인현이 PX 주변 벤치에 앉으며 말했다.

"그런데 말야. 이런 종족 계통설에 문제가 없다면, 발해사는 고구려 유민사가 아닌 말갈사나 만주사로 봐야 더 합리적인 거 아냐?"

"어이구, 깜짝이야."

열심히 듣고 있던 김찬욱이 놀라 돌아보니 언제 나타났는지 김승민 대위가 서 있었다. 청나라는 소수의 만주족이 건국했지만 국가 구성원의 대다수는 한족이기 때문에 중국의 역사라고 볼 수 있다. 강인현이 당연하다는 듯 대답했다.

"물론 그렇습니다. 그런데 문제는 그게 아니라는 데 있는 거니까요."

"그럼 말갈을 대체 뭘로 보는 겁니까?"

김찬욱이 고개를 갸우뚱하며 물어보았다.

"뭘로 보냐니, 사람으로 보지."

김승민 대위가 한 마디 던지며 자리에 앉았다. 강인현이 설명을 시작했다.

말갈의 거주지였다는 발해의 영역에 숙신의 옛땅, 읍루의 옛땅, 예맥의 옛땅, 부여의 옛땅 등이 있었다는 사실이 밝혀지면서 숙신과 읍루는 같은 종족이 아님이 분명해졌다. 더불어 말갈의 종족계통을 단순히 숙신, 읍루만으로 연결하는 지금까지의 주장에는 문제가 있다는 것은 각각의 소리 말이 다르다는 데서도 알 수 있다.

말갈이란 어느 특정의 종족 이름이 아닌 만주땅 넓은 지역에 거주하는 이민족을 통칭하여 부르는 범칭으로서, 이것은 중국사의 이민족 호칭에 대한 일반적인 예와 같이 중국 중심의 일방적 낮춤말인 비칭이었다고 볼 수도 있다.

"단순히 그런 이유 때문에 그렇게 생각한다는 것은 무리가 따르는 거 아냐?"

"그렇지 않습니다."

김승민의 반박에 강인현이 눈을 빛내며 말했다. 김찬욱은 강인현 대위를 바라보았다. 평소에는 별로 말도 없고 차분하기만 하던 강인현이 열띤 목소리로 말하는 것을 김찬욱은 처음 보았다.

"말갈이 나오는 기록은 <북제서北濟書>나 <수서隋書> 등에 국한되지 않는다는 사실을 아십니까? <삼국사기>에도 말갈이 상당한 비중을 두고 나옵니다."

"예? <삼국사기>에도 말갈이라는 말이 나옵니까? 그럼 만주가 아니라 한반도에서도 말갈족이 나타났다는 뜻입니까?"

"의원데."

<삼국사기>에 기록된 말갈은 <수서> 등과 같이 만주에서 활약했던 것은 소수이고 임진강이나 한강 유역, 강원도 등의 것이 대부분이다. 또한 그들은 독자적인 것보다 주로 낙랑 및 고구려의 부용세력으로 활약했던 것이 큰 특징이다.

요컨대 한국측의 <삼국사기>에 나타나는 대부분의 말갈은 중국측 기록에 나타난 말갈 7부와는 전혀 다르다.

<삼국사기>에, 중국의 <북제서>에서 처음 언급했던 563년 이전에도 말갈을 언급하고 있는 것은 말갈을 특정 시대, 특정 종족이라는 관점에서 기록했다기보다, 동북방 이민족이나 고구려와 관련된 지역 주민을 통틀어 불렀던 이름으로 서술하였다고 볼 수 있기 때문이다.

"그렇다면 말갈로 불리던 사람들은 자신들을 어떻게 불렀다고 봐야 하는 거지?"

김승민이 이때쯤 당연히 나올 만한 질문을 던졌다. 이에 대한 대답 역시 강인현의 몫이었다.

"아마도 자기가 살고 있는 지역의 지명을 앞세웠지 않았을까 생각합니다. 이를테면 나는 백산 사람이라든지, 송화강 사람이라고 하였다는 겁니다. 그것을 중국인들은 그때까지 알고 있던 만주의 부족 이름인 말갈 등으로 대치했다고 봐야 합니다."

요컨대 고구려 시대를 중심으로 사서에 나오는 7부의 말갈이란 중국중심의 기준에서 동북아시아의 이민족을 편의상 구분하여 불렀던 타칭이었던 것으로, 퉁구스 계열의 수렵민족과 함께 고구려의 선조였던 예맥 등이 포함된 방대한 지역 주민들에 대한 타칭의 범칭이라는 것이다.

따라서 말갈을 일원적으로 파악한다는 것은 큰 의미가 없으며 각 말갈 7부의 실상을 역사적으로 파악하는 것이 더 의미가 있을 것이다. 말갈 7부에는 속말·백돌·안거골·불열·호실·흑수·백산 말갈이 있다고 전해진다.

말갈 중 고구려와 가장 관계가 깊었던 세력은 백산부와 속말부이다. 그들은 고구려에 신속 내지 부속된 세력으로 역사적으로도 고구려와 같은 예맥계이면서 고구려 시대에는 고구려의 변방 피지배세력으로 보아도 큰 무리가 없다.

북만주 흑룡강 유역 일부에서 거주하던 흑수黑水말갈을 제외하고는 대부분의 말갈도 예맥의 고구려계였다. 그러니 각 말갈부족은 고구려의 피지배민을 종족이 아닌 지역적으로 구분한 것에 불과하다.

발해 건국의 주체가 되었던 송화강 유역 주민, 즉 속말말갈과 백두산 유역 주민, 즉 백산말갈 등은 고구려 유민이었다. 따라서 발해의 주민은 고구려 유민과 말갈의 이중적 구성이 아니라 고구려 유민 중심이었다.

김찬욱이 알아들었다는 듯 고개를 끄덕였다.

"그래서 저를 북진말갈이라고 부르셨군요. 옛날에 정선 근처 삼척을 북진이라 불렀다고 들었습니다. 그럼 김 대위님은 어디 말갈이십니까?"

"말갈이라니? 나는 엄연한 서울 사람, 국인國人이라니까? 문화혜택을 못 받은 변방민들하고는 다르지."

김승민이 짐짓 뻐기며 대답했다. 김찬욱은 이마를 잔뜩 찌푸리며 속으로 투덜대는 것 같았다.

"상당히 지역감정적인 발언을 하시는데요, 작전관님."

강인현이 빙그레 웃으며 말했다. 고대에는 나라 이름이 수도 이름이나 마찬가지였다. 수도 이름인 서라벌과 나라 이름인 신라가 어원이 같은 데서도 이를 확인할 수 있다. 종이컵을 만지작거리던 김승민이 물었다.

"그럼 왜 역사서에는 별개의 종족인 것처럼 나와 있는 거야? 이를테면 신라가 삼국을 통일한 후 고구려 유민을 중심으로 한 황금서당黃衿誓幢과 말갈인을 중심으로 한 흑금서당黑衿誓幢으로 군사를 편성했잖아?"

"그건 아마도 왕조 중심적인 고구려나 신라 지배층과 신라 귀족 출신인 <삼국사기> 편찬자들이 변방 사람들의 문화적 낙후성을 깔보아 그들 지배층의 신분 의식하에서 그렇게 말했을 가능성이 큽니다. 즉, 정규군 내지 평양인을 중심으로 한 황금서당과 피지배 변방주민들을 중심으로 한 흑금서당이었다는 거죠."

강인현이 설명하자 김승민이 돌을 연병장에 집어던지며 말했다.

"예나 지금이나 썩을 놈의 특권의식이라니."

김찬욱이 감탄한 듯 두 사람을 쳐다보았다.

"두 분 다 굉장히 유식하십니다."

김승민 대위가 김찬욱의 머리를 콩 소리 나게 한 대 때렸다.

"밤낮없이 그 지랄 같은 음악 듣는 것말고 공부 좀 했으면 이런 건 진작 알았을 거다."

입이 뿌루퉁하게 나온 김찬욱이 한 마디 했다.

"음악 듣는 거랑 이거랑 무슨 상관이 있습니까? 그래도 발해가 멸망한지 몇 백년 지난 후까지 후손들이 발해 재건운동을 했다는 건 저도 알고 있습니다."

"그래도 중요한 건 기억하는군."

"앗! 김 대위님께선 대체 저를 뭘로 보시는 겁니까? 그런 건 당연히 기본이죠."

"날날이로 보지 뭘로 봐!"

"정말 너무 하시는군요."

"그럼, 너 재건운동을 한 게 누군지는 알아? 이제 보니까 너, 발해 재건운동을 소재로 한 무협지 봤지?"

"아앗! 들켰군요. 흑흑!"

김찬욱의 얼굴이 만화 주인공처럼 변해가고 있었다. 손으로 두 눈에서 눈물이 주르륵 흐르는 흉내를 내고 있는 김찬욱을 본 강인현은 터져나오는 웃음을 참을 수 없었다. 훌쩍대던 김찬욱이 강인현을 존경의 눈빛으로 바라보며 말했다.

"대체 전공과는 상관도 없는 발해 역사에 이렇게 박식하시다니 놀랍습니다."

"발해도 해양국가였거든. 바다에 관심을 갖다 보니 자연스럽게 알게 됐지. 우리 잠수함 이름인 장문휴가 발해 장군이잖아?"

강인현이 멀리 푸른 남쪽 바다를 바라보며 말했다. 김찬욱도 강인현의 시선을 따라 동해바다와는 색깔이 완연히 다른 초가을 남쪽 바다를 바라보았다.

오늘날의 발해사 연구에 있어서 가장 장애가 되고 있는 것은 기본적인 사료 부족 문제 외에도 각국이 처한 현대사적 이해관계이다. 발해지역에서 한국과 중국, 러시아가 각기 그들의 현대사를 만들어 가고 있기 때문이다.

중국과 러시아가 발해사를 자국사 내지 독립국사로 간주하여 그들이 역사에 기록하려는 것은 어떤 면에서 타당하다고 볼 수도 있다. 즉, 지역사적 측면으로 보아 그들은 지금 과거의 발해땅에서 살고 있기 때문이다.

그러나 그들이 지금도 발해의 후손임을 자처하고 있는가 하는 문제는 다르다. 즉, 민족사적 측면에서 볼 때 한국인들은 발해멸망 이후부터 계속 발해 옛땅의 일부에서 살고 있을 뿐만 아니라 지금도 발해 후손을 자처하고 있기 때문이다.

이러한 시각에서 보자면 발해사람들이 당시 그들 스스로를 어느 나라 사람이고, 그들이 조상을 누구라고 생각하였는가 하는 문제가 중요하다. 발해 주민들이 스스로를 고구려 후손으로 생각하였는가, 아니면 말갈 후손으로 자처하였는가 하는 것이다. 그리고 이 과제중의 가장 중요한 부분이, 지금까지 한민족과 관계가 멀다고 알려진 말갈의 실상을 밝히는 것이다.

9월 13일 13:30   경상남도 진해
한국 해군 진해항, 잠수합전대 회의실

연단에 선 김승민 대위의 눈이 매섭게 빛났다. 장문휴 승조원들은 바짝 긴장한 채 김승민 대위의 설명을 들었다. 장문휴의 출항 전, 훈련작전 브리핑 시간이었다. 함장과 부함장은 의자에 앉고, 훈련작전의 책임자이며 함내 서열 3위인 작전관 김승민 대위가 전체 승조원들 앞에 나서서 이번 항해에 대한 개괄적인 설명을 했다.

"출항 후에 영해를 따라 북쪽으로 항진한다. 혹시 추적할지도 모르는 외국 잠수함들을 피할 때까지는 절대 영해를 벗어나지 않아야 한다. 이것은 해군 작전사령부의 엄중한 명령이다. 또한 어느 정도 그들의 도발이 있더라도 절대로 반격하거나 그들의 신경을 곤두세우게 하는 행동을 해선 안 된다. 물론 귀관들은 함장님 명령에 절대 복종하면 된다."

김승민의 뒤 벽면에는 동해 해도가 투사되어 있었다. 동해안을 따라 북상하여 울릉도를 거쳐 독도 인근 해역에서 동료함 최무선과 랑데부하여 다시 남하하는, 일종의 초계훈련이었다.

"재삼 강조한다. 국군 정보사령부에서는 외국 잠수함에 의한 장문휴의 추적과 도발을 극히 우려하고 있다. 작전사령관님도 걱정하신다. 우리는 절대 경거망동하지 말아야 한다. 송곳으로 허벅지를 콕콕 찌르며 참아야 하느니라."

마지막에 농담으로 끝냈지만 승조원들은 누구도 웃음을 보이지 않았다. 출항 이전에 으레 하는 주의사항이 아니었다. 지금 장문휴는 세계 해군의 주목을 받고 있었다. 환동해훈련에서 창피를 당한 미국과 일본뿐만 아니라 러시아에서도 잠수함을 동해에 파견해 장문휴를 추적할 예정이라는 소문도 나돌았다. 이번 항해는 상당히 피곤하고, 어쩌면 위험한 항해가 될지도 몰랐다.

작전관에 이어 함장이 연단에 섰다. 함장은 명령대로만 하면 걱정할 것 없다고 간단히 끝맺었다. 처음에 들떠 있던 승조원들은 다소 굳어진 얼굴로 회의실을 나왔다.

9월 13일 14:50 경상남도 진해
한국 해군 잠수함 장문휴, 장교내무반

"여자처럼 그게 뭐 하는 짓이야?"

벽면에 붙박인 3층 침대 맨 아래 칸에서 사물을 정리하던 김승민 대위가 건너편의 강인현에게 핀잔을 주었다. 침대 벽면에 무언가 붙이고 있던 강인현이 말없이 웃었다.

강인현이 양면 테이프로 붙이고 있는 것은 조그만 한국 지도였다. 한 가지 특이한 점이 있다면 만주와 연해주까지 나와 있는 넓은 지도라는 정도였다. 블라디보스톡에 푸른 색 깃발이 꽂히고, 그 옆에 '발해 1300호'라고 적혀 있었다.

"자네도 대단해. 출항할 때마다 침대 벽에 그걸 붙이다니. 차라리 역사학자가 되지, 왜 해군이 됐나?"

다 붙이고 3층 침대 맨 아래칸에 구부정하게 앉은 강인현이 조용히 반문했다.

"바다가 좋으니까 어쩔 수 없잖습니까?"

"역사는 취미야?"

빈정거리는 말투로 묻던 김승민 대위는 여느 때처럼 누드 사진을 침대 천장에 붙이려고 누웠다가 잠시 생각하더니 관두고 일어났다. 김승민이 잠시 망설이더니 사진을 구겨 가방에 집어넣었다.

"그건 아닙니다만, 그 광활한 대륙을 생각하면 가슴이 뜁니다. 고구려와 발해사 연구는 제가 은퇴해서 늙어 죽을 때까지의 소일거리로 삼을까 합니다."

강인현이 멋쩍게 웃었다.

"대체 언제부터 그렇게 역사에 관심을 갖게 된 거야?"

"중학교 2학년 때였던 것 같습니다."

잠시 기억을 더듬던 강인현이 말을 이었다.

"우연히 책을 읽다가 발해 유민사에 대해 알게 됐습니다. 나라가 멸망한지 200여 년이 지난 후에도 발해 재건운동을 펼쳤다는 사실이 너무나 대단해 보였습니다."

강인현의 눈이 반짝반짝 빛나고 있었다.

"평상시엔 조용한데, 바다 이야기 할 때랑 발해 이야기할 때만 사람이 변한단 말야. 내 참!"

"멋지지 않습니까? 쓸데없이 패배주의나 사대주의에 사로잡힌 사람들이 좁은 반도가 어쩌고 하는데, 저 광활한 만주대륙을 지배하고 동해와 서해를 누볐던 발해를 안다면 그런 말은 못할 겁니다. 발해는 만주대륙을 정복한 대륙국가이면서도 넓은 동해바다를 품에 안은 해양왕국으로서의 면모도 강했다는 것이 정말 매력적입니다."

강인현은 다시 한 번 지도를 바라보았다. 대충 짐을 정리한 김승민이 침대 한켠에 앉았다.

"발해인들이 용감하다는 거야 다 아는 사실이니까. 왜, 발해 남자들이 워낙 용맹해서 발해인 세 명이면 능히 호랑이 한 마리를 당해냈다는 말을 보면 알 수 있잖아."

"우와~ 그걸 어떻게 아십니까?"

김승민의 말에 놀란 강인현은 김승민을 다시 보게 되었다.

"나도 요즘 한 역사 공부 좀 했지, 흐흐."

발해가 거란에 의해 멸망한 이후 그 유민들은 민족국가를 다시 찾아 세우기 위하여 거란 말기까지 끊임없는 무장 독립항쟁을 일으켰다. 발해 멸망 직후 거란의 태조 야율아보기耶律阿保機는 멸망한 발해를 동란국東丹國으로 고치고, 그의 맏아들 배倍를 인황왕人皇王에 책립하여 그에게 통치를 맡겼다.

발해 유민은 동란국 통치하에서도 계속 번영했으며, 이것이 요나라가 된 거란 지배층의 큰 불안거리였다. 야율아보기에 이어 태종이 즉위하자 928년, 태종은 동란국을 서쪽, 지금의 요양遼陽으로 옮기면서 발해 유민 상당수를 서쪽으로 강제 이주시켰다.

이것은 동쪽에 있는 발해의 옛땅, 즉 거란의 새 영토를 태종 스스로가 포기했음을 의미한다. 그러므로 동란국의 서천西遷은 거란에 대해서도 중요한 의미를 갖는 사건이 아닐 수 없었다.

거란은 그 세력을 동쪽에서 서쪽으로 옮겼기 때문에 동쪽은 그대로 잔류 발해 유민의 활동 무대가 되어 거란에 대한 저항세력이 조직적으로 형성되었다.

정안국定安國을 세운 사람이 누구인지 밝혀지지 않고 있으나 성씨가 오씨烏氏인 것만은 틀림없다. 정안국은 78년(926~1004) 동안 명맥을 유지해온 셈이다. 정안국의 건국이 갖는 의미는 발해가 거란에 의해 멸망되었으나 거란의 발길이 미치지 않는 발해 동북 옛땅, 즉 흑룡강 동쪽에서는 발해 유민들이 거란에 강력하게 항전했다는 뜻이다.

거란에 항전한 발해 출신 관료들이 일으킨 무장 독립투쟁 전개 상황을 살펴보면, 대표적 인물로는 1029년에 동경에서 반기를 들어 흥요국興遼國을 세운 대연림大延琳을 비롯하여 1115년에 요주遼州에서 반란을 일으키고 대왕이라 자칭한 고욕古欲과 그 이듬해 동경에서 반란을 일으켜 '대발해 황제大渤海 皇帝'라고 칭한 고영창高永昌 등 세 사람이 주목된다.

흥요국을 세운 대연림은 발해국을 세운 고왕 대조영의 7대손이다. 흥요국은 천경天慶이라는 연호를 갖는 등 자주적인 독립국가의 면모를 갖추었다. 흥요국의 건국은 발해가 멸망한 지 103년만의 일이며, 정안국이 자취를 감춘 지 25년이 흐른 뒤였다.

대연림과 연정 형제가 주축이 되어 세운 흥요국은 1년만에 멸망하긴 했지만, 거란에 의해 집단적으로 강제 이주당한 요양지방에서 발해 유민들이 최초로 일으킨 무장 독립투쟁이었다는 점에서 주목해야 한다.

여진군의 서침으로 거란의 정국이 큰 혼란에 빠진 시기에 일으킨 고욕의 독립투쟁(1115년)은 유감스럽게도 알려진 바가 전혀 없다. 고욕이 주도한 봉기가 인근 지역으로 확대됐을 가능성이 큰 것은 무장 독립투쟁의 발생지인 요주에 발해 유민의 집단 거주지가 있었고, 또한 이곳에서 철이 많이 생산됐기 때문이다.

고욕을 중심으로 일어난 독립투쟁은 대연림의 흥요국이 멸망한 지 85년만의 일이며 발해가 멸망한 지 189년 이후의 일이다. 이것이 대연림의 봉기와 다른 점은 거란의 통치권 안에서 일어난 것이라 하겠다.

거란 국내의 치안 질서가 극도로 혼란해지고 조정에서 황제 자리를 놓고 외척과 권신 간의 정권 다툼이 치열할 때 거병한 고영창은 의거를 일으킨 지 10여 일만에 요동 50주를 휩쓸었다. 고영창이 다른 지역으로 군마를 파견해 닥치는 대로 거란 사람들을 살해하고 약탈해도 거란은 속수무책일 뿐 이를 막아내지 못했다.

고영창의 웅지가 5개월만에 실패로 돌아간 것은 전적으로 민족국가를 세우려는 데 여념이 없는 여진의 세력을 과소평가하여, 사전에 여진군의 서침에 대해 효율적으로 대책을 세우지 않은 데 이유가 있었다.

대발해국이 갖는 의미는 고영창이 내세운 국호에서도 명확하게 나타나 있듯이, 발해 계승의식이 나타난 명실상부한 발해 부흥국이었다는 점이다. 발해가 멸망한 지 200여 년이 흘렀음에도 불구하고 떳떳하게 발해라 호칭했던 것이 거란에 끌려가 살았던 발해 유민들의 계승의식을 보였던 것이라 할 수 있다.

9월 13일 15:05 경상남도 진해항 잠수함용 제3 부두
한국 해군 잠수함 장문휴, 상갑판

수병들이 장문휴함 상갑판 위에서 부두에 계류시키기 위해 함을 묶었던 홑줄을 능숙한 동작으로 감았다. 그런 다음 진해기지대 소속 예인선 YTL-13호에서 던진 예인용 로프를 잽싸게 받아서 함수 쪽 상갑판에 붙은 페드 아이에 감아 묶었다.

페드 아이(ped eye)는 함정을 예인할 때 선체에 고정되어 로프를 걸 수 있는 도삭기導素器이다. 장문휴함이 잠항할 때 도삭기는 선체 아래 쪽으로 회전하여 수납된다. 수중에서 마찰저항을 줄이기 위해서이다.

"예인 준비 끄읕!"

갑판 위에서 작업을 지휘하던 기관장 배준석 원사의 목소리가 길게 울렸다. 사령탑에서 진종훈 소령과 함께 예인과정을 지켜보던 서승원 중령이 고개를 끄덕였다. 진종훈 소령이 터그 보트 승무원에게 손으로 신호하자 100톤에 가까운 YTL-13호의 디젤엔진이 굉음을 울렸다.

YTL-13호가 전진하며 잔교에 있던 장문휴함을 왼쪽으로 잡아당겼다. 포획된 향유고래가 포경선에 힘없이 질질 끌려가듯 장문휴함의 함수가 외항 쪽을 향해 빙글 돌았다. 장문휴함이 스스로 항구를 빠져나올 수 있으면 좋겠지만, 수상함처럼 함의 측방향으로 움직일 수 있는 보조추진기가 없는 잠수함은 그렇지 못했다.

자신의 배를 남에게 맡길 때보다 불안한 경우는 없을 것이다. 부함장이 전전긍긍했고, 입을 꾹 다물고 있는 서승원도 마찬가지였다. 예인선에는 항구 내의 여러 배와 물속 장애물을 피해서 장문휴함을 인도할 수 있는 유능한 파일럿이 있었다. 파일럿들은 오랜 경력과 실력이 있는 사람들로만 구성되고 연봉도 엄청나게 많은 엘리트들이다.

하지만 사령탑 위에 올라 서 있는 두 명의 지휘관은 불안하기 그지

없었다. 전문 드라이버가 운전하는 차에 타도 차 주인에게는 자신이 운전하는 것처럼 완벽한 안도감을 주지 못하는 것과 마찬가지였다.

좁은 부두와 잔교 사이를 YTL-13호가 이리저리 움직이며 장문휴함의 선수를 외항 쪽으로 완전히 회전시켰다. 2km 정도 멀리 대죽도 옆에서 신호탐조등이 깜빡거렸다. 뭔가 메시지가 있는 것 같아 함장이 부함장에게 물었다.

"여수함인가?"

"예, 그렇습니다. 내용은 제 몸 하나…… 옆으로…… 돌리지 못하는…… 귀함에게…… 다이어트를…… 권한다. 뭐? 이 자식들이!"

화를 내는 부함장과 달리 함장은 오랜만에 낄낄거리며 웃었다. 장문휴함이 가덕도를 빠져나가기까지 호위임무를 맡은 여수함이었다. 여수함에서 전달된 모르스 발광신호를 해석한 진종훈 소령의 입이 실룩거렸다.

포항급 코르벳 중 여덟 번째 함정인 여수함의 배수량은 1천2백여 톤으로 장문휴보다 가벼웠지만 그보다 훨씬 길었다. 잠수함은 부력이 낮기 때문에 같은 배수량이라도 크기는 훨씬 작은 편이다. 이윽고 터그 보트 YTL-13호가 엔진을 가속하며 장문휴함을 외항 쪽을 향하여 거세게 잡아당겼다.

드디어 상갑판 위에서 예인작업을 하던 승무원들이 함수 해치를 열고 하나 둘 몸을 감추었다. 그들은 앞으로 두 달 가까이 못 보게 될 초록색 남해의 모습이 아쉬운 듯 천천히 들어가려고 애썼지만 맨 뒤에 서 있던 배준석 원사의 호통소리에 흠칫 놀라 후다닥 밀려 내려갔다.

함수 쪽 상갑판에서 배준석 원사의 모습까지 사라지자 함 주변의 위험을 관찰하는 견시수見視手 두 명만이 남았다. 시력이 2.0이 넘는 조리장 박상빈 하사도 그 중 하나였다.

박상빈 하사가 몰래 갖고 들어온 디스 담배 한 개비와 조리장 자격으로 특별히 가지고 있던 라이터가 호주머니 속에 있었다. 하지만 겁대가리를 상실하지 않고서는 지금 담배를 피워 물 수는 없었다. 사령탑에 함장과 부함장이 나란히 있기 때문이었다. 힐끔힐끔 사령탑 뒤를 돌아보았지만 담배를 꺼내물 기회는 오지 않을 것만 같았다.
"파랑군."
박상빈은 푸른 바다를 한눈에 담았다. 당분간 볼 수 없는 바다였다. 진해항 외항의 방파제에 다가서고 있는 장문휴 앞에 내항의 바닷물 색깔과는 분명히 다른 초록색 남해의 모습이 더욱 크게 보였다.
바다는 물 깊이와 플랑크톤의 서식밀도에 따라 물 색깔이 다르다고 한다. 그가 보기에도 남해는 초록색, 동해는 청색, 서해는 회색이었다. 박상빈 하사가 감시하고 있던 열두 시 방향, 거제도 주변에 보이는 많은 어선들은 너무나도 한가롭게 느껴졌다.
박상빈은 군복을 입은 것만으로도 바깥 세상과는 완벽하게 다른 또 하나의 세계가 존재한다고 생각했다. 잠수함에서는 더 그렇다. 그가 진해의 잠수병학교에서 교육받으며 무수히 주입받은 이야기는 잠수함 자체가 전쟁터란 것이다.
바닷속에서 일어나는 일은 증거가 남지 않는다. 그 어떤 놈이 접근하여 노골적으로 꽁무니에 따라붙거나 심지어는 어뢰발사 위협까지 하더라도 쏘지만 않는다면 그것으로 끝이었다. 하지만 그 상황에서 잠수함 승무원들은 전투의 긴장감을 실전과 똑같이 느낀다. 그러나 결국 온갖 횡포는 바닷속 암흑이란 환경 속에서 그대로 파묻혀 버리고 만다. 증거가 남지 않기 때문이다.
"잠항준비! 견시수 철수하라!"
상념에 잠겨 있던 박상빈 하사에게 진종훈 소령의 고함이 귓가를 때렸다. 서둘러 함수로 걸어가며 박상빈은 예인선과 연결된 로프를 풀어 던졌다. 어느새 예인선은 감속하여 로프가 느슨해졌기 때문에 푸는 것은 어렵지 않았다. 박상빈은 함수 해치로 다가가며 마지막으로 남해의 하늘과 바다를 번갈아 보았다.

"잠항 직전에 꼭 한 대 피우고 싶었는데……."

박상빈은 해치를 닫기 직전에 호주머니에 구겨지지 않도록 조심스럽게 넣어두었던 마지막 담배 한 개비를 꺼내서 해치 앞쪽에 올려놓았다. 흡연이 완전히 금지된 한국 해군의 잠수함에서 승선시의 엄격한 소지품 검사에 들키지 않고 간직했던 한 개비였다.

박상빈은 담배를 끊어보려고 꽤나 노력했지만 쉬운 일이 아니었다. 일부러 은행 잔고까지 털어 담배 살 돈이 없도록 만드는 극약처방까지 써봤지만 3일을 참고는 도저히 견디지 못하고 꽁초를 찾으러 막사 바깥의 쓰레기통으로 뛰어간 적이 있었다. 하지만 공교롭게도 그때 소나기가 퍼부었다. 주워 피울 꽁초가 다 젖어버린 것이다. 박상빈은 그때를 기억하곤 고개를 도리도리 흔들며 해치를 걸어 잠갔다.

"상갑판 철수 완료했습니다."

마지막 견시병이 함내로 들어오고 해치가 완벽하게 폐쇄된 것을 확인한 기관장 배준석 원사가 인터폰으로 보고했다. 그가 갑판장을 겸임하고 있었다. 기관실로 돌아온 배준석 원사의 고함이 다시 길게 하늘을 갈랐다.

"동력 가동하라. 4노트!"

모터로 작동하는 주추진기가 회전하자 장문휴함은 서서히 자신의 힘으로 항해하기 시작했다. 가까워졌던 여수함도 어느새 출력을 높이며 다시 멀어지고 있었다.

"잠항하라."

서승원 중령이 명령을 내리고 방수 소켓에 연결된 마이크와 선을 뽑았다. 그리고 사령탑 사다리를 미끄러지듯 내려갔다.

9월 13일 15:18   경상남도 진해항 남쪽 3km
한국 해군 잠수함 장문휴, 사령실

진종훈 소령이 먼저 내려오고 서승원 중령이 사다리를 통해 사령탑 수직통로를 빠르게 미끄러져 내려왔다. 사령탑 통로는 잠항하면 물이 침수되는 공간이다. 수압을 이겨낼 수 있는 내압구조가 아니기 때문에 통로에는 물이 들어오게 된다. 그러므로 사령탑 쪽의 마지막 해치는 사령실로 다 내려와서 천장에 붙어 있다. 서승원이 직접 해치 폐쇄용 핸들을 끝까지 돌려 잠갔다.
"해치 폐쇄확인! 잠항한다. 급속 잠항!"
"급속 잠항!"
김승민 대위가 복창하며 밸러스트 탱크를 조작했다. 장문휴함의 선수 쪽 밸러스트 탱크에 급속히 바닷물이 들어오며 상부에 공기 배출용 벤트 구멍을 통해 커다란 물거품이 일었다. 밸러스트 탱크 아래쪽에서 밀려들어오는 바닷물의 압력으로 내부에 차 있던 공기가 위쪽으로 몰리면서 일어나는 현상이다.
고래가 수면 위로 올라와 호흡할 때 커다란 입김을 토하듯 장문휴함이 마치 고래처럼 물안개를 뿜으며 푸른 바다 밑으로 가라앉았다. 앞으로 얼마 동안 물속에서만 움직여야 할지 그 누구도 알 수 없었다.

9월 13일 15:20   경상남도 진해항 남쪽 4km
한국 해군 코르벳 여수함 함교

"급속 잠항입니다, 함장님."
함장과 나란히 서서 쌍안경으로 장문휴함을 보던 김준환 중위가 탄성을 질렀다. 급속 잠항은 흔치 않은 모습이다. 급속 부상과 마찬가지로 함수와 함미의 밸러스트 탱크의 배수 차이를 많이 주어 잠항하는 방법인데, 함수부분이 마치 자맥질하는 돌고래처럼 급격한 각도로 고꾸라지듯이 물속으로 짓쳐들어간다.

"저런! 스크루까지 수면 위로 보이는군요."

김준환 중위가 다시 소리쳤다. 장문휴함의 함수 쪽이 가라앉으며 함미 쪽이 치솟자 맹렬하게 회전하는 스크루 프로펠러가 잠시 수면 위로 떠오르며 물보라를 일으켰다.

여수함의 갑판사관인 김준환 중위는 작년에 잠수병과 모집에 응시했었다. 그런데 그는 웃기게도 적성검사에서 탈락했다.

1차 서류 적성검사에서는 합격했지만 간단한 폐소공포증 테스트가 포함된 2차 적성검사에서 아깝게 고배를 마셨다. 그는 약간의 폐소공포증 환자였다.

"아따, 이 잡것아! 그만 보랑께. 돌아온 탕아를 갖다가 곱게 봐줬으믄 인자 그만 미련을 버릴 때도 돼부렀잖어, 잉? 징허네, 징해!"

여수함의 부함장 손천민 소령이 고향도 아닌 여수 지방 사투리를 흉내냈다. 1차 테스트에 합격하고 이제 잠수병학교에 입교하게 되었다고 함장과 부함장 등에게 작별인사까지 마쳤다가 떨어져 놀림감이 된 김준환 중위는 잠수함을 볼 때마다 이처럼 출싹댔다. 손천민 소령이 안쓰럽다는 듯이 혀를 끌끌 찼다.

9월 13일 15:25 부산광역시 가덕도 동쪽 3km
미 해군 공격원잠 SSN-701 라 호야, 함장실

수중배수량이 7천 톤에 가까운 핵추진 원잠인 라 호야는 함의 엄청난 크기에도 불구하고 사관회의실을 겸한 함장실은 상당히 비좁았다. 길이 3미터, 폭 2.4미터의 좁은 공간에 사나이 네 명이 자리에 앉자 더욱 비좁아졌다. 벽면에는 책상과 옷장을 결합한 캐비닛 겸 테이블이 있고 TV 모니터와 통신기가 옆쪽 벽면에 놓여 있었다.

함장실은 잠수함에서 누릴 수 있는 최대의 개인공간이었지만 사치와는 거리가 멀었다. 접이식 의자에서 함장을 마주하며 불편하게 앉아 있는 사나이들은 부함장 새뮤얼 폴머 소령과 무기장교 잔 E. 모스(John E. Moss) 대위, 그리고 소나팀장 폴커 스톨츠(Volker Stoltz) 대위가 앉아있었다. 부함장 폴머 소령이 먼저 입을 열었다.

"우리가 한국놈들의 앞바다에서 고생한 지 수십일이다. 20분 전에 긴급통신이 접수됐다. 새로운 작전명령이다."

폴머가 말을 잠깐 끊었다. 부함장은 명령문을 읽기 전에 함장 가르시아 중령에게 무언의 양해를 구했다. 가르시아가 고개를 끄덕이자 폴머는 명령문을 꺼내 읽어 내려갔다.

"발신은 태평양함대 사령부다. '귀함들이 장기간 초계활동을 성공적으로 수행한 노고를 치하한다.' 참고로 이 명령의 수신자는 라 호야와 컬럼비아다."

폴머 소령은 왜 라 호야와 컬럼비아가 이런 명령을 받게 되었는지 사관들에게 다시 각인시켰다.

"계속하겠다. '줄루 타임 0600시에 한국의 진해항으로부터 한국 잠수함 장문휴가 정상적인 초계임무를 수행하기 위해 출항했다. 귀함들은 즉각 현 위치에서의 초계임무를 중단하고 장문휴함을 추적하여 성능을 분석하고 평가하라. 명령은 줄루 타임 0600시로부터 발효한다.' 이상이다."

폴머 소령이 명령문을 읽은 다음 접어서 함장에게 건넸다. 줄루 타임(Z time)이란 주로 미국 잠수함과 해군 함정들이 주로 사용하는 시간으로 그리니치 표준시를 뜻한다. 날짜 변경선과 각 시간대를 넘나들며 작전하는 핵잠수함들은 작전지점의 현지 시간대를 사용하지 않고 그리니치 표준시에 맞추어 활동한다.

명령문을 수신한 직후부터 가르시아 중령의 표정은 썩 좋지 않아 보였다. 그것은 화를 내기에 충분한, 당연한 내용이었다.

"함대사령부에서는 장문휴함의 작전계획을 입수해놓고 있었군요."

잔 E. 모스 대위가 함장의 표정을 의식하며 조심스럽게 말을 꺼냈다.

"젠장! 뻔히 알면서도 수십일 동안 뺑이 치도록 만들다니."

폴커 스톨츠 대위도 성이 날 만했다. 그의 소나병들은 하루 수백 척의 민간 선박들 사이에서 혹여 잠수함을 찾아낼까 봐 혈안이 된 나머지 이제는 완전히 녹초가 되어 버렸다. 모스와 스톨츠가 한 마디씩 내뱉자 폴머 소령은 함장의 표정을 다시 살폈다.

"제군들……."

시계를 만지작거리던 토마스 가르시아 중령이 입을 열었다.

"명령은 확실히 전달받았겠지? 명령대로라면 곧 놈들이 우리의 매복지점을 통과할 것이다. 지나가는 즉시 놈들의 꼬리에 붙어 모든 것을 얻어낸다. 변기에 놈들의 똥 떨어지는 소리까지 모조리 담아간다. 알겠나?"

"예! 함장님."

나지막한 가르시아의 목소리는 가볍게 들리지 않았다. 세 명이 나란히 대답했다.

"그럼 현 시간부로 비번을 최대로 줄인다. 2직제 근무로 전환한다. 그리고 소나팀!"

"예! 함장님."

가르시아가 갑자기 소나팀을 지칭하자 스톨츠 대위가 엉겁결에 대답했다. 2직제 근무란 12시간 근무에 12시간 휴식으로 8시간 근무에

16시간을 쉬는 3직제 근무보다 작업량과 피로도가 훨씬 심하다. 대신 임무에 투입되는 병력수는 당연히 증가한다.

"소나팀 당직에게는 놈들의 접근 시간을 알리지 마라. 소나팀의 추적능력을 직접 확인하고 싶다. 알겠나?"

"예! 함장님."

스톨츠 대위는 함장의 명령이 장문휴의 출항시간을 미리 알고도 통보하지 않은 태평양함대 사령부와 무엇이 다른가 속으로 반문했다. 불쌍한 건 그의 소나팀이었다.

"그럼 모두 나가보게. 부함장은 지금부터 조함권을 인수하라."

"예! 함장님. 조함권을 인수합니다."

세 명이 동시에 일어나며 함장실을 나섰다. 함장의 짜증 섞인 눈길이 돌아서는 그들의 뒤통수에 남았다. 모두 나가고 함장실 문이 닫히자 가르시아 중령의 손에 쥐어졌던 명령문이 난폭하게 구겨지고 있었다.

9월 13일 15:35 부산광역시 가덕도 서쪽 2km
한국 해군 잠수함 장문휴, 사령실

"심도 15미터. 함장님! 항법소나 사용을 요청합니다."

진해만을 빠져나와 가덕도에서 본토 사이의 좁은 해로는 수심이 낮은데다 낙동강 하구의 토사로 인해 수중지형이 수시로 바뀐다. 그러므로 잠항하여 통과하는 것은 그다지 안전한 방법이 아니다. 선도하는 해군의 코르벳 여수함이 항법소나로 다시 한 번 수중지형을 확인하고 있었지만 김승민 대위는 확실히 해둘 필요가 있다고 생각했다.

"좋아, 허가한다."

김승민의 요청을 허가하며 함장 서승원 중령이 잠망경을 올렸다.

이 해역은 수심이 워낙 낮아 잠항하더라도 잠망경 심도 가깝게 된다. 렌즈의 배율을 조작하고 초점을 맞추자 서승원의 눈에 수도와 송도 사이로 안골포가 들어왔다.

안골포는 진해 동쪽에 있는 포구이며, 임진왜란 때 한산도대첩 다음날 조선 수군이 전날의 왜국 수군 제1 제대에 이어 제2, 제3 제대를 전멸시킨 곳이다. 왜군은 나중에 이곳 안골포에 성을 쌓는다. 이곳에 진을 친 왜군 때문에 가덕도 공략에 신중했던 이순신을 비난하며 원균이 자신이라면 문제없다고 허세를 부린 그 역사적인 장소이기도 하다.

결국 원균은 그 자신도 실상을 파악하고 나서 가덕도 공략이 어렵다는 사실을 깨달았다. 그러나 당시 도원수 권율에게 곤장까지 맞는 수모를 당하고 급기야 무모한 공략을 감행하여 패배를 자초하게 된다.

원균의 칠천량 패전으로 조선 수군은 사실상 전멸했다. 삼도수군통제사로 급거 복귀한 이순신은 겨우 13척을 이끌고 명량에서 왜국 수군 200여 척을 상대로 싸워야 했다. 이순신은 전함 숫자의 열세를 극복하기 위해 그 전까지 지양했던 단거리 접근전 위주로 전술을 바꿨다. 명량해전에서 이순신은 선두에 서서 싸워야 했다.

조선 수군이 막강했을 때 이순신이 사용한 전술은 우수한 포의 성능을 이용한 진법과 장거리 포격전이었다. 명량해전에서는 유용했지만 이런 전술 변경으로 나타난 결과가 바로 마지막 해전인 노량해전에서의 이순신의 전사였다.

원균 옹호론자들이 그의 복권을 기도하며 이순신을 깎아내리고 원균의 공적을 올려 세우려고 한창 애썼을 때가 있었다. 기록을 남기지는 못했지만 원균과 그의 부하들이 임란 초기에 대단한 공적을 세웠고, 이순신은 단지 원균의 경상우수영 함대를 지원하기만 했다는 것이다.

서승원도 원균 옹호론자들의 주장 일부에 대해서는 수긍을 했다.

하지만 서승원은 원균을 용납할 수 없었다. 수군만으로 가덕도를 공략할 수 있다며 이순신을 비난하는 장계까지 올렸던 원균이 약속을 이행하라는 권율에게 치도곤을 당하고 어쩔 수 없이 떠밀려서 패전했는데, 그 책임을 권율에게 물을 수는 없었다.

불가능한 작전을 강요당하면서 탄핵을 당하더라도 자신의 안위 대신 조선 수군과 국가의 안위를 걱정했던 이순신과는 달리 원균은 불을 보는 듯한 패배를 알고도 공격을 감행했다. 무모한 공격이 빚게 될 참담한 결과보다도 자신의 안위가 더 걱정됐기 때문이었다. 진해를 빠져나올 때마다 항상 느끼는 생각이었다. 서승원은 그때마다 씁쓸했다.

잠망경을 함수방향으로 돌리자 여수함이 주변 해역에 있던 어선들을 항로에서 밀어내는 모습이 보였다. 진해는 군항으로는 너무 비좁았다. 개화기까지는 한산한 어촌에 불과하던 진해를 군항으로 선택한 것은 제국주의 일본이었다.

일본이 진해를 중시한 것은 임진왜란 때 왜군이 이곳에 웅천왜성熊川倭城을 쌓았기 때문이다. 고니시(小西行長)의 부대가 축성한 이 성은 왜군이 한반도에 건축한 왜성 가운데 가장 크다.

일제시대에 조성된 군사시설이 아직도 많이 남아 있고, 고풍스런 제정러시아 건축양식의 해군작전사령부 건물도 바로 일본이 함대 사령부로 사용하던 건물이었다. 진해의 벚꽃이 유명한 것도 일본인들이 이곳에 벚나무를 많이 심었기 때문이다.

서승원은 잠망경을 들여다보며 자신이 잠시 딴 생각을 하고 있었다는 사실에 놀랐다. 몇 년 전에 가덕도에서 진해로 들어가는 바로 이 해역에서 미 해군의 공격원잠이 어선과 충돌하여 한바탕 난리가 난 적이 있었다.

해군에서 함선을 좌초시키거나 충돌시킨다는 것은 곧바로 모가지를 의미했다. 그가 주위를 돌아보자 또 다른 잠망경을 올려 주변을 열심히 관측하는 부함장과 항법소나를 조작하며 복잡한 해저지형을 통과하느라 땀을 뻘뻘 흘리고 있는 김승민 대위의 모습이 보였다. 어제 잠을 충분히 잤지만 왠지 모를 피로감에 서승원은 식은땀을 흘렸다.

"변침 요구합니다. 전방 300미터에 수중장애물입니다."

"알았네. 키 오른편 15도! 일백공오(1-0-5)도 잡아."

"키 오른편 15도! 일백공오(1-0-5)도!"

함장은 그 수중장애물이 가덕도의 백옥포 쪽에서 수중으로 이어지는 낮은 해저능선일 것이라고 판단했다. 이 근처 해저지형을 달달 외우고 있는 서승원 중령이었다. 그리고 부하들의 움직임이 새삼 만족스럽게 느껴졌다.

"음탐반! 부산을 지나면 바로 전체적인 점검을 실시하겠다. 준비하도록."

"예, 알겠습니다."

강인현에게 명령을 내린 서승원은 다시 잠망경에 눈을 대며 부함장을 불렀다.

"근데, 부장……."

"옛! 함장님."

부함장이 잠망경을 내리고 함장 옆에 섰다. 서승원 중령이 잠깐 돌아보니 아주 자신만만한 표정이었다. 조만간 승진하면 잠수함 함장으로서 충분히 역할을 해낼 만했지만, 함장은 진종훈 소령이 아직 약간 부족한 점이 있다고 생각했다.

"몇 년 전에 말이야…… 가덕도를 지나 진해로 기항하려던 미국 원잠이 어선과 충돌한 적이 있었지. 그때 무슨 배였는지 기억나나?"

"아! 그 멍청이 잠수함 말씀입니까? 라 호야였습니다. 갑자기 왜 그러십니까?"

"그때 모가지 몇 개 날아간 거 알지?"

조금 전에 잠망경을 보느라 모자를 뒤로 둘러쓴 진종훈 소령의 표정이 우스꽝스러워졌다.

9월 13일 15:42 부산광역시 가덕도 동쪽 3km
미 해군 공격원잠 SSN-701 라 호야, 소나실

"개스터빈입니다! 방위 2-8-0, 거리 7,000야드 정도……."

헤드폰을 끼고 미간을 모으던 랠프 루이스 하사가 짧게 외쳤다. 제이 로키 중사가 서둘러 헤드폰을 집어들었다.

"그래, 개스터빈 엔진 구동음이다. 자네, 많이 늘었는걸? 속도는 15에서 16노트 정도……. 한국 해군이지. 스크루 패턴은…… 2축인데, 증속하고 있군."

오랜만에 해군 함정 소리가 들려 로키 중사도 약간 긴장했다. 한국 해군 함정들은 이상하게도 요즘 이 해역을 거의 지나다니지 않았다. 초계기의 활동도 없었다.

"개스터빈 2축이면…… 뭐가 있죠?"

"악포우 클래스, 얼샌 클래스, 빌어먹을 한국 배 이름은 발음하기 어려운 놈들이 많아. 포우행 클래스까지 모두 개스터빈과 디젤엔진을 복합으로 사용한다. 스크루는 모두 2개씩, 2축이다. 그런데 이놈은 좀 작아 보이는걸?"

제이 로키 중사가 '악포우 클래스(Okpo class)'라고 발음한 것은 광개토대왕급을 뜻한다. 그리고 이어서 울산급, 포항급을 언급했다.

"조금 더 가까이 와야 알 것 같습니다. 개스터빈 엔진 수는 똑같습니까?"

한국 해군에 대한 경험이 적은 루이스 하사가 묻자 로키 중사가 잘난 척했다.

"아니지. 악포우 그놈과 얼샌 클래스는 LM-2500 개스터빈 2대다. 포우행은 1대야. 그럼 어디 디지털 분석을 해볼까?"

로키 중사가 음문을 자세히 분석하기 위해서 CCS Mk-1 전투지휘 시스템을 가동했다. Mk-117 디지털 처리 시스템에서 발전한 CCS Mk-1 전투지휘 시스템은 BQQ-5 소나에서 수신한 도합 40개 목표를 추적할 수 있다.

하지만 별로 자랑할 만한 능력은 아니었다. 로스앤젤레스급 초기형인 라 호야의 추적능력은 동급 후기함인 컬럼비아보다 크게 뒤처졌다. 컬럼비아가 장비한 BSY-1 전투지휘 시스템은 라 호야보다 10배의 목표를 더욱 정확하고 정밀하게 추적할 수 있기 때문이다.

"일단 데이터 베이스된 음문들을 꺼내고……."

로키 중사가 트랙볼을 조작해서 함선 추진용 LM-2500 개스터빈 엔진의 소음 패턴을 찾아냈다. 여러 가지 속도에서 변화하는 진동과 소음특성이 그래프에 따라 상이한 형태로 나타났다. 로키 중사가 특정한 속도를 지정해주자 음파는 여러 가지 굵은 막대형상의 디지털 음문 패턴으로 표시되었다.

"음, 언뜻 비교가 안 되는데요."

"그래. 마크 원(Mk-1)은 그래서 나쁘지. 조만간 라 호야의 퇴역과 함께 묻혀 버릴 구형이야. 어쩔 수 없어. 눈 크게 뜨고 육안 대조를 하는 수밖엔……."

"비슷하지가 않습니다만…… 중첩되는 부분이 없는 것으로 봐서 개스터빈 1대짜리 배인 것 같습니다."

"그래, 나도 개스터빈 1대짜리에 걸겠어. 이크! 너무 늦었군. 접촉

보고를 해야지."

로키 중사가 서둘렀다. 저것은 한국 군함이 틀림없었다. 모항에서 빠져나오면서 대개는 순항속도를 낼 텐데 약간 의외였다. 이 배는 순항용 디젤엔진 대신 개스터빈으로 빠르게 움직이는 것이다. 로키가 사령실로 통하는 마이크를 집어들었다.

"소나실입니다. 한국 해군 코르벳입니다. 포우행 클래스로 추정됩니다."

― 알았다. 곧 가겠네.

6. 추적자

9월 13일 15:50 부산광역시 가덕도 북쪽 1km
한국 해군 잠수함 장문휴, 사령실

"예인소나 배출합니다."

장문휴함의 사령탑 뒷부분 공간에 예인소나 수납구획이 있다. 평상시 여기에 들어 있는 예인소나는 긴 케이블 윈치에 감겨 보관된다. 강인현 대위가 예인소나의 배출 스위치를 조작하자 미약한 진동음이 선체를 울렸다. 사령실 내부에서 바라볼 때는 잠망경보다 조금 뒤쪽의 천장 부분이었다.

장문휴함이 장비한 예인소나는 독일제 TAS-90 시스템이다. 이것은 메인 소나인 CSU-90과 연계되어 전투 시스템인 ISUS-90 시스템과 이어져 수신한 음파정보를 세밀하게 분석할 수 있다.

잠수함 후방에는 스크루 프로펠러가 있다. 여기서 발생하는 추진음은 후방을 수색하는 데 많은 장애를 가져온다. 스크루 가까이 소나를 장착해도 추진음이 다른 소리들을 덮어 버리기 때문이다. 그러므로 잠수함의 후방은 선체에 장착된 함수소나, 혹은 측면소나를 통해 감시하기 매우 곤란하다. 잠수함 후방은 일종의 사각死角 지대인 것이다.

하지만 예인소나를 장비한 장문휴함은 예외였다. 예인소나는 케이블에 연결된 소나인데, 스크루로부터 멀리 떨어져 있어서 후방을 탐색하기 용이하다. TAS-90 시리즈 예인소나 중 가장 대형인 TAS5-2 모델은 소나감지장치가 설치된 소나 수신부가 약 330미터, 전체 케이블의 길이는 2,000미터에 이른다.

"예인소나는 300미터만 빼도록, 주변 해저지형이 복잡하다. 테스트만 완료한다."

함장이 명령을 내리며 설명하는 경우는 별로 많지 않았다. 강인현은 함장 서승원 중령이 약간 달라졌다고 생각하며 대답했다.

"예! 예인소나 300미터 배출합니다."

윈치가 돌아가면서 케이블을 계속 늘어뜨리고 있었지만 배출시키는 시간은 꽤 오래 걸렸다. 예인소나를 300미터만 늘어뜨리면 예인소나의 맨 앞쪽 소나수신기는 윈치에 그대로 감겨 있게 된다. 낮은 심도에서 예인소나를 길게 늘어뜨렸다가는 자칫 민감한 소나수신기가 바다 밑바닥을 긁을 염려도 있었다. 게다가 급격하게 방향을 틀면 스크루에 휘감길 우려도 있었다. 함장은 무리할 필요는 없다고 생각한 모양이었다.

"예인소나 300미터 배출! 테스트를 실시합니다."

강인현 대위가 보고하며 예인소나의 작동 테스트를 시작했다. 일렬로 배열된 소나 수신기들에 전원이 공급되면서 리셋 모드에서 자체점검이 시작되었다. 수백 개가 연결된 만큼 수신기 가운데 몇 개쯤은 작동불량 상태가 있게 마련이었다.

"32번, 97번 수신기에 반응이 없습니다. 3일전 최종 점검 때는 이상이 없었습니다만, 지금 확인하겠습니다."

지상에서 정비를 완벽히 하더라도 작동불량은 반드시 발생하는 법이었다. 강인현 대위는 예인소나의 각 수신기들이 집적되어 있는 점검 패널로 걸어갔다.

사령실 후방의 천장 쪽에 붙어 있는 예인소나 점검 패널은 기본적으로는 승용차의 퓨즈박스와 원리가 같다. 각 소나수신기와 직렬로 연결된 동수의 퓨즈가 가지런히 꽂혀 있었다. 일단 퓨즈가 단락된 것인지, 아니면 중간 연결선 전체가 단선된 것인지를 확인할 수 있었지만 일일이 관찰하기 위해서는 자세가 너무 불편했다.

"32번은 이상이 없습니다만 연결선이 단락된 것 같습니다. 97번 수신기는 퓨즈가 나갔습니다."

보고를 마치며 강인현은 잽싸게 호주머니에서 예비 퓨즈를 꺼내 고장난 97번 수신기의 퓨즈와 바꾼 다음 능숙한 솜씨로 끼워넣었다.

"97번 수신기 작동됩니다."

9월 13일 15:55   부산광역시 가덕도 남동쪽 6km
미 해군 공격원잠 SSN-701 라 호야, 소나실

"방위 2-7-0도. 다수의 수상선박들이 빠르게 움직입니다. 침로와 방향을 정확히 계산하는 데 시간이 좀 걸립니다."

루이스 하사의 보고에 이어 로키 중사가 헤드폰을 눌러쓰며 판단을 내렸다.

"어선들이야. 놈들이 어선들을 쫓고 있는데?"

"어선들이 맞아."

뒤에서 들려오는 소리에 놀란 로키 중사가 뒤를 힐끗 바라보았다. 소나팀장 스톨츠 대위에 부함장 폴머 소령까지 소나팀 뒤에 서서 흥미롭다는 듯 부하들을 내려다보고 있었다. 방금 말은 스톨츠가 한 말이었다.

갑자기 다가온 소나팀장이 신경 쓰이는 듯 로키 중사의 표정엔 짜증이 섞여 있었다. 답을 알고 있지만 알려주지 않으면서 부하들의 대처방법을 보는 것도 재미있는 일일 것이다. 하지만 부하들이 답을 찾지 못하면 스톨츠 대위에게는 팀의 오명이 될 테고, 그렇다고 부함장이 옆에 있는데 알려줄 수는 더더욱 없었다. 스톨츠 대위는 호주머니에서 아몬드를 꺼내서 하나씩 씹기 시작했다.

"너무 복잡합니다. 젠장할! 한국 어부놈들은 뭘 잡는다고 이 얕은 바다에서 이렇게 난리입니까?"

로키 중사가 한국의 코르벳함을 추적하려다가 수면 위의 다른 소음들로 혼란스러워지자 등이 가려운 듯 오른팔을 뒤로 돌려 신경질적으로 긁어댔다.

"쉬림프(shrimp : 작은 새우) 종류라는군. 1인치도 안 되는 작은 새우하고, 그리고 뭐더라? 정어리 종류인데 그것도 길이 1인치도 안 되는 생선을 먹는다네. 한국인들은 별 물고기를 다 잡아먹어."

부함장 폴머 소령이 아는 척을 했다. 그러나 한국인에 대한 호감이라곤 눈을 씻고 봐도 찾을 수가 없었다.

"한심하군요. 사료로 쓰는 크릴과 비슷한 겁니까?"

스톨츠 대위가 거들었다. 한국 군함을 발견해 신경이 예민해진 부하들 뒤에서 잡담하는 게 꺼림칙하긴 하지만, 부하들의 작업은 이미 나와 있는 답을 찾는 무의미한 작업이었다.

"크릴과 비슷한 것이지. 아마 그보다 더 작은 걸 거야."

한국의 진해와 부산을 방문한 적이 있는 폴머 소령은 한국인들이 먹는 여러 가지 해산물에 놀란 적이 있었다. 코를 쥘 만큼 악취가 풍기는 곳을 지나다가 그것이 형체까지 흐물흐물해지도록 썩힌 작은 생선들이란 것을 알고는 기겁할 수밖에 없었다. 폴머는 한국인들이 그것을 반찬으로도 먹고, 김치라는 유명한 야채샐러드에 넣는 소스라는 것도 알았다. 폴머 소령은 나중에 김치를 절대 먹지 않았다.

유럽인들이 날생선을 먹게 된 것은 일본인들 때문이었다. 유럽인들에게는 문화적인 충격이었지만 싱싱한 생선이니까 그런 대로 참을 수 있었다. 그러나 상해서 비린내가 나는 생선을 먹을 수는 없었다. 이것이 단순한 발효과정이라도, 백인들이 자주 먹는 치즈가 김치처럼 발효식품이라 하더라도 생선을 썩힌 것을 인간이 먹을 수는 없다고 폴머 소령은 생각했다.

"잠깐만요! 뭔가 있습니다."

루이스 하사가 귀를 기울이며 뒤에 선 사람들의 대화가 방해된다는 듯이 손을 내저었다.

"고주파 소나음 같습니다. 발신지점은 포우행급 코르벳의 후방 1km 지점입니다. 수상 시그널이 아닙니다. 수중 시그널입니다!"

"고주파 탐신음? 어디 들어볼까?"

로키 중사가 발신음을 체크한 다음 정확한 음역을 파악하려고 기기들을 조작했다. 로키 중사는 그 소리가 고주파 대역이라고 확신하자 얼굴에 화색이 돌았다.

"잡았습니다! 잠수함입니다. 놈이 항법소나를 쓰고 있습니다."

로키 중사가 자랑스럽게 뒤를 돌아보며 보고했다. 폴머 소령과 스톨츠 대위는 약간은 흐뭇한 미소를 지었다. 로키가 보기에는 이상하게도 이들에게서 전혀 긴장감이 느껴지지 않았다.

"참 멍청한 놈들이군요. 선도함을 따라가면서 항법소나를 쓰다니……."

"우리가 있을 거라고는 상상도 못 했겠지. 더 멍청한 것은 저 포우행급 코르벳이야. 탐지능력이 형편없는 것 같은데?"

로키와 루이스가 탐지 위치를 자세히 파악하기 위해서 다시 기기들을 조작했다. 약간의 성취감이 그동안의 나태함을 밀어내고 있었다. 서둘러 조작하는 동안 폴머 소령이 큰 소리로 탄성을 지르며 루이스 하사의 어깨를 두드렸다.

"수고했네. 정답을 맞춘 데 대한 보답을 해야겠군!"

한국 잠수함을 탐지한 소나팀에게 뭔가 대단한 선물을 줄 것 같던 부함장이 마이크를 잡았다.

"1MC, 부함장이다. 현재 시간, 줄루 타임 0700시를 기하여 전원 전투배치에 들어간다."

9월 13일 16:30 부산광역시 가덕도 남동쪽 23km
한국 해군 잠수함 장문휴, 사령실

"목표 1, 침로를 변경하고 있습니다. 오른쪽입니다."

음탐관 강인현 대위가 보고하자 함장의 목소리가 들려왔다.

"좋아. 여수함은 모항으로 귀환하는군. 감사를 전해줘야겠지?"

잠망경을 통해 밖을 살피고 있던 서승원 중령이 뒤를 돌아보며 싱긋 미소 지었다. 장문휴함을 선도하던 여수함은 이제 귀환할 시간이었다. 장문휴함은 따라가면서도 여수함을 상대로 훈련을 게을리 하지 않았다. 여수함에서 알면 화들짝 놀랄 일이겠지만 장문휴함은 여수함을 상대로 모의 어뢰공격을 두 차례, 모의 하픈 공격을 한 차례나 했던 것이다.

이제 잠수함 장문휴는 혼자서 항해해야 했다. 그리고 이제부터는 존재를 완벽하게 은폐해야 하는 것이다. 심지어는 아군인 한국 해군조차도 장문휴함의 존재를 알 수 없도록 철저히 숨어야 했다. 동해에서 작전중인 1함대의 구축함과 프리깃도 이번 항해에서는 모두 적으로 간주되었다.

"분기점 갈매기로부터 침로를 공공오(0-0-5)로 변경한다. 작전관! 잠항하기 직전에 GPS로 현 위치를 정확히 체크한다. 자이로의 오차를 보정할 기회는 이후로는 주지 않겠다. 알겠나?"

서승원 중령이 정색을 하며 김승민 대위에게 명령했다. 아주 중요한 작업이었다.

서방 해군에서 'A point'란 항구 입구에 위치한 소해(바다에 부설한 수뢰 따위의 위험한 것을 제거하여 항해를 안전하게 하는 일)된 수로의 안쪽 끝에 지정하는 적절한 위치를 말한다. 전방이 열려 있는 접근로에서는 항구의 입구나 바다 쪽에 선정하며, 긴 접근로가 있는 항구에서는 접근로의 바다 쪽 끝에 선정한다. 한국 해군에서는 A point 대신 기역자가 들어간 낱말로 분기점 이름을 삼는다.

"옛! 알겠습니다. 계속 조정을 하고 있습니다."

서승원 중령이 체크하라고 명령한 GPS는 'Global Positioning System'의 약자로 현재 위치를 정확히 파악하기 위한 장치이다. 일종의 위성수신기라고 할 수 있다. 이것은 지구 궤도에 떠 있는 냅스타(NAVSTAR) 인공위성들이 발사하는 각기 다른 전파를 수신하여 위치를 파악한다.

냅스타 위성은 지구궤도에 총 24개가 떠 있다. 위치 정보는 GPS 수신기로 3개 이상의 위성으로부터 정확한 시간과 거리를 측정하여 3개의 각각 다른 거리를 삼각측량법에 의해 현 위치를 정확하게 계산하는 것이다.

　지구상의 어느 위치에 있던 간에 냅스타 위성 3개 이상의 전파를 수신할 수 있다. 이 방법으로 오차 10미터 내외로 현 위치의 정확한 위도와 경도, 고도까지 파악할 수 있게 된다. 물론 이것은 지구 궤도 위에 각각의 냅스타 위성 모두가 정확한 위치에 있어야만 가능한 일이다.

　지표면으로부터 2만 200km 상공에 위치한 24개의 위성들의 위치는 수시로 궤도를 비행하는 속도와 가속도, 위치 등을 파악한 다음 조금이라도 궤도를 벗어나면 지상기지국에서 위치를 수정하게 된다.

　이러한 GPS는 군용으로 개발되었지만 민간용으로도 많은 분야에서 사용되고 있다. 민간항공기, 선박은 물론 심지어 시내를 주행하는 자동차에서도 사용되어 도심 시가지에서의 정확한 위치까지도 파악할 수 있다.

　항해장을 겸한 작전관 김승민 대위는 잠망경과 결합된 GPS 수신기를 통해 마지막으로 정확한 위치를 뽑아낸 다음 장문휴함의 관성항법장치에 다시 입력했다. 바다 위에서 자신의 위치를 알아내는 것은 무엇보다도 중요하다.

　특히 잠수함은 바깥을 볼 수 없는 물속을 항주하므로 GPS는 물론이고 별자리와 나침반을 이용한 원시적인 항법도 사용할 수 없다. 그래서 밀폐된 공간에서도 완벽하게 위치를 파악할 수 있는 관성항법장치를 사용하는 것이다.

　간단하게 자이로(gyro)라 불리는 관성항법장치는 잠수함의 움직임으로부터 발생하는 관성을 이용한 항법이다. 2개 이상의 정밀한 자이로와 그 수정장치에 의하여 가속도, 각속도, 중력의 세 가지 운동을 측정할 수 있는 계기를 부착시켜 세 가지 운동의 변화를 순간적으로 계산함으로써 자신의 운동방향과 속도, 방위를 알아내고 이것을 최초의 출발지점부터 역산하여 지속적으로 위치를 산출한다.

다만 시간과 운동량이 누적될수록 오차도 커지기 때문에 장시간, 장거리를 항해한 다음에는 정확한 위치산정이 어렵게 되는 단점이 있다. 그렇기 때문에 서승원 중령은 마지막 잠항하기 직전에 GPS로 정확한 위치를 다시 파악하라고 지시한 것이다. 다시 잠망경을 내밀 수 있을 때까지는 GPS를 이용할 수 없었다.

"관성항법장치 보정을 마쳤습니다."

김승민 대위가 항법장치의 조작을 마치자 서승원은 즉시 깊은 수심으로의 잠항을 명령했다.

"좋아, 심도 조정. 100미터로!"

"심도조정 100미터!"

수면 위에 돌출되었던 잠망경이 물속으로 자취를 감추고 잠망경의 뒤에 남아 있던 가느다란 항적이 서서히 사라졌다.

9월 13일 16:40 쓰시마 북동쪽 75km
일본 해상자위대 잠수함 SS-585 하야시오, 사령실

고마키 류 이등해좌는 문득 아리무라를 떠올리며 쓴웃음을 지었다. 아무리 미 해군의 작전지휘를 받은 훈련이었다지만 해상자위대의 구축함이 한국 잠수함에 공격다운 공격 한 번 제대로 해보지 못하고 당한 것은 변명의 여지가 없는 완전한 패배였다. 우미기리뿐이 아니었다. 유우기리와 하루사메까지 당했으니 패배도 이만저만 처참한 패배가 아니었다.

한국에서 교환근무를 마치고 돌아온 미 해군 고급장교들과의 간담회에서 미 해군은 해자대 간부들에게 분명히 알려주었다. 한국 해군이 해군력 증강사업으로 독일제 잠수함을 대량 도입한 것은 분명히 일본을 겨냥한 것이라고 했었다.

그동안 추정으로 난무하던 한국 해군의 진정한 증강 목적을 한국 해군의 입으로 직접 확인한 셈이었다. 이 말은 군사관련 잡지에도 인터뷰 기사로 실렸다. 그런 한국에게 아무리 훈련이라지만 일본 해상자위대의 구축함이 세 척이나 깨져나갔으니 기가 막힐 노릇이었다.

고마키는 수측실에서 시끄러운 소리가 들리자 그쪽으로 고개를 돌렸다. 부함장 시모미치 데쓰오(下道徹雄) 삼등해좌였다. 무슨 실수를 한 모양인지 신참 수측병 하나를 호되게 다그치고 있었다.

그럴 만도 했다. 지난번 항해가 끝난 지 일주일도 안 돼 승무원 모두가 호출받았다. 기다리던 휴가도 사라졌고 집으로 출퇴근하는 육상근무도 없이 새로운 임무를 또 부여받은 것이었다. 전체적으로 승무원들 모두 신경이 무척 날카로웠다.

일본해에서의 작전은 요코스카의 제2 잠수대군(潛水隊群)을 배제하고 구레의 제1 잠수대군에 전격적으로 할당되었다. 1개 잠수대는 3척의 잠수함으로 구성되는데, 훈련이 끝난 5월부터 일본해에는 1개 잠수대씩 계속 투입되고 있었다. 러시아를 상대로 정기적인 초계활동을 수행하는 1척을 제외하고는 2척이 일본해 전역에 대해서 한국 잠수함의 추적임무를 맡고 있었다.

한 달간의 초계임무가 끝난다고 꼭 휴가와 육상근무가 기다리는 것은 아니었다. 고마키가 지휘하는 하야시오는 지난번 훈련을 마친 후에도 휴가를 얻지 못했다. 가족이 기다리는 고참 자위관은 물론이고, 해위(海尉)급 이상의 미혼 간부와 자위관들의 실망이 대단했다.

바다로 나가는 것에 낭만만 있는 것은 아니다. 판에 박힌 일상생활과 반복되는 단조로운 작업, 갇힌 공간에서 받는 스트레스만으로도 대단한데, 가족을 만나지 못해서 겪는 그리움과 향수병 역시 대단하다.

정식으로 군대의 존재가 부인되는 일본에서, 군인이라기보다는 평범한 직장인이란 개념이 강한 자위대이기에 재차 계속되는 항해가 주는 스트레스가 상당할 수밖에 없었다. 하물며 잠수함에서야 더욱 그러했다.

2차대전 때 독일 U-보트 부대의 총사령관이었던 명장 되니츠 제독도 휘하 잠수함 부대원의 휴양만큼은 신경 써서 배려했다. 영국과 미국의 압도적인 해군력에 맞서는 동안 한 척의 잠수함이라도 긁어모아야 하는 절박한 상황에서 잠수함 승무원들의 휴식은 전력의 손실이라고 할 수밖에 없었다. 하지만 휴식없이 재투입된 승무원들의 전투력은 이루 말할 수 없을 만큼 저하되었기 때문에 그것은 간과할 수 없는 문제였다. 이런저런 생각에 미치자 고마키는 수측실에 있던 시모미치 부함장을 손짓해 불러냈다.

"부함장, 침묵상태를 한 단계 낮추고 비번인 승무원들에게 자유시간을 주도록 하게. 근무중인 병력도 3개조로 나누어 1개조씩 휴식을 취하도록 한다. 그리고 시모미치 군. 우선 내가 지휘를 할 테니 그동안 쉬도록 하게."

"옛? 무슨 말씀이십니까. 함장께서 쉬십시오. 전 괜찮습니다."

쉬라는 말에 부함장 시모미치가 손을 내저으며 가당치 않다고 말했다. 하지만 고마키는 완강했다. 깐깐하고 허세를 부리기로 소문난 고마키였지만 부하들을 위해 자신의 피곤함 정도는 흔쾌히 감내할 수 있는 위인이었다.

"예, 함장. 그럼 제가 먼저 쉬도록 하겠습니다. 두 시간 후에 돌아오겠습니다."

시모미치가 고마키에게 경례를 붙인 다음 나머지 승무원들에게 함장의 명령을 전달하려고 함내 통신용 마이크를 집었다.

"아리무라…… 멍청한 자식 같으니라구……."

"옛? 무슨 말씀이십니까?"

고마키의 혼잣말을 제대로 듣지 못한 시모미치가 마이크에 이야기하려다 말고 갸우뚱거리며 다시 고마키에게 질문했다.

9월 13일 17:18   대마도 남동쪽 28km
중국 해군 공격원잠 S-404, 사령실

인민해방군 해군 소속 한漢급 원자력 잠수함 404호가 대한해협의 남쪽, 쓰시마 남단을 조용히 항주하고 있었다. 1988년에 진수한 404호는 한급 공격원잠중 네 번째 함이다.

함장 천퀀타오 중교는 자신의 잠수함이 쓰시마와 이키섬 사이를 통과하자 신경이 예민해졌다. 대한해협의 왼쪽, 흔히 서수도西水道라 불리는 곳의 수심은 반대쪽인 동수도보다 크게는 두 배 가까이 깊다.

대한해협의 평균 수심이 120여 미터로 잠수함이 작전하기에는 낮은 수심이라는 것을 고려할 때 서수도를 선택하는 것이 존재를 은폐하기에 훨씬 유리했다. 하지만 이번 동해로의 침투항로는 동수도, 즉 대마도 동쪽 수로였다.

최근 들어 서수도 해역에서 수중항주하는 잠수함들이 한국 해군의 대잠전투함들에게 탐지되는 상황이 빈발했다. 그래서 천 중교는 동수도를 선택했지만 동수도도 만만한 곳이 아니었다. 일본의 수중고정 소나망이 부설되어 있기 때문이다. 어차피 마찬가지였다.

하지만 일본은 러시아를 우려하여 외국 잠수함에 적대적인 행동을 취하는 일이 드물었다.

중국이 원자력 잠수함을 보유하기 위해 박차를 가한 시기는 60년대로 거슬러 올라간다. 중국은 원폭 실험에 성공한 64년에 이어서 수폭 실험에 성공한 67년부터 원자력 잠수함을 건조하기 시작했다.

원자력 잠수함의 동력장치를 설계하는 일은 핵폭탄 설계보다도 훨씬 복잡하다. 잠수함 건조에 경험이 별로 없었던 중국의 무모한 개발계획은 곧 난관에 부딪쳤고, 1번함은 건조를 시작한 지 무려 7년만에 취역하게 되었다.

시험적인 성격을 띤 한급 원잠은 능력면에서 매우 뒤처지는 편이다. 최고 속도 25노트에 원자로에서 발생하는 동력을 직접 추진력으로 이용하지 않고 발전기를 돌려 전기로 추진하는 복합추진방식을 채택했다. 소나와 어뢰, 전투시스템 등 전반적인 기술이 낙후한 중국이 개발한 한급 원잠은 세계에서 가장 시끄러운 잠수함이라는 오명까지 들어야 했다.

중국의 잠수함 건조기술이 전반적인 질적 향상을 이룬 것은 1980년대에 이르러서이다. 등소평이 중국의 권력을 장악한 후 해군에 유화청劉華淸 상장이 등장하면서 그동안의 연안방어전략에서 적극적인 근해방어전략으로 선회한 것이다.

이 시기 프랑스에 미테랑의 사회당 정부가 들어선 것도 중국의 무기개발노력에 있어 커다란 행운이었다. 프랑스의 군수산업은 행정부의 외교적인 지원 아래 중국의 군사력 증강에 많은 기여를 한 것이다. 그리고 해군 분야에 특히 치중되었다.

중국이 80년대 개발한 함대함 미사일과 함대공 미사일, 어뢰는 물론이고 잠수함 건조에도 프랑스의 지원이 더해졌다. 중국이 가장 고민했던 핵잠수함의 추진장치 부문에서도 프랑스의 협력은 예외가 아니었다. 그렇기 때문에 보다 진보된 핵동력장치, 소나와 전투시스템에 있어서 중국의 핵잠수함 능력은 일층 향상되었다.

천 중교는 중국 해군이 새롭게 건조하는 094급 공격원잠에 거는 기대가 상당하다는 것을 알고 있었다. 하지만 목표로 선정한 성능이 러시아의 빅터Ⅲ급 정도라는 것을 듣자 실망이 컸다. 80년대 초반에 건조된 잠수함과 동등한 능력이 2000년대 중국 해군이 장비할 신형 잠수함의 성능이었다니 당연히 실망할 만했다.

"감속한다. 4노트로!"

"감속 4노트!"

천쿼타오 중교는 속도를 더 줄여야 할 것으로 생각했다. 자신의 능력을 제대로 알면 그만큼 생존할 확률도 높아진다. 천쿼타오는 한급 원잠 404호의 성능을 확실하게 알고 있었다. 무리할 필요는 없다고 생각했다.

천 중교는 일본과 한국이 벌인다는 명칭 논쟁이 문득 우습게 느껴졌다. 일본에서는 '일본해'로 부르고 한국에서는 '동해'로 부른다는 그 조선해뿐만이 아니었다. 한쪽에서는 '대한해협'으로, 그리고 한쪽에서는 '쓰시마 해협'이라고 주장하지만 그 어느 쪽으로도 결정되지 않은 이곳, 해협도 있었다.

간혹 쓰시마의 왼쪽을 대한해협, 오른쪽을 쓰시마 해협이라고 타협을 보기도 하지만 해협은 결코 섬과 육지 사이에 붙는 명칭이 아니다. 큰 땅과 큰 땅의 사이, 말 그대로 해협이란 바다의 골짜기나 마찬가지이다.

원래 동해는 중국 잠수함이 주로 작전하는 해역은 아니었다. 때문에 중국 잠수함들은 최근부터 새로이 추가된 작전해역인 동해에서 수행하는 초계임무에 많은 부담을 느꼈다. 그것은 복잡한 동해의 해저지형과 해류상황 등 전반적인 해양 데이터를 제대로 확보하지 못했기 때문이다.

그러나 한국이 잠수함을 도입하여 중국 근해까지 침투하는 상황에서 중국도 역시 공세적으로 작전해역을 확장해야 했다. 천 중교가 지휘하는 404호 역시 동해에서의 해저지형 조사를 부임무로 부여받고 있었다. 쉽지 않은 임무였다. 그것도 조용한 것과 거리가 먼 한급 공격원잠에게는 더욱 어려운 임무였다.

9월 13일 17:40   부산광역시 부산항 북동쪽 18km
한국해군 잠수함 장문휴, 음탐실

"방위 이백삼십공(2-3-0)도. 무엇인가 있습니다."
음탐장 최현호 상사가 헤드폰에 온 신경을 집중하면서 기기를 조작했다. 최현호 뒤에 서 있던 음탐관 강인현 대위도 역시 모니터를 확인했지만 고개를 갸웃거릴 뿐이었다.
"부산항에서 나온 상선이 아닙니까?"
"이상합니다. 블라디보스톡을 향하는 북동쪽 항로 바깥입니다. 그리고…… 부산항을 지나치면서는 드러나지 않았습니다만, 아까부터 일정한 간격을 유지하면서 본함을 따라오고 있었습니다. 이걸 보십시오."
최현호 상사는 뭔가 꺼림칙한 기분이 들었다. 최현호 상사가 부산항을 지나치면서 추적했던 많은 배들의 위치에서 한 척을 지정한 다음 이동지점이 연결되도록 기기들을 조작했다. 모니터에는 장문휴함의 이동궤적이 노란색으로 나타나고 문제의 배가 청색으로 나타났다. 대략 장문휴의 7~10km 후방을 계속 따라오고 있었다.
강인현 역시 모니터를 유심히 살폈다. 아직 거리는 얼마 되지 않았으므로 우연의 일치라고 볼 수도 있었다. 하지만 뭔가 이상했다.
"함장님께 보고할까요?"
"글쎄요, 아직까지는 단언하기 힘듭니다. 조금 더 지켜보는 게 어떻겠습니까? 우연히 같은 방향을 따라오는 상선일 수도 있습니다."

일단 특이한 상황은 바로 보고해야 했지만 최현호 상사는 자신이 발견한 것이 무엇인지 자신이 없었다. 제대로 파악하지 못한 채로 보고부터 할 수는 없었다. 만약 그것이 보통 상선이라면, 잠수함의 눈과 귀인 음탐반의 음탐장으로서 제 역할을 하지 못한 셈이 된다. 최현호 상사는 음탐관 강인현 대위보다 훨씬 많은 경력을 보유하고 있었다.

"조금 더 지켜보도록 하지요. 30분만 더 추적해 봅시다. 그때까지도 계속 따라오면 보고합시다."

강인현 대위도 바로 보고하기에는 문제가 있다고 생각했다. 통행이 많지 않은 해역이라면 당장 보고해야 하겠지만, 이곳에서는 민간선박의 왕래가 워낙 잦으므로 착각했을 수도 있었다.

"그렇게 하겠습니다. 그럼, 음탐장님. 같이 땀 한 번 흘려볼까요?"
"예, 물론입니다."

싱긋 웃는 강인현이 최현호 상사의 오른쪽, 자신의 자리에 잽싸게 앉았다.

9월 13일 17:45   부산광역시 부산항 북동쪽 14km
미 해군 공격원잠 SSN-701 라 호야, 소나실

"한국 놈들은 붐비는 곳을 좋아하는 것 같군요."
"후후, 자네 이제 지쳤나 보군. 부산은 물동량이 상당한 곳이야. 한국 놈들의 군항과 부산 같은 큰 항구가 너무 가까워서 탈이지. 자네, 알아? 예전에 라 호야가 진해로 입항한 적이 있었어. 이 근처는 워낙 북적거리는 곳이야. 결국 가덕도라는 섬 근방에서 한국 어선을 들이받았다네."

소나를 조작하던 루이스 하사가 이제 넌더리가 난다는 듯이 한숨 섞인 비명을 내지르다가 로키 중사의 이야기를 듣고는 눈을 번쩍 떴다.

"들이받았다고요? 충돌이나 좌초사고는 군법재판 회부감이 아닙니까?"

"그렇지, 군법재판이지. 장교들이야 더 이상 진급을 바라지 말아야지. 그걸로 끝장이야. 그때 함장도 모가지 날아갔어. 그때 내가 소나팀에서 갓 신참이었지. 난리가 아니었어. 하긴 뭐 우리 같은 졸병들이 책임질 일은 아니었지만. 후후!"

다른 것도 아니고 핵추진 공격잠수함이었다. 충돌사고는 그만큼 치명적이었다. 루이스 하사가 고개를 끄덕거렸다. 사실 조함에 관련된 궁극적인 책임은 당직장교와 함장이 지게 되어 있다. 사병이나 하사관이 책임질 영역은 아니었다. 로키 중사가 그 사건에 얽힌 여러 이야기를 더 언급하려다가 소나팀장 스톨츠 대위가 다가오자 입을 다물었다.

"그래, 놈의 움직임은 어때?"

"5에서 6노트입니다. 거리 약 1만 야드, 침로는 0-1-0입니다."

스톨츠 대위가 질문하자 로키 중사는 어색한 말투로 허둥지둥 장문휴의 위치를 보고했다.

"장문휴의 예인소나를 조심해야 한다. 우리가 추적하는 것을 들키면 절대 안 돼. 이번 작전의 목표가 장문휴함을 속속들이 파악하는 것임을 잊지 말도록 하게."

"예! 알겠습니다."

스톨츠 대위가 소나실에서 나가려다가 깜빡 잊었다는 듯 다시 로키 중사에게 다가왔다.

"이봐, 로키. 근데 말야. 잠항중의 충돌사고는 소나팀도 책임을 묻게 되어 있어. 기왕 알려주려면 정확히 알려주게나. 아마 장문휴를 놓치게 되면 화끈한 보답이 기다리고 있을 거야."

"예! 물론입니다."

로키 중사가 억지 웃음을 지으며 대답했다가 고개를 돌리는 순간 그의 표정이 일그러졌다. 로키는 사관들은 항상 뒤에서 불쑥 나타난다고 생각했다. 뒤에서 실실 웃고 있는 부함장 폴머 소령도 그의 이야기를 모두 엿들은 것 같아 로키 중사는 기분이 매우 언짢았다.

9월 13일 17:55   부산광역시 부산항 북동쪽 22km
한국해군 잠수함 장문휴, 음탑실

"음탐관님, 확실합니다. 우리를 따라오는 놈입니다. 간격도 변화가 없습니다. 수상함정인지 잠수함인지 아직 확인할 수 없습니다만……. 우리처럼 저속으로 항주하는 민간 선박은 분명 없습니다. 문어나 꽃게를 잡는 통발어선이라도 우리 잠수함보다는 빠를 겁니다."

인상을 잔뜩 찌푸리고 있는 최현호 상사의 판단은 확실한 것 같았다. 무엇인지 모르지만 계속 잠수함을 따라오고 있었다.

"그렇겠죠. 소음 수준으로 보아 분명히 소형 어선은 아닐 겁니다. 보고합시다!"

강인현 대위는 인터폰 송신기를 집으려다 말고 의자에서 일어나 사령실로 걸어갔다.

잠시 후 함장 서승원 중령이 음탐실로 들어와 기기들을 모두 바라볼 수 있는 곳에 자리를 잡았다. 함장은 상당히 심각한 얼굴이었다.

장문휴의 메인 소나시스템인 CSU-90에 연결되는 세 개의 컨솔은 17인치 모니터가 상하 2열로 배열되어 있었다. 그 아래쪽에는 조작용 키보드와 트랙볼 마우스가 있었다. 소나에서 수집되는 음파는 각각의 컨솔에 연결된 컴퓨터에 의해 디지털로 분석되고 처리된다. 그것과 연동된 두 개의 또 다른 컨솔은 어뢰를 발사하여 명중하기까지의 과정을 통제하는 무기통제시스템이다.

  TMA(표적이동분석) 기능을 가진 표시장치는 음파가 발생한 방향과 거리뿐 아니라, 그것이 움직이는 동안의 변화하는 속도와 위치 등을 지속적으로 계산하는 장치이다. 이것은 어뢰공격을 실시할 때 중심적인 역할을 수행한다.

  이들 기기들은 모두 링크되어 있어서 음파를 탐지하고 목표를 평가하여 판단하는 과정에서부터 어뢰를 발사하는 마지막 순간까지 모든 과정들이 연결되어 있었다. 그렇기 때문에 과거와 같이 어뢰의 발사각, 주행침로 등을 일일이 손으로 계산하는 일은 없어졌다. 장문휴가 장비한 ISUS-90 다기능 통합 컨솔들이 바로 잠수함 전투시스템의 핵심장비이다.

  함장이 들어오자 최현호 상사는 미리 준비해둔 파일을 클릭하여 모니터에 표시했다. 화면에 문제의 목표가 발견된 최초의 위치와 시간에서 이동한 궤적들이 직선으로 이어져 나타났다. 부산항 근처 민간선박들을 표시하는 무수한 점들에서 빠져나온 이 직선은 장문휴함의 이동 궤적과 정확하게 일치했다.

  "이놈을 최초로 탐지한 것은 30분 전입니다만, 주변의 다른 목표들과 분간할 만큼 특별한 신호도, 특징도 없었습니다. 15분 전에 이동궤적이 유사하다는 것을 발견하고 지속적으로 체크한 결과입니다. 본함의 항로와 일치하고 있습니다."

  트랙볼을 조작하며 모니터에 코를 박은 채로 최현호 상사가 입을 열었다. 최현호 상사는 직업하사관의 자존심 때문인지, 아니면 당장 처리해야 할 일이 우선이라고 생각하는지 함장에게 보고할 때도 얼굴을 돌리는 법이 별로 없었다.

  "우리를 따라오는 것이 분명합니다."

"그렇군."

잠시 화면을 바라보며 골똘히 생각에 잠기던 서승원 중령이 최현호의 보고에 고개를 끄덕였다. 작전계획상 더 이상 장문휴함을 동반하는 해군함정도 없었다.

"거리가 좀더 가까워지면 명확하게 알 수 있겠나?"

"물론입니다, 함장님!"

"좋아, 그럼 감속한다. 놈이 뒤에 붙을 때까지 기다린다."

잠시 생각에 잠긴 함장 서승원 중령이 음탐실 바깥쪽을 향해 짧게 외쳤다.

"부장!"

"예, 함장님!"

진종훈 소령이 어느새 음탐실 밖에 대기하고 있었다.

"현재 속도에서 50퍼센트 감속해주게. 그리고 함내 침묵상태를 최고로 올린다. 난 당분간 음탐실에 있을 테니까 조함은 자네가 계속 맡아 주게."

"예, 알겠습니다."

순항속도로 움직이던 장문휴함이 최저속도로 감속했다. 사람이 걷는 속도로 서서히 움직이는 장문휴함에서 발생하던 몇 가지 소음도 뚝 멈춰버렸다.

비번으로 식당에서 노닥거리던 승무원들 몇 명도 모두 조용히 내무반으로 향했다. 그리고 비좁은 3단 침대로 꾸역꾸역 기어들어갔다. 여닫이 겸 블라인드를 치고 나서 승무원들은 잠을 자거나 쥐 죽은 듯이 입을 닫고 누워 있어야 했다. 그것이 함내에 불필요한 소음을 없애는 침묵상태 1의 명령이었다.

"잠수함입니다! 수상 시그널이 아닙니다. 수중 시그널이 확실합니다."
"잠수함이 맞습니다."

최현호 상사에 이어 강인현 대위가 즉각 확인했다. 서승원 중령의 표정이 묘하게 일그러졌다. 함장은 음탐관 강인현보다 낮은 목소리로 물었다.

"어느 나라 잠수함인가? 미국인가?"

한국 영해 근처에서 설치는 잠수함이라면 미국과 일본밖에 없었다. 특히 한국과 미국의 특수관계 때문에 미국 잠수함들은 한국 영해 안쪽까지 제집처럼 들락거렸다.

"아직 확인할 수 없습니다. 조금 더 접근하면 확실히 알 수 있겠습니다."

강인현 대위가 신중론을 폈다. 하지만 승무원들은 그 잠수함이 어느 나라 잠수함인지 뻔하다고 생각했다.

9월 13일 18:20 부산광역시 부산항 북동쪽 19km
미 해군 공격원잠 SSN-701 라 호야, 소나실

"로스트 컨택(lost contact)! 이런! 접촉을 상실했습니다."
"뭐야? 제기랄!"
"어떻게 된 거야? 빨리 서둘러! 접촉을 잃다니!"

잔뜩 당황한 로키 중사가 허겁지겁 소나 시스템을 조작했다. 하지만 한번 잃은 소리는 쉽게 찾아지지 않았다. 소나팀장 스톨츠 대위도 성급하게 부하들을 닦달했다. 그러나 닦달한다고 해결될 일이 아니었다.

로키 중사는 마음 같아서는 최대출력으로 액티브 탐신을 하고 싶었지만 그럴 상황도 아니었다. 라 호야는 가능한 비밀리에 한국 잠수함을 추적하여 소음 특성과 성능을 파악하는 것이 임무였다.

BQQ-5 소나가 최대출력으로 저주파를 발사하면 해수 상태가 양호한 경우 20km까지도 탐색할 수 있다. 그러나 해수 상황이 나쁠 때는 5km만 넘어도 효율이 급격히 떨어진다.

패시브 소나가 해수 상황에 따라 극단적인 경우 지구 반대편의 고래 소음까지 들을 수 있다지만, 액티브 소나의 경우 에너지 손실 때문에 먼 거리까지 탐지할 수 없다. 어쨌든 탐지거리는 액티브든 패시브든 간에 해수의 상황에 따라 차이가 크게 난다.

"아무래도 함장님께 보고해야 되겠군."

부하들의 작업을 지켜보던 스톨츠 대위가 고개를 절레절레 흔들며 자리에서 일어섰다. 스톨츠는 가르시아 중령의 불벼락이 떨어질 것으로 예상하고 어깨가 축 늘어졌다.

"좋아. 놈이 속도를 높여 빠져나간 것일까? 그럼 따라가야지. 마지막 추적위치로 급행한다. 부함장, 15노트로 증속한다. 스톨츠…… 다시 발견하면 바로 알려주게."

탐지를 잃었다는 스톨츠 대위의 보고를 받자 가르시아 중령은 뜻밖에 선선히 대꾸했다. 라 호야가 다시 속도를 높이기 시작했다.

9월 13일 17:55 부산광역시 부산항 북동쪽 25km
한국 해군 잠수함 장문휴, 음탐실

"옵니다!"

숨을 죽인 채 귀와 눈을 모아 소나에 집중하던 최현호 상사가 들릴 듯 말 듯 강인현에게 속삭였다. 뒤에 서 있는 서승원과 김승민은 미동도 하지 않고 음탐반 요원들의 작업을 지켜보고 있었다.

"속도가 빨라졌습니다! 아마도…… 우릴 놓쳤기 때문에 다급해진 모양입니다. 역시 원잠입니다!"

강인현 대위가 낮고 빠르게 속삭였다. 강인현 역시 긴장되기는 마찬가지였다. 이로써 누군지 모르지만 장문휴함을 추적하는 잠수함이 있다는 사실이 증명된 셈이었다. 그것도 핵잠수함이었다. 그렇다면 일본이나 한국 잠수함은 절대 아니었다. 함장의 예상대로 미국 잠수함일 가능성이 컸다.

강인현은 차근차근 작업을 개시했다. 그는 결코 서두르는 법이 없었다. 후방을 추적하는 메모리 기억장치에 저장된 음문 파일들을 불러들인 다음, 언제라도 꺼내볼 수 있도록 조그만 윈도우로 만들어 화면의 한쪽 구석에 밀어넣었다.

한참 고민하던 함장이 무겁게 입을 떼었다.

"작전관! 지금 통신반으로 가서 작전사령부에 지원을 요청한다. 대잠작전센터에 오라이언의 긴급지원을 요청하도록. 사출용 통신 부이를 사용한다. 보고문 작성요령을 잘 알려주도록 해."

"예! 알겠습니다."

김승민 대위가 소리나지 않게 빠른 걸음으로 통신실로 향했다. 통신관 이홍기 중위는 아직 어수룩한 부분이 많아서 김승민도 걱정하던 참이었다.

SLOT(submarine launched one-way transmitter) 부이, 즉 잠수함에서 발사하는 일회용 송신기는 장문휴의 현재 위치와 미확인 잠수함의 위치 정보 등이 기입되고, 지원요청이 입력된 다음 디코이 발사관에 장전되었다. 부이가 디코이 발사관에 들어간 것을 확인한 김승민 대위가 사령실 계기판에서 확인한 버튼을 눌렀다.

장문휴의 사령탑 후방에 설치된 디코이 발사관은 어뢰 기만용 디코이뿐 아니라 3인치 크기의 통신용 부이도 사출시킬 수 있었다. 디코이가 물속으로 쏘아졌다.

 부력을 얻어 급상승한 SLOT 부이가 물위에 다다르자 안테나가 펼쳐지면서 지향성이 높은 극초단파 대역의 전파를 하늘로 쏘아올렸다. 이 부이는 수면에 떠오른 다음에도 즉각 발신하지 않고 지정된 시간이 지난 다음 발신할 수 있도록 발신시간이 조정되는 방식이었다. 이것은 위험해역에서 필요할 경우 잠수함이 그 지점을 완전히 이탈한 다음에, 즉 부이를 사출한 잠수함이 초계기들의 전파수신과 탐지를 피할 수 있는 충분한 시간여유를 준 다음에 작동될 수 있었다.

 SLOT 부이에서 발사한 전파 신호가 장문휴의 컴퓨터에서 압축되어 0.1초보다도 짧은 시간 동안 송신되었다. 버스트(burst) 전송기술이라는 압축형태의 통신방식은 통신이 순식간에 끝나기 때문에 도청하기 곤란하다.

 장문휴의 전파를 받아낸 무궁화 3호 통신위성이 전파를 다시 진해에 있는 위성통신 기지국으로 되쏘아보냈다. 고도 3만 6천km, 적도상의 지구 정지궤도에 머무르는 무궁화 3호 위성은 민간용의 순수 상용통신 위성이다. 그러나 몇 개의 채널은 비밀리에 군용 채널로 할당되었다.

 일단 해군작전사령부의 위성통신수신장치에 감지된 전파는 바로 암호해독기를 통하며 장문휴가 보낸 원문이 프린트되기 시작했다. 과거에는 일일이 손으로 암호해독표와 대조해야 했지만 지금은 달랐다. 0과 1의 수십 자리 디지털 숫자로 이루어진 암호코드는 일정한 규칙이 없는 랜덤방식으로 계속 규칙이 변하며 같은 코드라도 다른 뜻을 내포하고 있었다.

 수십만 가지로 조합이 가능한 이런 코드들은 암호의 기본 알고리즘을 알고 있더라도 규칙 자체가 수시로 변하기 때문에 해독하는 것이 거의 불가능해진다. 말 그대로 암호해독기의 내부 알고리즘과 동일한, 똑같은 장비를 훔쳤다 하더라도 또다시 무수한 변형 알고리즘을 선택할 수 있으므로 수십만 단위의 전체 알고리즘과 조합규칙을 파악하지 않는 한 암호해독은 불가능하다.

퇴근 시간이 지나고 해군 작전사령부의 기밀통신실에서 당직근무를 서던 소령이 무엇인가 프린팅되는 소리를 듣고 잽싸게 달려갔다. 발신자를 확인하고 내용을 확인한 소령은 곧 작전사령관과 통하는 직통 회선을 집어들었다.

사령관이 조금 전에 퇴근했다면 부관이 바로 휴대폰으로 연락을 할 것이다. 코드분할 다중접속방식(CDMA)을 사용하는 작전사령관의 휴대폰은 PCS라 불리는 일반 개인휴대통신과 같은 방식이었고, 이것은 도청당할 우려가 있었다.

아마도 사우나에 갔다가 허겁지겁 달려올 작전사령관을 생각하며 소령이 빙그레 미소 지으며 다음 행동을 서둘렀다. 소령은 해군의 대잠초계항공단으로 이어지는 직통회선을 집어들고 대기중인 P-3C 오라이언 초계기에 임무를 지시했다.

9월 13일 18:15   부산광역시 부산항 북동쪽 32km
미 해군 공격원잠 SSN-701 라 호야, 소나실

"아니…… 이게 뭐지? 후방입니다!"
"8노트! 본함 뒤를 따라오고 있습니다!"
루이스 하사가 다급히 외치며 경악한 표정의 로키 중사를 돌아보았다. 상대방의 소음이 점점 커지고 있었다.

"거리 1,200야드! 예인소나 바로 뒤쪽입니다. 소음 패턴은…… 균일하고 조용합니다. 모터 추진음인 것 같습니다!"

소나팀장 스톨츠 대위가 놀라 허겁지겁 헤드폰을 눌러 썼다. 잠시 후 스톨츠 대위가 표정을 잔뜩 일그러뜨리며 외쳤다.

"이런! 장문휴다!"

라 호야가 끌고 있던 예인소나에서 불과 300미터 정도의 거리였다. 눈으로도 알아볼 수 있는 거리였다. 한참을 앞서가던 한국 잠수함이 갑자기 뒤에서 나타나자 로키 중사는 잔뜩 당황했다.

"어떻게 된 건가? 소나팀! 목표 옆을 지나면서도 몰랐단 말인가?"

아까의 여유와는 달리 함장 가르시아 중령의 목소리가 무섭도록 낮게 깔렸다. 사냥감을 눈앞에 둔 범이 공격 직전에 낮게 으르렁거리는 소리 같았다.

"그게…… 함장님! 전혀 파악된 것이 없었습니다."

"그게 말이 되나? 우리가 추적을 시작한 지 세 시간도 안 됐어! 젠장! 겨우 두 시간 몇 분 미행하고 들킨 셈이군."

가르시아가 시계를 보며 짧게 탄식했다. 장문휴의 추적 임무가 세 시간도 못 되어 발각되다니, 앞으로 어떻게 해야 할지 난감할 뿐이었다. 장문휴가 라 호야를 언제부터 발견하고 기다렸는지는 확실히 알 수 없었지만, 한국 잠수함이 라 호야가 한국의 영해 안쪽에서 작전한 사실을 확실히 알고 있을 것이 분명했다. 그리고 잠수함 지휘관으로서 상대방보다 자신이 먼저 탐지당했다는 것보다 더 큰 수모는 없었다.

"목표가 속도를 높이고 있습니다. 18노트입니다."

"그래, 놈이 우리를 완전히 포착한 것이다. 스톨츠 대위!"

가르시아 중령의 표정이 잔뜩 험악해졌다. 겁에 질린 스톨츠 대위가 기어들어가는 소리로 대답했다.

"예! 함장님."

"소나팀에 실망했다. 도대체……."

가르시아가 언성을 높이려다 중간에서 멈췄다. 스스로도 어이가 없고 창피했다. 러시아와 중국 잠수함을 추적하면서도 이런 황당한 경우는 없었다. 심지어 잠수함 강국이라는 일본 잠수함을 쫓을 때도 마찬가지였다.

추적하던 목표가 감속해서 이쪽을 기다리는 것은 어쨌든 좋았다. 하지만 그 목표를 먼저 발견하지 못한 적은 없었던 것이다. 눈먼 장님이라도 이런 일은 없을 것이다. 장님도 귀가 있기 때문이다. 가르시아는 라 호야가 어떻게 장문휴 옆을 지나치면서도 감쪽같이 몰랐는지 쉽사리 납득되지 않았다.

"함장님! 피해야 합니다. 일단 영해를 침범한 함정은 영해를 빠져나오더라도 해당국에 추적권이 부여됩니다. 장문휴는 지금 우리에게 영해침범의 책임을 물을 권리가 있습니다."

조언하는 폴머 소령도 어이없긴 마찬가지였다. 하지만 발견되었더라도 빠져나가야 할 때는 신속히 빠져나가야 했다. 장문휴가 더 가까이 다가와 라 호야의 정체를 파악한다면 문제는 더 커질 수도 있었다.

"젠장! 기관실! 가속해서 빠져나간다. 기관 전속!"

이번 작전에 투입된 또 다른 원잠 컬럼비아는 아직도 먼 거리인 포항 동쪽 20km 바닷속에 있었다. 일단 회합지점 전까지 장문휴에 대한 추적임무는 라 호야가 쥐고 있고 그 다음부터는 컬럼비아가 합류하여 공동으로 추적하도록 예정되어 있었다. 하지만 계획이 틀어져도 한참이나 뒤틀려 버렸다. 추적하는 쪽의 존재가 노출된 것으로 추적은 끝이었다.

함장이 빠르게 머리를 굴렸다. 일단 라 호야가 빠른 속도로 컬럼비아에 접근하면 컬럼비아도 뭔가 잘못됐다는 것을 알아차릴 수 있을 것이다. 일단 꽁무니에 붙은 장문휴를 떼어 버려야 했고, 그 다음으로는 컬럼비아에게 빨리 이 사실을 알려주어야 했다. 그렇게 하기 위해 가르시아 중령은 라 호야의 속도를 높였다.

"컬럼비아에게 상황을 통보한다. 통신 부이를 준비하도록!"

가르시아 중령이 부함장에게 짧게 명령했다. 신중하게 기회를 포착했는데도 불구하고 일이 뒤엉키자 가르시아 중령은 속이 끓어올랐다. 그러나 무진 애를 썼는데도 원하는 결과가 얻어지지 않을 때는 어쩔 수 없었다.

9월 13일 18:20 부산광역시 부산항 북동쪽 31km
한국 해군 잠수함 장문휴, 음탐실

"놈이 가속합니다! 엄청나게 빠릅니다. 현재 27노트. 계속 빨라지고 있습니다!"

갑작스럽게 속도를 높이는 목표 잠수함에 놀라 강인현 대위가 몸을 뒤로 돌리며 급히 보고했다. 최현호 상사가 음문 그래프를 확인하며 씁쓸한 표정으로 보고했다.

"저건 LA급입니다. 확실히 양키들입니다."

"LA급이 맞습니다. 이건 아무래도…… 라 호야 같습니다."

침착한 최현호 상사의 보고를 확인하며, 강인현이 음문 그래프에서 새로운 것을 발견했다.

"나쁜 놈들!"

음탐실에 와 있던 부함장 진종훈 소령이 화를 벌컥 냈다. 최현호 상사가 저장되어 있던 음문 데이터와 비교해 보았다. 지난 한미일 합동 환동해훈련에서 추적했던 라 호야의 소음은 특이한 점이 있었다. 일곱 개의 스크루 블레이드(날개) 중에서 하나가 단단한 물체에 부딪쳤는지 끝부분에 약간의 손상이 있었다.

　잠수함의 스크루를 비롯한 대부분의 선박용 스크루는 청동합금으로 제작된다. 정밀한 표면가공에 적합할 뿐만 아니라 강철의 경우 염분에 빠르게 산화되기 때문이다. 하지만 청동은 강도가 그다지 크지 않아 수중에 떠 있는 부유물이나 커다란 물고기에 부딪쳤을 때 손상을 입기가 쉽다.

　"예, 라 호야가 맞습니다. 이것을 보십시오"

　최현호 상사가 가리킨 라 호야의 음문에서 단속적으로 작은 소리의 골이 생기고 있었다. 특히 균등하게 나타나는 소리의 맥과 골이 대략 일곱 개당 하나씩 비틀린 형태로 보여졌다.

　음문 스펙트럼(분광) 장치에 나타난 스크루 모습은 마치 예쁘장하게 포개놓은 샌드위치처럼 여러 가지 두께의 스펙트럼이 규칙적으로 표시되고 있었다. 그 중 하나가 다른 형태를 보인다는 것은 날개 하나가 손상을 입었다는 뜻이었다.

　선풍기의 날개 끝부분이 약간만 부러져도 회전할 때 심하게 요동치듯이 스크루 표면에 조그마한 손상이 있어도 추진음은 많은 차이를 보이게 된다.

　현재 각국이 사용하는 소나는 과거와 같이 귀로 듣는 것에만 의존하지 않는다. 음파는 간단한 전기적인 처리과정을 통해 시각적인 형태로 표현될 수 있다. 음파를 파장에 따라 세분화시키면 귀로 들을 수 있는 것 이상의 미세한 차이를 확인할 수 있다. 이러한 차이는 사람의 지문과 마찬가지로 각 함정의 독특한 소음을 구분하는데 이용할 수 있는데, 이것을 음문이라고 한다.

　"바보 같은 놈들……. 그다지 나쁜 상태는 아니지만, 그동안 스크루 정비도 하지 않았나 봅니다."

진종훈 소령이 빈정거렸다. 하지만 실제로 라 호야가 재출항 명령으로 인해 독(dock) 정비도 제대로 받지 못하고 승무원들도 휴식없이 투입된 사실을 그가 알 리 없었다.

미 해군은 평소에 이처럼 얼렁뚱땅 넘어가는 법이 드물었다. 이번이 그 드물다는 극히 몇 안 되는 경우였다. 잠시 후 진종훈 소령이 다시 덧붙였다.

"무늬만 잠수함입니다."

9월 13일 18:25   경상북도 포항 동쪽 35km
미 해군 공격원잠 SSN-771 컬럼비아, 사령실

수심 80미터에서 대기하고 있던 컬럼비아의 통신실에 있던 텔레타이프가 작동되며 뭔가 프린팅되기 시작했다. 조금 전 라 호야가 발사한 통신부표의 전파를 태평양의 정지궤도에 있던 통신위성이 중계받은 다음 다시 괌(Guam) 상공에서 비행하던 E-6A 타카모(TACAMO) 항공기로 쏘아보냈다.

보잉 707 여객기를 기초로 만들어진 E-6A 타카모기는 수중에 머물고 있는 잠수함에 통신을 중계하기 위한 이동비행기지이다. 초장파(VLF) 대역의 전파를 발생시키기 위해서는 엄청나게 긴 안테나가 필요한데, 타카모 항공기는 꼬리 부분에 무려 10km에 달하는 안테나를 끌며 비행한다.

일단 3만 피트의 고도까지 올라간 타카모 항공기는 기다란 안테나를 늘어뜨린 다음 커다란 원을 그리며 선회하는데, 자체 무게로 인해 아래쪽으로 드리워진 안테나는 길게 세워져서 초장파를 발생시키기 적합하게 된다.

물속으로는 전파가 아주 짧은 거리에서 급격히 에너지가 소멸되므로 잠수함까지 도달하기 어렵다. 하지만 전파의 파장이 길수록 물을 투과할 수 있는 범위가 증가하므로 초장파나 극초장파를 이용하면 수십 미터에서 수백 미터까지의 물속까지도 전파가 전달된다. 전파로 잠수함에 명령을 내릴 수 있는 것이다.

잠수함이 쏘아올린 통신부표나 인공위성은 극초단파나 초단파밖에 송출할 수 없다. 그것은 안테나를 길게 만들 수도 없고 출력도 한정되기 때문이다. 그래서 극초단파를 다시 초장파로 바꾸어 잠수함으로 되쏘아 보내는 중계역할을 타카모 항공기가 맡는 것이다.

통신문을 받아든 사병이 맨 앞에 첨부된 식별부호를 암호대조표와 확인했다. 사병은 정상적인 통신문임을 확인한 다음 종종걸음으로 사령실을 향해 빠르게 걸었다. 발소리를 내면서 뛰어다니는 것이 며칠 전부터 금지되었다.

"뭐야? 이건! 바보 같은 놈들……."

컬럼비아 함장 로이 스위프트 중령이 욕지기부터 내뱉었다. 한국 해군의 장문휴함을 포착하고 추적중이던 라 호야가 오히려 장문휴에게 덜미를 잡힌 것이다. 장문휴를 떨궈내기 위해 라 호야가 곧 컬럼비아가 대기하고 있는 지점에서 회합하겠다는 내용이었다.

라 호야는 아마 지금쯤 물속에 온갖 소음을 흩뿌리며 급속 항주하고 있을 것이다. 스위프트 중령은 어이가 없었다. 작전 초반부터 이렇게 되면 난감해진다.

"부함장, 라 호야가 장문휴를 탐지했다. 현재 장문휴와 함께 북상중이라고 통신을 보내왔다. 전원 전투배치에 돌입한다."

스위프트 중령은 일단 부함장 대니얼 러너(Daniel Learner) 소령에게 짧게 설명했다. 이것은 사실 사령실의 다른 승무원들에게 한 말이었다. 그러고는 함장은 다른 승무원들이 알아차리지 못하게 통신문을 슬쩍 러너에게 전해주었다. 라 호야의 존재가 장문휴에게 폭로된 것을 부하들에게 알려줄 필요는 없었다. 창피한 일이었다.

9월 13일 18:30 부산광역시 부산항 북동쪽 44km
미 해군 공격원잠 SSN-701 라 호야, 사령실

30노트의 빠른 속도로 항주중인 LA급 공격원잠 라 호야는 굉음을 울리며 질주했다. 엄청난 소음과 웅웅거리는 진동이 사령실에서 느껴지며 승무원들에게 묘한 기분을 일으켰다. 적에게 꼬리를 보이며 도망가는 판에 유쾌할 군인은 아무도 없었다.

말없이 서 있던 가르시아 중령이 입을 열었다.

"급속 변침한다. 우현 전타. 방위 1-8-5로!"

"우현 전타! 방위 1-8-5로!"

부함장 폴머 소령이 잠항팀의 작업을 물끄러미 지켜보았다. 민간인들이 잠수함인지 모르고 본다면 여객기 조종석으로 착각할 만했다.

기어의 회전비가 높은 수상함정의 키와 비교할 때 잠수함의 키는 극단적으로 다른 형태이다. 잠수함용 키는 반 바퀴 이상 회전하지 않는다. 비행기 조종간과 마찬가지로 빠른 회전을 염두에 두지 않고 미세한 조정을 목적으로 만든 잠수함의 키는 나비 모양으로 생겼고, 상승과 하강을 조정할 수 있도록 앞뒤로도 꺾인다.

키를 앞으로 밀면 잠수함 뒷부분에 달린 수평타(횡타)가 아래쪽으로 기울며 잠수함은 하강하게 된다. 마찬가지로, 앞으로 당기면 수평타는 위로 꺾이며 잠수함은 수면 쪽을 향하여 상승하게 되는 것이다.

잠수함은 속도가 느리고 덩치가 클 뿐이지, 비행기가 하늘을 비행하는 것과 비슷한 원리로 움직인다. 비행기가 하늘이라는 기체 속을 비행하는 것처럼 잠수함은 바다라는 액체 속을 비행하는 것이다.

문득 폴머 소령은 라 호야가 빠른 속도로 다시 남쪽으로 선회하고 나서도 속도가 줄지 않은 것을 깨달았다. 함장 가르시아 중령은 뭔가 골똘히 생각하는 듯했지만 조함컨솔 쪽에 붙어 있는 나침반과 속력표시기 등 계기판에 눈을 대고 있었다.

함장이 다른 문제에 정신을 팔린 것 같지는 않았다. 미국 해군의 공격용 원자력 잠수함 라 호야는 한국 잠수함을 뿌리친 것과 같은 속도로 다시 한국 잠수함 방향을 달리고 있었다.

폴머는 스톱워치를 꺼내서 라 호야가 30노트로 가속한 순간부터 현재까지의 시간을 계산했다. 한국 잠수함이 아무리 빨리 쫓아오더라도 라 호야는 그보다 최소 7~8노트 이상 빠르다. 그러므로 이미 15분간의 전속항주시간 동안 최소한 3km 이상은 거리를 벌여 놓았을 것으로 판단했다.

장문휴가 무급기 추진시스템을 탑재하고 있기 때문에 수면 위로 부상하여 배터리를 충전하지 않고 계속 따라올 가능성도 있었다. 하지만 기지로 돌아가서 재충전을 해야 하는 귀중한 산소와 수소를 사용하지는 않았을 것이다. 그렇다면 거리는 더 벌어졌을 수도 있었다.

하지만 지금과 같이 라 호야가 고속으로 항주하면 소나의 효율이 떨어지므로 장문휴를 탐색할 수가 없었다. 고민하던 부함장 폴머 소령이 입을 열었다.

"함장님, 현재 속도로 계속 나아가면……. 만약 장문휴도 최고속도로 움직이고 있었다면, 앞으로 2분 30초 후에는 장문휴가 있을 것으로 추정되는 해점으로 다시 진입하게 됩니다. 소나의 효율을 감안해서 감속할 필요가 있습니다. 자칫 충돌할 우려가 있습니다."

말을 마친 폴머 소령이 계속 스톱워치를 확인했다. 잠깐 말한 사이에도 시간은 계속 흐르고 있었다. 하지만 폴머의 보고를 들은 가르시아는 아무 말도 하지 않았다. 폴머는 함장이 대답하지 않자 한 번 더 그를 불렀다.

"함장님!"

7. 추적자의 추적자

9월 13일 18:33 부산광역시 부산항 북동쪽 38km
한국 해군 잠수함 장문휴, 음탐실

"저 쪼다 새끼들이……!"
"다시 우리 쪽으로 선회한 다음에도 속도를 줄이지 않고 있습니다. 30노트! 거리 5,000!"
놀라서 보고하는 대신에 욕지거리를 내뱉으며 최현호 상사가 더듬거리는 사이에 강인현 대위가 빠르게 보고했다. 잠시 전 장문휴는 최고 속도로 라 호야를 추적하길 포기해야 했다. 어차피 재래식 잠수함은 핵잠수함을 속도로 따라잡을 수는 없었다.
부함장 진종훈 소령은 라 호야가 가속하는데 시간이 걸리므로 연료전지를 가동하여 빨리 따라잡자고 했었다. 그러나 함장은 그때 고개를 가로 저었다.

*   *   *

연료전지는 AIP의 일종이다. AIP는 'Air Independent Propulsion'의 약자로, 무급기추진 시스템이다. 일반적인 디젤 잠수함은 함내 축전기에 저장한 전기가 떨어지면 물위로 부상하여 디젤엔진을 가동시켜야 한다. 디젤엔진에서 연료를 연소시키려면 산소가 필요하기 때문이다.

그러나 무급기추진 시스템은 함내에 산소를 저온액화탱크 내에 보관하여 물속에서 전기를 발생시킨다. 그래서 부상하지 않고도 발전을 할 수 있다. 무급기추진 시스템에는 디젤엔진을 사용하는 방식 외에도 일종의 외연기관인 스터링(Stirring) 엔진, 스팀터빈 엔진, 연료전지 등 여러 가지 방식이 존재한다.

장문휴가 장비한 연료전지(fuel cell) 방식은 산소와 수소를 이온화시켜 직접 전기를 생산하는 방식이다. 먼저 수소 기체를 전해질에 담긴 얇은 순금제 막이나 니켈 다공판에 투과하면 이온화되어 전자를 분리시킨다. 반대쪽 양극에서는 수소 이온이 산소와 결합하여 물이 되고 전위차를 유지한다. 이 사이에서 발생한 전기가 잠수함을 움직이는 것이다.

산소를 이용해 연료를 연소시켜 다시 발전기를 돌려야 하는 다른 방식들과는 달리 연료전지에서는 원동기를 돌릴 필요없이 직접 전기를 생성한다. 그러므로 디젤엔진이나 스터링엔진, 스팀터빈 등은 에너지 효율이 낮은 데 반해 연료전지는 이론적으로는 100퍼센트, 장문휴에서는 70퍼센트가 넘는 높은 효율을 보인다. 그만큼 더 오랫동안 수중에 머물 수 있다는 뜻이다.

그래서 연료전지 방식을 쓰는 214급은 엄밀히 말해 디젤 추진 잠수함이 아니라고 할 수도 있다. 내부에 저장된 산소와 수소를 이용하여 별도로 배터리를 충전할 수 있기 때문이다. 이 시스템으로 인하여 장문휴는 재래식 잠수함이지만 핵잠수함에 맞먹는 비약적인 수중항행 능력을 갖게 되었다.

함장의 결단은 옳았다. 서승원 중령은 이미 호출한 해군 항공전단의 오라이언 대잠초계기도 고려했다. 일단 영해를 침범한 이상 공해상으로 도주하더라도 추적권이 부여된다. 미국이 한국군에 대한 전시작전권을 보유하고 있고, 군용항공기에 대해서 한국내의 미공군 기지를 자유롭게 드나들 수 있었지만 배의 경우는 달랐다.

한 국가의 군함은 영토 개념이 적용된다. 그러므로 함정의 공간은 한 국가의 영토의 연장선상인 셈이다. 미국이 부산에 전용부두를 갖고 있더라도 한국 영해의 자유통행권을 누리고 있는 것은 아니었다. 라 호야는 분명 영해를 침범했던 것이다.

미 해군이 80년대와 그 이전까지는 동해에서 러시아의 극동함대를 제지할 목적으로 수많은 작전을 수행했지만 한국 해군과 협조했던 적은 없었다. 심지어 한국의 영해, 12해리 안에도 허가없이 자유롭게 들락거렸다. 하지만 그때와 지금은 달랐다. 그때 한국에는 대잠수함 작전을 제대로 수행할 수 있는 구축함과 프리깃이 전무했다고 할 수 있었다. 제지하고 싶어도 능력이 없었던 때였다.

입을 꾹 다물고 헤드폰과 모니터에 온 신경을 집중시키고 있었지만 강인현은 가슴 한구석에서 분노가 치밀어 오르는 것을 느꼈다. 라 호야가 이쪽으로 접근하는 것은 영해를 침범하고 도주한 주제에, 그것도 장문휴에게 추적권이 있는 상황에서, 도둑놈이 도둑질을 하러 재차 침입하는 것과 마찬가지였다. 눈을 뻔히 뜨고 있는 한국 해군 잠수함을 완전히 모욕하는 행동이었다.

"거리 2,000미터! 속도 30노트! 목표는 속도를 줄이지 않고 있습니다."
"저 새끼들이……."
최현호 상사의 보고에 진종훈 소령이 입술을 앙 다물었다. 하지만 약한 나라의 해군 입장에서는 별 도리가 없었다. 그러나 뜻밖의 명령이 내려졌다.

"액티브 탐신 준비하라."

"예! 액티브 탐신 준비했습니다."

서승원 함장이 무겁게 입을 열자 강인현 대위가 반색하며 큰 소리로 대답했다.

9월 13일 18:35 부산광역시 부산항 북동쪽 40km
미 해군 공격원잠 SSN-701 라 호야, 사령실

"액티브 탐신!"

"액티브 탐신!"

가르시아 중령의 명령과 동시에 스톨츠 대위가 버튼을 눌렀다. 라 호야의 함수에서 강력한 저주파 빔이 장문휴를 향해 발사되었다.

"거리 1,000야드! 950…… 900……."

라 호야가 액티브 탐신을 하자 상대편 잠수함 장문휴의 위치와 속도가 명확해졌다. 반사파는 발사와 거의 동시에 돌아왔다.

짧은 시간의 저주파 반사음이었지만 도플러 효과 때문에 매우 높게 들렸다. 음원과 접근할수록 음파의 도달속도는 상대적으로 빨라지고 진동수는 증가한다. 스톨츠 대위가 점점 높아지는 소나음에 질려 헤드폰과 귀 사이에 살짝 손을 넣었다. 예상대로 장문휴도 15노트의 속도로 이쪽을 향하고 있었다.

"함장님! 이러다가는 충돌합니다."

폴머 소령이 다급히 외쳤지만 가르시아 중령은 들은 척도 하지 않았다. 그 순간 갑자기 새로운 저주파음이 라 호야를 때렸다. 장문휴함에서 발사한 공격소나음이었다. 거리가 너무 가까웠기 때문에 라 호야의 선체를 진동시키기에 충분했다.

"거리 300...... 250....... 함장님!"

참다 못한 소나팀장 스톨츠 대위가 기겁하며 함장을 돌아보았다. 하지만 가르시아 중령은 침묵을 지키고 있었다. 소나실 승무원들이 모두 진땀을 뻘뻘 흘렸다. 함장은 입술이 약간 실룩거릴 정도의 작은 목소리로 명령을 내렸다.

"우현 전타."

"우현 전타~~."

함장의 명령을 애타게 기다리던 조함병이 복창도 하기 전에 이미 조종간을 오른쪽으로 급히 꺾었다. 라 호야가 오른쪽으로 방향을 틀자 원심력에 의해 승무원들의 몸이 일제히 왼쪽으로 기울어졌다.

9월 13일 18:36 부산광역시 부산항 북동쪽 39km
한국 해군 잠수함 장문휴, 음탐실

"키 오른편 전타!"

서승원이 다가오는 라 호야를 지켜보다가 마지막 순간에 명령을 내렸다. 폭주기관차처럼 라 호야가 끝장을 보자고 덤벼드는 상황이었다. 수중배수량 7,000톤에 이르는 라 호야가 장문휴함을 아슬아슬하게 비켜가면서 일으킨 거대한 압력파가 장문휴를 덮쳤다. 겨우 1,800톤에 불과한 장문휴가 거세게 흔들렸다.

교차하는 선박에는 항상 통행우선권을 가진 선박이 있게 마련이다. 군함도 마찬가지다. 함마다 급이 있고, 동급 함선에 함장 계급이 같아도 당연히 보다 선임인 함장이 있어 하급자인 함정의 양보를 받는다.

하지만 비우호국인 외국 군함과 마주칠 경우에는 어느 한편이 알아서 비켜나가는 경우가 드물었다. 상대방 함선 함장과의 계급 서열을 알기 어려운데다가 자존심 문제까지 개입하기 때문이다.

이럴 경우 서로 마주 달리다 최후의 순간 비켜나가야 할 때는 무조건 오른쪽으로 비켜가는 것이 수칙이었다. 이를 지키지 않고 어느 한쪽이 반대방향으로 움직일 때는 걷잡을 수 없는 대형 충돌사고가 일어나게 된다.

"도대체 저놈들이 원하는 게 뭡니까?"

심한 진동으로 쓰러졌다가 몸을 가누고 일어선 진종훈 소령이 함장에게 물었지만 대답을 기대하고 물은 것은 아니었다. 미국 잠수함이 왜 저러는지 제대로 이해하고 있는 사람은 장문휴함 승무원 중 아무도 없었다. 그리고 그 이유를 전혀 알지 못하는 승무원도 없었다.

"부장, 그건 아무도 모르는 일이지. 며느리가 알겠나?"

평소에 농담 한 마디 하지 않던 서승원 중령이 엉뚱한 이야기를 꺼내자 진종훈뿐만 아니라 주변에 있던 다른 승무원들이 모두 놀랐다. 부하들의 표정을 읽은 함장은 자신의 조크가 재미와 거리가 멀었다는 것을 알고는 빙그레 웃었다. 긴장되는 순간에는 마음에 여유를 주는 것이 좋았다.

"자! 양키들은 분명히 문제가 있는 행동을 했다. 하지만 우리가 지금취할 수 있는 행동은 없다. 무슨 말인지 이해하리라 믿는다."

함장은 잠시 승무원들이 생각할 짬을 주었다. 출항 전 브리핑에서 충분히 주지시킨 내용이었다.

함장은 그 직후에 김승민 대위를 불렀다.

"작전관!"

"옛! 함장님!"

김승민 대위가 턱을 올리고 부동자세를 취했다. 표정은 그렇지 않았지만 김승민은 분명히 함장의 깊은 분노를 느꼈다.

"임무가 끝난 후 이번 접촉상황을 자세히 보고할 생각이다. 확실한 증거를 제출할 예정이니 준비를 해주게."

"옛! 알겠습니다."

분노에 비해 함장의 조치 수준이 너무 낮아 김승민 대위는 실망한 표정을 지었다. 김승민은 그렇게 하겠다고 대답했지만 만약 똑같은 행동을 장문휴가 미국 원잠에 취했다면 그들은 어떻게 대응했을까 하는 의문이 떠올라 기분이 착잡했다. 다른 승무원의 표정도 마찬가지였다. 당혹스러움에 더해 적개심까지 피어오르고 있었다.

"라 호야가 방향을 틀고 있습니다. 좌현으로 접근합니다!"

장문휴를 스치고 지나간 라 호야가 다시 방향을 돌리고 있었다. 최현호 상사가 예인소나를 통해 들려오는 소리에 귀를 기울이며 보고하자 진종훈 소령이 눈을 부릅뜨며 외쳤다.

"꽁무니를 잡으려는 것입니다."

함장이 부함장의 표정을 읽었다. 잠시 두 사람은 서로를 쳐다보았다. 함장은 부함장이 웅변하고 있는 무언의 항의와 희망을 묵살했다.

"부장! 긴장을 풀게. 놈들은 곧 합당한 대접을 받게 될 거야."

함장이 고개를 돌려 작전관 쪽을 향했다.

"자, 잠항한다. 놈들이 머리가 빈 고등어란 사실을 확실히 각인시켜 주겠다. 알겠나?"

"예! 알겠습니다."

진종훈 소령만 대답한 것이 아니었다. 머리가 빈 고등어라고 서승원이 비꼬자 그제야 사령실 승무원들의 얼굴이 펴지면서 모두가 우렁차게 대답했다.

고등어는 겉보기엔 전혀 그렇게 생기지 않았지만 빈 낚싯바늘도 덥석덥석 잘 무는 멍청한 물고기이다. 땅위로 끌어올려지면 몸체를 중심으로 제자리에서 머리와 꼬리만 파닥거리는 꼴이 꽤나 웃긴다. 그래서 일단 잡히면 절대 도망가지 못하는 물고기가 고등어다. 가장 쉬운 낚시로 꼽히는 고등어 낚시를 심심풀이로 해봤던 승무원들이 고등어가 땅 위에서 파닥거리는 장면을 연상하며 낄낄댔다.

"오~ 제군들! 침묵상태를 다시 발령한다. 이제 전원 복창 금지야. 하하하! 심도조정 150으로. 감속 4노트!"

"심도 150! 감속 4노트!"

서승원 중령은 지금부터 미국 잠수함을 놀래주기 위해 펼칠 전술과 함께 어느 정도 곯려줄 것인지 잠시 생각했다. 장난이 지나치면 힘만 세고 머리는 나쁜 미국이 자존심 상한다며 다시 무리한 짓을 할 것 같았다. 함장은 출항 전에 왜 작전사령관이 그렇게 자제를 신신당부했는지 잘 알고 있었다.

"우리 오라이언은 동작이 너무 굼뜬 것 같은데?"

서승원 중령이 잠항을 지휘하는 김승민 대위를 지켜보며 시계를 보았다. 통신부이를 띄워 작전사령부에 보고한 지 30분이 넘었다. 예상대로라면 해군항공대 친구들이 지금쯤은 수퍼맨처럼 등장할 시간이었다. 장문휴는 속도를 죽이며 깊은 바닷속으로 미끄러져 들어갔다.


```
9월 13일 18:40   부산광역시 부산항 북동쪽 37km
미 해군 공격원잠 SSN-701 라 호야, 소나실
```

라 호야가 선회하는 데는 약간의 시간이 필요했다. 속력도 줄이지 않고 30노트의 고속으로 선회하면 선회반경도 그만큼 커지게 마련이었다.

"1/3로 감속한다."

"1/3로 감속!"

잠수함의 속도를 줄이도록 명령한 가르시아 중령이 초조하게 기다린 가운데 마침내 소나실에서 보고가 왔다.

"장문휴를 재탐지했습니다. 방위 0-4-5도! 놈이 속도를 줄였습니다."

"좋아. 이번에는 서두르지 않도록 조심하라."

가르시아 중령은 잠수함을 장문휴함에 충돌 직전까지 가도록 명령한 것이 과연 잘한 일일까 하는 의문이 들었다. 하지만 분명 한국 잠수함을 놀라게 해줄 필요는 있었다. 이제 방법은 한 가지뿐이었다. 라 호야가 장문휴를 압박하면서 컬럼비아가 대기하고 있는 해역까지 계속 밀어붙이는 것이다.

이미 통신부이를 띄운 이상 컬럼비아에서도 사태를 파악하고 있을 것이 분명했다. 장문휴가 컬럼비아가 기다리고 있는 덫으로 빠져들어간 다음 컬럼비아가 더욱 신중하게 추적을 재개할 계획이었다.

컬럼비아의 초계구역에 들어갔을 때 라 호야가 잠시 사라져 주면 만사형통이었다. 그러면 장문휴는 라 호야를 떨쳐낸 것으로 생각할 것이고, 그것이 바로 잠수함 두 척에 의한 목표 미행의 요령이었다.

"접촉을 최대한 유지한다. 이번에는 장문휴가 우리를 알아도 상관없다. 우리가 컬럼비아 쪽으로 밀어내기만 하면 된다. 부함장! 장문휴가 외해로 빠지지 않도록 추적 침로를 정확히 설정하라. 이번 실수는 용서받지 못한다."

가르시아 중령이 마지막 구절에 잔뜩 힘을 주었다.

"예! 함장님."

한국 잠수함을 깔보고 있던 라 호야의 승무원들이 눈에 띄게 신중해지고 있었다. 자신들이 긴장하고 있다는 것도 모른 채 승무원들이 계기판에 온 신경을 집중했다.

"공격소나를 계속 먹이면서 쫓는 것은 어떻겠습니까? 함장님. 우리가 바깥쪽에서 쏘면 놈들은 외해로 넘어가지 못할 것입니다."

"좋아, 똥침을 찔러주는 것도 좋겠지. 우린 양치기가 되는 거로군. 하하!"

폴머의 의견을 들은 가르시아 중령은 그제야 긴장이 풀렸는지 호쾌하게 한 번 웃었다. 함장은 양떼를 몰며 신이 나서 컹컹대는 벨전 테르뷔랑(belgian tervuren)이 된 기분이 들었다. 함장은 약소국인 한국 잠수함이 결코 공격적인 행동을 보이지 못할 것이라 생각했다.

9월 13일 18:45   부산광역시 부산항 북동쪽 41km
한국 해군 잠수함 장문휴, 음탐실

"액티브 소나입니다! 방위 이백이십공(2-2-0)도! 거리 3,000미터."

최현호 상사가 얼굴을 찡그리면서 고통스런 표정을 지었다. 강한 저주파음이 예인소나를 직격했기 때문이다.

"심도 재조정, 200으로! 키 왼편 5도! 공이십공(0-2-0)까지 돌려라!"

서승원 중령이 차분하게 명령을 내렸다. 공격소나를 탐신하는 행위는 공격 준비동작이다. 경우에 따라서는 공격행위로 간주되어 반격을 받을 수 있는 위험한 행동이기도 했다. 그러나 서승원 중령은 흥분하지 않았다.

이 근처의 해저지형은 남해안과 쓰시마 섬, 그리고 일본의 규슈(九州)로 이어지는 대륙붕 지형으로, 수심이 200미터 내외의 지형이었다. 그렇다면 계속 심도를 낮추고 있는 장문휴로서는 바닥에 좌초될 염려가 있었다.

"함장님은 울릉단층을 이용할 생각이신가 보죠?"

강인현 대위가 잔뜩 불안해하는 김승민에게 나직하게 속삭였다. 계속 심도가 낮아지자 사령실 승무원들은 조금씩 불안해지기 시작했다. 그러나 조함을 지휘하는 함장의 표정이 여전히 침착한 것을 보고는 그다지 동요하지는 않았다.

강인현도 마찬가지였다. 계속 작도판 쪽을 보며 근처 해저지형에 눈길을 돌렸지만 직접 가서 보려니 불안한 심정을 들킬 것 같아 꾹 참던 중이었다.

울릉단층은 2,300만년 전, 한반도와 러시아 동해안에 붙어 있던 일본이 유라시아판 대륙지각에서 떨어져 나가면서 생긴 단층지형이다. 일본은 한반도 동해안의 해안선과 평행하게 직선으로 남쪽을 향해 미끄러져 내려갔다. 수심 2천 미터가 넘는 동해가 생긴 것이 바로 그 시기이다.

이때 대륙지각이 찢어져 나가면서 생긴 단층 지형이 양산단층과 울릉단층, 그리고 후포단층이다. 이중에서 울릉단층이 가장 큰 것으로, 울릉도 서쪽에서 시작해서 대마도를 지나 남해안, 규슈 서쪽까지 이어진다.

"심도 재조정, 230으로!"
"심도 230미터로!"

함장이 심도를 낮출 때마다 김승민 대위는 점점 불안해졌다. 해저단층은 일종의 협곡과 비슷한 지형이다. 지금 장문휴는 울릉단층의 낮은 해저 쪽을 향해 내려가고 있는 것이다. 방향을 잘못 잡으면 병풍처럼 둘러진 단층벽에 충돌할 수도 있었다.

김승민 대위는 항법소나를 쓰면 주변 해저지형을 확실하게 파악할 수 있을 것이라고 생각했다. 그게 훨씬 안전하겠지만, 지금 미국 잠수함이 뒤를 쫓는 마당에 항법소나를 사용하기는 어려웠다.

"2노트로!"
"속도 2노트!"
4노트로 느리게 움직이던 장문휴는 스크루 회전수가 더욱 느려졌다. 그런데 이상하게 출력을 낮췄는데도 속도가 줄어들지는 않았다. 쿠로시오 해류의 지류인 남한난류가 북쪽으로 방향을 틀며 북상을 시작하는 지점이 가까워졌기 때문이다. 장문휴는 해류를 타고 서서히 북쪽으로 향했다.

난류의 영향력이 강해지는 한여름이라면 잠수함이 동력을 완전히 정지시키더라도 북한 원산까지 아무도 모르게 침투할 수 있다. 그것은 북한도 마찬가지다. 오호츠크해에서 발원하는 리만 한류의 지류인 북한해류가 한반도 북동해안을 평행하게 흐르는데, 시속 1~2노트이긴 하지만 한류가 강해지는 가을과 겨울철에는 남쪽으로의 항해에 이용할 수 있었다.

일단 해류에 몸을 싣게 되면 전혀 소음을 발생시키지 않고 남한의 삼척이나 울진까지는 문제없이 침투할 수 있다.

이것이 침투하는 북한 잠수정을 한국 해군이 탐지하기 어려운 이유이다. 물론 정지상태의 잠수함은 균형을 잃고 전복되기 쉽기 때문에 위험한 점은 있다.

"작전관님, 함장님 좀 본받으세요. 눈 딱 감으면 땀흘릴 일도 없답니다."

유독 진땀을 흘리는 김승민에게 강인현이 한 마디 던졌다. 그러나 김승민은 알아듣지 못하고 여전히 땀을 뻘뻘 흘리고 있었다.

9월 13일 18:50   부산광역시 부산항 북동쪽 41km
미 해군 공격원잠 SSN-701 라 호야, 소나실

"놈이 느리게 움직이고 있습니다. 심도는 200야드……. 아……, 더 깊이 내려가고 있습니다."

"더 내려가다니? 이곳 해저 수심은 200야드 미만이야!"

소나팀 요원들의 보고에 폴머 소령이 되물었다. 이곳은 아직 낮은 대륙붕 지형인데다가 동해의 깊은 바다로 이어지는 대륙사면은 훨씬 북쪽에서 시작되기 때문이다.

"하지만 확실합니다. 계속 심도를 낮추고 있습니다."

로키 중사가 자신 있다는 듯 한 번 더 확인했다.

"놈들은…… 단층지형을 이용하고 있네."

묵직한 소리에 놀라 폴머 소령이 뒤돌아본 곳에는 함장 가르시아 중령이 서 있었다. 미 해군은 동해를 주요 작전지역으로 설정한 이래 주변 해저지형에서 많은 양의 데이터 베이스를 구축해놓고 있었다.

60~70년대, 한국이 해군력이 무엇인지도 모르고 있었을 무렵이니까 미국이 한반도 주변 해저지형을 조사하는 동안 한국으로부터 방해받을 일도 없었다. 한 마디로 한국은 안방에서 무슨 일이 일어나는지도 모르고 있었던 것이다.

"이곳 단층대는 지각판의 이동으로 생긴 단층으로 골짜기가 꽤 깊다. 단층곡(fault valley) 지형이다. 하지만 폭이 상당히 좁아서 한국 잠수함이 아무리 작더라도 통행에 이용하는 것은 어려울 것이다. 일단 우리는 위쪽에서 대기한다. 놈은 다시 올라올 수밖에 없다."

함장은 장문휴가 곧 상승하리라 단정했다. 라 호야로서는 일단 덩치가 큰데다가 길이도 장문휴보다 훨씬 길어서 좁은 단층곡 지형에서

기동하기가 어려웠다. 작은 장문휴를 쫓아 쉽게 따라갈 수 있는 지형이 아닌 것이다.

하지만 함장은 장문휴도 잠깐 숨어 있을 뿐이지, 계속 머물거나 통과할 수는 없을 것으로 예상했다. 이 근처의 해저지형을 손바닥을 보듯 꿰고 있더라도 결국은 떠오를 것이다. 그러므로 라 호야가 군이 내려갈 필요없이 단층 위쪽에서 대기하며 다시 부상할 장문휴함을 기다리는 편이 나았다. 이렇게 판단한 함장이 명령을 내렸다.

"좋아, 다시 감속한다. 6노트로!"

"감속, 6노트!"

라 호야도 속도를 더 줄여야 했다. 단층곡 지형에서 어렵사리 은폐와 항주를 계속할 장문휴는 마음대로 속도를 낼 수 없을 것이다. 괜히 서둘렀다간 탐지도 못하고 장문휴를 앞서갈 우려가 있었다.

"접촉을 상실했습니다."

"뭐야? 안 돼! 액티브를 때린다!"

로키 중사가 힘없이 장문휴함을 놓쳤다고 보고하자 스톨츠 대위가 허둥거렸다. 능동소나의 사용권을 자유롭게 쓸 수 있는 이상 문제될 것은 없었다. 당황한 함장이 미처 말리기도 전에 스톨츠 대위의 지시에 따라 로키 중사가 버튼을 눌렀다.

"탐신!"

해저를 향해 저주파가 발사되었으나 되돌아오는 반향속에 잠수함은 포착되지 않았다. 대신 복잡한 해저지형이 일으킨 음파의 난반사로 더욱 혼란스러울 뿐이었다.

"칸, 소나! 수면 접촉음입니다!"

로키 중사가 갑자기 허둥지둥 소나를 조작했다. 수면 방향이라면 잠수함은 분명 아니었다. 게다가 라 호야의 주위를 항해하는 모든 선박을 추적하여 분석하고 있던 참이었다. 갑자기 나타난 수면 노이즈라면 가능성이 몇 가지 되지 않는다. '칸, 소나'는 "Control room, it's sonar" 즉, 소나실에서 사령실을 호출하는 말이다.

"가깝습니다! 본함 바로 위입니다. 소노부이가 대량으로 낙하하고 있습니다!"

스톨츠 대위가 무의식중에 보이지도 않는 비행기를 보려고 고개를 위로 젖혔다.

9월 13일 18:55 부산광역시 부산항 북동쪽 42km
한국 해군 P-3C 오라이언, 코드명 흰꼬리수리 3

은회색 항공기가 해면 위를 낮게 비행하며 소노부이를 일정간격으로 흩뿌리고 있었다. 한쪽에서 뿌리고 난 뒤 반대방향으로 선회한 다음 또다시 소노부이를 투하하기 시작했다.

— 투하!
— 투하!

소노부이가 투하되는 것을 확인하는지 스피커가 잠시 침묵을 지켰다. 8명의 대잠요원들이 각자 계기판에 시선을 집중하고 있었다.

"대장님! 그만 뿌려도 될 것 같습니다. 놈이 액티브 소나를 썼습니다. 위치는 27, 28번 부이의 안쪽입니다. 이런! 완전히 잡았습니다. 그쪽으로 뿌려둔 소노부이 11개에서 탐지되고 있습니다."

강인호 대위가 기겁하며 보고했다. 모니터에는 신호처리기가 가장 수신상태가 좋은 3개의 소노부이를 중심으로 하여 자동적으로 삼각측량을 실시해 잠수함의 위치를 표시하고 있었다.

"좋아! 더 이상 낭비하면 안 되지. 위치 확인됐으면 제저벨을 뿌려서 귀를 먹게 해준다. 준비됐나?"

흰꼬리수리 3의 전술통제사 홍희범 소령이 득의만만하게 소리쳤다. 제저벨(Jezebel)은 액티브 음파를 쏘아 그 반향으로 잠수함을 탐지하는 능동형 소노부이이다. 60년대에 사용하던 구형이고, 마찬가지로 구식인 S-2 대잠초계기가 사용하는 부이였다.

그런데 오라이언에서는 이것을 잠수함에 대한 경고용으로 사용하고 있었다. 재고가 워낙 많은데다 가격이 저렴하기 때문이다. 역시 액티브 탐신기능을 가진 디카스(DICASS) 부이가 있었으나 이제는 디카스와 디파(DIFAR)를 낭비할 필요가 없었다.

제저벨은 성경에 나오는 이스라엘 왕 아합(Ahab)의 왕비이며 독부毒婦의 대명사이다. 강한 고주파 탐신음을 발하는 제저벨 부이가 잠수함 주위에서 소리를 내면 그것이 잠수함 승무원들에게는 마치 바가지를 박박 긁는 마누라 목소리처럼 들릴 것이라 해서 붙여진 이름이었다.

홍희범 소령은 누가 붙인 이름인지는 몰라도 제대로 붙인 이름이라고 생각했다. 아마도 명명자는 전날 부인에게 호되게 바가지를 긁혔을 것이라고 장담했다.

그러나 능동형 부이가 잠수함 승무원에게 마누라의 바가지 정도로 들리지는 않을 것이다. 전투시에 잠수함이 발견당했다는 것은 곧 죽음을 의미하니까.

"제저벨 부이 10, 11, 12번, 발사관에 장전했습니다."

장민호 상사가 기내 후방에 있던 소노부이 저장케이스에서 제저벨 부이를 꺼내 아래쪽 소노부이 발사관에 장전을 마치고 보고했다. 오라이언은 전에 타던 S-2 트래커보다 따뜻해서 좋았다.

여압구조가 아닌 S-2 트래커는 기내압이 바깥과 똑같았다. 고도를 높이면 호흡하기도 곤란했고, 우선 무척 추웠다. 트래커에 탑승할 때는 두터운 방한 조끼와 방한 점퍼를 오리처럼 껴입어야 했다. 한여름에는 특히 고역이었다.

"좋아, 투하한다!"

"투하!"

제저벨 부이 3개가 동시에 라 호야의 머리위로 떨어졌다. 사냥의 마지막 부분이었다. 쫓는 자의 희열은 사냥감이 더 이상 도망갈 곳이 없는 막다른 곳으로 몰렸을 때 가장 강하게 느껴진다. 사냥감은 그를 쫓던 사냥꾼에게 좋든 싫든 일순간 고개를 돌려 확인하게 마련이다. 잠수함 승무원들이 고개를 들어 천장을 올려다보는 장면을 연상한 홍희범 소령은 뿌듯했다.

9월 13일 19:00 울릉도 북서쪽 62km
미 공군 전자정보수집기 RC-135 리벳 조인트

RC-135 리벳 조인트(Rivet Joint)기는 미 공군 소속 전자전 정찰기이다. 적국 상공에 최대한 접근하여 무선통신뿐만 아니라 상대국의 전파체계를 모두 수집한 다음 분석하는 전자정보수집 전용 항공기이다. 이 항공기는 항상 북한 상공 주변을 배회하며 북한의 레이더 체계와 항공기 작전상태, 무선통신 등을 감시하는 역할을 부여받았다.

"뭔가 재미있는 일이 벌어지고 있는데요?"

월터 에머슨(Walter Emerson) 소령이 갑자기 폭주한 한반도 남동해안의 전파통신량을 분석하고 나서 정찰기 지휘관 조던 레이크 (Jordan Lake) 중령에게 보고했다. 레이크 중령은 신중하게 판단했다.

일본 혼슈 북쪽, 아오모리(青森)현 미자와 기지에서 이륙한 리벳 조인트기는 북한감시공역으로 향해 계속 북상하던 중이었다. 그런데 남쪽에서 한국 해군에게 무슨 일이 일어나고 있었다. 임무가 우선이었지만 일단 호기심이 강하게 일었다.

"좋아! 감시공역을 변경한다. 침로 1-9-5 변경한다. 섹터 F에서 작전하겠다."

결정을 내린 레이크 중령이 조종석으로 통하는 송신기를 들어 조종사에게 새로운 항로를 명령했다.

－예! 알겠습니다. 침로 1-9-5로 변경합니다.

조종석 쪽에서 약간 들뜬 대답이 들려왔다. 뭔가 상당히 재미있는 일이 벌어질 것 같았다.

"김해와 대구, 포항에서 항공기 발진이 대규모로 이뤄지고 있습니다. 각 공항에서 민간여객기의 이착륙을 전면 보류시켰나 봅니다. 여객기들이 각 공항 상공에서 대기중입니다. 아! 여객기들을 근처 청주공항으로 유도합니다."

"부산에서 함정들이 출항합니다. 해상에 나와 있는 함정들과의 교신량이 폭증하고 있습니다. 코스트 가드(Coast Guard) 소속 함정들도 동원되고 있습니다. 이들과의 음성통신도 급격히 증가하고 있습니다."

부하들의 보고가 잇따랐다. 해군의 대규모 작전인 것만은 분명했다. 항공기와의 연합작전이라면 가능성은 줄어들겠지만, 아직은 확실히 알 수는 없었다.

코스트 가드는 이들이 한국의 '해양경찰대'를 지칭하는 말이었다. 미국이 그렇듯이 자국의 해양과 해안을 관리하기 위하여 군대조직 외에 경찰조직이 필요한데, 전시를 비롯해 유사시에는 해군과 유기적인 상호 협조체계에 들어간다.

레이크 중령은 가끔 북한의 고속정과 침투정이 한국 근해에 접근했을 때 지금과 비슷한 난리법석이 일어난다는 것을 알고 있었지만 이번에는 규모가 상당히 컸다. 리벳 조인트기가 기수를 남쪽으로 돌린 후 문제 해역에 가까워지자 상황은 더욱 명료하게 파악되었다.

"중령님! 이것은 대규모 대잠수함 작전입니다."

"뭐? 대잠작전? 잠수함이란 말인가?"

"예! 그렇습니다. 대잠초계기 오라이언과 수상전투함들과의 교신량이 폭주하고 있습니다. 그리고…… 소노부이에서 발신하는 단파 통신입니다. 확실한 대잠작전입니다."

"또 북한 놈들인가? 대단하군. 강릉에서 법석을 피우더니 이번에는 남동해로군. 좋아, 빨리 보고해야겠어. 지금쯤 우리 해군도 궁금해서 눈알이 튀어나올 거다."

레이크 중령이 직접 본국의 중계센터로 이어지는 위성통신망을 개방시켰다. 오늘은 북한지역 대신 남한이 메뉴였다.

9월 13일 19:05 일본 가나가와현 요코스카
미 해군 태평양함대 제7 함대, 제7 잠수전단 사령부

미 제7 함대의 전진배치 기지인 가나가와(神奈川)현 요코스카에는 7함대의 잠수함 작전을 총괄하는 부서가 위치하고 있다. TF-74, 즉 제74 임무부대(Task Force) 사령부였다. 공격원잠들이 정박하는 12번 부두에서 걸어서 5, 6분 거리에 있는 2층 건물이었다.

근무시간이 끝나 대부분이 퇴근하고 통신요원 십수 명이 남아서 야간 당직근무를 서고 있었다. 낮과 밤이 없는 잠수함과 마찬가지로 잠수함들을 지휘하고 통제하는 잠수전대 사령부도 밤이라 해서 텅 비는 것은 아니었다.

"이건 뭐지? 한국 남동해안에서 대규모 대잠작전 전개중? 북한의 침투 잠수함을 추적하는 것으로 추정됨. 실전상황임……. 앗!"

통신문을 읽던 키쓰 파머(Keith Palmer) 소령의 안색이 일순간에 변했다.

"이곳은 라 호야와 컬럼비아가 작전중인 해역인데……. 큰일났다! 비상을 걸어! 라 호야와 컬럼비아로부터 통신은 없나?"

이제부터 꼬박 밤을 새야 할 운명에 처한 줄도 모르는 당직 통신장교는 느긋하게 단말기를 확인하고 파머 소령에게 보고했다.

"아직 없습니다. 예정된 통신시간은 아직 한 시간 남았습니다."

"이런! 큰일났다. 그놈들은 지금 통신을 하지 못하는 상황일 거야. 제기랄!"

파머 소령은 허둥지둥 제7 잠수전단 사령관과 통하는 직통회선을 집어들었다.

9월 13일 19:10   부산광역시 부산항 북동쪽 43km
미 해군 공격원잠 SSN-701 라 호야, 소나실

"제저벨입니다. 탐신 간격이 빠릅니다."

제저벨 부이의 날카로운 고주파가 라 호야의 선체를 울리고 있었다. 로키 중사가 소나로 탐지하지 않아도 사령실뿐만 아니라 함내의 모든 승무원이 확실히 들을 수 있었다.

2차대전 때 독일 U-보트 승무원들이 느꼈던 공포의 소리가 바로 귀로 들리는 가청음대의 고주파 탐신음이었다. 라 호야의 승무원들은 소노부이의 고주파 탐신음을 이렇게 가까운 거리에서 직접 들은 경험이 없었다. 그것은 생소했지만 듣는 즉시 바짝 긴장할 수밖에 없는 날카로운 소리였다.

"강제부상을 원하는 것일까요?"

"주변에 수상함정은 없다. 무시한다. 심도조정! 바닥으로 가능한 깊이 내려간다."

부함장 폴머 소령이 긴장된 목소리로 함장에게 의미있는 질문을 했지만 가르시아 중령은 대잠초계기는 철저히 무시했다. 심도를 낮춰 바닥에 바싹 붙으면 제저벨과 DICASS와 같은 능동형 부이에서는 해저지형과 잠수함을 분간하기 어렵게 된다.

"만약 한국 놈들이 추적권을 사용한다면…… 우리는 이미 한국 영해를 침범했었습니다."

폴머 소령이 더듬거리며 함장에게 이의를 제기했다.

"그래서 어떻게 하겠다는 건가? 부상해서 놈들에게 임검이라도 받고 싶나?"

"그런 뜻이 아닙니다. 우리 상황이 매우 난처하다는 것입니다. 사령부로 지원을 요청하는 것이 좋을 것 같습니다. 한국 놈들의 대잠전력이 우습긴 하지만 현재와 같은 상태라면 그들의 기지에 너무 가깝습니다."

폴머 소령은 불안했다. 가르시아가 한국의 대잠초계기를 무시하려는 것은 그동안 쌓인 스트레스에 시답잖게 여긴 한국 초계기에 탐지됐다는 당혹감이 더해진 결과라고 생각했다. 사실 폴머도 이 상황에서는 뚜렷한 대책이 떠오르지 않았다. 라 호야는 한국 초계기들이 해역 상공에 도달하기 전에 한국 영해를 빠져나갈 예정이었다.

대잠초계기가 잠수함을 탐지하려면 상당한 작업시간이 소요된다. 장문휴가 라 호야와 충돌 직전까지 간 직후 초계기들을 불렀다고 해도 이렇게 빨리 대잠초계기에 탐지될 것으로 예상하지 않았다.

아무래도 장문휴가 상당히 이른 시기에, 어쩌면 라 호야가 장문휴를 미행한 직후부터 라 호야의 존재를 탐지했다고 볼 수밖에 없었다.

전투공중초계를 하는 전투기들과는 달리 대잠기들은 출격하는데 많은 시간이 걸리기 때문이다.

"전방에 소노부이 입수! 탐신을 시작했습니다. 역시 제저벨입니다.!"
로키 중사도 목소리가 떨렸다. 사방에서 제저벨이 울리는 소리가 혼란스러웠다. 삑삑거리는 요부妖婦 제저벨 수십 개가 사방에서 괴성을 질러대고 있었다.

외국 배가 영해를 침범했을 때 국제법적으로 성립되는 추적권이라는 개념이 있다. 1962년에 발효된 '공해에 관한 협약' 제23조에 따르면 외국 선박이 특정 국가의 내수면이나 영해를 침범했을 경우 해당국가는 당연히 침입한 함정을 추적하여 나포하고 검사할 수 있었다.

더구나 민간선박도 아니고, 군함이고 잠수함이었다. 아무리 군사분야에서 지금도 한미 연합지휘체제 아래에 있지만 라 호야는 사전통보 없이 한국 영해에서 작전을 펼친 침입자였다.

폴머 소령은 도망가는 길이 꽤나 험난할 것이라 생각했다. 추적권은 공해상에서도 무제한적으로 지속되기 때문이다. 라 호야가 제3국이나 본국인 미국 영해로 도망치지 않는 한 추적권은 지속된다. 지금까지 한 짓은 너무 멍청한 짓이었다. 인사평점에서 상당한 불이익을 받을 것이라 생각하자 폴머는 이번 작전을 지시한 사령부가 원망스러웠다.

9월 13일 19:12   부산광역시 부산항 북동쪽 13km
한국 해군 코르벳 여수함, 함교

"내가 이래서 잠수함을 타려고 했는데……. 우웩~."

김준환 중위가 헛구역질을 하기 시작했다. 해군에서 배멀미를 하는 인간은 인간대접을 받지 못한다. 해군사관학교에서는 배멀미하는 사관후보생은 가차없이 지상근무로 내보낸다. 학사장교 출신인 김준환은 근해에서 실시한 해상훈련 때 교관들을 속여넘겨 그가 원했던 수상전투함에 남을 수 있었다.

그러나 고속정처럼 해면 위를 튀듯이 질주하는 여수함에서는 더 이상 참을 수 없었다. 김준환이 함교 난간에 기대어 찬 바람을 맞았다. 터져나오려는 토사물을 막으려고 입을 오므려 두 손으로 움켜쥐었지만 허사였다. 내용물이 분수처럼 길게 쏟아져 나왔.

포항급 코르벳 여수함이 2만 6천 마력짜리 개스터빈을 최고 출력으로 높이자 시속 34노트에 가까운 속도로 치달았다. 허용 최고속도인 32노트를 넘어서 34노트에 이르자 여수함은 미친 돌고래처럼 날뛰기 시작했다.

함수 아랫부분까지 수면 위로 치솟아 마치 선체가 물위로 날아가려는 듯 용트림을 하다가 텀벙하고 가라앉았다. 이번에는 함수 윗부분이 물속으로 처박힌 다음 다시 솟구치고 있었다. 새하얀 물살이 여수함 뒤쪽을 반쯤 가릴 정도로 강하게 일어났다. 물살이 푸른 바다 위에 하얗게 빛났다.

밀려오는 동해의 거친 파도를 여수함이 연속적으로 펑펑거리는 소리와 함께 뚫고 지나갔다. 배가 파도를 뚫으면서 내는 진동음이 김준환을 기름냄새 나는 만원버스처럼 울렁거리게 했다.

김준환이 다시 한바탕 게워냈다. 하지만 이번에는 맑은 물말고는 나오는 것이 없었다. 아까보다 숨이 더 막혔다. 눈물이 주르륵 흘러내렸다. 차라리 시원하게 토악질을 했으면 좋으련만, 김준환은 더 이상 토해낼 게 없었다. 그것이 더 괴로웠다.

포항급은 외국의 동급 코르벳함보다 훨씬 강력한 추진력을 자랑한다. 그것은 포항급이 대잠작전 외에도 북한의 대규모 고속정 집단을 상대하고 대간첩작전을 병행하려는 목적으로 고속성을 중시했기 때문이었다. 코르벳함에 어울리지 않을 정도로 지나치게 빠른 속도는 한국 함정들의 특징이었다.

함교에서 쌍안경으로 수평선 쪽을 바라보던 부함장 손천민 소령이 초점을 맞추려 애썼지만 이 속도에서는 쌍안경을 쥐는 것도 힘들었다.

"어~ 시원하군. 이봐, 김 중위! 너 해군 맞아?"

평상시처럼 친근하게 다독거리는 말투가 아니었다. 노골적으로 경멸하는 표정이었다.

"임마! 폐소공포증으로 잠수함도 못 타고, 배멀미로 전투함도 못 타면 도대체 넌 뭘 타야겠냐? 임마, 육상근무로 돌려주련?"

"그게…… 아닙니다……. 우웩~."

김준환 중위가 대답하려고 입을 열었다가 말 대신 그동안 참았던 헛구역질만 쏟아졌다. 그가 잠수함을 지원하려고 했던 것은 잠수함에서는 배멀미가 없다고 들었기 때문이었다. 그것은 맞는 말이었다.

잠수함이 수중을 항해할 때는 피칭(pitching)과 롤링(rolling) 현상을 겪지 않는다. 함이 좌우로 요동치는 롤링과 앞뒤로 요동치는 피칭 현상은 물과 공기의 경계선, 즉 수면 위를 떠서 항해하는 수상함정에만 해당되는 현상이다. 잠수함은 물속을 항해하므로 유체역학적인 흐름에서 단 한 가지의 항주조건만 갖게 되는데, 비행기가 대기 속을 비행하는 것과 같은 원리이다.

"거리는 얼마 남았나?"

손천민 소령이 함교에서 나와 수평선을 망원경으로 살피던 현동석 대위에게 물었다. 현 대위는 여수함의 진동과 리듬을 맞추기 위해 능숙하게 무릎을 굽혔다가 함이 머리를 잔뜩 치켜들어 순간적으로 정지한 그 잠깐 사이에 망원경을 내리며 대답했다.

"17해리입니다. 잠시 후에 흰꼬리수리로부터 정확한 위치가 통보될 겁니다."

17해리는 32km쯤 되는 거리이다. 부함장의 날카로운 시선이 수평선을 훑었다가 시계를 보며 말했다.

"30분 남았군. 목표의 도주 속도는?"

"아직 모릅니다. 곧 흰꼬리수리에서 통보해줄 예정입니다."

"알았네. 그럼, 현 대위. 자네가 대신 조함 지휘를 맡아라. 난 전투정보센터로 내려가서 함장님을 보좌하겠네."

"예! 알겠습니다."

손천민 소령이 계단으로 내려가려다 말고 잠시 난간을 향했다. 헛구역질을 해대는 김준환 중위를 바라보는 눈길이 곱지 않았다. 발길로 냅다 엉덩이를 내지르고는 하갑판으로 향하는 난간을 손잡이만 잡고 내려갔다. 함이 심하게 요동쳤지만 손천민 소령은 미끄러지듯이 능숙하게 뛰어내려갔다.

9월 13일 19:15   부산직할시 부산항 북동쪽 47km
한국 해군 P-3C 오라이언, 코드명 흰꼬리수리 3

"개새끼! 이놈이 안 섭니다!"

AQA-7 신호처리시스템을 조작하던 황성준 중위가 짜증난다는 듯 버럭 소리질렀다. 잠수함이 도주하는 방향으로 새롭게 소노부이를 계속 투하했기 때문에 기내에 보관하고 있던 예비 부이도 다 떨어져가고 있었다. AQA-7 시스템은 각 소노부이에서 전해오는 탐지신호들을 합산하여 잠수함의 위치를 파악하는 장치이다.

"대장님! 폭뢰 공격이 왜 안 된다는 겁니까?"

부하들로부터 항의성 채근을 받은 홍희범 소령은 답답했다. 다른 부하들은 모르지만 홍희범은 최강로 대위로부터 이야기를 들어서 알고 있었다. 만약 목표가 또 미국 잠수함이라면 한미간에는 다시 긴장이 고조될 것이 분명했다.

석 달 전에 있었던 진해항에서의 한바탕 화끈한 대잠작전은 공식적으로는 존재하지 않은 사건으로 종료되었다. 그때 홍희범은 강한 의구심이 들었지만 사령부에서는 일언반구의 대답도 없었고 엄중한 함구명령이 떨어졌을 뿐이었다.

"대장님!"

이번에는 강인호 대위였다. 곰곰이 생각에 잠겨 있던 홍희범 소령이 무겁게 입을 열었다.

"폭뢰 투하는 안 돼. 계속 추적만 한다."

부하들은 작전사령부에서 떨어진 명령을 이해하지 못하고 있었다. 분명히 영해를 침범한 미확인 잠수함이었다. 이것은 당연히 북한 잠수함일 가능성이 컸다. 그리고 수시로 영해에 침투한 북한 잠수정을 포착하지 못했다고 욕을 먹은 해군이었다. 대잠초계기 승무원 입장에서는 당연히 잠수함에 폭뢰공격을 해서 강제부상시켜야 했다.

부하들이 답답해했지만 억울하긴 홍희범이 더했다. 그때 폭뢰를 투하했던 S-2의 기장 최강로 대위는 죄없는 소주를 네 병이나 퍼마시고서야 겨우 입을 열었다. 분명히 영해를 침범한 외국 잠수함을 탐지하여 강제부상을 시키기 위해 위협 공격을 가했고, 그 잠수함을 결국 강제로 부상시켰음에도 불구하고 최 대위는 공격중지명령을 받았던 것이다.

최 대위는 기지로 귀환한 다음 상부로부터 호된 질책을 당해야 했다. 최강로는 미국 놈들이었을 거라고 확신했고, 그때 그 작전에 참가한 홍희범도 당연히 동의했었다.

이번에도 분명히 미국 잠수함이었다. 홍희범 소령은 미국이 한국에 원하는 것이 참 많다고 생각했다. 원하는 게 무엇인지 모르지만, 한국에 지상군 병력을 상주시키는 유일한 외국 군대이면서도 침투까지 해가면서 뭔가 얻으려는 것이 있다는 생각에 미치자 더욱 불쾌해지기 시작했다.

"여수함! 여기는 흰꼬리수리 셋이다. 놈의 도주로는 다음과 같다. 침로 공사십이(0-4-2)도 반복한다. 침로 공사십이도! 위치는……."

강인호 대위가 송신기에 대고 바락바락 악을 쓰고 있었다. 여수함이 예상보다 빨리 진입한 모양이었다.

9월 13일 19:25   부산직할시 부산항 북동쪽 47km
미 해군 공격원잠 SSN-701 라 호야, 사령실

"이놈들을 뿌리칠 수가 없습니다. 본함 주위로 계속 소노부이가 떨어지고 있습니다."

"개새끼들!"

가르시아 중령의 속이 바짝바짝 타올랐다. 미국 잠수함들이 한반도 근해에서 작전하다가 노출된 적이 없었던 건 아니었다. 동해에서 작전했던 다른 잠수함들도 어선에 발견되어 한국 해군으로부터 추적당한 경우도 많이 있었다. 하지만 그것은 주로 블라디보스톡의 러시아 극동함대를 염두에 둔 초계작전중에 일어난 사건이었지, 오늘처럼 한국 영해를 무단으로 침범하여 쫓긴 것은 아니었다. 물론 그가 알기로는…….

결국 떼어놓을 수 없다면 사령부로 보고해야 했다. 가르시아는 탐지됐다는 것을 인정하고 싶지 않았기 때문에 통신을 띄우는 결정에 머뭇거릴 수밖에 없었다. 사령부에서는 한국 해군에게 뭐라고 변명할 것인지 난감할 것이다.

"우현으로 고속 접근중인 함정이 있습니다! 방위 1-8-5, 거리 5마일, 속도는…… 굉장히 빠릅니다!"

"뭐야?"

"함장님! 벨 링어입니다."

"뭐어야?"

로키 중사의 긴박한 외침과 동시에 통신반으로부터 수병 하나가 뛰어나왔다.

"이 순간에 벨 링어라니!"

가르시아는 난감했다. 대륙붕 바닥에 침좌된 상황에서 다시 조금이라도 움직인다면 확실히 발견될 수밖에 없었다. 옆에 서 있던 폴머 소령이 조심스럽게 입을 열었다.

"함장님, 상황을 사령부에 알리는 게 좋겠습니다."

"그래, 어쩔 수 없군. 사령부로 보고한다. 보고문을 작성해서 통신부이에 띄워 올린다."

가르시아의 허락이 떨어지자 폴머 소령이 직접 통신실로 향했다. 함대사령부를 경유해서 몇 군데 복잡한 경로를 거쳐 한국 해군에게 추적중지명령이 떨어지겠지만, 가르시아는 왠지 모르게 솟아오르는 착잡한 심정에 가슴이 답답해졌다.

9월 13일 19:30   부산광역시 부산항 북동쪽 43km
한국 해군 코르벳 여수함, 전투정보센터

"15노트로 감속! 폭뢰조! 폭뢰 투사 준비하라!"
　출렁이던 여수함이 안정을 찾으며 천천히 움직이자 후갑판에서 무지막지한 진동으로 얼이 빠져 있던 폭뢰조들이 작업을 시작했다. 폭뢰투사레일에는 이미 마크 9 대잠폭뢰가 6개씩 얹혀 있었다. 작업병들이 바닥에 바퀴가 달린 폭뢰투사레일을 통째로 밀고 후갑판 끝을 향했다. 능숙한 솜씨로 투사레일 끝부분을 거치대에 고정시킨 다음, 언제라도 투발이 가능하도록 준비를 마쳤다.
　마크 9 폭뢰는 거의 공모양에 가깝게 뚱뚱하게 생긴 괴물이었다. 뒷부분에는 물속에서 방향을 잃지 않고 똑바로 내려가도록 날개 6개가 달려 있고, 날개 테두리와 앞부분에는 레일에서 잘 굴러가도록 원형 테가 붙어 있다.
　폭뢰공격을 하기 위해서는 목표 잠수함의 바로 위를 지나쳐야 한다. 공격하는 쪽에서는 잠수함 바로 위를 지날 때 어뢰공격을 받을 위험성도 많았다. 그래서 현대 수상함정들이 잠수함을 공격할 때 원거리에서 발사가 가능한 대잠어뢰나 대잠미사일이 주로 사용되고 폭뢰는 더 이상 쓰이지 않는다. 하지만 여수함을 비롯한 한국의 소형 전투함 대부분은 대잠미사일을 장비한 함정이 거의 없다. 때문에 폭뢰가 아직도 대잠 주력병기였다.
　중량 154kg짜리인 마크 9 폭뢰는 내부에 90kg이나 되는 고폭약이 충진되어 있다. 심도를 지정해주면 폭뢰는 물속으로 가라앉다가 지정된 심도에 이르러 폭발한다. 90kg짜리 고폭약이 수심 100미터에서 터지는 모습은 장관이다.

― 폭뢰반 투하준비 끄읕~.

"좋아! 대기하라."

부함장 손천민 소령이 마이크를 들고 폭뢰반의 보고를 확인했다. 함장 백운기 중령은 몹시도 긴장되었는지 표정이 딱딱하게 굳어 있었다.

"소나에선 아직 잡히지 않나?"

"아직 포착되지 않습니다. 흰꼬리수리의 보고로는 바닥에 침좌해서 꼼짝하지 않고 있답니다."

"그래, 버티기다 이거지? 지정심도 100미터로 폭뢰 2발을 준비시켜!"

"폭뢰반! 지정심도 일백공공(1-0-0)으로 둘 대기!"

― 지정심도 일백공공. 둘 대기.

손천민 소령이 폭뢰반에 지시를 내린 뒤에 음탐반을 돌아보았다. 요원들이 땀을 뻘뻘 흘리고 있었지만 아직도 탐지하지 못한 모양이었다.

"오라이언의 보고로는 이제 2천미터 전방입니다. 액티브로 한방 먹여 주죠."

포항급이 장비한 네덜란드 시그날(Signaal)사의 PMS-32 함수소나는 액티브 탐신을 위주로 설계된 소나였다. 그러므로 패시브, 즉 적 잠수함이 내는 소음을 추적하는 수동 모드에서는 기능이 제한될 수밖에 없었다.

"좋아! 탐신한다."

"액티브 탐신!"

여수함으로부터 발신된 소나 빔이 라 호야를 향해 진동했다.

9월 13일 19:35   부산광역시 부산항 북동쪽 47km
미 해군 공격원잠 SSN-701 라 호야, 사령실

"액티브 소나입니다. 방위 1-7-9, 거리 2,000야드."
어쩔 줄 모르는 표정을 지으며 로키 중사가 눈살을 잔뜩 찌푸렸다. 하지만 악착같이 헤드폰을 쓰며 주변 상황에 신경을 곤두세웠다.
"다시 가속하고 있습니다."
이쪽을 탐지해낸 것이 틀림없었다. 어뢰나 폭뢰 공격이 이어질 것이다. 만약 저 수상함정이 라 호야를 북한 잠수함으로 인식했다면 경고도 없을 것이다. 무차별 공격뿐이었다.
"젠장! 사령부에서는 우리 보고를 못 들었나? 왜 아직까지 공격을 멈추지 않는 거야!"
"부상하는 것이 좋겠습니다."
부함장 폴머 소령이 안절부절못했다. 그는 초계기가 투하한 제저벨과 여수함의 액티브 소나음에 질려 이젠 두 손 두 발 다 든 상태였다. 잠시 시계를 들여다보던 가르시아 중령이 절망적으로 한숨을 내쉬었다.
"안 돼, 샘. 지금 부상했다가는 저놈이 우리가 공격하는 것으로 여길지도 몰라."
일리가 있는 말이었다. 난감했다. 이 상황에서는 가만히 있는 게 상책이었다. 사령부가 빨리 손을 써주기를 기다릴 수밖에 없었다. 가르시아는 입안이 바짝바짝 타들어갔다.

9월 13일 19:38 경상남도 진해시 진해항
한국 해군, 해군 작전사령부

벚나무들이 줄지어 서 있는 도로를 올라서 맨 끝에 제정 러시아 양식의 고풍스러운 적벽돌 건물이 있었다. 구 일본군이 기지 사령부로 쓰던 건물 그대로가 현재 한국 해군의 최고 중추의 하나인 해작사, 즉 해군 작전사령부의 건물이었다. 해가 다시 짧아지기 시작해서 주변에는 어슴푸레 밤 기운이 다가오고 있었다.

"옵니다!"

부관 감우식 소령이 외쳤다. 과연 웅장한 소리가 들리며 해작사 뒤편 언덕을 넘어 HH-60 시 호크 수송헬기가 모습을 드러냈다. 헬리콥터는 해작사 건물 앞의 헬리포트에 내려앉았다.

"션(shun)!"

헬리콥터에서 내려와 성큼성큼 걸어오는 도널드 오스번(Donald Osborne) 준장이 감우식 소령의 어텐션(Attention) 구호에 차렷자세를 취하며 절도있게 경례를 붙였다. 그제야 작전사령관 김병륜 중장이 경례를 받았지만 손을 내밀지는 않았다. 김병륜 중장의 일그러진 표정을 읽은 오스번 준장도 따라서 표정이 굳어졌다. 하지만 지금 그는 한국 제독에게 손이라도 비벼야 할 입장이었다.

한미연합사령부 해군구성군 부사령관이 오스번 준장의 직함이었다. 연합사령부에 실제로 배속되어 활동하는 미 해군의 작전함정은 일반 지원함정뿐이기 때문에 한직에 가까운 자리였다. 그래서 이 보직에는 더 낮은 계급이라도 되겠지만, 해군 준장으로 보임한 것은 80년대까지 활발했던 군사정전위의 대표로 내보내기 위한 목적도 있었다. 물론 군사정전위 대표는 해군 제독만 임명되는 것은 아니다.

한미연합사의 해군구성군 사령관은 한국 해군 작전사령관이 겸임한다. 바로 김병륜 중장이다. 그러니 오스번 준장은 김병륜 중장의 하급자인 셈이다. 두 사람의 어색한 표정을 읽은 감우식 소령이 먼저 앞서 걸어가는 김병륜 중장의 뒤를 따라 오스번을 안내했다.

"커피로 하시겠습니까?"
감우식 소령이 오스번 준장에게 정중히 물었다. 테이블에는 냉랭한 공기가 감돌고 있었다. 당번병은 바짝 얼어붙어 감히 이쪽을 쳐다보지도 못했다.
"좋습니다. 블랙으로 주시오."
오스번이 초조하게 김병륜 제독의 표정을 살폈다. 이 다급한 상황에서도 김 제독은 손님맞이 예절을 다 차릴 것 같이 느긋했다.
"사령관님께선 어떤 차를 드시겠습니까?"
감우식 소령이 다시 김병륜 중장에게 물었다.
"항상 똑같은데 뭐 하러 물어보나? 난 둥글레차!"
작전사령관의 퉁명스런 대꾸에 감우식 소령이 미소를 지으며 서둘러 사령관실을 빠져나갔다. 부관과 당번병이 문을 닫고 나가자마자 김병륜 중장이 말을 꺼냈다.
"서둘러 이야기합시다. 아마 이야기가 끝나야 커피가 들어올 것 같습니다."
"아, 예!"
김병륜 중장의 냉랭한 말투에 오스번 준장이 바짝 긴장했다. 영어가 능통한 김병륜 제독은 통역이 필요없었다. 부관 감우식 소령은 그가 부를 때까지는 들어오지 않을 것이다.
"도대체 어떻게 된 거요? 미국 잠수함이 왜 통보도 없이 한국 영해에 들어온 거요? 어차피 우리가 아직 한미연합사 지휘하에 있으니 미국 군함이 기항을 하겠다면 언제든 허용할 수 있소. 그런데 도대체……."

김병륜 중장은 석 달 전의 사건을 떠올릴 수밖에 없었다. 하지만 그 사건은 공식적으로는 완전히 존재하지 않는 사건이었다. 이 자리에서 아는 체할 수도, 언급할 수도 없는 사건이었다.

"그게…… 저도 자세한 이유를 모릅니다만, 사세보로 향하던 7함대의 공격원잠 라 호야가 항법장치 고장을 일으켰다고 합니다."

오스번이 서둘러 변명을 늘어놓았다. 지금은 1초라도 아껴야 할 상황이었다. 한국 해군 작전사령관은 오스번의 다급한 요청에 대해 가타부타 결정도 하지 않고 그를 불러들였다. 오스번은 마침 부산에 있다가 초고속으로 진해까지 날아와야 했다.

"항법장치가 왜 고장나요?"

"정확히 말씀드려서 GPS 수신장치가 고장났습니다. 동해 북부를 초계중에 함내 안전사고로 승무원들이 부상을 입었습니다. 라 호야가 러시아와 북한에 접속한 수역에서 부상병을 후송할 수는 없었고, 최대한 빠르게 사세보로 기항하려 했던 것입니다. 사고원인은 밝히기 어렵습니다만 GPS 위성항법 시스템을 비롯해서 관성항법장치 등이 손상받은 채로 관측항법을 할 수밖에 없었습니다. 그래서 정확한 위치를 판정하지 못하고 귀국의 영해로 잘못 진입한 것입니다."

준비해둔 거짓말이라 오히려 더 차분했다. 김병륜 중장이 믿건 말건이란 생각에 오스번은 담담하게, 그러나 서둘러 털어놓았다.

"그럼 귀함에서는 아직 부상자 후송도 하지 못했겠군요."

"예……, 그렇습니다."

"그렇다면 후송과 치료에 우리가 협조할 일은 없겠습니까?"

김병륜 중장은 씨알도 먹히지 않을 거짓말은 아니라고 생각했다. 잠수함 손상에 부상자 후송이라니, 김 중장은 속으로 웃음이 나오는 것을 간신히 참았다.

"그럼 공격중지 명령을 내려주시겠습니까?"

"우방인데 뭐, 당연히 그렇게 해야겠지요."

오스번이 바짝 긴장했다가 안도의 한숨을 내쉬었다.

"일단 공격중지 명령을 내려주신 데 대해 감사를 드립니다. 후송에 지원을 해주시겠다는 말씀도 감사합니다. 하지만 현재 일본에 있는 우리 병원에서 의료진이 대기하고 있습니다. 수송헬기도 대기중입니다."

오스번은 서둘러 말을 끝맺으려고 했다. 그가 헬리콥터로 이곳을 향하면서 연합사령부 명령으로 대잠작전을 중지하라고 했지만 한국 해군은 듣지 않았다.

대간첩작전은 한국군의 평시 작전이었고, 그 해역에 미국 잠수함이 있을 까닭이 없으니 그것은 북한 잠수함이 분명하고, 당연히 공격해야 한다는 답변을 거듭 들어야 했다. 오스번은 김병륜 제독이 서둘러 공격중지 명령을 내려주면 좋겠지만, 김 제독은 아직도 할말이 남은 것 같았다.

"예, 좋습니다. 하지만 이번 일을 계기로 양국 함정의 작전수역과 부두진입문제에 대해서 진지한 논의가 이루어져야 할 것입니다. 차후, 통보없이 영해를 진입할 시에는 그 결과를 상상할 수 없는 사태가 발발할지도 모릅니다. 아시다시피 동해는 잠수함에게 위험한 곳입니다. 96년과 98년의 사건을 잊지는 않으셨겠지요?"

김병륜 중장은 협박과 동시에 농담을 했다. 김병륜은 북한 잠수함들이 암초에 좌초되거나 꽁치그물에 걸려 나포된 사건을 말한 것이다. 한국의 바다를 책임진 해군 작전사령관으로서 상당히 자괴적인 농담이기도 했다.

한국의 해군력으로 동해에서 활동하는 외국 잠수함을 탐지하기는 사실상 어렵다. 그러나 그것은 미국도 마찬가지였다. 수많은 대잠전력을 투입한 훈련에서 미 해군은 번번이 한국 잠수함을 놓치고 호되게 당하기까지 했다. 그만큼 동해는 잠수함의 천국이었다.

"예, 그 점은 명확히 하도록 하겠습니다."

오스번은 속으로 발을 동동 굴렀다. 농담은 귀에 들어오지도 않았고 무슨 뜻인지 이해하려고 노력하지도 않았다. 김 제독이 어서 수화기를 집어들거나 부관을 부르길 바랬지만 나이든 제독은 여전히 느긋했다.

"일단 커피를 드시지요. 부관!"

김병륜 중장이 그리 큰 소리로 부르지 않았는데도 문밖에서 기다리고 있던 감우식 소령이 차를 가지고 쪼르르 들어왔다. 오스번은 사병인 당번병이 차를 나르지 않고 소령이 온 것에 대해 놀라워했다. 오스번은 한편으로는 이 한국인 소령이 제독 대신에 공격중지 명령을 통보할 것이란 기대를 가졌다.

그러나 소령은 정중하게 찻잔을 테이블에 올려놓고 다시 빠르게 문밖으로 사라졌다. 김 제독이 부관에게 공격중지 명령을 하달하지 않자 초조해진 오스번은 기절하기 직전이었다.

"혹시 석 달 전쯤…… 자세히 기억나지 않습니다만, 이번과 비슷한 선례가 있지 않았습니까? 진해 앞바다였던 걸로 기억합니다만."

차를 한 모금 마시면서 김병륜 중장이 말을 빠르게 던졌다. 서둘러 커피를 마시다 놀란 오스번 준장이 캑캑거렸다.

"저런, 천천히 드셔야지요."

빙그레 웃으며 김병륜 중장이 오스번을 걱정해주었다. 김병륜은 내심 쾌재를 부르고 있었다. 기침을 심하게 한 후에야 오스번의 숨을 가다듬고 다시 입을 열었다.

"김 제독님, 협조해주셔서 감사합니다. 그럼 저는 사고를 수습하러 이만 돌아가야겠습니다."

"아, 그렇습니까?"

오스번이 잔을 내려놓고 서둘러 일어섰다. 그가 나가야 공격중지 명령을 내릴 것 같다는 판단이 작용한 것이다. 김병륜도 배웅하기 위해 자리에서 일어섰다.

사령부 정문을 열고 나서자 대기하던 헬리콥터가 오스번을 알아보고 다시 시동을 걸었다.

시 호크의 터보 샤프트 엔진 배기구에서 파열음이 날카롭게 들리며 로터가 순식간에 맹렬하게 회전하기 시작했다.

김병륜은 헬리콥터 입구까지 오스번을 따라 걸었다. 소리가 거셌기 때문에 김병륜은 언성을 높여야 했다.

"말씀해주시기 바라오. 6월 14일 새벽에 있었던 사건을 당신은 정말로 모릅니까?"

"제독님, 우리 해군 잠수함은 태평양사령부말고도 또 다른 통합군사령부에 예속될 수도 있습니다. 제가 확실하게 말씀드릴 수 있는 것은 우리 함대 사령부에서는 모르는 작전이었다는 것입니다. 더 이상은 저도 모릅니다."

오스번도 역시 고함을 쳤지만 헬리콥터의 맹렬한 소음 때문에 알아듣기 어려웠다. 그러나 오스번이 무엇을 얘기하려는지 핵심은 알아들을 수 있었다. 오스번이 탑승구를 오르며 출입구를 닫았다. 그리고 창문 안쪽에서 묘한 미소를 지었다. 그리고 깜빡 잊었다는 듯 김병륜 중장에게 경례를 붙였다.

헬리콥터가 날아오르며 바람이 거세게 일었지만 먼지를 많이 날리지는 않았다. 해작사 정문 앞 헬리포트에 시 호크가 남긴 바퀴 자국과 먼지가 휩쓸려간 자국이 희미하게 남았다. 사라지는 헬기를 보며 김병륜 중장이 조용히 혼잣말을 했다.

"그래, 그때는 특수전사령부 짓이었다는 얘기겠지. 개새끼들!"

9월 13일 19:45 부산광역시 부산항 북동쪽 47km
한국 해군 코르벳 여수함, 전투정보센터

"함장님! 폭뢰 투사 코스로 진입합니다. 이번 것은 경고용입니다."
부함장 손천민 소령이 함장에게 준비완료를 알렸다. 부함장은 잔뜩 긴장하고 있었다.
"좋아, 시작하라."
"폭뢰반! 지정된 폭뢰 2발을 투발한다. 심도 확인 하나공공!"
손천민 소령이 폭뢰반으로 연결되는 마이크를 잡고 직접 공격을 지휘했다.
－확인! 지정 심도 하나공공! 두 발 투하했습니다!
'하나…… 두울…… 셋…….'
손천민 소령이 마음속으로 세었다. 잠시 후 둔탁한 폭발음 두 번이 연속해 여수함 뒤쪽에서 들려왔다. 손천민은 폭뢰가 폭발하며 일으키는 물기둥을 볼 수 없어 안타까웠다. 이곳은 함교가 아니라 전투정보센터였다.
"급속 변침한다! 좌현 최대!"
"좌현 최대!"
여수함이 선회하는 반대방향으로 승무원들의 몸이 급격히 기울었다. 짧은 반경으로 회전하려는 함정과 밖으로 벗어나려는 원심력, 두 가지 힘 사이에서 짜릿한 진동이 몸과 발로 전해져왔다.
"폭뢰반! 이번엔 네 발이다! 지정심도 하나다섯공(1-5-0)!"
일단 마이크로 전달되는 목소리는 왜곡되게 마련이다. 소음이 큰 외부와 대화할 때는 정확한 의미를 전달하는 것이 더욱 중요하다. 포병이 사격제원을 읽을 때 숫자는 한자 발음과 순우리말 가운데 가장 명확한 발음을 나타내는 것을 섞어 쓰게 된다.

일(1)과 이(2)는 혼동을 불러일으킬 수 있으므로 하나, 둘로 칭하고, 칠(7)이나 팔(8)과 같은 것은 그냥 써주는 것 등이다.

― 확인! 지정심도 하나다섯공! 네 발 대기!

"변경한다!"

"변경! 기다려라!"

변경요구에 손천민 소령이 뒤를 돌아다보았다. 함장 백운기 중령이었다.

"더 이상 경고는 없다. 안 떠오르면 그대로 묵사발낸다. 폭뢰 열 발 대기시켜! 지정심도 둘백(2-0-0)으로 때린다."

"예! 알겠습니다. 변경한다. 지정심도 둘백! 열 발 대기!"

― 확인! 지정심도 둘백, 열 발 대기!

90kg짜리 고폭약 열 개에 직접 맞지 않더라도 주변에 떨어지면 엄청난 수압의 폭풍을 만들어 낸다. 잠수함에 직접 명중하지 않아도 지근탄이 만들어낸 수압으로 인해 잠수함 내압격벽이 깨져 침몰하는 경우도 비일비재하다.

폭뢰에 수심을 지정하는 이유는 잠수함에 직접 맞지 않더라도 가장 가까운 심도에서 폭발시키도록 하기 위함이다.

승무원들에게는 시커먼 밤바다에서 폭뢰를 터뜨리는 것만큼 멋진 구경도 드물 것이다. 수심 200미터라면 너무 깊어서 터질 때 피어오르는 오렌지색 화염을 배 위에서 보기 힘들다.

하지만 50미터 정도라면 다르다. 물속에 오렌지색 풍선들이 밝게 부풀어오르는 것을 확연하게 볼 수 있는데, 그 색깔은 형용하기 어려울 만큼 밝고 곱다. 그리고 곧 거대한 물기둥이 솟구쳐서 축하의 물벼락을 퍼부어 준다.

"함장님! 작전사령부로부터 연락입니다. 공격을 중지하랍니다!"

"뭐? 공격을 중지하라고? 빌어먹을! 공격중지! 공격중지!"

통신장교의 보고와 거의 동시에 백운기 중령이 마이크를 잡고 허겁지겁 고함쳤다.

"설마…… 그럼 우리가 공격한 것이 북한 놈들이 아니었다는 겁니까? 그럼 도대체 누구란……."

눈이 휘둥그레 떠진 손천민 소령이 놀라서 함장을 바라보았다. 백운기 중령은 북한 잠수함이 아니면 뻔하지 않느냐는 눈빛이었다.

9월 13일 19:50   부산직할시 부산항 북동쪽 47km
미 해군 공격원잠 SSN-701 라 호야, 사령실

"공격해야 합니다! 함장님! 이대로 당할 수는 없습니다."

폭뢰 두 발이 먼 거리에서, 그것도 훨씬 위쪽에서 터졌지만 라 호야에게 진동이 거세게 전해졌다.

LA급 원자력 잠수함이 저런 구식 코르벳에게 당할 수는 없었다. 일단 자신들을 공격하겠다는 의지를 확인하자 부함장 폴머 소령뿐만 아니라 사령실 승무원들 모두가 웅성거리기 시작했다.

"어뢰실! 발사 준비를 서둘러라. 부함장! 공격 준비한다!"

이윽고 굳게 닫혔던 함장 가르시아 중령의 입이 열렸다. 스피커에서 어뢰장의 씩씩거리는 소리가 들렸다.

－예! 알겠습니다. 가루로 만들어 버리겠습니다!

"놈이 선회를 마쳤습니다. 다시 이쪽으로 향합니다."

소나팀장 스톨츠 대위가 사령실 쪽을 돌아보며 크게 소리쳤다.

"그래. 더 가까이 오기 전에 엿먹여준다! 발사준비는 끝났나?"

"발사준비 완료했습니다. 명령만 내려주십쇼."

가르시아는 결심했다. 두 번째 접근이라면 더 이상 위협공격은 아닐 것이다.

"유선유도로 공격한다. 3발을 동시에 발사한다."

"3발 동시 공격, 유선유도!"

폴머가 긴장된 손으로 발사 버튼에 다가섰다.

"거리 800…… 750……."

포항급 코르벳이 함수 쪽으로 접근하는 것이 다행이라면 다행이었다. 지금 상황에서 함정의 방향을 바꾸는 것은 매우 곤란했다.

"거리 500에서 공격한다."

어뢰 3발이 라 호야의 전투시스템과 완벽하게 연결되었음을 알리는 링크 확인 표시가 모니터에서 깜빡거렸다.

"650…… 600……."

발사 버튼에 올렸던 폴머 소령의 손가락이 가늘게 떨리기 시작했다. 그는 한국 군함에 대한 라 호야의 어뢰공격이 가져올, 즉 그가 손가락을 누른 후에 벌어질 사태를 예상하며 온갖 걱정을 다했다.

"앗! 다시 변침합니다. 오른쪽으로 빠져나가려는 것 같습니다!"

"뭐야? 목표가 어뢰를 발사한 것은 아닌가? 확인하라! 어뢰를 쏜 것이 아닌가?"

가르시아가 허둥지둥 로키 중사를 재촉했다. 더 이상 가까워지면 이쪽에서 발사한 어뢰가 한국 함정을 향해 치솟기도 전에 폭뢰세례를 맞을 수도 있었다.

폴머의 이마에 식은땀이 솟으며 발사해 버릴까 하는 생각도 들었지만 갑작스런 변침 때문에 버튼을 누르지 못하고 있었다.

"어뢰 착수음은 없습니다! 확인합니다. 어뢰 착수음은 없습니다. 수면에 특별한 징후는 없습니다."

"공격을 취소한다!"

폴머가 가슴을 쓸어내리며 버튼에서 손을 뗐다. 그는 잠시 눈을 감앉다가 떴다.

 "목표는 변침한 다음 완전히 이탈하고 있습니다. 침로 1-8-0! 남쪽으로 빠집니다."

 "사령부에서 손을 쓴 모양이다."

 가르시아 중령은 온 몸에서 기운이 쫙 빠져나가는 것을 느꼈다. 가르시아는 힘겨운 저녁이었다고 생각했지만, 이번 사건은 단지 시작일 뿐이었다.

8. 고요한 해류

9월 13일 19:55 부산광역시 부산항 북동쪽 42km
한국 해군 P-3C 오라이언, 코드명 흰꼬리수리 3

― 여기는 가오리집! 가오리집! 흰꼬리수리들은 응답하라! 응답하라!
― 흰꼬리수리 다섯이다.
"흰꼬리수리 셋이다."
가오리집은 대잠지휘센터의 호출부호였다. 가뜩이나 공격중지 명령을 받고 속이 쓰리던 참인데 또다시 호출이라 홍희범 소령은 시큰둥하게 대답했다.
― 흰꼬리수리 다섯은 기지로 귀환하라. 흰꼬리수리 셋은 새로운 명령을 수령한다. 확인하라!
― 흰꼬리수리 다섯. 확인! 귀환합니다.
"흰꼬리수리 셋! 확인! 명령수신 대기."

─좋아. 싹싹한 흰꼬리수리만이 칭찬을 받을 수 있다. 흰꼬리수리 셋은 미국 원잠이 부상하는 순간부터 접속수역 바깥으로 안전히 빠져 나갈 수 있도록 공중호위를 맡는다. 확인하라!

대잠지휘센터 지휘관은 어린 아이 다루듯 대잠초계기 탑승원들을 어르고 달랬다.

"흰꼬리수리 셋! 확인한다! 미국 잠수함이 부상하여 접속수역을 벗어날 때까지 호위한다. 이상."

입밖으로 튀어나오려는 욕을 간신히 참은 홍희범 소령이 명령문을 수신확인했다. 미국 놈들이 영해를 무단으로 침범했는데 도리어 빠져나가도록 호위하라니, 속에서 열불이 터져나왔다.

"대장님! 10시 방향입니다. 잠수함이 부상하고 있습니다!"

관측창을 들여다보던 장민호 상사가 소리치자 홍희범 소령도 관측창으로 다가갔다. 이미 컴컴해진 바다였지만 하얀 포말을 일으키며 잠수함 사령탑이 솟아오르는 모습이 보였다.

"수직형 사령탑! 사령탑에 대형 잠항타! 러시아 놈들은 아닌 것이 분명합니다."

외관이 비슷해 보이는 잠수함이지만 몇 가지 특징들을 체크하면 대략 어느 나라 잠수함인지는 분간할 수 있었다. 해군 요원들이 적함식별카드 중에서 잠수함 식별카드 때문에 가장 많이 고생하지만, 일단 익숙해지면 외관만으로도 함형을 간단히 파악할 수 있었다.

"LA급 확인, 초기형입니다."

"그래. 그 자식은 라 호야라네."

홍희범 소령이 씁쓸하게 말했다. 비행기에 비하면 한없이 느려터진 잠수함을 호위하려면 오늘 자정 전에 귀환하기는 글러먹었다고 생각했다. 최대 13시간까지 비행할 수 있는 오라이언의 체공시간으로 볼 때 임무수행에 문제는 없었다. 하지만 무척 지루할 것이 분명한 임무였다.

9월 13일 20:05   일본 가나가와현 요코스카항
미 해군 태평양함대 제7 함대, 제7 잠수전단 사령부

"뭐라고? 6월달에 우리 잠수함이 박살났던 게 진해에 들어갔다가 한국 해군의 공격을 받아서였다고? 도대체 말이 되는 거야? 그걸 왜 우리 해군이 지금까지 모를 수가 있는 거지?"

7잠수전단 사령관 버나드 포스너(Bernard Posner) 소장이 펄쩍 뛰었다. 그때 피해를 입은 LA급 원잠 샬럿은 아직까지 샌디에이고의 기지창에서 수리중이었다.

물론 그도 주변의 다른 고급사관들로부터 샬럿의 피해가 충돌사고로 보기에는 문제가 있다는 강한 의혹 제기를 들은 적이 있었다. 하지만 설마 미국 잠수함이 한국 해군으로부터 공격당했으리라고는 꿈에도 생각하지 못했다.

미군은 엄밀한 의미에서 육, 해, 공, 해병대가 독립적인 작전을 수행하지 않는다. 합동참모회의 휘하의 통합군 사령부(Unified Command) 체제인 미군은 각 통합군 사령부가 작전상의 최고 사령부 조직이다. 여기에는 9개의 통합사령부가 존재하며 각 사령부에서는 적절한 숫자의 육해공군, 그리고 해병대 구성군을 총괄하여 지휘한다.

예를 들자면, 태평양 지역을 관할하는 미 태평양사령부는 미 제3 함대와 제7 함대의 양대 작전함대를 거느린 태평양 해군구성군, 즉 태평양함대를 예하에 두고, 그밖에도 육군구성군과 공군구성군이 배속되어 전체 작전을 모두 총괄한다. 다른 사령부도 구성은 거의 비슷하다. 태평양사령부의 경우 지역적인 특성상 해군의 중요성을 감안하여 그 사령관은 해군 대장이 임명되는 것이 통례였다.

문제는 특수전사령부였다. 특수전을 담당하는 이 사령부는 유사시 해군 함정들을 일시적으로 예속시켜 독자적인 작전을 수행한다. 이번 경우에는 작전을 수립한 일부 정보계통의 지휘관들과 특수전사령부만 간여했을 뿐, 지역적으로 태평양지역을 관할하는 태평양사령부가 완전히 배제되었다.

통합군 체제에서 이와 비슷한 경우는 전략미사일 원잠들에서도 보여진다. 핵탄도미사일을 탑재한 오하이오급 전략핵잠은 해군 소속이지만 실제 핵전쟁 상황하에서의 작전은 전략사령부(Strategic Command)의 지휘를 받는다.

전략사령부는 해군의 탄도미사일뿐만 아니라 공군의 전략폭격기, 지상발사 대륙간탄도탄(ICBM) 등을 모두 총괄하는 사령부이다. 그러나 전략핵잠이나 전략폭격기 등이 작전할 때 원래의 소속 부대가 완전 배제되는 건 아니었다.

포스너 소장이 날뛰는 것도 그런 이유에서였다. 아무리 특수작전에서 비밀 유지가 중요하다지만 특수전사령부가 해군 함정을 빼가면서 정작 해군은 모르는 일이 발생해서는 안 되는 것이다.

더욱이 태평양함대와 해군의 독자적인 작전이라고 할 수 있는 라호야와 컬럼비아의 정찰작전을 수행하는데, 이미 6월에 미국 핵잠수함에 의해 저질러진 치명적인 실수를 해군이 전혀 몰랐다니, 말도 안 되는 일이었다. 하마터면 중요한 핵공격잠수함을 이번에 아주 우습게 잃어버릴 뻔했기 때문이다. 한국의 과잉반응은 분명 그 일과 연관됐음이 분명했다.

"사령관님! 특수전사령부에서 온 연락장교가 기다리고 있습니다."
씩씩대던 포스너 소장이 뒤를 돌아보았다. 카키색 해군 근무복을 입지 않고 신사복 정장을 차려입은 자였다. 그가 포스너 소장을 보자마자 절도있게 경례를 붙였다.
"제독님! 로스토프 중령입니다. 저도 해군입니다."
손을 내리며 이야기하는 피터 로스토프(Peter Rostov)의 목소리에서는 굵직한 쇳소리가 배어 있었다.
"먼저 특수전사령관님으로부터 미리 알려드리지 못한 것에 대해 사과드리라는 명령을 받고 왔습니다."
"그래? 여태까지도 안 알려준 자들이 뭣 때문에 이제야 나타난 건가? 그것 때문에 일부러 온 건 아니겠지?"
심드렁하게 말한 포스너가 자리에 앉았다. 제독은 로스토프 중령에게 자리에 앉으라고 권하지도 않았다. 당연히 호의적인 반응을 기대하지는 않았겠지만, 로스토프는 매우 침착했다.
"예, 그렇습니다만, 이곳에서는 말씀드릴 수 없습니다."
"새로운 작전인가?"
"예, 그렇습니다."
"어디까지 알고 있는 거지?"
"그것도 명령과 함께 말씀드리겠습니다."
포스너 소장은 딱딱거리는 대답은 질색이라며 고개를 휘휘 저었다. 소장은 다리를 꼬고 회전의자를 한 바퀴 빙글 돌리며 말했다.
"그래? 일단 거부해도 별 탈은 없겠군. 나는 특수전사령부의 지휘계통에서 벗어나 있으니까, 그쪽에서 내게 명령할 권리는 없네."
포스너는 계속 쌀쌀맞게 굴었다. 특수전사령부와 같이 비정규전을 수행하는 곳은 포스너의 체질에는 맞지 않았다. 게다가 해군은 원래부터 특수전의 비중이 낮은 군대이다. 상륙작전 등에는 물론 SEAL 같은 특수부대가 필요하고 해군 예하에 명목상으로나마 해군 특수전사령부가 따로 있긴 했다.

그러나 해군에 직접적으로 필요한 인력은 엔지니어들이었다. 망망대해에서 해전이 벌어질 경우, 각종 기계장치를 조작하고 순간적으로 판단하며 값비싼 무기로 적을 공격하는 것은, 수천 미터 고공에서 낙하산을 타고 강하하거나 밤에 오리발로 어기적거리며 해안선을 기어올라가 기습침투를 주임무로 하는 비정규전 병력이 아니라, 그야말로 기술집약적인 엔지니어들이었다.

"제독님, 태평양사령부에도 통보가 된 작전입니다. 이번 작전은……."

목소리를 낮춘 로스토프는 주위를 돌아보며 포스너의 참모진이 있는 자리에서는 더 이상 이야기가 곤란하다는 점을 명확히 했다. 그러나 포스너는 로스토프를 자신의 방으로 끌어들이려 하지는 않았다. 손을 휘저어 통신사관을 제외한 참모와 사령부 요원들에게 잠시 나가 있으라는 신호를 했다.

경우에 따라서는 대화를 나누었다는 것 자체도 증거로 남겨야 할 필요가 있었다. 로스토프와의 대화는 그만큼 위험했다. 그리고 특수전사령부 자체가 위험한 곳이기도 했다. 참모들과 사병들이 상황실을 벗어나자 로스토프가 통신사관의 눈치를 보더니 낮은 목소리로 설명을 시작했다.

"이번 작전은 합참에서도 재가가 난 작전입니다. 작전의 모든 유형은 특수전사령부에서 재량권을 가집니다. 어떤 패턴이라도 선택할 수 있다는 뜻입니다. 그리고 부수적으로는 보복입니다. 샬럿 공격사건은 어떤 형태로든 보복을 받아야 합니다. 그까짓 작은 나라가 한 짓을 미국이 참기만 할 수는 없잖습니까?"

강대국으로서의 자존심이었다. 미국이 비록 나쁜 짓을 하더라도 미국이 하는 일을 방해하는 국가나 세력은 언제든지 제재를 가하는 것이 미국이었다. 포스너도 로스토프의 말을 부정할 수 없었다. 그도 분명 미국인이었다.

"젠장! 나도 손을 더럽혀야 하는 건가?"

포스너 소장이 호주머니에서 담배를 꺼내자 로스토프가 잽싸게 불을 붙여 주었다. 담배 연기를 길게 빨아들인 소장이 연기 한 모금을 로스토프에게 내뿜었다.

"그래, 특수전사령부에서 원하는 게 도대체 뭔가?"

로스토프가 씨익 웃더니 잠시 통신사관의 눈치를 살폈다. 그 장교는 두 사람의 대화를 듣지 않으려는 듯 딴청을 부리고 있었다.

로스토프가 아주 낮게 이야기하자 포스너가 고개를 숙이며 귀를 쫑긋 세웠다.

"간단합니다. 현재 장문휴의 추적평가를 위해 투입된 라 호야와 컬럼비아를 그대로 동원해 주시면 됩니다."

"정말 간단하군. 그 다음엔?"

포스너 소장이 비꼬듯 토를 달며 로스토프의 입에서 나올 말을 기다렸다.

이런 경우에 일반적으로 취하는 선택권은 서너 가지가 있었다.

"그 다음도 간단합니다. 이번 작전은 엄밀히 말해서 작전이 아닙니다. 구체적으로 지정된 타격 목표가 존재하지 않기 때문입니다. 장문휴를 격침하라는 것이 아닙니다. 우발적인 상황만 조성하면 되는 것입니다."

"간단하지는 않은데?"

포스너 소장이 다시 담배 연기를 로스토프의 얼굴에 내뿜으며 말했다. 그러나 로스토프는 표정 하나 변하지 않고 말을 이어갔다.

"결론부터 말씀드려서 이번 작전은 특수전사령부뿐만 아니라 해군이 함께 비밀리에 결정한 사안입니다. 그리고 일은 매우 간단하다는 것만 이해해 주시기 바랍니다. 구체적인 내용이 담긴 파일을 넘겨드리겠습니다. 저도 더 이상 언급하는 것이 금지되어 있습니다."

로스토프가 말을 끝맺으며 봉인장치가 된 서류가방을 꺼내 테이블에 올려놓았다. 강제로 열려고 할 때 내부에 퓨즈가 작동하여 마그네슘을 연소시켜 가방의 내용물을 단숨에 태워버리는 그런 장치 같았다. 포스너는 이 가방을 호기심 가득한 표정으로 관찰했다.

로스토프가 비밀번호를 입력하고 가방을 열었다. 가방 속은 보통 가방과 다를 바 없었다. 로스토프가 겉봉에 깨알 같은 글씨가 씌어 있는 노란 봉투를 가방에서 꺼내 포스너에게 건넸다.

"그럼 이만 가보겠습니다, 제독님."

로스토프가 경례를 붙이고 뒤돌아서서 성큼성큼 상황실을 걸어나갔다. 로스토프가 나간 후 봉투를 뜯어 내용물을 읽어본 포스너 소장이 곧 부하 참모들을 다시 상황실로 불러들였다.

9월 13일 20:10   부산직할시 부산항 북동쪽 54km
한국 해군 잠수함 장문휴, 사령실

"대단합니다."

진종훈 소령이 적막한 사령실에서 제일 먼저 말문을 터뜨렸다. 한 시간이 넘는 동안 다들 그렇게 묵묵히 자리를 지키고 있었다. 이들은 소나로 들려오는 정보를 통해 밖에서 벌어진 모든 일을 자세히 파악할 수 있었다.

"대단한 자존심이야. 일촉즉발의 위기에서도 부상하지 않고 여수함을 스스로 물러나게 하다니 말야."

함장 서승원 중령이 입술을 잘근잘근 깨물었다. 진종훈 소령이 갑자기 뭔가 생각났다는 듯 함장에게 물었다.

"함장님, 석 달 전에 일어났던 사건을 아십니까?"

"뭘?"

부함장이 함장의 눈치를 살폈다. 함장은 금시초문이라는 듯, 전혀 감이 잡히지 않는다는 듯이 시치미를 떼는 것 같았다.

"작전에 참가했던 제 동기에게서 비공식적으로 들은 내용입니다만, 그때 침투한 것은 북한 잠수함이 아니었다는 이야기를 하더군요."

진종훈 소령은 혼란스러웠다. 단편적으로 떠돌아다니는 소문은 무성했지만 그 어느 것도 의문을 시원하게 설명해 주지는 못했다. 진종훈은 혹시 함장이라면 알고 있을까 궁금했다.

"난 전혀 모르는 일일세. 부장! 그런 쓸데없는 호기심은 갖지 않는 게 좋아. 자, 이제 우리도 움직인다! 최무선이 눈이 빠지게 기다릴 거다."

함장과 부함장은 서로 의미있는 눈길을 주고받았다. 함장의 명령으로 더 이상 자세한 이야기는 진행되지 않았다.

"예! 죄송합니다, 함장님. 심도 조정, 100미터로! 속도 15노트. 침로 공공오(0-0-5)도로!"

"부상합니다. 심도조정 100미터. 침로 공공오!"

부함장의 지시에 김승민 대위가 복창하며 밸러스트 조작팀과 조함병들을 지휘했다. 바닥에 가라앉았던 잠수함 장문휴가 서서히 떠오르기 시작했다.

"함장님! 사령부에서 통신입니다. 초단파통신을 요구하고 있습니다."

통신실에서 이홍기 중위가 달려왔다. 헐떡거리는 품이 생전 처음 받아보는 긴급통신에 상당히 놀란 모양이었다. 함장이 미간을 찌푸리며 명령을 내렸다.

"심도 100에서 통신케이블을 올린다."

장문휴의 사령탑 뒤쪽에서 해치가 열리면서 케이블에 연결된 부이가 물 위로 솟았다. 수면 위로 올려진 통신부이는 유선으로 장문휴함에 연결되었고, 곧 지상과 교신할 수 있는 초단파 대역의 전파를 쏘아올리기 시작했다. 작전사령부에서 이 전파를 받아 발신자를 자동으로 확인한 다음, 곧바로 작전사령부 상황실로 연결되는 회선이 개방되었다.
 ─ 북극곰이다.
통신실에서 대기하고 있던 서승원 중령의 표정이 일순 긴장하는 듯했다. 북극곰은 해군 작전사령관인 김병륜 중장의 개인 호출부호였던 것이다. 북극곰이라는 말을 들은 이홍기 중위가 갑자기 몸을 부르르 떨었다.
음성은 디지털 형태로 변환된 후에 다시 암호화 과정을 거치므로 도청될 우려는 적었다. 하지만 만약의 경우를 대비해서 통신자의 존재가 노출되는 것은 금물이었다.
"불곰 하나입니다."
 ─ 불곰도 상황을 파악하고 있나?
"예, 파악하고 있었습니다."
 ─ 불곰이 경보를 전파하고 나서 왜 그 해역을 이탈했는지 이해할 수가 없다.
아무리 급한 일이라도 작전중인 함정에게 질문할 수 있는 내용이 따로 있었다. 간단한 명령을 전파하거나 보고를 받는 것 외에 이런 통신은 전례가 드문 일이었다. 신중한 김병륜 중장이 작전중 함장의 행동에 대해 해명을 요구하는 것은 밖에서 일어난 사태의 강도가 극히 심각했었다는 반증이기도 했다.

"흰꼬리수리들의 추적중에 불곰의 존재를 노출시키고 싶지 않았습니다. 불곰을 원하는 자들이 많기 때문에 내린 결정이었습니다."

잠시 생각한 뒤 서승원 중령이 차분하게 대답했다. 상대편에서도 잠시 침묵이 흘렀다.

― 알았다. 불곰은 예정된 작전을 수행하라. 변경사항은 없다. 혹시 경보를 발령하기 직전에 상대를 평가할 수 있었는가?

미국 잠수함인지 알고도 장문휴함은 왜 그 사실을 알리지 않았느냐는 추궁이었다.

"추정은 할 수 있었지만 불확실했습니다. 목표를 확실히 판단하기 위해 추적하는 대신 회피를 선택했습니다. 이유는 조금 전 말씀드린 바와 같습니다."

― 알았다. 북극곰의 의문은 기분 좋게 해소되었다. 불곰은 임무를 계속 수행하도록. 앞으로도 항상 신중하라. 이상이다.

교신은 상대방 쪽에서 일방적으로 끊었다. 하지만 기분은 별로 나쁘지 않았다. 김병륜 중장이 마지막에 말한 것은 칭찬과 다름이 없었다. 서승원 중령이 김병륜 제독에게 거의 20년만에 처음 듣는 칭찬이었다.

9월 13일 20:25 부산직할시 부산항 동쪽 31km
미 해군 공격원잠 SSN-701 라 호야, 사령탑

물위로 몸체를 드러낸 라 호야의 수상항주 모습은 위풍당당했다는 표현은 전혀 적합하지 않았다. 차라리 거대한 섬이 물위로 솟아난 모습이라고 하는 편이 더 어울릴 정도로 잠수함은 엄청나게 컸다. 사령탑 꼭대기에는 가르시아 중령과 폴머 소령이 나란히 서 있었다. 밤인데도 불구하고 잠수함이 일으킨 항적이 하얀색으로 바닷물과 뚜렷이 대비되었다. 폴머 소령이 암시경을 꺼내 상공을 관측했다.

암시경이 부르릉거리는 터보 프롭 엔진 소리로 향하자 오라이언 대잠초계기가 보였다. 광량증폭식 암시경이라 캄캄한 밤에도 관측할 수 있었지만 낮게 떠서 라 호야의 주위를 선회하는 마당에 굳이 암시경을 사용할 필요는 없었다. 순간 낮은 고도로 내려온 오라이언이 라 호야의 사령탑 위를 빠르게 지나쳤다.

"개자식들! 신났군."

함장 가르시아 중령이 몹시 불쾌한 표정으로 하늘을 올려다보았다. 초계기 날개 좌우의 항공등이 번쩍거렸다. 그 위로 붉은 구름들이 남서쪽으로 빠르게 흘러갔다.

― 함장님, 통신실입니다. 사령부로부터 통신입니다.

가르시아 중령은 통신기를 들면서 연신 주변 하늘을 살폈다. 비를 머금은 먹장구름은 아니었지만 태풍이 불기 전의 고요와 흡사했다. 일기예보에서는 태풍이 일본열도에 상륙하고 동해에는 영향을 미치지 않는다고 했지만, 태풍의 진로는 항상 의외성이 있는 법이었다.

"알았다, 내려가겠다. 부함장! 브리지를 맡아주게."

"예! 알겠습니다."

부함장이 함장의 걱정을 깨달았는지 한국 해군 초계기는 무시하고 암시경으로 구름을 살폈다. 분명 두꺼운 먹구름은 아니었다.

가르시아 중령은 아래쪽으로 내려가는 사다리를 타고 미끄러지듯 내려갔다. 브리지(bridge)는 함교를 가리킨다. 잠수함에서는 사령탑이 함교 역할을 하지만, 수면 위로 완전히 부상했을 때에 한해서만 사용된다. 잠수함 사령탑을 세일(sail)이라고도 하는데, 이는 돛과 비슷하게 생겼기 때문이다.

서둘러 내려간 가르시아가 통신실로 들어서자 프린터에서 인쇄용지가 쏟아지고 있었다. 암호해독기와 결합된 레이저 프린터였다. 프린터가 작동을 멈추자 통신병이 여러 장의 명령문을 클립으로 고정시킨 다음 가르시아에게 건넸다.

수신자는 라 호야와 컬럼비아, 두 잠수함 모두였다. 가르시아 중령은 명령문을 받아든 즉시 함장실로 향했다. 열람자가 지정된 파일이었기 때문이다.

폴머 소령이 암시경으로 구름을 관찰하는 도중 상공을 계속 선회하던 한국 오라이언이 암시경에 잡혔다. 폴머 소령은 그 초계기가 무척 거슬렸다. 호위는 단지 핑계였을 뿐이고, 이것은 노골적인 추방과 다름없었다.

마치 영해를 침범한 난민선이 공해로 강제로 밀려나는 것과 마찬가지였다. 지금은 영해보다도 훨씬 바깥쪽, 한국 해군이 접속수역으로 선포하여 군사적으로는 영해에 준하는 해역을 잠수함이 벗어날 때까지 오라이언의 시위를 주시해야 했다.

폴머 소령이 시계를 들여다보았다. 함장은 내려간 지 30분이 가까웠지만 브리지로 다시 올라오지도 않고 연락도 없었다. 뭔가 색다른 명령문을 받은 것이 분명했다. 그렇지 않고서야 이렇게 시간이 걸릴 리가 없었다. 남쪽으로 향하는 라 호야의 앞쪽에 어선 몇 척이 보였다.

그러자 잠수함 머리 위에 떠 있던 오라이언이 날아가서 강렬한 탐조등을 비추며 어선들 위를 맴돌았다. 어선들이 만약에 저인망이나 정치망으로 어로작업중이라면 미리 그물을 거두도록 해야 했다. 잠수함이 그물에 걸릴 우려가 있기 때문이다.

1998년에 발견된 북한 잠수함은 가느다란 실로 엮고 폭이 상당히 좁은 꽁치 그물에 걸려 항행불능이 되었다. 그물은 스크루가 달린 모든 배에 심각한 위협이 될 수 있었다. 특히 잠수함에게는 쥐약이었다. 경우에 따라서는 그물 때문에 잠수함이 부력을 상실할 수도 있었다.

몇 분 지나자 어선들이 슬금슬금 서쪽으로 움직이기 시작했다. 하지만 어선들이 너무 굼뜨게 움직여 P-3C가 다시 한 번 저공비행하면서 탐조등을 바다 위로 비췄다. 어선에서 물고기 같은 하얀 것이 하늘로 날아갔다. 폴머 소령이 암시경으로 보니 어선 갑판 위에는 화가 잔뜩 난 선원들이 초계기를 향해 삿대질하고 있었다.

― 브리지! 원 엠씨(1MC)다. 상갑판 요원들을 철수시켜라. 잠항한다.

송수신기에서 함장의 목소리가 들렸다. 폴머 소령이 그 내용에 깜짝 놀라 함장의 명령을 확인했다.

"함장님? 아직 접속수역을 벗어나려면 멀었습니다. 명령은 접속수역을 벗어날 때까지 수상항주로 빠져나가라고 되어 있습니다."

한국 해군이 접속수역을 고집하는 바람에 가장 짧은 쪽인 대마도로 향하는 중이었다. 일본 영해와 겹치는 대한해협은 국제해협이라서 가장 가까운 거리로 벗어날 수 있기 때문이었다.

― 새로운 명령을 수신했다. 필요없으니 철수시키고 내려와!

"예! 알겠습니다."

상갑판 앞과 뒤쪽에는 견시수 두 명이 있고 사령탑 좌우로도 또 다른 두 명이 있었다. 좌우에 있는 두 명은 커다란 잠항타 위에 위태롭게 서 있었다. 측방 견시수들이 자리잡는 곳이다. 폴머는 큰 소리로 불러 이들에게 철수하라는 손짓을 했다. 모두 철수한 것을 확인한 다음 폴머 소령도 사다리를 타고 사령실로 내려갔다.

9월 13일 20:50   경상북도 포항 동쪽 35km
미 해군 공격원잠 SSN-771 컬럼비아, 함장실

"어떻게 생각하나? 댄."

스위프트 중령이 부함장 대니얼 러너 소령에게 질문했다. 지금 두 사나이는 함장실에서 서로를 마주보며 명령문을 읽은 직후였다.

"별첨 문서가 가관이군요. 이런 중요한 사건을 사령부는 왜 이제야 알려주는 겁니까?"

"그걸 모르나? 우릴 엿먹이려는 거야. 우리가 훈련에서 장문휴를 잡지 못했다고 말일세. 애시당초 라 호야와 우리가 선택된 것도 그 때문이고. 후후! 우리보다 라 호야가 고생이 더 심했지."

라 호야 승무원들이 고생했다는 것은 듣지 않아도 알 수 있었다. 그들을 생각했는지 러너 소령이 피식 웃었다.

"하지만 샬럿 사건은 의외야. 특수전사령부가 해군에게 빚을 졌군, 그래. 하지만 우리가 거기까지는 생각할 필요가 없네. 대신 받을 게 있었을 거야. 그건 그렇고……."

스위프트 중령이 잠시 뜸을 들이며 오렌지 주스를 반쯤 들이킨 다음 컵을 탁자에 내리며 부함장을 쏘아보았다. 뭔가 중요한 일이 있을 때 스위프트가 상대방의 주목을 요구하는 자세였다.

"세부적인 작전행동을 설정해주게. 라 호야와의 팀웍이 필요하고, 무엇보다 신중할 필요가 있네."

"예, 준비하도록 하겠습니다."

스위프트가 시계를 들여다보았다. 명령대로라면 8시간 뒤부터 전술행동을 시작하도록 되어 있었다. 명령문은 장문휴의 작전수역과 시간까지 정확히 알려주고 있었다. 누군지 모르지만 한국 잠수함의 작전계획을 꽤나 자세히 파악한 모양이었다.

일선부대에서도 '에이전트(Agent)', 즉 상대국에 잠입한 첩보원들의 숨결을 느낄 수 있는 기회가 가끔 있었다.

그럴 때는 자신들의 모국인 미국의 힘에 대해 새삼 놀라기도 하고, 한편으로는 경악스럽기까지 했다.

"아직 시간 여유가 있어. 작전수역까지의 침로는 가능한 직선으로 정하되, 발견되지 않도록 각별히 유의해야 하네."

"예! 함장님."

"그리고 이 명령서의 열람제한은 보다시피 'XO'까지야."

XO는 'Executive Officer', 즉 부함장을 뜻한다. 스위프트 중령의 말은 부함장 이하의 다른 사관은 열람할 수 없으니 기밀유지를 하라는 뜻이었다. 함장은 CO, 'Commanding Officer'라 칭한다.

"알겠습니다. 유의하겠습니다."

"그럼 사령실로 가세. 준비해야 할 일이 많을 거야."

스위프트 중령이 반쯤 남은 오렌지 주스를 쭉 들이켜고 자리에서 일어섰다. 그로부터 5분 후 미 해군 공격원잠 컬럼비아는 대기지점에서 출발해 조용히 북동쪽으로 움직이기 시작했다.

9월 13일 21:00   부산광역시 부산항 남동쪽 26km
한국 해군 P-3C 오라이언, 코드명 흰꼬리수리 3

라 호야의 항로 앞에 있던 어선들이 너무 느리게 움직였기 때문에 홍희범 소령은 그들을 비켜나도록 하는 데 애를 먹어야 했다. 부하들이 민간선박과 통하는 응급회선을 사용하여 어선 선장들과 입씨름하느라 언성이 높아졌다. 군사작전에 대한 민간인들의 반응은 예전과 확연히 달랐다. 무조건 버티고 보자는 식이었다.

하지만 민간인들을 나무랄 문제는 아니었다. 고무줄을 잡아당겼을 때 탄성을 가진 고무줄이 반대쪽으로 튕겨나가는 것처럼, 제자리로 돌아오려면 시간이 걸렸다. 과거 군사독재 시절의 후유증이나 마찬가지였다. 홍희범 소령은 비슷한 경우에 맞닥뜨릴 때마다 짜증이 나기도 했지만 이유가 있는 반작용이라고 생각하고는 혼자 씁쓸해지곤 했다.
"대장님! 놈이 잠항합니다!"
관측창에 붙어 있던 장민호 상사가 홍희범 소령을 불렀다.
"뭐야? 접속수역을 벗어나서 잠항하기로 한 약속을 잊은 거야, 뭐야?"
홍희범 소령이 허겁지겁 관측창을 통해 잠수함을 찾았다. 전방 밸러스트 탱크에서 공기가 분출되며 커다랗게 포말이 일었다.
잠수하기 위해 밸러스트 탱크에 바닷물을 주입하면 안에 있던 공기는 밸러스트 탱크 상부의 '벤트(vent)'라 불리는 밸브장치를 통해 빠져나간다. 물이 차오르는 압력과 잠수함이 내리누르는 중량이 겹쳐 빠져나오는 공기 압력은 무척 강하다. LA급과 같이 대형 잠수함에서는 그것이 확연하게 관측된다.
"쉽새이들! 사령부를 호출해! 징그럽게 말 안 듣는 개자식들이군."
"덕분에 일찍 귀환할 수는 있겠는데요."
장민호 상사도 어이가 없다는 듯이 허탈하게 입을 열었다. 잠수함을 향해 감자바위를 먹인 홍희범 소령이 마이크를 잡고 화난 소리로 외쳤다.
"여기는 흰꼬리수리 셋이다. 라 호야가 잠항한다. 반복한다. 접속수역 내에서 잠항하고 있다."
─가오리집이다. 잠시 대기하라.
잠시 기다리는 동안 관측창으로 다시 라 호야를 찾았다. 어느새 선체는 모두 물에 잠기고 사령탑 윗부분만 약간 남았지만 그것도 곧 수면 아래로 사라졌다. 라 호야가 만든 새하얀 항적이 수면 위에서 완전히 끊어졌다.

― 가오리집이다. 포기하고 귀환한다.

이미 예상했던 응답이었다. 미국의 눈치를 봐야 하는 약한 나라로서 어쩔 수 없었다. 분노를 꾹꾹 눌러 참은 홍희범 소령이 다른 문제를 제기했다.

"알았다. 그리고 라 호야로 접근한 헬리콥터는 없었다. 반복한다. 라 호야로 접근하는 헬리콥터는 없었다."

― 알고 있다. 예상하고 있던 일이다. 흰꼬리수리 셋은 귀환하라. 수고했다. 이상!

"알았다. 귀환한다."

홍희범 소령은 부상병 후송을 위해 라 호야로 헬기가 접근할 예정이라고 들었다. 그러나 그것이 거짓말이란 사실이 확인되자 그러면 그렇지 하는 생각이 들었다.

"기장! 귀환한다! 오늘은 집에서 쉴 수 있을 것 같군."

허탈한 귀환이었다. 홍희범은 착륙할 때까지 한 마디도 하지 않았다. 다른 승무원들도 마찬가지였다.

9월 13일 21:05   경상북도 포항 동쪽 24km
한국 해군 잠수함 장문휴, 사령실

"출력, 10퍼센트로 감속한다!"

"출력 10퍼센트!"

서승원 중령이 감속을 명령하고 나서 속도계를 들여다보았다. 출력이 떨어지면서 속도도 마찬가지로 줄어들어야 했지만 떨어지는 속도가 빠르지 않았다. 약간 시간이 지나자 천천히 내려가던 속도계의 눈금이 3노트에서 멈출 듯하다가 오히려 위로 움직였다.

"출력, 현상태로 유지한다. 타 고정! 4직제로 전환한다."

서승원 중령이 말을 마치고 나서 사령실을 빠져나갔다. 4직제로 전환한다는 말은 병력중 1/4만 근무하고 나머지 3/4은 휴식을 취할 수 있다는 뜻이다. 이것은 미국 잠수함을 따돌리는 과정에서 발생한 긴장감을 풀고 이제부터 평상시 초계상태를 유지한다는 뜻이기도 했다. 당연히 승무원들 사이에서 한숨이 터져나왔다.

"작전관, 내가 먼저 당직을 서지. 휴식을 취하게"

"예, 그럼 제가 먼저 쉬겠습니다."

진종훈 소령이 김승민보다 먼저 당직을 자청하자 김승민 대위는 군소리 없이 부함장의 명령을 들었다. 전혀 고마운 표정이 아니었다.

경례를 마친 김승민 대위가 음탐실로 걸어왔다. 잠수함의 눈과 귀인 음탐실도 이때는 교대근무해도 상관없었다. 소나에서 감지된 이상 징후는 컴퓨터에서 판단하여 자동적으로 경보를 띄워주기 때문이기도 했다. 주변에 적이 있을 때나 손이 많이 필요해진다.

음탐실의 강인현 대위는 최현호 상사를 먼저 쉬게 하려 했다. 그러나 최현호 상사는 할 일이 있다면서 강인현에게 먼저 쉬라고 권했다. 지금보다는 한밤중에 잠을 자는 편이 낫겠다는 생각이 든 강인현이 최현호 상사를 위해 그렇게 조를 편성했다.

조편성이 끝나자 김승민 대위가 싱글거리며 지금은 이미 없어진 TV의 밤 9시 멘트와 동요 흉내를 냈다.

"청소년 여러분, 밤이 깊었습니다. 어린이는 일찍 자고 일찍 일어나서, 세수하고 발 닦고……."

"작전관님, 출력을 줄였는데도 속도가 전혀 줄지 않습니다. 어떻게 된 겁니까?"

사령실을 빠져나오면서 강인현이 김승민에게 물었다. 사관휴게실로 향하는 두 사람은 시뮬레이션 게임이나 한판 하기로 했던 것이다. 사관휴게실이라야 비좁은 공간에 탁자 몇 개와 TV, 비디오에 미니 컴퍼넌트도 아닌 소형 카세트- 시디 겸용 플레이어뿐이었다. 이곳은 식당을 겸한다.

두 사람은 탁자에 앉아 각자 노트북을 펼쳤다. 케이블을 서로의 컴퓨터에 연결하고 조이 스틱을 꺼내 포트에 꽂으면서 김승민 대위가 입을 열었다.

"아까 뭘 물었지? 잘 못들었는데……."
"함장님 말씀입니다. 출력을 줄였는데 속도계가 나중엔 다시 올라가는 것 같았습니다. 어떻게 된 겁니까?"
"아~ 그거 말인가?"

전원 스위치를 누르고 윈도우 98의 화면이 뜨기까지는 약간의 시간이 걸렸다. 프로그램 화면이 뜨자 게임 아이콘들이 생겨났다.

"해류야."
"해류요?"

강인현이 확인하자 김승민이 귀찮다는 듯이 몇 번 반복했다.

"응, 그래. 해류, 해류!"
"지금과 같은 계절에 북상하는 남한 난류의 유속이 빨라 봤자 기껏 3~4노트일 텐데요. 잠수함은 그보다 훨씬 빨리 움직이는 것 같았습니다."
"자네, 게임할 거야, 말 거야?"

이미 전투기 시뮬레이션 게임을 띄워놓고 멀티플레이어 모드를 선택했지만 강인현의 컴퓨터에 연결되었다는 표시가 뜨지 않고 있었다. 원래 고단수들은 승부에 그다지 집착하지 않는다. 하지만 며칠 전 주말에 강인현과 날밤을 새면서 참혹한 패배만 당했던 김승민에게 이것은 중요한 일이었다.

"작전관님! 후배 하나 키우는데 그리도 인색하십니까? 너무합니다, 너무해~."

"호이구, 그건 해류의 주요 흐름 사이에서 가장 강한 흐름을 타는 거야. 해류는 애초의 발원지점에서 멀어질수록 다른 조류와 맞닥뜨려 차츰 온도와 염도를 잃게 되지. 하지만 수면 가까이에 있는 중심부 해류는 남풍의 영향까지 받아 속도 손실이 적어진다구. 그 흐름에 몸을 싣는 거야."

"파도타기로군요. 동한난류의 평균 유속보다 훨씬 빠른 해류가 있다니, 몰랐습니다."

"그래. 하지만 그걸 찾는 건 쉽지 않지. 우리가 직접 물속에 있는 건 아니니까. 나도 더 이상은 몰라. 그런 건 함장님이나 아시겠지. 난 모르니까 그만 게임이나 하자고."

호기심의 전구가 반짝 켜진 강인현에게 게임이 눈에 들어올 리가 없었다. 두 사람은 해군과 관련 없는 게임을 시작했다. 육군 사병이 외박 나와서 밤에 서바이벌 게임을 한 특이한 경우도 있지만, 쉬는 시간에는 대개 직업과 관련 없는 놀이를 하게 마련이다.

첫 번째 공중전에서 강인현은 김승민에게 맥없이 꼬리를 잡히고 기관포탄을 수십 발이나 얻어맞았다. 악착스레 꼬리를 놓치지 않은 김승민이 꼬리날개부터 시작해서 주날개, 수직방향타까지 차례차례 점사로 명중시켰다. 강인현은 조종간을 움직여도 반응이 없는 기체로 허둥대다가 막판에는 엔진을 얻어맞고, 가장 마지막으로는 캐노피에 명중돼 장렬히 전사하고 말았다.

그 사이 잠수함 장문휴는 해류에 올라타고 엔진은 거의 사용하지 않은 채 6노트로 북쪽을 향해 미끄러지듯이 항해하고 있었다. 남한난류가 삼척 근방까지 북상한 다음 오른쪽으로 급격히 휘어지며 잠수함을 울릉도와 독도까지 데려다 줄 것이다.

잠수함에게 있어 해류는 중요하다. 한국에 침투하는 북한 잠수함 승무원들도 해류를 무척 좋아한다. 가을과 겨울철에 북한 해류를 타면 속초와 강릉 근방까지는 흐름에 떠밀려 오더라도 이틀이면 충분하기 때문이다. 물론 이들 상어급이나 유고급, 또는 1998년에 꽁치 그물에 잡힌, 일명 꽁치급 소형 침투용 잠수함들은 공기 교환을 위해 최소 10시간에 한 번씩은 부상해야 함은 물론이다.

9. 백조의 호수(1)

9월 14일 02:15   경상북도 울릉군 독도 북쪽 75km
한국 해군 잠수함 최무선, 사령실

검은 수면 위로 막대기 하나가 천천히 솟아오르며 하얀 물거품이 일었다. 막대기가 한 바퀴 빙글 돌더니 잠시 후 바로 뒤쪽에서 끝부분이 둥글고 좀더 굵은 막대기가 치솟았다. 주변의 전파정보를 분석해서 위험이 없는지를 판단하는 잠수함의 ESM 마스트였다.

몇초 지나지 않아 앞서 두 개의 마스트보다 훨씬 굵은 원통형 관이 마지막으로 떠올랐다. 그것은 잠수함의 디젤엔진을 가동하기 위한 흡기장치인 스노클(snorkel)이었다. 이 스노클은 수면 위로 돌출된 부분에서 공기를 빨아들이고 물속의 다른 배출구멍으로 배출가스를 방출하는 방식이었다.

배기가스를 수면 위로 배출하지 않는 이유는 적으로부터 탐지되지 않기 위해서이다. 초계기나 수상함정이 적외선 관측장비를 사용하면 장애물이 없는 해면에서는 상당히 먼 곳에서도 배기열의 관측이 가능하다.

시동을 건지 얼마 안 되는 짧은 시간 동안 검은색 물거품이 물위로 솟았다. 엔진이 충분히 가열되자 검은 물거품은 곧 사라졌다. 최무선이 장비한 3,800마력짜리 디젤엔진이 내뿜는 배기가스가 수면 위로 거센 포말을 만들어냈다.

"디젤엔진 가동! 충전 시작했습니다, 함장님."

부함장 한형석 소령이 기관실로 이어지는 송신기를 내려놓으며 함장에게 보고했다. 함장은 잠망경에서 눈을 떼지 않고 있었다. 최무선함의 축전기가 완전방전 상태가 아니라서 충전 시간은 그리 오래 걸리지 않았다.

한국 해군 잠수함 최무선의 공기순환시스템이 가동되기 시작했다. 잠수함에서 탁한 내부공기가 외부로 배출되고 바깥의 신선한 공기가 들어왔다. 새로 유입되는 공기는 코에 느껴지는 냄새까지 다를 정도로 눈에 띄게 차이가 났다. 사령실 이곳저곳에서 승조원들이 짧게 하품을 하기 시작했다. 계속 바깥을 살피던 조성진 중령이 잠망경을 좌우로 돌리며 명령했다.

"10시 방향에 둘, 12시 방향에 하나 있다. 체크하라!"

"예! 알겠습니다."

느긋한 목소리였다. 부함장 한형석 소령이 대답하며 소나팀의 반응을 지켜보았다. 음탐실에서는 음탐요원들이 이미 수면 상황을 정확히 파악하고 있었다. 정지한 배가 둘, 통통거리며 남쪽을 향해 천천히 움직이는 배가 하나였다.

그쪽에 있는 배들은 소형 어선들로 오징어잡이배였다. 어선들은 강력한 흰색 조명으로 바다에서 회유하는 오징어를 유혹하고 있었다. 채

낚이는 일종의 주낙으로, 몇백 미터나 되는 긴 낚싯줄에 낚싯바늘 수백 개가 달려 있다.

주의하지 않다가 잠수함에 낚싯줄이 걸리면 조업중인 어선들 사이에서 큰 소동이 일어날 것이다. 낚싯줄에 어선이 끌려오지는 않겠지만 어부들은 혹시 고래가 주낙을 문 것으로 오인할 수도 있었다. 물론 어부들은 북한 잠수정인지 눈에 불을 켜고 확인할 수도 있었다. 그럴 경우 상당히 골치 아파진다.

조성진 중령이 잠망경에서 눈을 떼고 빠져나오자 한형석 소령이 함장의 잠망경을 넘겨받았다. 열영상식 탐색모드가 추가된 최무선의 탐색용 잠망경은 한밤중이라도 주변을 관측하는 데 무리가 없었다. 버튼을 눌러 열영상식으로 전환하자 주위의 모든 것이 적외선 방출량에 따라 밝거나 어둡게 보여졌다.

바다가 내뿜는 열도 있었다. 낮 동안 태양에 의해 데워진 바다는 육지보다 뜨겁지는 않지만 잠열潛熱이 크기 때문에 대신 밤에는 육지에 비해 온도가 높아진다. 바다가 열을 잃는 속도가 육지보다 느리기 때문이다. 한형석이 잠망경 렌즈에 잡힌 바다는 그렇게 보였다. 육지는 보이지 않지만 하늘은 분명 바다보다 어두운 그늘이었다.

한형석 소령이 버튼을 누르며 잠망경의 관측각도를 조정해서 더 위쪽을 바라보았다. 잠망경통 내에 빛을 굴절시키는 프리즘이 위쪽으로 기울며 빛을 다른 각도로 굴절시켰.

언뜻 하늘의 색깔이 다르게 보였다. 맑은 날 밤에 검게 보이던 하늘이 모두 뿌옇게 덮여 있었다. 구름이 가진 미약한 열이 열영상 카메라에 희미하게 잡힌 것이다. 기상상태는 해군 함정들에 있어서 매우 중요한 요소이다. 한형석이 고개를 돌려 함장에게 확인했다.

"기상상태가 매우 안 좋습니다, 함장님."

"그래, 예상보다 조금 빠르지. 내일 새벽에나 영향권에 든다고 했는데……."

"다른 이상 징후는 없습니다."

보고를 마친 한형석이 다시 접안구에 눈을 대었다. 바깥 풍경을 잠망경을 통해서나마 실컷 보고 싶은 마음은 최무선함의 승조원 누구나 마찬가지였다. 며칠째 하늘을 보지 못한 승조원들이 부럽다는 듯 부함장을 힐끗거렸다.

"태풍이라……."

조성진 중령이 낮게 중얼거렸다. 태풍이 기상예보보다 약간 빠르게 북상하는 모양이었다. 하늘과 바다는 아직 고요했지만 열대성 저기압이 접근하고 있다는 정황이 곳곳에 나타나고 있었다.

해군을 비롯하여 군용으로 사용되는 기상정보는 매우 정밀하다. 하지만 태풍은 예외였다. 아무리 과학이 발달했어도 아직 태풍의 진로와 속도는 정확히 예측하기 어렵다.

태풍은 핵폭발에 버금가는 엄청난 에너지를 품고 바다와 육지를 쓸어버린다. 특히 섬나라 일본에는 매년 많은 태풍이 상륙해 인명과 재산 피해를 낸다.

대부분의 태풍이 일본에 상륙할 때 한국도 태풍의 간접적인 영향권에 드는 경우가 많다. 이럴 때는 조업중인 모든 어선과 주변을 항해하던 상선들은 서둘러 방파제 안으로 피해야 한다.

바다를 지켜야 하는 해군도 대부분의 함정을 항구로 피난시켜야 한다. 한국 해군 함정들은 너무 소형이라 태풍이 부는 중에는 작전을 할 수 없기 때문이다. 물론 태풍이 지나는 동안에는 항공기도 띄울 수 없다. 이럴 때 동해는 무방비 상태가 된다.

그러나 아무리 험난한 파고와 풍랑, 심지어는 태풍도 물속 깊숙이 영향을 미치지 못한다. 표층수만 거세게 휘저을 뿐 잠수함이 활동하는

100미터 이하의 심도는 조용하기 그지없다. 오히려 태풍이 불면 거친 바람과 파도가 일으키는 소음에 가려 잠수함을 탐지하기가 더욱 어려워진다. 태풍이 불어 소형 군함과 항공기가 뜨지 못하는 거친 바다는 잠수함의 독무대가 되는 것이다.

　―기관실입니다. 충전 완료됐습니다.
　"좋아, 배터리로 동력전환한다. 잠항 준비하라!"
　기관실에서 보고가 올라오자마자 조성진 중령이 잠항을 서둘렀다. 발견되기 쉬운 수면상에 잠수함이 오래 머무를 필요는 없었다. 한형석 소령이 잠망경을 내리고 나서 수면 위로 올려진 나머지 다른 마스트들을 내렸다. 며칠만의 바깥 구경은 그것으로 끝이었다. 한국 해군의 209급 잠수함 최무선은 이제 다시 물속으로 가라앉았다. 배터리가 소모되는 사흘 동안은 다시 부상할 일이 없을 것이다.

9월 14일 02:25　경상북도 울릉군 독도 북쪽 83km
러시아 해군 공격원잠 K-317 판터, 사령실

　"소나 탐지! 수상물체입니다. 방위 1-9-0. 노이즈 특성은……."
　소나에 귀를 기울이던 유리 포트레소프(Yuri Potresov) 상사가 손을 흔들어 옆에 앉아 있던 세르게이 쉬비코프스키(Sergei Shivikovsky) 대위를 불렀다.
　"그 방향에는 아무 것도 없었는데, 갑자기 나타난 건가?"
　쉬비코프스키 대위가 새로운 탐지 목표가 나타난 모니터를 손가락으로 짚었다.
　그 목표는 어선들을 나타내는 점과 약간 거리가 떨어져 있었다.

"그렇습니다. 남쪽에 있는 어선들 숫자는 계속 파악하고 있었습니다. 갑자기 솟아난 놈입니다."

"혹시 우리가 눈치채지 못한 정치망 어선 아냐?"

흥미를 느낀 쉬비코프스키 대위가 헤드폰 한쪽을 귀에 대고 잠시 소리를 들었다. 근처에서 조용히 표류하던 어선이 갑자기 엔진을 작동하여 움직이는 경우에도 조금 전까지 없던 배가 별안간 하늘에서 떨어진 것처럼 오인되기 쉬웠다. 느긋하게 소리를 듣던 대위의 표정이 점점 심각하게 변했다. 목표의 소음이 너무 낮은 것이 오히려 대위의 주의를 끈 것이다.

"소음은 낮은 수준입니다만 패턴이 다릅니다. 어선들의 디젤엔진음은 상당히 요란합니다. 출력도 변변찮은 주제에 소음이 심합니다만, 이놈은 조용하면서도 주파대역이 매우 낮습니다."

한쪽 귀로 소리를 듣고, 다른 귀로 포트레소프 상사의 설명을 듣던 쉬비코프스키 대위가 눈썹을 치켜올렸다. 러시아 킬로급 잠수함의 저속 항주음과 비슷하면서도 뭔가 다른 소리가 들렸다. 대위는 이번 작전의 목적을 떠올렸다. 장문휴라 불리는 한국의 신형 잠수함을 탐지, 추적, 평가하여 정보를 최대한 얻어내는 것이 이 러시아 공격원잠 판터(Panther)의 임무였다.

"특이한 놈이군. 일단 함장님께 보고하겠다."

쉬비코프스키 대위가 사령실로 연결된 인터폰을 집어들었다. 대화를 나누지는 않았지만 심상치 않은 의미가 서로의 눈빛에서 교차했다. 일단 디젤추진 잠수함이라고 단정해도 그리 큰 문제는 없었다. 그럴 경우에 가장 쉽게 확인하는, 아주 간단한 방법이 있었다.

잠시 후, 러시아 극동함대 소속 아쿨라급 공격원잠의 잠망경이 수면 위로 솟아올랐다.

잠망경은 제자리에서 몇 바퀴 돌고 나서 소리가 나는 방향에서 아무 것도 잡히지 않자 빠르게 물속으로 자취를 감췄다.

9월 14일 02:35 경상북도 울릉군 독도 북쪽 71km
한국 해군 잠수함 최무선, 음탐실

"예인소나에 접촉! 추정방위 공십공도(0-1-0)입니다."
음탐 선임하사 최태훈 중사가 갑자기 바짝 긴장하며 음탐관에게 보고했다.
"이런! 가깝네? 선임하사! 접촉코드 34를 부여한다. 수상 시그널인지 먼저 확인하게."
음탐관 권혁준 대위는 속으로 깜짝 놀랐다. 배터리 충전을 위해 수면 위에 올라갔다 내려온 지 얼마 안 돼서 무엇이 탐지되면 소나팀의 긴장도는 급격히 올라간다. 209급 디젤 잠수함은 배터리로 항주할 때는 워낙 조용해서 소음이 거의 없다. 209급이 가장 취약할 때가 수면 위로 올라가 디젤엔진을 가동할 때였고, 하필 그때 주변에 뭔가 나타난 것이다.
"소음이 커지고 있습니다. 가속하고 있습니다! 이놈은 아무래도 잠수함 같습니다. 아! 원자력 잠수함입니다."
최태훈 중사의 손놀림이 빨라졌다. 모니터에 나타난 음문 스펙트럼은 원자력 잠수함의 추진특성인 단속적 파동음을 표시하고 있었다. 그것은 원자로가 맥동하는 소리인 것이다. 최태훈 중사가 손가락으로 가리킨 모니터를 보며 권혁준 대위가 고개를 끄덕거렸다.
권혁준 대위가 인터폰을 집어들었다. 이상을 발견했으니 함장에게 보고해야 했다. 그리고 내무반에서 쉬고 있는 나머지 음탐요원들도 불러야 했다. 아무래도 일손이 부족했다. 이때 경악에 찬 최태훈 중사의 목소리가 그의 귀를 때렸다.
"음탐관님! 함수소나에도 뭔가 잡힙니다."
"뭐야?"
남쪽에도 다른 잠수함이 있었다. 권혁준 대위가 고개를 돌리자 함수소나에 연결된 또 다른 소나컨솔에서 새로운 음파의 접촉상태를 알려주는 부호가 깜빡이고 있었다. 두 사람이 예인소나에 집중하느라 함수소나의 탐지경보를 보지 못한 채 시간이 지나자 컨솔이 스스로 경보음을 발했던 것이다. 권혁준 대위가 잠시 멍청하게 바라보다가 허둥지둥 다시 인터폰을 집어들었다.

9월 14일 02:45   경상북도 울릉군 독도 북쪽 59km
러시아 해군 공격원잠 다닐 모스코프스키, 사령실

통신반이 작업중인 컨솔에서 긴급명령이 떨어졌음을 알려주는 표시등이 번쩍거렸다. 다행히 지금 잠수함이 부상할 필요는 없었다. 수심 100미터를 항주중인 러시아 공격원잠 다닐 모스코프스키(Daniil Moskovsky)의 사령탑 후방에서 길게 늘어뜨려진 통신용 케이블을 통해 명령문이 수신되고 있었다.
발신자는 근처에서 작전중인 동료 공격원잠인 판터였다. 프린트된 명령문을 받아든 통신사관은 판터가 가까이에 있는데도 불구하고 왜 수중통신을 이용하지 않았을까 하고 갸웃거렸다. 통신사관은 동료함이 구태여 절차가 복잡한 인공위성을 경유하는 통신으로 보낸 것에 의아했지만 그가 궁금해할 필요는 없었다. 통신사관은 함장에게 통신문을 전달하기 위해 재빨리 사령실로 걸었다.
"이게 뭐야?"

통신문을 받아 읽던 이고르 코발레프스키(Igor Kovalevsky) 대령의 표정이 금세 폭발할 것처럼 붉게 변했다. 함장은 신경질적으로 통신문을 구긴 다음 부함장을 불렀다.

부함장 블라디미르 발마셰프(Vladimir Balmashev) 중령이 엉거주춤 다가가자 코발레프스키 대령이 구겨진 통신문을 발마셰프에게 건넸다. 발마셰프가 통신문을 읽는 동안 코발레프스키는 한 마디도 하지 않았다. 부함장이 다 읽고 난 뒤에도 함장은 입을 꾹 다문 채 씩씩거리기만 했다.

통신문을 다 읽고 나서 고개를 쳐든 발마셰프 중령은 함장이 아무 말도 없었지만 함장이 내리는 무언의 명령이 무엇인지 알아차렸다. 다닐 모스코프스키의 소나팀은 뒤로 접근하는 정체불명 잠수함의 존재를 전혀 눈치채지 못한 것이다.

거리도 멀지 않은 10km 정도였다. 아예 모르고 있었다면 그나마 나았다. 동료함 판터에서 발견해 통보해줘서 알게 된 것이 더 창피했다. 이런 중대한 실수를 한데다가 다닐 모스코프스키의 실수가 동료함에 완전히 드러났기 때문에 함장은 도저히 소나팀을 용납할 수 없었다. 함장의 분노가 폭발위험 수위에 이른 것을 알아차린 부함장이 서둘러 나섰다.

"우현 전타! 방위 0-0-0까지 돌린다!"

"조함은 내가 하겠네. 자네는 소나팀으로 가봐!"

발마셰프 중령이 후방에 있는 정체불명의 잠수함을 향하도록 조함을 명령하는 순간 코발레프스키가 제지했다. 조함은 함장이 알아서 할 테니 부함장은 소나실로 가서 그곳 요원들을 족치라는 뜻이었다. 부하들을 다그치는 일을 함장이 직접 할 필요는 없었다. 입과 손을 더럽히는 것은 2인자가 떠맡게 마련이었다.

9월 14일 02:50   경상북도 울릉군 독도 북쪽 69km
한국 해군 잠수함 최무선, 음탐실

휴식을 취하던 음탐요원들이 모두 몰려나오자 그렇지 않아도 비좁은 음탐실이 시장바닥처럼 북적거렸다. 함장 조성진 중령과 부함장 한형석 소령, 작전관 오필재 소령까지 이곳으로 몰려와 있었다.
"목표 34의 방위는 공공오(0-0-5)도, 거리는 약 7km로 판단됩니다만 정확하지는 않습니다. 목표 35의 방위는 백팔십오(1-8-5)도. 거리는 약 12km입니다."
"남북으로 샌드위치가 됐군. 어느 놈들이야? 양키들인가?"
조성진 중령이 심드렁하게 물었다. 함장은 한국 영해를 제집 화장실처럼 들락거리는 나라는 한국전쟁 때 도와준 우방이랍시고 거들먹거리는 미국밖에 없다고 믿고 있었다. 그러나 그의 예상은 정확하지 않았다.
동해는 동해바다 고유의 특성상 잠수함의 천국이다. 동해는 수심이 깊고 해저지형이 복잡하며 동해에서 사방으로 흐르는 해류가 무척 다종다양하다. 비슷한 위치에서도 곳에 따라 해류가 반대 방향으로 흐를 수 있으며, 수심에 따라 해류의 성질과 방향이 다른 경우가 많다.
이것은 동해의 입구인 대한해협이 너무 좁은데다, 울릉도와 독도, 오키제도를 비롯한 동해의 섬들, 그리고 바다로 확장된 일본의 대륙붕 때문이다. 해양학자들은 아직도 동해에서 흐르는 해류의 가짓수와 각각의 성질을 제대로 파악하지 못하고 있다. 동해를 흐르는 가장 중심적인 해류인 쓰시마 난류가 동해로 들어와서 세 갈래로 나눠지는지, 아니면 한 줄기만으로 뱀처럼 꿈틀대며 진행하는지 아직 결론이 나지 않았을 정도였다.
이런 바다에서 조용히 물속을 항해하는 잠수함을 탐지하기란 상당히 어렵다. 동해는 이렇듯 잠수함이 활동하기 무척 좋은 조건이기 때문에 미국과 일본, 러시아 등 주변 강국들의 잠수함들이 득시글거린다. 여기에 북한의 대남침투용 소형 잠수정들까지 가세하면 잠수함 밀도는 대단히 높아진다. 대부분 구식 장비에, 그것도 필요한 숫자도 갖추지 못한 한국 해군이 동해를 통제하기란 쉽지 않았다.

"아직 알 수 없습니다. 기기적 특성이 자세히 파악되지 않습니다. 조금 더 시간이 필요합니다."

함장의 질문에 권혁준 대위가 대답했다. 조성진 중령은 여전히 팔짱을 낀 채 소나팀의 직업을 지켜보았다. 이 상태에서는 자칫 포위당해서 옴짝달싹 못할 우려가 있었다. 실제 교전상황은 아니지만, 일단 잠수함들끼리 추적전이 벌어지면 양측 잠수함들이 교전상황에 준해 행동하는 경우가 많았다. 그것은 가능한 이쪽의 존재를 감추고 상대방에 대한 정보를 최대한 수집해야 하기 때문이다.

평상시에 잠수함이 외국 잠수함을 만나 펼치게 되는 정보수집 활동을 하는 동안 일반적으로 준수되는 규칙은 거의 존재하지 않는다. 아무런 흔적도 남지 않는 수중에서의 공방전은 마치 심판이 없는 축구와 같다. 모든 게 거친 반칙 투성이였다. 그래도 편파판정을 일삼는 심판이 없어서 그나마 다행이라고 생각한 조성진 중령은 아무래도 두 놈 가운데 하나를 선택해야겠다고 마음먹었다.

수면 위에서 외국 수상함정들끼리 스칠 때면 멋들어진 대함경례를 한다. 대함경례는 해군의 전통적인 우호 표시 방법인데, 승무원들이 갑판 위에 한 줄로 서서 거수경례를 하는 것이다.

그러나 우방국이 분명해도 외국 잠수함들끼리 만나면 예외였다. 음문특성 한 조각이라도 얻으려고 서로 숨고 추격하는 곳이 물속, 비정한 잠수함들의 세계였다. 특히 미국 해군에게 악명높은 최무선은 지금까지 미국 잠수함들로부터 특별대우를 받아야 했다.
"뒤에 따라오는 놈을 찍자. 부장! 조함을 지휘하게. 공공오(0-0-5)에 있는 잠수함을 먼저 잡는다."
"예! 알겠습니다. 키 오른편 전타! 공공오도 잡아!"
한형석 소령이 대답과 동시에 음탐실에서 빠져나가며 사령실 쪽을 향해 외쳤다. 가까운 거리라 조함병들이 복창하며 바로 움직였다. 박재석 상사가 스위치에 손을 올린 채 함장을 바라보며 말했다.
"예인소나를 감겠습니다."
180도에 가까운 변침을 할 때는 예인소나를 감는 것이 안전하다. 자칫 와이어가 잠수함 스크루에 감길 수 있기 때문이다. 박재석 상사가 함장의 승인을 얻은 다음 예인소나를 감기 위해 윈치를 작동시켰다.
처음에는 예인소나가 부드럽게 감겼다. 그러나 갑자기 사령탑 후방 쪽에서 윈치 감기는 소리가 날카롭게 들리기 시작했다. 화들짝 놀라 음탐실로 뛰어들어온 부함장 한형석 소령이 박재석 상사를 몰아세웠다.
"음탐장! 귀환하면 예인소나부터 정비해서 보고하게."
"예, 알겠습니다."
놀란 박재석 상사가 잽싸게 스위치를 내리며 대답했다. 함장 조성진 중령은 음탐반원들에게 핀잔을 주지는 않았지만 표정이 굳게 변했다. 잠수함의 가장 강력한 무기는 은밀성이다. 그런데 지금 최무선함은 그 무기가 무용지물이 된 것이다.
박재석 상사가 서둘러 몇 가지 조작을 마치고 다시 스위치를 눌렀다. 그러나 스위치를 누르기 무섭게 귀가 따가울 정도로 삐걱거리는 소리가 들리다가 잠시 후 그 소리가 딱 멈췄다. 음탐실에 있던 승무원들이 눈살을 잔뜩 찌푸리다가 갑자기 눈들이 동그래졌다.
"예인소나가 감기지 않습니다!"

박재석 상사가 허둥지둥 윈치의 작동스위치를 내리고 다시 작동시켰다. 그러나 예인소나는 뭔가에 걸렸는지 꼼짝도 하지 않았다. 몇 차례 스위치를 켰다가 끄기를 반복했지만 윈치는 요지부동이었다.

"그만둬. 놔두게."

함장이 윈치 조작을 그만두라고 낮게 말했다. 당장 급한 일부터 처리해야 하기 때문이다.

"음탐반, 경위보고서 작성해!"

옆에 있던 한형석 소령이 참지 못하고 다시 발끈했다.

도저히 있을 수 없는 일이었다. 권혁준 대위와 박재석 상사, 그리고 나머지 음탐수들이 시무룩해졌다.

9월 14일 03:00   경상북도 울릉군 독도 북쪽 74km
러시아 해군 공격원잠 K-317 판터, 사령실

"수중에 돌발음! 거리 3,000미터! 목표는 본함 쪽을 향하고 있습니다."

음탐장 유리 포트레소프 상사가 인상을 잔뜩 찌푸리면서도 계속 헤드폰에 온 신경을 집중했다. 조금 전에 난 소리는 파장이 너무 높아 흡사 쇠못으로 유리를 긁는 소리 같았다. 하지만 그 소리는 곧 멈췄고, 목표가 내는 소음 수준은 다시 상당히 낮아졌다.

"한국 잠수함일까?"

음탐장 뒤에 서 있던 부함장 레오니드 카친스키(Leonid Kazinsky) 중령이 기대감이 가득 찬 질문을 던졌다. 넓은 동해에서 한국 해군의 장문휴함을 발견하기까지 상당한 시간이 걸릴 것이라고 예상했는데, 뜻밖에도 임무가 빨리 종결될 수도 있다는 희망 섞인 질문이었다. 그러나 아직 확실히 판단할 수 있는 소음 수준은 아니었다. 상대방을 파악하기 위해서는 아직 더 많은 정보가 필요했다.

"감속한다. 출력 15퍼센트로 조정하라!"

함장 알렉세이 스트루베(Aleksei Struve) 대령은 호기심이 일었지만 억제해야 할 때라고 생각했다. 공세적으로 접근하여 괴롭히는 것보다는 상대방이 누구인지 제대로 판단하는 문제가 더 시급했다.

상대방의 정체는 일단 한국 잠수함으로 심증이 굳어지고 있었다. 소나컨솔에서는 이미 상대방이 내는 소리가 저장되고 있었다. 상대방의 음문 패턴은 정확히 파악되지 않았지만 미국의 공격형 원자력 잠수함이나 일본의 대형 디젤 잠수함과는 상당히 다르고 훨씬 더 조용했다. 이제 조금만 더 기다리면 골치 아픈 한국 잠수함을 확인할 수 있게 된다. 함장은 상대방이 제발 한국의 장문휴함이길 바랐다.

"다닐은 통신을 받았겠지요?"

카친스키 중령이 동료 공격원잠 다닐 모스코프스키로부터 아직 움직임이 없자 조심스럽게 함장을 돌아보았다. 함장은 바로 뒤에 한국 잠수함을 두고도 발견하지 못한 동료함을 생각하며 한심하다는 듯이 피식 웃었다.

한때 함장도 슈카(Shuka)급 공격원잠에 탑승한 적이 있었다. 슈카급은 나토에서 코드네임 빅터Ⅲ를 부여한 러시아 공격원잠이다. 빅터Ⅲ급은 수중 운동능력과 정숙성이 비교적 뛰어난 잠수함이지만 아쿨라급에 비해서는 확실히 뒤처졌다.

함장은 외국 잠수함들과의 접촉기회가 많은 동해에서 작전을 할 바에는 이왕이면 조용한 킬로급 디젤 잠수함과 협동작전을 하는 쪽이 차라리 더 낫지 않았나 하고 아쉬워했다. 목표인 한국의 신형 잠수함은 조용하기로 소문이 나 있어서 함장의 아쉬움은 더욱 컸다.

"놈이 가속합니다. 거리 2,000미터, 속도 15노트 계속 가속합니다."

"우리를 찔러보겠다는 거야. 그리고 지나쳐서 도망갈 생각이군. 지나치는 즉시 놈의 꼬리를 물겠다. 준비하게."

포트레소프 상사가 스포츠 중계하듯이 보고하자 팔짱을 낀 함장이 느긋하게 한국 잠수함이 가속한 의도를 설명했다. 이럴 때에는 속도가 빠른 원자력 잠수함이 훨씬 유리했다.

잠수함끼리의 탐색전은 경우에 따라서 매우 노골적이고도 공격적으로 변하기도 한다. 자동차 폭주족들이 거리에서 서로 지지 않으려고 질주하는 것과 비슷한 구석이 있었다.

그러나 잠수함은 그야말로 물밑의 거대한 공간을 자유자재로 움직이는 함정이다. 길바닥에서 꼬물거리는 조그마한 자동차와는 차원이 다르다. 그리고 금세 연료가 떨어져서 파리떼처럼 지상에 착륙할 수밖에 없는 비행기들과도 다른 점이 있었다. 그래서 스트루베 대령은 잠수함이 훨씬 멋지다고 생각했다.

"거리 1,000미터. 속도 20노트."
"그래, 어디 한 번 해보자는군. 부함장! 속도를 더 줄여라."

스트루베 대령이 손에 깍지를 끼고 우드득거리는 소리를 내며 명령을 내렸다.

"예! 알겠습니다."

카친스키 중령이 대답하고 나서 조함요원들에게 다시 지시를 내렸다. 속도가 크면 클수록 선회할 때의 반경은 커지게 된다. 덩치가 큰 아쿨라급 공격잠수함 판터는 기동성을 염두에 두어야 했다.

"목표의 함종을 확인할 수 있나?"

함장은 임무를 잊지 않았다. 음탐수들도 이미 필사적으로 상대방의 함종을 파악하기 위해 노력하고 있었다. 그러나 수집된 음문을 데이터베이스와 대조하는 데 시간이 많이 소요되었다. 이것은 자동화 정도가 낮은 러시아 잠수함들의 약점이었다.

"함장님, 장문휴함은 연료전지를 사용하는 214급이라고 들었습니다. 조금 전에 부상해서 디젤엔진을 가동하는 것을 보니 저놈은 혹시 209급이 아닐까요?"

부함장이 걱정스럽게 물었다. 레오니드 카친스키 중령도 상대 한국 잠수함이 장문휴함이길 바랐지만 아까의 일을 생각하니 아무래도 아닌 것 같았다. 일반적인 디젤 잠수함은 수면으로 부상한 다음 디젤엔진을 가동하여 축전지를 충전시킨다. 그러나 연료전지를 사용해 직접 전기를 생산하는 214급은 부상해서 시끄러운 디젤엔진을 가동시킬 필요가 없었다.

"무슨 소리! 평시 작전에서는 214급도 부상해서 디젤엔진을 가동시킨다. 안전해역에서 액화산소를 낭비할 멍청이들은 없어."

함장 스트루베 대령이 딱 잘라 부함장의 주장을 부정했다. 경험 많은 함장의 말에는 일리가 있었다. 연료전지 덕택에 수중 항행능력이 원자력 잠수함에 맞먹는다는 214급이라도 연료전지는 부상하기 어려운 상황일 때 주로 사용했다.

"거리 500…… 450…… 400……."

한국이 사용하는 독일제 디젤 잠수함이 세계에서 조용하기로 손꼽히는 잠수함이라 할지라도 20노트가 넘는 속도에서는 시끄럽게 마련이었다. 더구나 거리가 가까워질수록 소리는 더욱 명확히 들렸다.

"한국의 209급입니다!"

한국 잠수함이 판터의 옆을 통과하는 순간 포트레소프 상사가 고개를 번쩍 들며 보고했다. 소나실 내부에 있던 승무원들이 잔뜩 실망하며 한숨을 내뱉었다. 긴장감이 사라진 포트레소프 상사가 조금 전과는 달리 시큰둥하게 보고했다.

"통과했습니다!"

"좌현 최대로! 급속 변침한다!"

스트루베 대령이 짜증이 가득 섞인 명령을 내리자 판터가 왼쪽으로 서서히 기울었다. 속도가 높지 않아서 기울기는 그다지 크지 않았다.

"209급이라면 저 속도로 놈은 기껏해야 한두 시간이다."

스트루베 대령이 부하들에게 들리도록 큰 소리로 외쳤다. 맞는 말이었다. 디젤 잠수함은 속도를 높일수록 에너지가 기하급수적으로 빨리 소모된다.

실망하는 표정이 역력한 스트루베 대령은 상대가 목표로 했던 장문휴함이 아니더라도 그에게 대드는 한국 잠수함을 혼내주겠다고 마음먹었다. 그리고 이번 기회에 한국 209급 잠수함에 관한 정보를 최대한 수집하여 보고하는 것도 나쁘지 않을 것이라 생각했다. 장문휴를 목표로 했지만, 209급 잠수함의 음문정보라도 짭짤한 부수입이 될 만했다.

함장은 한국 잠수함이 손아귀에 든 이상 절대 놓치지 않을 자신이 있었다. 함장은 한국 잠수함이 한국 영해 안으로 도망가 상부에 지원을 요청할 때까지 철저히 괴롭혀줄 심산이었다. 그리고 이 기회에 한국형 209급 잠수함의 성능도 철저히 파악하는 편이 좋을 것이라고 생각했다.

미국 잠수함들과 이런 위험한 놀이를 몇 번 해본 함장은 지난 일들을 생각하며 씨익 웃었다. 소나 성능이 미국 원잠에 비해 약간 떨어질 뿐, 운동성과 속도 면에서 아쿨라를 능가하는 잠수함은 없다고 함장은 자신만만했다.

"214급 장문휴라는 놈은 도대체 어디에 숨어 있는 거야?"

함장 스트루베 대령은 209급 최무선함 따위는 이미 안중에도 없다는 말투였다.

9월 14일 03:05 경상북도 울릉군 독도 북쪽 72km
한국 해군 잠수함 최무선, 사령실

"소련, 아니, 러시아 놈들 같습니다."
 음탐장 박재석 상사가 조심스럽게 의견을 밝혔다. 고속항주시에는 소나의 효율이 떨어지므로 박재석은 잠수함이 저속으로 항주하지 않는 것이 내심 아쉬웠다. 그러나 이미 상대방 잠수함의 특성을 어느 정도 파악하고 난 뒤였다.
 "추적하시겠습니까?"
 부함장 한형석 소령이 함장에게 물었다. 러시아 원자력 잠수함과의 접촉은 흔치 않은 일이었다. 러시아 극동함대는 동해라는 비교적 좁은 해역의 초계에는 디젤 잠수함을 집중적으로 투입하고 있었다. 함장 조성진 중령은 러시아 공격원잠의 거대한 사령탑과 특유의 로켓 같은 함미 부분을 떠올렸다. 이 특이한 방향타는 예인소나를 수납하는 공간으로 알려져 있었다.
 "아직 기다려. 우리 예인소나가 문제군. 예인소나가 지나친 다음에 변침한다."
 조성진 중령은 아직 1,500미터나 늘어진 예인소나가 걱정되었다. 잠수함 뒤로 길게 늘어뜨려 수중에서 나는 조그마한 음파 정보도 놓치지 않는 예인소나는 잠수함이 급격히 기동할 때는 장애가 된다.
 함장은 오래간만에 접촉한 러시아 잠수함을 그대로 놓아줄 수는 없다고 생각했다. 그러니 고장난 예인소나 윈치를 다시 한 번 떠올리지 않을 수가 없었다.
 "예인소나에서 목표 35를 재포착했습니다. 빠른 속도로 달려오고 있습니다."
 아까 남쪽에 있던 또 다른 잠수함이 이쪽으로 방향을 돌린 모양이었다. 원자력 잠수함 두 척이 사이좋게 최무선을 쫓아오고 있었다. 둘은 같은 편이 분명했다. 한형석 소령이 걱정스런 표정으로 함장에게 물었다.

"로스케가 둘이나 되는군요. 지원을 요청할까요?"

"뭘 지원해달라고 하지? 관두게. 여긴 공해상이야. 우리가 개별적으로 추적하는 쪽이 나을 것 같아."

부함장의 의견을 묵살한 조성진 중령은 상대가 러시아 잠수함임을 확인하자 강한 호기심이 일었다. 해군 작전사령부에 보고할 때는 사후보고나 접촉보고로 적당히 올리기로 작정했다. 더구나 공해상이고 거리도 떨어져 있어서 아군의 빠른 지원을 기대하기 힘들었다.

함장은 이 기회에 러시아 잠수함을 제대로 분석해보고 싶었다. 한국 해군에 러시아 핵잠수함에 대한 정보는 너무 적었고, 정리도 되어 있지 않았다. 조성진 중령의 굳은 표정 속에 숨겨진 호기심과 장난기를 읽은 한형석 소령은 씨익 웃은 다음 더 이상 말을 잇지 않았다.

"함장님. 목표 34가 예인소나를 통과했습니다."

권혁준 대위가 함장이 그동안 기다리던 대답을 다급하게 보고했다.

"그래! 키 오른편 전타. 백팔십공(1-8-0) 다시 잡아!"

"키 오른편 전타! 백팔십공도!"

조함을 맡은 윤순하 하사가 복창하며 키를 오른쪽으로 꺾었다. 심심했던 초계임무에서 뭔가 쫓을 일이 있다는 것은 재미있는 일이었다. 윤순하 하사의 눈이 반짝반짝 빛났고 얼굴은 잔뜩 상기되어 있었다.

한국 잠수함의 성능이 최고라고 교육받은 승조원들에게 러시아 잠수함은 무서울 것이 없었다. 원자력 잠수함과 디젤 잠수함을 비교할 때 불리한 점과 유리한 점이 극단적으로 대비되지만, 자신만만한 초임 부사관은 214급의 장점만 알고 있는 것처럼 행동했다.

9월 14일 03:07   경상북도 울릉군 독도 북쪽 72km
러시아 해군 공격원잠 K-317 판터, 사령실

"놈도 변침했습니다! 오른쪽으로 돌고 있습니다."
"이놈들이 우리를 겁내지 않는군요."
포트레소프 상사의 보고를 듣고 부함장 카친스키 중령이 재미있다는 듯이 함장에게 한 마디 했다.
이쪽이 두 척이라는 것을 분명히 알 텐데도 도전적으로 다가오는 한국의 소형 잠수함을 보니 약간 우습기도 했다. 함장 스트루베 대령도 비슷한 표정을 짓고 있었다.
"소나팀! 놈의 음문 특성은 완전히 파악했나?"
함장의 질문에 소나팀장 쉬비코프스키 대위가 모니터에 나타난 음문을 자료와 다시 한 번 대조하며 보고했다.
"예! 다른 나라들의 209급과는 약간 차이가 있습니다. 확실히 한국의 장보고급입니다."
"214급일 가능성은 전혀 없나?"
함장은 아직도 못내 아쉬워했다. 상대 잠수함이 한국형 209급의 음문특성을 고스란히 간직하고 있었지만 214급일 가능성을 완전히 배제할 수는 없었다. 게다가 이들은 209급과 214급의 음문이 어떻게 다른지 정보를 갖고 있지 못했다.
"가능성은 남아 있지만 부정적입니다. 음문 패턴은 전형적인 한국형 209급, 즉 장보고급입니다. 음문자료에 따르면 목표는 장보고급 3번함 최무선과 거의 흡사합니다."
소나팀장 쉬비코프스키 대위가 함장의 질문에 또박또박 대답했다. 쉬비코프스키는 추정한 부분과 모르는 부분을 확실하게 구분하고 있었다.

바로 옆을 지나친 이상, 소나로 수집한 음문은 확실했다. 쉬비코프스키도 상대방 한국 잠수함이 214급일 가능성을 열어두었지만 그럴 확률은 희박했다.

러시아 잠수함 승무원들은 내심 아쉬웠다. 미국과의 합동훈련에서 스타로 떠오른 214급 잠수함을 확인하는 것이 그들의 임무였다. 이것은 잠수함 승무원으로서의 개인적인 욕망이기도 했다. 하지만 머릿속에 계속 담아둘 일은 아니었다.

소나팀 뒤에 서 있던 스트루베 대령이 다리를 약하게 떨었다.

— 끼이이이이익!

갑자기 선체를 진동시키는 날카로운 파열음이 들려왔다. 선체 후방이었다. 승무원들이 일제히 눈을 찡그리며 인상을 찌푸렸다. 소나팀원들은 엄청난 고통을 참으면서도 무슨 일인지 파악하려고 애썼다.

잠수함의 어느 부위에 고장이 생긴 줄 알고 놀란 함장이 황급히 물었다.

"무슨 일인가?"

"스크루에 뭔가 걸렸습니다! 이런!"

항주하던 잠수함의 속도가 약간 떨어지고 소리가 나는 곳의 위치를 파악한 부함장이 사태를 정확히 보고했다. 부함장은 보고하고 나서야 사태의 심각성을 깨달았다. 소리는 끊어지지 않고 계속 이어지고 있었다. 어떻게든 빨리 손을 써야 했다.

"동력 순간 정지!"

"동력 순간 정지!"

잠항관이 동력차단 스위치를 누르자 순간적으로 메인 샤프트와 추진기를 연결한 커다란 원통형 클러치가 작동하며 양쪽으로 이어지는 동력을 차단했다. 그러자 소리가 작아지며 곧 멈췄다.

9월 14일 03:10   경상북도 울릉군 독도 북쪽 73km
한국 해군 잠수함 최무선, 사령실

갑자기 들려온 요란한 소리에 음탐장 박재석 상사가 이를 악물고 오만상을 찌푸렸다. 그다지 큰 소리는 아니었다. 예인소나에 뭔가 걸려도 그리 큰 소리는 안 날 텐데 하필 걸린 곳이 소리가 증폭되는 예인소나의 수신기 부분이었다.

박재석 상사는 헤드폰을 벗고 잠시 동안 손가락으로 귀를 후비며 고개를 흔들어댔다. 옆에 있던 권혁준 대위도 마찬가지였다. 조성진 중령은 무슨 일인지 묻기 전에 그들의 고통에 찬 몸부림이 끝나기를 기다려야 했다.

"무슨 일인가? 갑자기 왜 그래?"

부함장이 다급하게 묻자 권혁준 대위가 먼저 정신을 차렸다. 서둘러 고개를 들고 소리가 들려온 소나가 어느 것인지 모니터를 통해 확인한 다음 보고했다.

"예인소나입니다. 목표 34에 예인소나가 걸린 것 같습니다."

"스크루에 꼬인 것 같습니다!"

음탐장 박재석 상사가 덧붙였다.

"뭐라고? 목표 34의 스크루에 예인소나가 걸렸다고?"

부함장이 먼저 어이없다는 듯이 소리쳤다. 그러자 어깨를 잔뜩 움츠린 권혁준 대위가 기어들어가는 목소리로 간신히 보고했다.

"그렇습니다. 목표 34는 지금 동력을 차단하고 정지했습니다."

최무선이 선회중이라 예인소나가 러시아 잠수함의 스크루에 빨려 들어간 상태였다. 계속 움직이면 케이블에 묶여서 오도가도 못할 것이 틀림없었다.

"젠장! 예인소나가 결국 속을 썩이는군."

조성진 중령도 답답하다는 듯 한 마디하면서 부함장에게는 더 이상 소나팀원들을 추궁하지 말라는 뜻으로 눈짓을 했다. 급한 불을 끄는 동안에 누가 불을 냈는지 따질 필요는 없었다.

특히 부하들을 다룰 때는 조심해야 할 부분이었다. 그들은 지휘관의 감정상태에 민감하게 반응하기 때문이다. 조성진의 눈짓을 읽은 한형석 소령도 더 이상 이야기하지는 않았다. 하지만 복귀해서는 징계위원회에 확실히 회부할 작정이었다.

"함장님! 놈의 특성은 아쿨라급에 가깝습니다."

"아쿨라라고?"

그제야 소나로 접수한 러시아 잠수함의 특성을 파악해낸 박재석 상사가 다시 함장을 돌아보았다. 예인소나 사고로 제대로 분석해서 보고할 기회가 없었던 것이다.

"아쿨라…… 재미있게 됐군. 음탐장! 예인소나의 어느 부분에 걸렸나?"

"소나수신기가 배열된 쪽입니다. 45번까지는 아직 작동하고 있습니다."

조성진 중령이 차분하게 질문하자 음탐반 요원들도 안정을 찾기 시작했다. 예인소나는 소나수신기가 길게 일렬로 결합되어 있다. 45번 수신기라면 대략 1/3 정도 위치였다. 나머지가 스크루에 걸렸으니 2/3는 완전히 단선되어 작동을 못하고 있는 상황이었다.

"됐어, 다행이군."

"예? 다행이라뇨?"

조성진 중령이 표정을 펴며 박재석 상사의 어깨를 두드리자 한형석 소령이 의아하다는 듯이 반문했다. 값비싼 예인소나가 못 쓰게 됐는데 함장이 괜찮다니, 언뜻 이해가 가지 않았다.

"예인소나를 끊어버릴 수 있잖아? 그럼 된 거지. 안 그래? 잘됐다.

놈이 정지해 있을 때 끊고 빠져나간다. 침로변경! 키 왼편 20도! 공팔십공(0-8-0)도까지 잡아."

"예, 알겠습니다. 키 왼편, 타각 20도, 방위 공팔십공도!"

부함장이 어리벙벙해하는 사이에 윤순하 하사가 우렁차게 복창하며 다시 키를 꺾었다.

9월 14일 03:15   경상북도 울릉군 독도 북쪽 72km
러시아 해군 공격원잠 K-317 판터, 사령실

"앗, 케이블에 걸렸습니다! 놈이 예인소나를 우리 스크루에 감았습니다."

포트레소프 상사가 이제야 원인을 파악하고 잔뜩 분노한 채 보고했다. 스크루에 한국 잠수함의 예인소나가 걸려 있는 현재 상황을 한국 잠수함이 의도적으로 도발한 것으로 오해한 것이다.

"뭐야? 예인소나에? 추진기의 현재 상태는? 어느 쪽 추진기야? 부함장! 기관실에 가서 직접 점검하게."

"예! 알겠습니다."

잠시 당황한 스트루베 대령이 서두르자 카친스키 중령이 재빨리 기관실을 향해 뛰었다. 스크루에 예인소나가 걸리다니, 기가 막혔다. 스크루가 상하기 전에 빨리 조치를 취해야 했다.

"왼쪽 스크루입니다!"

잠항관 파벨 악셀로드(Pavel Axelrod) 소령이 허겁지겁 대답했다. 그도 이런 일을 처음 당해보는지라 어떻게 해야 할지 난감한 표정을 지었다.

*   *   *

판터의 스크루는 두 개였다. 판터뿐만이 아니라 빅터Ⅲ급을 비롯한 대부분의 러시아 공격원잠, 전략미사일 원잠 등도 스크루는 두 개다. 하지만 판터의 경우는 동력이 전달되는 메인 샤프트는 1축이고 최종 연결 단계에서 2개의 스크루를 회전시킨다.

그것은 기본적으로 러시아가 고정밀도의 대형 스크루를 제작하는 기술이 떨어지기 때문이었다. 스크루의 날개 직경이 커질수록 가공은 더욱 까다로워진다. 그리고 직경이 짧은 스크루는 충분한 추진력을 발휘할 수가 없다. 그래서 러시아는 두 개의 스크루를 써야 했는데, 두 개짜리 스크루는 하나짜리 스크루보다 훨씬 더 큰 소음을 발생시키는 결정적인 원인이 되었다.

1980년대 중반 일본의 도시바(董芝)가 당시 대공산권 수출통제위원회인 코콤(COCOM)의 금수규정을 어기고 고성능 다축 밀링머신을 러시아에 수출해서 말썽을 빚은 적이 있었다. 미국은 도시바에 압력을 가하고 대미수출을 금지시키는 등 강경한 조치를 취했는데, 그 원인은 바로 잠수함 스크루였다.

컴퓨터로 제어되는 일본제 고성능 밀링머신은 복잡한 형상의 스크루를 제작하는데 필수적인 장비였다. 구 소련은 이 기계들을 이용하여 기술적으로 훨씬 향상된 정밀 스크루를 제작할 수 있었다. 그래서 어느날 갑자기 구 소련 잠수함들의 소음 수준이 급격히 감소했다.

스크루에서 발생하는 추진음들을 수십년 간 데이터 베이스화하여 러시아 잠수함들을 추적하는 핵심자료로 비축해 왔던 미국은 구 소련 잠수함 추적작전에 일대 혼란이 일어났다. 구 소련 잠수함들의 유일한 단점이며 아킬레스건이었던 소음 수준이 대폭 낮아지자 핵전 가능성에 항상 대비해온 미국은 당연히 긴장할 수밖에 없었다.

물론 당시에 일본 도시바의 도움이 전적인 원인이었는가에 대해서는 이견도 많았다. 일본이 제공한 밀링머신은 도구일 뿐, 기본적인 설계와 제작기술은 소련의 첩보활동으로 인해 미국 내에서 이미 절취당했다는 것이다.

미 해군 대서양사령부에서 근무하던 하급 무관인 존 워커 준위가 20여년 동안 지속적으로 해군의 정보를 구 소련으로 빼돌렸다. 구 소련은 이에 힘입었던 것이지, 결코 일본이 제공한 밀링머신에 의해 잠수함의 설계기술이 급성장한 것은 아니었다는 의견이다. 아무튼 이견이 많기는 하지만 스크루의 가공기술과 스크루가 발생시키는 소음은 잠수함 작전에 있어 가장 중요한 요소의 하나임에는 틀림없었다.

각국 잠수함이 진수되는 보도사진에서 어뢰발사관 및 소나가 있는 함수와 스크루가 달린 함미에 천조각이 덮여 있는 것을 자주 볼 수 있다. 이것으로 봐도 스크루가 상당한 수준의 군사기밀이 된다는 사실을 알 수 있다.

─함장님! 부함장입니다. 기관실입니다. 역시 왼쪽 스크루에 이상이 있습니다.

"동력을 배터리로 전환한다."

─알겠습니다. 동력, 배터리로 전환!

잠시 고민한 끝에 스트루베 대령이 명령을 내렸다. 보조동력인 배터리와 전동기를 사용하여 감긴 와이어를 풀려는 것이다.

"최저속으로 스크루를 역전한다. 실시!"

─최저속 역전!

부함장이 복창하고 곧이어 판터의 보조전동기가 움직이기 시작했다. 느릿느릿 움직였지만 소음만 요란할 뿐 스크루에 감긴 와이어는 옴짝달싹하지 않았다. 몇 회의 시도 끝에 부함장의 목소리가 다시 인터폰을 울렸다.

─불가능합니다, 함장님. 더 꼬이고 있습니다!

"제기랄!"

스트루베 대령이 쿵 소리가 날 정도로 바닥을 발로 찍었다. 잠수함에 탑승하고부터 사라졌던 그의 어릴 적 버릇이었다.

"부상한다! 망할 놈의 한국 놈들. 부함장! 사령실로 돌아오라."

— 옛! 사령실로 가겠습니다.

한국 잠수함을 추적하지도 못하고 스크루에 손상까지 입다니, 함장은 기가 막혀 말이 나오지 않았다. 운용비용은 물론이고 제대로 된 급식까지 어려운 러시아 태평양함대 사령부에서 그를 가만히 놔두지 않을 것이 분명했다.

"함장님! 소나실입니다. 놈이 가속하고 있습니다!"

"그래? 꼬리가 물렸으니 발버둥치겠다는 건가?"

이쪽이 불리했지만 어쩔 수 없었다. 한국 잠수함이 잡아당기면 잡아당기는 대로 내버려 둘 수밖에 없는 형편이었다. 손상받은 왼쪽 추진기 대신 오른쪽만 사용하여 움직이면 좋겠지만 아무래도 동력을 제대로 얻기 어려울 것이다. 왼쪽 스크루로 이어지는 클러치를 작동시켜 동력을 완전히 차단했다. 그리고 판터는 오른쪽 추진기만을 사용하며 서서히 물위로 떠오르기 시작했다.

9월 14일 03:20 경상북도 울릉군 독도 북쪽 74km
한국 해군 잠수함 최무선, 사령실

최무선이 서서히 물속을 항주하고 있었다. 한형석 소령은 불안하게 사령실에서 서성거렸다. 예인소나가 연결된 강철 케이블은 그다지 쉽게 끊어지지 않는다. 물론 어떤 일본 만화에 나온 것처럼 기다란 통신용 케이블을 늘어뜨린 후 상대방의 스크루에 감아 거대한 핵잠수함을 심해로 끌고 들어가는 정도의 상황은 당연히 벌어질 수 없다.

그렇지만 수천 미터에 이르는 기다란 예인소나를 끌기 위해 상당히 강하게 만들어진 케이블이었다. 만약 반대쪽으로 억지로 움직였다간 사령탑 후방에 있는 예인소나실 전체가 피해를 입을 수도 있었다. 그것이 한형석 소령의 걱정이었다.

"예인소나가 몇 미터나 풀려 있었나?"

"약 1,500미터입니다."

"그래? 그럼 시간이 다 됐군."

힐끗 손목시계를 들여다본 조성진 중령이 대꾸하고 수초가 지나자 둔탁한 소리가 최무선함 뒤에서 울렸다.

"끊어졌습니다!"

"간단하군. 나머지 예인소나를 빨리 점검하게."

무덤덤한 목소리로 조성진 중령이 명령했다. 강철 와이어 부분이 걸린 게 아니라 예인소나의 연결부분이 걸린 것이 그나마 다행이었다.

"40번 소나 트랜스듀서까지는 작동합니다. 부분적으로는 사용할 수 있겠습니다, 함장님."

박재석 상사가 보고하며 부함장 쪽을 힐끔 쳐다보았다. 부함장은 아직도 화가 안 풀린 모양이었다. 하긴, 예인소나는 매우 고가의 장비이므로 문책을 피하기는 어려울 것이다. 박재석 상사가 부함장의 눈치를 보는 것을 알아차렸는지 조성진 중령이 다시 입을 열었다.

"부장, 예인소나는 고로케들이 공격적인 행동을 해서 끊어진 것이다. 알겠나?"

"예? 예! 알겠습니다."

무슨 뜻인지 몰라 잠깐 머뭇거리던 한형석 소령이 곧 말뜻을 알아채고는 대답했다.

"그럼 됐지? 이제 독오른 고로케들을 잠시 피하자."

승무원들이 잠시 킥킥댔다. 러시아 잠수함을 로스케라는 말 대신 '고로케'라고 부른 것이 함장의 실수인지, 농담인지 알 수 없었지만 함내에 팽배했던 긴장감이 일순 사라졌다. 음탐실 요원들이 안도의 한숨을 내쉬는 것을 보며 눈을 부라리던 한형석 소령이 함장의 명령에 따라 지령을 내렸다.

"알겠습니다. 침로 고정! 9노트로 증속한다."

9월 14일 03:25 경상북도 울릉군 독도 북쪽 72km
러시아 해군 공격원잠 K-317 판터, 사령실

"케이블이 끊어졌습니다. 놈이 의도한 대로 된 것 같습니다. 하지만 스크루는 아직 움직이지 않습니다."

잠항관 파벨 악셀로드 소령이 어쩔 줄 모르며 함장에게 보고했다.

"긴급수리팀을 대기시켜! 잠망경 심도에서 수중작업을 실시하겠다."

스트루베 대령은 담배를 꺼내 물면서 큰 손상이 아니기만을 바랐다. 가만히 있을 때가 아니었다. 기관실로 걸어간 스트루베 대령은 잠수반 요원들이 탈출구 해치 쪽으로 장비와 수리기구를 옮기는 것을 지켜보았다. 함장은 미리 잔소리를 해두어야겠다고 마음먹었다. 그때였다.

"함장님, 통신실입니다."

기관실 벽에 붙어 있던 인터폰을 받은 기관병 하나가 함장을 돌아보며 인터폰을 건넸다. 소음 때문에 수신호로 의사소통을 해야 하는 구식 엔진은 아니지만, 러시아제 기계는 뭐든지 덩치도 크고 소음도 컸다. 정숙성을 생명으로 하는 잠수함 엔진도 마찬가지라고 투덜거리며 함장이 인터폰을 들었다.

"뭔가?"

— 다닐 모스코프스키가 수중통신을 보내왔습니다. 어떻게 된 건지 묻고 있습니다.

"묻긴 뭘 물어? 여긴 상관 말고 당장 까레이스키 잠수함을 추적하라고 해!"

버럭 화를 낸 스트루베 대령이 인터폰을 난폭하게 내려놓았다. 그리고 또다시 담배를 꺼내 물었다.

9월 14일 03:39   경상북도 울진군 울진시 남동쪽 22km
한국 해군 잠수함 장문휴, 장교내무반

보였다.

드넓은 설원을 수만 마리의 말이 가득 메웠다. 말떼는 털옷을 입은 사람들의 고삐에 이끌려 눈보라를 헤치고 동쪽으로 뛰다시피 걸었다. 수많은 말과 사람들이 얼어붙은 강을 건너자 단단히 언 얼음이 유리 깨지는 비명 소리를 냈다. 수만의 말과 사람이 뛰는 길옆 자작나무들에서 그동안 쌓인 하얀 눈이 쏟아져 내렸다. 이들이 지나간 검은 흔적은 하얗게 눈이 내린 평원과 뚜렷이 대비되었다.

체구가 작은 말들은 갑주를 걸치고 코에서 김을 내뿜으며 나아갔다. 말 한 마리마다 기마대가 한 명씩 따라 뛰었다. 이들은 주로 북방 유목민의 털옷을 입었지만 복장이 통일되지는 않았다. 머리 모양과 얼굴 생김새도 제각각이었다.

대열에는 거란족뿐만 아니라 돌궐족도 있고 실위족, 해족, 위구르족도 있었다. 심지어 멀리 남서쪽에서 수천 리를 거쳐 온 티벳인도 있었다. 하지만 같은 목적으로 같은 부대에 편성되었다. 이들은 지친 기색도 없이 뛰어갔다. 그들은 이렇게 천리 길을 내달렸다.

하얗게 서리가 내린 말과 사람들의 집단은 거의 일체가 되어 뛰었다. 이들이 거대한 성 앞에 이르자 순식간에 넓게 퍼졌다.

털옷을 입은 유목민 전사들이 일제히 말에 올라탔다. 이들은 거란 왕 야율아보기를 필두로 함성을 지르며 앞으로 뛰쳐나갔다.

발해의 서쪽 최전선, 중앙의 정권쟁탈전 때문에 관심에서 멀어지고, 병사도 부족한 부여성 군민들은 합심하여 치열하게 싸웠다. 그러나 치열한 전투 후에 부여성은 사흘 뒤, 불타오르기 시작했다.

부여성이 타오르면서 뿜어내는 시커먼 연기가 잿빛 하늘 아래로 천천히 솟아올랐다.

말을 탄 강인현은 초조하게 진영 맨 앞에 대기했다. 사람들의 긴장감을 느꼈는지 말들도 잔뜩 긴장하고 있었다. 병사들의 사기는 그런대로 좋은 편이었다. 만주를 호령했던 고구려의 후예들답게 중기병들은 특히 사기가 충천했다.

귀가리개 역할을 하는 금색 이엄이 부착된 회색 투구와 흑회색 어린문 견갑, 주황색 완갑을 입고 장창을 든 기병들은 보기에도 화려하고 강해 보였다. 기마대 병사들은 어서 전투가 시작돼 오합지졸 같은 거란군을 쓸어버리고자 했다.

지방에서 소집된 병사들은 오돌오돌 떨며 전투가 시작되기를 기다렸다. 이들은 윗부분을 뾰족하게 만든 털모자를 써서 장화만 신는다면 거란인과 거의 흡사한 복장이었다.

고대국가들에서 공통적으로 드러나듯 이들에게 민족의식은 약한 편이었다. 다만 왕도王都에 사는 지배층과 피지배 지방민의 구별만 있을 뿐이었다.

지방 병사, 그러니까 말갈 병사들 가운데는 공을 세워 낮은 벼슬이라도 하려고 덤벼드는 자도 있었다. 촌구석의 말갈이 지배층인 국인國人이 되는 방법은 거의 없었다. 그러니 이들로서는 이번 전쟁이 일생일대 절호의 기회였다.

그러나 대부분의 병사들에게는 자신과 상관없는 전쟁이었다. 그나마 이긴 후에 베풀어질 조그마한 상이라도 기대하며 비상소집에 응했을 뿐이었다. 다행이랄지 지금까지 발해군이 패한 적도, 패할 이유도 없었다. 항상 이겨온 발해군이었다. 병사들은 조만간 거란군의 패배로 전쟁이 끝나 고향에 돌아갈 날만 손꼽아 기다렸다. 그런데 요즘은 추위도 너무 추웠다.

한울님이 노했는지 최근 백산이 불을 뿜은 이래 만주 지방은 상당히 추워졌다. 몇백 년 전에 발생한 백산의 화산 폭발로 인해 고구려가 멸망했다는 전설이 다시 재현되는 것 같아 민심도 흉흉했다. 백산 부근의 넓은 땅은 화산 분출로 인해 사람이 살기 어려웠다. 한때 곡창지였던 만주지방에서는 그 쉽던 농사짓기도 이제는 힘들었다.

지금도 하늘에는 백산에서 솟아오른 시커먼 연기가 동쪽으로 뭉게뭉게 흘러가고 있었다. 하얀 눈 위에 까만 화산재가 점점이 떨어지고 있었다. 말들이 이따금 땅의 미세한 진동에 놀라 뛰어오르며 울어댔다. 지금도 지진이 이어지고 있었다.

만주에 사는 모든 사람들이 영산으로 받드는 백산이 노한 것은 국인들 때문이라는 소문이 백성들 사이에서 공공연히 나돌았다. 귀족들의 치열한 권력다툼과 지극히 사치스러운 생활이 백성을 더욱 힘들게 했다. 백산 남쪽에 사는 자들 상당수가 얼마 전에 건국된 후고구려로 귀화했다는 소문이 나돌았다. 이런 여러 가지 악조건에도 불구하고 병사들은 사기충천하여 거란군 진영을 노려보았다.

강인현은 바짝 긴장했다. 강인현이 탄 말도 주인의 긴장감을 알아

챘는지 푸르륵거리며 주인의 눈치를 살폈다. 그는 이번 싸움이 어렵다고 느꼈다. 거란군은 지금까지의 다른 부족과는 달랐다. 중국을 정복하여 기마민족의 정복왕조가 되려는 꿈을 가진 태조 야율아보기는 이번 전투에 사활을 걸고 있었다.

거란군은 5년 전에도 쳐들어와서 많은 백성들을 납치해갔다. 그래서 발해는 그에 대한 보복으로 작년 봄에 거란의 요주를 침공해 자사 장수실을 죽이고 상당수의 거란인을 납치해왔다. 그러나 지금은 달랐다. 거란군은 중국인과 여러 유목민족들을 아우르는데 성공했지만 발해는 외교적으로 고립된 상태였다.

중국은 분열되어 오대五代의 혼란기가 계속되었고, 발해인과 같은 민족이면서도 대대로 관계가 좋지 않은 신라는 구원군을 파견하겠다는 약속을 했지만 내란이 계속되고 있기 때문에 제 앞가림하기 바빴다. 게다가 발해 궁정에서 계속된 권력쟁탈전 때문에 많은 사람들이 고려로 망명했다.

이 군대를 지휘하는 노상老相은 기고만장했다. 병력도 거란군에 비해 적지 않았고, 무엇보다도 그는 거란군을 야만족이라고 우습게 보았다. 직책에 비해 무척 젊은 노상은 왕족이었다. 지금의 왕인 대인선의 사촌 동생이었다.

노상은 지방에서 일어난 소규모 반란을 몇번 무자비하게 진압했고, 그것이 군사경험의 전부였다. 하지만 그는 대규모 정규전을 지휘한 경험이 없었다. 그리고 무엇보다도 노상의 젊은 혈기가 문제였다. 왕족만 아니라면 그렇게 젊고 능력도 없는 자가 노상이라는 최고 관직에 오르지도 못했을 테지만, 발해는 왕족과 귀족의 세상이었다.

강인현은 이 군대가 무너지면 수도 홀한성도 무너질 것이라고 걱정했다. 지금은 홀한성을 지킬 만한 병력도 없었다. 홀한성은 상경용천부이다. 무를 숭상했던 고구려인의 기상은 이미 사라진 지 오래였다.

발해는 이미 사치와 문약文弱으로 흐르고 있었다.

드디어 노상이 공격신호를 내렸다. 발해군 중기병이 돌격을 시작했다. 천지에 말발굽 소리가 진동했다. 철기鐵騎라 불리는 중기병이 중심이 된 이들이 거란군을 향해 직선으로 공격해갔다. 활을 든 보병들이 기병들을 따라 뛰었다.

거란 장수 안단이 지휘하는 거란군 기마대는 순식간에 중앙을 비우고 둘로 갈라졌다. 양쪽으로 갈라진 거란군 가운데 어느 쪽을 공격해야 할지 결정하지 못한 발해 중기병은 그대로 거란군의 포위망 안으로 빠져들어갔다. 노상은 당황하여 어떤 결정도 내리지 못했다.

거란군 기마대 3만여 명이 한꺼번에 발해군을 향해 짓쳐들어왔다. 이들은 발해군의 중기병대를 무시하고 보병을 덮쳤다. 보병은 궁병 위주로 편성됐지만 명령이 떨어지지 않아 거란군을 향해 활을 쏘는 병사는 얼마 되지 않고 발해군의 전투는 극히 산발적인 저항에 그쳤다.

발해군 진영은 순식간에 아비규환이 되었다. 너무 순식간에 벌어진 일이었다. 거란군은 발해 보병대를 한번 휩쓴 다음 뒤로 돌아갔다. 무거운 마갑 때문에 순발력이 떨어지는 거란의 기마대들은 작은 승리에 취해 발해군의 보병대 사이에 멈춰 서서 얼쩡대는 어리석은 짓은 아예 하지도 않았다. 그들의 적은 발해군 기마부대였다.

거란 기마대는 공격방향을 바꿔 당황한 발해군 기마대를 포위했다. 발해 보병들은 이미 전의를 잃고 눈 덮인 설원을 향해 뿔뿔이 흩어지고 있었다. 이것이 다시 발해군 기마부대의 전의를 잃게 했다.

이때 강인현은 어느새 노상을 호위하고 있었다. 잔뜩 당황한 노상은 발해군 기마대가 포위당하고 보병대가 도주하자 불같이 노했다. 그러나 패배가 확실해지자 안색이 점점 하얗게 변했다. 너른 눈밭에서는 창과 칼이 맞부딪치고 말과 사람이 비명을 질러대며 죽어갔다. 이 전투에서 죽는 것은 대부분 기세를 뺏긴 발해군이었다.

거란 철기 수십 명이 긴 창을 휘두르며 노상을 향해 짓쳐들어왔다. 발해군 지휘부에 위기가 닥치고 있었다. 원래 문관 귀족이고 명색뿐인 우옹위 대장군 모두간이 겁에 잔뜩 질려 비명을 지르며 도망갔다. 장수의 도망은 부하들에게 집단적 공포가 되어 순식간에 전염되었다. 호위대는 노상을 지키려는 자들보다 도망치는 자들이 더 많았다.

도성방어부대인 좌맹분위의 랑장인 강인현이 언월도를 곧추세우고 앞으로 뛰쳐나갔다. 하급 무관에 불과한 그였지만 이런 위기에 자신의 안위를 돌볼 때가 아니었다. 지금 그가 나서지 않으면 부대는 붕괴되고 만다.

그가 먼저 사용한 것은 활이었다. 복합재인 조립식 단궁이 픽픽거리는 소리를 낼 때마다 거란군 병사들이 말에서 굴러 떨어졌다. 강인현은 전통에서 화살을 뽑아내는 손이 보이지 않을 정도로 쏘고 또 쏘았다. 대大 고구려의 후예답게 그는 추모, 또는 주몽, 즉 활을 잘 쏘는 자였다.

강인현이 말을 달리며 화살을 몇 발 쏘자 거란군과의 거리가 금세 가까워졌다. 강인현이 마지막 화살을 쏜 것은 거란군 선두 병사 바로 코앞에서였다. 병사는 이마에서 피를 뿜어내는 화살을 손으로 잡으며 말에서 떨어졌다. 바로 뒤에 거란군 장수가 득달같이 달려들었다. 강인현이 활을 전통에 넣고 언월도를 수평으로 그어 선두에 선 적장의 목을 베었다. 그는 빠르고 정확했고, 이는 오랜 기간의 훈련에서 나온 힘이었다. 하얀 눈에 점점이 검은 화산재가 박힌 땅에 붉은 피가 흩뿌려졌다.

말이 높이 뛰고, 강인현은 이어서 다음 거란병의 가슴에 기다란 언월도를 쑤셔 넣었다. 강인현의 서슬 퍼런 기세에 눌린 거란병들이 말의 속도를 줄이고 그를 포위했다. 사방에서 짓쳐들어오는 창과 칼을 막으며 강인현은 죽을 힘을 다해 싸웠다.

"빨리 후퇴해야 합니다!"
"적진을 뚫고 동쪽으로 갑시다!"
장수들이 대부분 후퇴를 주장했지만 이미 거란군에게 겁을 먹은 노상은 얼어붙은 듯 꼼짝하지 못했다. 강인현은 이들의 논의를 걱정스럽게 들으면서도 전투를 계속했다. 왼팔이 뜨끔했다.
"항복하면 안 됩니다! 홀한성이 위험합니다!"
노상의 의도를 알아챈 우맹분위 소장이 노상을 향해 외쳤다. 그러나 노상은 나라보다 제 목숨이 중요했다. 발해 조정에서 실컷 권력을 누린 노상은 나라말고도 먼저 지켜야 할 것이 너무 많았다.
커다란 견갑을 입은 거란 장수의 칼이 강인현의 목을 노리고 쏘아들어왔다. 순발력이 중요시되는 기마전에서는 창이 절대적으로 유리하지만 거의 정지해 있을 때는 짧은 도검이 더 유리했다. 강인현이 거란 장수의 칼을 퉁겨내며 언월도 자루로 그를 때려 땅바닥에 떨어뜨렸다. 강인현은 이미 지쳐서 이 기다란 칼을 휘두를 힘도 없었다.
거란병 4명이 동시에 사방에서 칼과 창으로 강인현을 노리고 쇄도했다. 강인현은 번뜩이는 창칼을 뻔히 보면서도 이들을 막을 힘이 없었다. 강인현이 질끈 눈을 감았다.
이제 발해는 멸망할 것이다. 그러나 더욱 아쉬운 것은 발해의 운명이 아니라, 800년을 넘게 이어온 고구려가 마침내 사라진다는 사실이었다. 목과 심장에 섬뜩한 느낌이 전해져 왔다.

<2권에 계속>